# OTRA
# VEZ
# EL MAR

Bibliotheca del Fénice

# REINALDO ARENAS

# OTRA VEZ EL MAR

EDITORIAL ARGOS VERGARA, S. A.

Primera edición: noviembre de 1982

Copyright © Reinaldo Arenas, 1982
Edición en lengua castellana, propiedad de
Editorial Argos Vergara, S. A.
Aragón, 390 - Barcelona-13 (España)

ISBN: 84-7178-463-7
Depósito Legal: B. 36.985-1982

Impreso en España - Printed in Spain
Impreso por Talleres Gráficos CAMO,
Teodoro Llorente, 14 - Barcelona

*Para Margarita y Jorge Camacho.*
*Para Olga Neschein.*

*Gracias a quienes esta novela no tuvo que ser escrita por cuarta vez.*

# PRIMERA PARTE

*La memoria es un presente que no termina nunca de pasar.*

Octavio Paz

El mar. Azul. Al principio no. Al principio es más bien amarillo. Cenizo, diría... Aunque tampoco es cenizo. Blanco, quizás. Blanco no quiere decir transparente. Blanco. Pero luego, casi también al principio, se vuelve gris. Gris, por un rato. Y después, oscuro. Lleno de surcos todavía más oscuros. Rajaduras dentro del agua. Quizás sean las olas. O no: sólo espejismos del agua, y el sol. Si fueran olas llegarían a la costa. Es decir, a la arena. Pero no hay olas. Solamente, el agua. Que golpea, casi torpe, la tierra. Pero, no la golpea. Si la golpeara se oiría algún ruido. Hay silencio. Solamente el agua, tocando la tierra. Sin golpearla. Llega, blanca, no transparente, la toca, torpemente, y se aleja. No es la tierra: es la arena. Cuando el agua sube, sin olas, la arena quizás suelte un ruido. Satisfecha. Desde aquí no oigo nada. El agua sube, pero no se ve bajar. La arena la absorbe. Por debajo vuelve al mar... Y, más allá, ya no es gris, sino pardusco. Muy oscuro. Casi negro. Hasta que al fin, efectivamente, es negro. Pero ya es muy alto. Se une con el cielo. Los dos, por separados, no se pueden distinguir. Así que entonces, mirando fijamente, nunca es azul... Héctor maneja despacio. No hay viento. El olor mojado de la arena llega hasta el auto. A veces el agua trae algunas hojas. No son muchas. Las hojas quedan sobre la arena, como pegadas. El agua desaparece. Enciendo un cigarro, sin problemas, con la ventanilla abierta. Tengo hasta que apagar el fósforo. Hoy, finales de septiembre, sin viento. El parece como si no me viera. Conduce despacio.

Tiene la boca cerrada. Podría haberle ofrecido un cigarro. Pero me hubiese dicho que no. Gracias, me habría dicho, no fumo tan temprano. Al fin me mira. Dirá: ¿Te sientes bien? Diré: Perfectamente. Luego, no hablará más. Yo, tampoco. O quizás sí. Quizás, al final, diga su nombre. Volveré a fumar. Tiraré la colilla. En la arena, cae la colilla. El agua, sin olas, la empapa; la arrastra débilmente, como sin desearlo, la disuelve. El ya abre la boca. ¿Te sientes bien? Perfectamente... El auto sigue. No sé qué habrá sido del resto de la colilla. Quizás llegó al mar. Aún se ven los pinos. Inmóviles. No: muy quietos. Los pinos, en fila, tocando casi el mar. Su sombra se queda fija en el agua. Allí también se ve otro pinar. Con un cielo, de fondo. Cuando se tira una piedra en el agua, todo se confunde. El pinar, el cielo, las nubes. Todo junto no es más que un brillo de colores dentro del agua. Si uno se zambulle no se ve nada. Abriendo bien los ojos: la arena. Formando pequeñas lomas, suaves, desiertas; y la luz del sol, como pedazos de vidrio. Sumergida, con los ojos abiertos, muy cerca de la costa, el sol fragmentándose en el fondo, uno, parece, que ve también otras cosas. La gran mata de yagrumas del patio de la casa. En el campo. Soltando sus hojas, blancas y verdes al mismo tiempo. En las tardes de viento las hojas caen delante de mí que las veo, las miro, sentada en un taburete. Sentada, recostada, junto a la puerta de la cocina; en el patio. Caen las hojas. Por un lado, blancas; por el otro, verdes. Por un momento se deja ver el mar. Los pinos, a un lado y al otro de la carretera. Las ramas bajas lo cubren todo. Las frutas de los pinos, secas, en medio de la carretera, estallan, casi sin ruido cuando el auto cruza. Los cangrejos salen huyendo, desesperados; con sus ojos, como antenas, separados de la cabeza. Algunos cruzan como enloquecidos de uno a otro extremo. Entonces el auto los va aplastando. Pero el estallido de los cangrejos al ser aplastados es distinto al de las semillas de pino. Es un sonido bronco, como el de la tierra seca al irse desmoronando. El sol, ya más arriba de los pinos, blanquea la carretera repleta de semillas, hojas y cangrejos que corren. Para, quisiera decirle a Héctor. Frena, dales tiempo a que escapen. Pero, qué tontería. No tiene sentido. No podríamos seguir. El se reiría... Seguimos avanzando. De nuevo veo el mar. Esta vez por entre los troncos de los pinos. Como un río muy quieto, fluyendo despacio. Blanco, detrás de los árboles. Luego, el crujido de los cangrejos y de las frutas casi deja de oírse. Héctor ha aumentado la velocidad. Lo miro; aunque no voy a decir nada. Aunque, realmente, no quisiera, por ahora, mirarlo. Mañana, sí. Y pasado. Y siempre... Pero, por ahora, prefiero no mirarlo. Lo miro. Parece un muchacho. Aunque ya no lo es, sin duda. Pero a veces, me sorprende. Sobre todo, cuando sonríe. Entonces, es casi un niño. Otras, sin embargo, me ha sobresaltado: de repente, sin yo saber cómo, se ha convertido en un viejo. Así es, un niño, un muchacho, y, también, un anciano. Pero siempre, al verlo representar esas edades que no son la suya he sentido lástima. Sin embargo, bien sé que no es un viejo; aunque ya, también, dejó de ser un muchacho. Ha apretado los labios, quizás porque ha acelerado. Ahora, es un adolescente. Pasamos el pinar. Nos vamos adentrando en la arboleda de los almendros. Los almendros son aquí los únicos árboles que sueltan las hojas metódicamente, cada año, de acuerdo con las estaciones que, en este lugar, no existen. Pobres árboles, que no han perdido la memoria, cumpliendo una ceremonia innecesaria. Despoblándose y volviéndose a cubrir. Inútilmente. Las hojas, amarillas, a veces completamente rojas, caen, lentas, sin apuro. Como si comprendieran la inutilidad de la tradición. Pobres árboles, desnudándose. Teniendo que soportar el sol sin una hoja que los proteja. El rito, simplemente; la costumbre. Ahora no es el estallido de los cangrejos, sino el crepitar de las hojas secas. Suenan, quizás, como papeles chamuscados, que uno fuera pisando. Algunas hojas van a parar, entre cortos revoloteos, a los cristales del auto, ruedan hasta el parabrisas; por momentos, casi no dejan ver la carretera. Héctor hace una ligera mueca. Lo miro de nuevo. Ahora es un anciano, desde luego, horrible... Héctor. Pero no digo nada. No lo llamo, no le hablo. Sólo lo pienso. Es posible que así me pueda oír mejor. Por un tiempo —largo— pensé que todas las palabras eran inútiles, que se podía hablar mejor sin abrir la boca. Ahora lo dudo, aunque puede ser que esté equivocada. Aunque, sin duda, sigo pensando que las palabras no sirven para nada. Quizás, al decir *sí* o *no* cumplan una función. Pero cuando se necesitan para otras cosas, fallan. Por lo demás, se puede afirmar o negar sin tener que abrir los labios. Algunas veces puedo pensar lo que él piensa, aunque me aterra. Nunca se sabe adónde puede uno llegar. O se sabe, y es mucho peor. Por eso, quizás, sea necesario, de vez en cuando, hablar: mientras tanto no se piensa, generalmente, en nada... Y si hiciéramos el intento; si de pronto empezaras a pensar en voz alta. A gritos... En fin, seguimos. Casi ya dejamos los almendros. Poco a poco me va llegando el llanto del niño. Tal vez hace rato que llora y ninguno de los dos lo habíamos oído. Viene detrás, en el otro asiento. Nunca he podido cargar a un niño por mucho rato. Me parece que se me va a deshacer entre los brazos. Además, atrás, acostado, solo, debe venir más cómodo. Bocarriba, llora y levanta las piernas y los brazos. Le paso, aún sin tocarlo, la mano junto a la cara. Deja de llorar. Cierra los ojos. Parece que otra vez se ha dormido. Qué crimen, me digo a veces, mirándolo, él jamás nos lo perdonará —aunque, quizás, nunca nos lo reproche— como yo tampoco se lo perdono a mi madre... Y si lo hiciera, si me lo reprochase. Quisiera saber qué podría contestarle en ese momento. Abre los ojos. Sonríe, y me extiende los brazos. Le doy la espalda y sigo mirando para la carretera. De nuevo empieza a llorar. Pero ya no lo oigo. Héctor maneja, ensimismado. Seguimos avanzando. Las hileras de cabañas, algunas en lo más alto, van quedando atrás. Pronto tomaremos la avenida donde estallan las adelfas. Por un rato no veremos el mar. De nuevo tengo la intención de hablar, de usar, de manipular palabras. Qué estupidez, cuando ya las había dado por descartadas. ¿Me servirían acaso para demostrarle a alguien que ahí, en la carretera, a un costado, hay ahora un dinosaurio que se pasea lento por ese sendero deslumbrante? Sin embargo, ahí está, levantando su inminente cuello hacia el cielo, viéndonos cruzar bajo la claridad que es ya insoportable... Ensordecedores alaridos. Y más allá, hacia aquel extremo, donde la playa se vuelve piedra y empieza el mar abierto, otro grupo de animales, al parecer danzando. Qué inútiles las palabras. Bastaría decir "mírenlos" para que al momento desaparezcan. No hablo. Cierro los ojos. Ahí están, levantando sus alas inmensas, gesticulando, a un costado de la playa... Pero, sobre todo, la calma. Por encima de todo ese escándalo, la calma. Abro los ojos. El dinosaurio con su andar legendario, que se me antoja melancólico, se echa a un lado y nos deja cruzar. Luego, suelta una carcajada. O quizás esté gritando. No sé. Pero por encima de todo la calma. Es decir, la representación. Pues, sin duda, habrá que continuar. Habrá que llegar a algún sitio. A La Habana. Llegaremos. O, lo que es peor, estaremos siempre llegando... Después de tres o cuatro horas, quizás más, o menos, depende de la velocidad, del tráfico, del tiempo, del niño, llegaremos. Aquí está ya nuestra calle. Saluda a los vecinos. Diga usted algo. Sonría. Unas vacaciones estupendas. He aquí la palabra. "Estupendas"... Qué horror. Y ahora, que ya los saludastes, que has preguntado hasta por su salud, entra en la casa. Acuesta al niño. Abre las ventanas. Pon a secar las trusas. Prepara la comida. Comemos. Mañana empieza de nuevo el trabajo. Terminaron las vacaciones. Héctor ya hace rato que duerme. Lo desvisto. Me siento un momento en la cama. Me acuesto a su lado. Me tapo la cara con las sábanas. De pronto, las cigarras comienzan a silbar. Héctor dice a veces que chillan. Pero quizás los dos estemos equivocados: ni silban, ni gritan; simplemente suenan por costumbre; porque, tal vez, esa sea su consigna, y no sepan, de tanto repetirla, que es inútil... Pero no es así, me dice él, chillan de ese modo porque ya terminó el verano y tienen que morirse... Ahora suenan todas a un tiempo. No se oye otra cosa que ese estruendo monótono; ese grito, quizás. Pronto cesará de golpe. Luego, una sola cigarra empezará a silbar, lentamente, durante un rato; hasta que otra, y luego otra, le hagan compañía. Por unos instantes el escándalo será intolerable. Ni el ruido del motor, ni el llanto del niño, ni el crepitar de las hojas, nada de eso se oye. Todo ha quedado sepultado, borrado, reducido a silencio, por este otro ruido, por esta suerte de concierto enloquecedor. Millones de cigarras sonando, invisibles, por todo el pinar. Bien sé que aunque me lleve las manos a los oídos —como lo hago— las voy a seguir oyendo. Están en las hojas de todos los árboles, en las piedras y la yerba de la carretera. Pienso que se han instalado sobre el techo del automóvil y que desde ahí arriba silban. El escándalo ha subido de golpe. Es intolerable. La única manera de soportarlo consiste en oírlo. Ahora, que ya no existe otra cosa que ese estruendo, qué puede detenernos, quién puede resistirse, quién puede dejar de ver, de ver, de comprender, de presentir. Blanco, blanco... Héctor, y el muchacho, sin duda hermoso, tirado en la arena, quizás dormido. Haciéndose el dormido. Héctor, y el muchacho, flotando bocarriba, muy cerca de la costa. Aplausos. Ha terminado de hablar. Alguien le entrega el cinturón con las pistolas. Se canta *La internacional*, cogidos de las manos, balanceándose. El mosquito sigue en el mosquitero. Zumba sobre mi cabeza. Alguien me dijo que el mosquito que suena no es el que pica. Ojalá sea así. De todos modos no puedo dormir. Salgo al portal de la cabaña. Qué silencio. Sólo el ruido de una hoja de zinc que, casi desprendida de algún techo, se mueve lentamente, porque no hay viento. Por un costado de los pinos viene el muchacho. Camina despacio; la ropa blanca parece flotar en lo oscuro. Se detiene, mira hacia atrás. Es de madrugada, pienso. Horita amanece, me digo, y sigo esperando. Y en estos momentos salimos ya a la avenida donde estallan las adelfas... Adelfas de un rojo tan fuerte que ya no es rojo; adelfas rosadas, amarillas, blancas. No hay hojas, no hay tallos; sólo flores. A ambos lados de la avenida, y en el centro. Flores y flores. La flor de la adelfa no tiene olor o, de tan tenue, es casi imperceptible. Me he llevado una a la nariz; no he sentido nada. Muchacha, dice mi madre, no huelas esa flor, que da cáncer... Dios mío, da cáncer oler una flor. Y continúan las explicaciones: La-adelfa-tiene-unas-hormigas muy pequeñas -que-viven-entre-los-pétalos-si-la-olemos-esos-bi-chos nos-entran-por-la-nariz-ellos-dan-el-cáncer. Mamá, he olido una adelfa, ahora seguramente cogeré un cáncer. ¡Dios mío, lo haces adrede, para mortificarme!... También hay un poema sobre las adelfas. Está en mi *Segundo libro de lecturas.* "Alta y solitaria vive la adelfa triste", dice. Luego, naturalmente, continúa, pero no recuerdo. El poema trata de explicar que como la adelfa es una planta venenosa, nada puede crecer bajo su sombra, ni siquiera la más mínima yerba, por eso, según el poema, es solitaria. Pero, en fin, me digo qué culpa tiene la pobre adelfa de todo eso. Pero la verdad es que está sola. Es decir, solamente con las otras adelfas... Si me siento debajo de una mata de adelfas, si me acuesto, si me quedo dormida... No divagues, no divagues; por mucho que lo intentes, y ya lo intentas, no vas a escapar. *Alta y solitaria, alta y solitaria...* De nuevo miro a Héctor y enciendo otro cigarro. El niño duerme. Avanzamos rápidamente. Pronto dejaremos la avenida de las adelfas y saldremos a la carretera. Me miro las manos. El dedo índice y el otro, amarillos por el cigarro. Un olor a gasolina va llegando, casi agradable, en medio del calor y del resplandor. Abro los ojos. Miro para los botones de la radio, para las gavetas cerradas, todo enchapado en aluminio; el encendedor automático (que no funciona) brilla en la claridad. Sobre un recodo, junto al cristal, hay un destornillador algo enmohecido. Por un rato me quedo mirando el destornillador. Al fin, empiezo a llorar. En silencio, con la boca cerrada. Las lágrimas caen sobre mis brazos. Lloro ahora con un poco más de intensidad. Por un instante hice el intento de llevarme una mano a la cara. Pero me he dominado. Desciendo. Por esta vez parece que voy a escapar. Miro por la ventanilla. A través de las lágrimas veo un paisaje completamente deformado, como si todo estuviese sumergido. Sobre el mar, que ya se alza más allá de los pinos, distingo un pájaro que se eleva y luego desciende en picada. Quizás sea una gaviota hambrienta. Pero desde aquí es solamente un pájaro que desciende y se eleva. Nada se puede precisar.

Sólo la gran calma del día. De la mañana. Es tan temprano que aún no ha llegado nadie a la playa. El mar y los pinos. Nada más. Siempre quise pasarme una temporada en la playa. Ahora, que ya llegamos, todo es tan claro, todo está tan cerca, todo es tal real que no parece que sea verdad. Además, no se ve ninguna persona, ningún movimiento. ¿No hay nadie?, dice Héctor llamando con el puño cerrado sobre el mostrador. Va, va, dice al fin una voz. Aparece una mujer desgreñada con un trapeador en las manos. El niño, en los brazos de Héctor quiere coger el contrato de la cabaña. Por fin, Héctor se lo entrega a la mujer y ella nos da la llave. El niño se queda mirando fijamente a la empleada que guarda el papel en una gaveta del escritorio. En corta fila india vamos rumbo a la cabaña. El delante, con el niño y la maleta; yo, detrás, con los demás bultos. El niño me mira, como diciéndome *vienes ahí, no hay problemas.* Yo le saco la lengua. Aquí es, dice Héctor ahora, descubriendo el número borroso, incrustado a la pared de la cabaña. Entramos. Acuesto al niño sobre el sofá. Hay, además, en la sala —que hace de comedor— dos sillones, una mesa con una lámpara y cuatro sillas, un refrigerador y un closet que hace también de tabique entre esta pieza y el cuarto. Todo parece que funciona, dice Héctor sorprendido. Abre la llave de la cocina. Un chorro de agua fría se precipita, como si estuviese ansioso por brotar. El agua moja la camisa de Héctor, quien, riéndose, abre y cierra la puerta del refrigerador. También funciona, dice. Prende las luces de la sala, prenden; las del baño, prenden. Yo voy a encender la luz del portal, pero me doy cuenta de que falta el bombillo. No importa, dice Héctor, esta noche nos lo robaremos de las otras cabañas. Ahora, a desvestirse, dice. Lo tomo y lo llevo hasta el cuarto. Hay dos camas estrechas, pero unidas, formando una sola pieza. También, una litera de dos pisos. En el más bajo acuesto al niño. Voy hasta el baño; por un momento me miro en el espejo, junto al lavabo, pero no me acerco. Cuando abro la puerta, Héctor, ya en short, dobla los pantalones y los coloca sobre una silla. Qué hora es, pregunto. Qué se yo, me dice. Si el niño está dormido, podemos ir ahora mismo a la playa. ¿O quieres comer algo? No tengo hambre digo, mientras busco la trusa. Creo que no hemos olvidado nada... Lo más importante lo trajimos, dice él, sacando de un maletín dos botellas de ron. Y de pronto, oigo su voz como desde muy lejos, más allá del mar o sobre el mar. "Lo más importante lo trajimos". Y es Héctor en medio de un lugar despoblado, cubierto por una arena que parece más bien ceniza y de la que emergen pedazos de piedras, que tal vez no sean piedras y que parecen tomar posiciones amenazantes, como esperando, seguras, que él tropiece con ellas para despedazarlo. "Lo más importante lo trajimos". Y la voz, rajándose, se pierde en un estruendo cerrado que se repite. Tropieza, el cuello da contra una de esas no-piedras afiladas. La cabeza rueda por el polvo y viene hasta mis pies, despacio. "Lo trajimos", me dice la cabeza que no sangra, y se oyen las palabras perdiéndose por todo el derriscadero. Voy hasta las botellas que milagrosamente no se han roto. Tomo una. La abro. De pie empiezo a rociar todo el ron sobre la cabeza cercenada. El líquido cae lavándole los ojos, el pelo aún brillante, la cara y las cejas enfangadas. No me digas que has olvidado la trusa, me dice. Aquí está, digo, sacándola del maletín. Voy hasta el baño y empiezo a desvestirme. Ahora llega la música de la radio portátil que él ha prendido. Lo siento cantar al compás de esa música, quizás para que yo piense que está alegre. Ya con la trusa puesta voy hasta el cuarto donde el niño, a pesar del ruido, sigue durmiendo. Vuelvo a la sala. Tómate un trago, me dice Héctor, tirado sobre un sillón, señalándome los vasos ya servidos. Cuando quieras, dice, podemos salir. Voy con los vasos hasta la cocina y dejo que la bebida se deslice por el desagüe del lavabo. Mejor sería llevar un termo para comprar refrescos, esto solo es muy fuerte, le digo a Héctor. Vamos, dice él. Ya voy, ya voy. Pero antes entro otra vez en el cuarto. El niño sigue dormido. Lo miro un instante. Y salgo al portal. Y es ahora, por primera vez, cuando oigo ese escándalo. Quizás antes lo había escuchado de paso, o imaginado, pero no recuerdo haberlo oído nunca así, absoluto, totalmente insoportable. Viene de entre los pinos y es como un silbido que no es silbido, como un piar sordo, alto, monótono y desesperado. Son las cigarras, dice Héctor; ahora que termina el verano empiezan a chillar así y no paran hasta reventar. Son insectos de primavera... Me quito las manos de los oídos. El ruido va descendiendo hasta hacerse casi imperceptible. Bajamos la escalera que comunica el portal de la cabaña con el sendero de las losetas que da a la playa. Y ya vamos caminando rumbo al mar. El ruido, repentinamente, sin que ninguna cigarra se quede rezagada, cesa. Estallaron todas de un golpe, digo, mirando para Héctor. Ni lo pienses, siguen chillando, sólo que muy bajo, me responde. Continúa caminando, ahora delante, con el short y los zapatos tenis. Me gusta que vaya así, delante, con esos zapatos y el short. Me gusta verle caminar, pienso. Parece que has estado otras veces por aquí, le digo. No: no mucho, dice rápido, como disculpándose. Lo pregunté sólo porque parece que conoces el sitio... Y no por mucho tiempo, agrega. Pero, qué importa que hayas venido antes, pienso. Sí, creo que he venido alguna vez, en verano, antes, cuando las otras playas estaban muy llenas... Pero, a qué vienen tantas explicaciones, me digo, ya llegamos hasta un camino estrecho que cruza bajo los almendros. Ahora empiezan las adelfas que no terminan sino hasta llegar a la misma arena. El mar, de tan alto y claro, parece una pared blanca que sube hasta el cielo. Si se lo dijera a Héctor, él se reiría. "También tú estás haciendo literatura", diría, "o copiándola, que es lo mismo"... Y así es, pues en algún libro he leído algo sobre la altura del mar en estos lugares, pero no recuerdo dónde. Pero al llegar al final del sendero que nos lleva en línea recta hasta el mar, veo que sus aguas se disuelven a la altura de nuestros pies. Héctor, dejándolo todo en la arena, echa a correr por la playa. Es formidable, dice. Está formidable, dice. Ya, en el otro extremo, se zambulle. Pero oye, pero oye, quizás sería mejor que te detuvieras, que disminuyeses la velocidad, que llegáramos, en fin de cuenta, a la casa, pues, a lo mejor, todo es inútil. Dios mío —aunque no debo pensar en Dios—, a lo mejor, realmente, todo es inútil: y después del estruendo, los hierros retorcidos, la sangre y demás calamidades, exista realmente ese otro infierno, y él nos esté esperando allá arriba. El, sin hablar, caminando lentamente, seguro y abstraído, irrebatible sobre las nubes, burlándose. El, con esa oscuridad radiante que emana no se sabe de dónde (tal vez, sencillamente, de su juventud), sobre una nube, bocarriba, en short, tomando el sol. Las piernas levemente arqueadas, con aparente ingenuidad. Todo resplandeciendo, burlándose, sometiéndonos, destruyéndonos, diciendo *aquí estoy, aquí estoy otra vez...* Sí, digo —pensando: conduce sin apuro, con cuidado, pues estoy segura de que allá estará él, esperándonos—, está formidable, formidable. Y Héctor, asintiendo, se zambulle otra vez, reaparece más arriba, sobre la franja azul oscura. Formidable, repite él ahora. Y otra vez se sumerge... Pero, ¿quién habla, quién grita, quién me interrumpe con profecías alarmantes que por lo mismo no deben sorprenderme pues sin duda se han de cumplir?... Salta de nuevo, desaparece, emerge ya, empapado y brillante. Las rodillas, rompiendo las olas, las piernas sobrepasando ya el agua; los pies (¡y no se había quitado los zapatos!) pisan la arena. El agua se escurre por su cuerpo doblando los vellos que semejan yerbazales aplastados por un aguacero. Me acuesto a su lado, un poco más arriba, y cierro los ojos. De repente, una ola, pues ya hay oleaje, llega casi con violencia hasta mis piernas; veo las últimas burbujas disolviéndose en mis muslos; siento la trusa empapada. Pronto nadaré hasta aquel extremo del mar donde las aguas se oscurecen. Los pies hacia el horizonte; la cabeza rumbo a la arena. El agua que viene se rompe contra mis piernas, formando pequeñas olas, extendiéndome el pelo. El se echa también a flotar. Oigo su respiración. Si te cansas puedes recostarte a mí, dice. Así podemos quedarnos todo el día. Sólo al final, él se aleja un poco, quizás llevado por la corriente. Me vuelvo. Respiro hondo. Y es el mar. El olor del mar... Qué será de la gente a cientos de kilómetros del mar. Yo salgo cada rato al balcón, dejo de lavar, dejo por un momento que el niño llore sobre la cuna, descorro las cortinas, veo el mar. *Está ahí, está ahí*, digo; lo demás casi no importa. El pálido por entre los edificios rueda, alzándose en medio de un azul casi blanco que luego, más tarde, ahora, se oscurece, centellea, hasta perderse. Después tomo el niño, con él en brazos sigo lavando, tiendo la ropa, voy a la cocina, hago el almuerzo. Pero bién sé que *él* está ahí. Y, dentro de un momento, me asomaré de nuevo al balcón y lo veré, abultado, levantándose, yéndose... Por eso es tan terrible un pueblo del interior, un pueblo de campo, o el mismo campo donde no hay mar, sino un arroyo que se seca cuando deja de llover. Mi madre me lleva al arroyo en estos días de tanta agua, en que todo está lleno de guaninas y hay querequeteses revoloteando hasta sobre la antena del radio de oídos. Mi madre se baña en refajos; yo estoy desnuda. Ella no entra en el arroyo, sino que se queda sobre una piedra por la que corre el agua y cae, en un solo chorro, dentro del charco donde hay unas hojas que dan vueltas. Es el remolino, dice ella; si te metes, te traga. Mamá termina de bañarse y se pone el vestido. Entonces, orina. Casi siempre cuando orina lo hace de pie. El orín cae sobre las hojas secas, y una lagartija que estaba debajo sale corriendo, empapada. Casi al llegar a la gran franja azul me sumerjo, me dejo llevar por la corriente del fondo, abro los ojos: veo mi sombra bajo el mar, haciendo los mismos movimientos que mi cuerpo (pero más serena, más lejana), el sol fragmentándose, piedras diminutas, caracoles tan blancos como si en verdad lo fueran... Extiendo más las manos. Topo la arena con la nariz. Me alzo sin salir a la superficie. Otra vez el parpadeo luminoso del fondo. Ahora son hojas. Hojas que van pasando por debajo de mi cuerpo. Un inmenso torbellino de hojas blancas, verdes, plateadas, pequeñas, enormes, que crujen, que no suenan, que oscilan parpadeantes y siguen desfilando. La gran mata de yagrumas de la casa ha crecido tanto que llena con sus hojas todo el patio. Algunos gajos han sobrepasado el techo y lo cubren; allí se posan los totises. Todas las tardes, como ahora, estoy sentada, recostada en el taburete, en una esquina de la puerta que da al patio. Bajo su sombra. Oigo las hojas desprenderse, balancearse, caer a mis pies. A veces, cuando el viento es fuerte, caen por centenares. Yo miro el aire, blanco por tantas hojas. Si me pongo de pie, si dejo el taburete y empiezo a caminar, oiré el crujir de las hojas secas que al pisarlas se deshacen. Y aún cuando ya están hechos todos los bultos, y mi madre ha revuelto las cenizas para que no quede ningún tizón encendido (pues traería mala suerte), ha cerrado las ventanas y va y viene del caballo con el serón lleno de cacharros al carretón donde van los muebles, yo estoy aquí, todavía, ahora, de pie (porque el taburete también va en la carreta), mirando las hojas. Y me parece (y siento) que solamente por esto valdría la pena quedarse. Pero al fin preguntan por mí. Los vecinos que han venido a despedirnos y mi madre me están llamando. Antes de responderles y marcharme, miro otra vez para allá arriba. Muchas hojas se desprenden, y una, grande y reseca, como un pájaro muerto baja en picada y cae entre mis piernas. ¿Qué dicen las voces? ¿Qué preguntan las voces? ¿Qué me aconsejan ahora las voces? *Tírate al asfalto. Abre la puerta del auto y tírate. De una vez desaparece...* LA DOMINICA LA MEJOR CROQUETA DE CUBA. Porque ya hemos dejado la avenida de las adelfas que llevan hasta el mar y estás en la carretera desprovista de árboles, bordeada de consignas relucientes y anuncios descoloridos... Rastras, guaguas, camiones, vehículos militares, pasan junto a nosotros como resoplando. CROQUETAS Y EMPANADAS. Nada dicen las voces, ni el tiempo, ni yo tampoco. Sólo el olor y el ruido del motor y el zumbido de los demás carros. El aire que se cuela por la ventanilla más pequeña me revuelve el pelo. Me vuelvo. Miro para Héctor. Empiezo a acostumbrarme a verlo de nuevo. La cara, la boca, los ojos. Todo me pertenece. Ahora más que nunca. Tanto, que si quisiera podría ahora mismo tocarlo, abrazarlo, hablarle. Así, me llega la alegría. Me llega, como siempre, sin justificación, mirando la carretera, los charcos que no son charcos, sino espejismos que forma el sol en el asfalto que reverbera. Me llega la alegría por un momento. Luego, ya, igual que siempre, se va. Y me quedo diciéndome: *imbécil, imbécil, imbécil...* El niño, otra vez, se ha dormido. Quizás sea el calor o el ruido del motor. ¿Y qué sentido tiene esa alegría? ¿A qué vienen esas ganas de reír?, me dicen ahora las voces. Estás sola, como siempre, sin siquiera poder alardear de esa soledad, pues, aparentemente, estás acompañada. Y sientes cómo ella, la soledad, te hace cosquillas en el estómago, asciende, te toma plenamente y se desborda,

21

desparramándose ya sobre la vegetación entumecida de las carretera por donde ahora no pasan vehículos, sino testimonios palpables de tu desamparo... Otra vez veo al dinosaurio, acostado en el centro del asfalto, levantar calmadamente el cuello, atisbando impasible mientras nos acercamos. Sólo cuando estamos ya junto a él, se para en la punta de la cola, da un salto, se introduce en las escasas nubes y aparece más allá, descendiendo sobre los charcos inexistentes... Un vehículo pequeño y rojo surge en el horizonte. Se nos acerca, traqueteando pasa ya junto a nosotros, queda atrás. Todavía por un rato habrá aire; podremos respirar. Luego, la claridad se hará cegadora. La tierra arderá, como todos los días. "Los árboles se convertirán en un humo de furia", pienso, imitándote, sin mirarte. Pero, por ahora, estoy bajo el agua. Aún puedo sentirme en el agua; salir a flote. Nadar. Tirarme así, sobre la arena, junto a ti. Dejar que pase el tiempo y olvidarme... Pero, oye; pero, oye: ¿De qué tienes que olvidarte? ¿De qué te quejas? Salgo del agua; cogemos el termo y vamos hasta la cafetería. Regresamos con el termo lleno de refrescos —el asfalto, a esta hora del mediodía casi arde—. Entramos en la cabaña y empiezo a acomodar la ropa en el closet. Las camisas de Héctor, las medias, los calzoncillos, los libros. El se me acerca ahora con el niño en brazos. No se ha tomado toda la leche, me dice. Nunca lo hace, pienso. Trajiste demasiados libros para una semana, le digo. Algunos ya los he leído, responde, pero aquí les volveré a echar un vistazo. Debiste haber traído algo para ti, agrega, *La vida de Helena de Troya*, que siempre estás leyendo, termina burlón. Ya la terminé, le digo. Lo peor es, sigue él, que esos libros no solamente son falsos, sino ridículos. Es entretenido, respondo... Bueno, yo te conseguiré otras novelas que te entretengan sin que te hagan perder el tiempo. Pero, por favor, no me corrijas, pienso, no trates de "ilustrarme", y, sobre todo, deja ese tono, ese tono de suficiencia, de cansancio, de lástima, como si antes de *dictar* el consejo ya supieras el poco caso que haré de él... Leer la gran poesía, dices ahora, y olvidarnos de que contamos con sólo una semana de vida. Dejas al niño en un sillón, tomas el libro y sales

22

al portal. Igual que si estuvieras en la casa. Porque en la casa ocurre lo mismo: Llega, ya con el libro en la mano, muchas veces ni se baña, sino que permanece sentado con el libro pegado a los ojos, cubriéndole toda la cara. Debes ir a un oculista, te digo. Sí, dice, pero no me ha prestado atención. Lo dejo solo. Preparo la comida. Ya está la comida, le digo. Pero sigues leyendo. Hasta que al fin me acerco y te rozo un hombro. La comida... No me dejas terminar. Ya voy, dices; ya voy, dices de pronto en voz alta. Pero sé que te quedarás aún un rato más. Acuesto al niño y salgo también al portal. Héctor está leyendo y hablando consigo mismo. Si empezara otra vez a escribir, pienso, tal vez se sentiría mejor. Pero no va a empezar, óyelo bien, y en el fondo te alegras de que sea así. Eso, por lo menos, te permite consolarlo. Porque tú quieres ser su consuelo, su desahogo. Que él llegue y reclame tu protección. Ayúdame, ayúdame, dicen sus ojos. Tú te acercas con una enorme soga, caminas trabajosamente, fingiendo que la soga pesa aún más, llegas hasta donde él que se hunde; das unos pasos. Con mucho esfuerzo, en el último instante, lanzas la soga... Una gaviota, inmóvil, flota en el cielo, sobre el mar. No planea; flota suspendida y quieta, como sujeta a un hilo invisible. Trae algo de beber, dice Héctor, siempre de espalda. Regreso con la bebida. El está ensimismado. Lo coloco todo junto a la mesita que está entre los dos sillones, en el portal. Gracias, dice él ahora, mientras observo la gaviota que se eleva, se lanza en picada sobre el mar, roza el agua provocando un estallido de espumas y asciende de golpe, quedándose nuevamente fija en el cielo. Sería bueno podernos quedar aquí, lejos, dice él. Yo entro y vuelvo otra vez con más bebida, traigo el termo, vasos con hielo. Bebemos. En un principio, él está leyendo en el cuarto del fondo, ya en el pueblo, en casa de mi madre. Todos los días, en cuanto llega del trabajo, se mete en ese cuarto (no se puede encerrar porque el cuarto no tiene puerta) y comienza a leer. Vino huyendo de casa de sus abuelos, de casa de las otras tías, pues allá, aunque parezca increíble, estaba peor. Aquí, mamá, para fastidiarlo (por algo le dicen "la odiada") entra y sale del cuarto hablando en voz alta, chillando, comentando cualquier estupidez y preguntando. El, a veces, se limita a hacer algún gesto y sigue leyendo. Más acá, en el cuarto donde dormimos mamá y yo (el otro lo ocupa la prima Eulogia) me estoy vistiendo para ir al parque. Cómo detesto esas caminatas por el parque, este pueblo donde todo el mundo se conoce, a mi prima Eulogia y a su corte de muchachos que la persiguen por todo el parque como perros en celo. Y ella, dándose importancia, balanceando sus faldas de paradera, hablando conmigo sobre cualquier tontería que no vale la pena que yo oiga, pues lo que le interesa a ella es lucirse, destacarse, que vean su forma de moverse, de reírse, de dirigirse a los demás... Muchacho, le dice mi madre, vete a bañar. El no contesta y sigue encerrado en el cuarto sin puertas. Cuando llegamos del parque (y mi prima aún hablando sandeces) el bombillo sigue encendido, y yo, al ir al baño miro para el interior y lo veo, veo a Héctor, tirado bocarriba sobre la cama, vestido, con los zapatos puestos, inmóvil, sin leer, en otro mundo. Ahora estás en una esquina, como debajo de las coronas. En el otro cuarto se oyen los gritos de mamá junto con las otras tías, y los alaridos de Eulogia, quien, para destacarse, chilla más que nadie. Pero es a ti a quien veo; es de ti de quien, sin sentirte llorar, oigo los sollozos. Pero tú no dices nada, no haces nada, y por eso, quizás, eres el centro de todos los comentarios. Cuando va a sacar la caja, cuando ya se llevan las pocas coronas, suena un sollozo en el cuarto, un sollozo que no dura mucho, y que nadie oye. Entonces es cuando me acerco, y te toco un hombro, y te tomo (luego) las manos... Al cruzar, de regreso ya del baño, vuelvo a mirarte. Sigues bocarriba, ahora, al parecer, contemplando el hueco de la puerta. Y como me has visto, o creo que me has visto, te digo buenas noches. Buenas noches... Ahora estás en el baño (mi prima Eulogia, en la sala, parlotea con sus amigos, mi madre trastea en la cocina); oigo el agua de la ducha caer sobre tu cuerpo. Despacio voy hasta la puerta del baño, me acerco, aguanto la respiración. Así, todos los días. Sin verte, oigo el agua rodar sobre tu cuerpo. Muchacha, dice mi madre desde la cocina, ven a ayudarme. Voy, y me pongo a trabajar. Por la madrugada aún sigo despierta. Sólo, ya amaneciendo vengo a coger el sueño. Cuando abro los ojos mamá está frente a la cama. Sabrás, dice, que tu prima se ha ido con alguno de sus novios. Se llevó toda la ropa. Qué importa, digo, aún medio dormida... Pues debería importarte. Es una vergüenza para todos. Pero al igual que Héctor, que lo mismo le da Dios que un caballo, andas siempre por las nubes. Y yo me río, alegre de que me haya comparado con él. Y eso estimula aún más la furia de mi madre... Héctor, digo (la gaviota ha desaparecido, habrá descendido o se habrá elevado tanto que ni se ve), vamos a acostarnos. Sirve otro trago, responde él y enciende un cigarro. El sol ha ido avanzando por el portal y ahora tenemos que rodar los sillones y la mesita con la bebida. ¿No tienes deseo de volverte a bañar?, pregunta él. Más tarde quizás, respondo. Ahora tengo un poco de sueño. Ve y acuéstate, dice, yo iré en seguida. A un lado del pinar empieza a elevarse el silbido de las cigarras. Mientras, otra vez bebemos, el silbido se convierte en un estruendo y hasta una gaviota (tal vez la misma de hace un momento) alza el vuelo como asustada. Qué escándalo, digo; ahora sí que me voy a la cama. Al entrar en el cuarto veo, por entre las persianas, el mar. Y de pronto, al tirarme en la cama, millones y millones de animales blancos, ágiles, esbeltos, frágiles y fugaces, en estampida deslizándose... Hasta que él empuja la puerta, entra, y se tira en la cama, a mi lado. Por un momento lo siento moverse; en seguida se queda quieto. El aire que entra por las persianas nos llega hasta la cara, refrescando. Poco a poco abro los ojos, no mucho, de manera que parezca que están cerrados. Lo primero que veo son sus zapatos tenis, después, las piernas, las rodillas, el short; hasta que llego al pecho, el cuello; miro un rato su cara. Tiene los ojos cerrados, pero sé que no está dormido. Me acerco al borde de su cama unido al de la mía. Cierro los ojos; estoy un rato sin decir nada, respirando. Oyendo cómo él respira. Me acerco más, paso un pie por entre sus piernas. Así quedo otro rato. Pongo mi cuerpo junto al suyo y dejo que mi mano toque por un momento su estómago. Levanto la cabeza y veo su nariz, sus labios cerrados.

Coloco mi cabeza entre sus manos. Otra vez llega el estruendo de las cigarras. Me incorporo y me siento en el borde de la cama. (El mar sigue inmóvil detrás de los pinos). Comienzo a quitarle los zapatos. Paso mis dedos por la planta de sus pies. En seguida me acuesto a su lado. Por un momento me pareció que había entreabierto los ojos. Acerco más mi cuerpo y dejo que los pies descalzos se rocen con los suyos. Despacio toco su cuello, subo hasta los labios; paso mis dedos por su nariz. Dejo que la mano, ya completamente abierta, se deslice por el pecho, por la cintura, bajo el short. Así forma un arco bajo su sexo dormido. La mano que late y suda un poco comienza a acariciar suavemente. Héctor, digo no muy alto, pues sé que no es necesario llamar, que no es necesario hablar, que él me oye. Héctor, digo, y al abrir los ojos rozo casi los suyos que siguen cerrados. Héctor, digo, y las pestañas se van juntando de nuevo, poco a poco, como en un sueño que se resiste a ser sueño. Héctor, digo, y allá abajo siento que él comienza a latir despacio, tímidamente, llenando lentamente el arco de mis manos. La inmensa estampida ha llegado hasta el mar. Allí, alza el vuelo... Héctor, digo de nuevo, y siento que el latido va muriendo; cesa. La mano cubre otra vez la carne dormida, un poco tibia. Héctor, digo, ¿quieres que nos tapemos con las sábanas? Estate tranquila, responde él. Yo vuelvo a colocar mi cabeza sobre sus manos. Mientras, el sopor de la tarde nos va adormeciendo. Hasta que despierto en la cama de mi madre, en el campo. Afuera se oye el escándalo, que no es mucho, de la noche. Grillos, alguna que otra lechuza. Dentro, mi madre que reza. Primero *El Padre Nuestro*; después, *El Ave María*; luego, *El Credo*... Cuando ella empieza a rezar, yo la acompaño. La acompaño casi siempre hasta el primer *amén*. Pero ya cuando llegamos a lo de "santa María madre de Dios" me va entrando sueño, y, como no sé el significado de la palabra "intercede", ahí mismo me quedo dormida. Al despertar estoy tapada completamente con las sábanas que se agitan a causa del aire que entra por la ventana o por las persianas. No sé bien donde estoy: al principio creo que en La Hábana; luego, en el campo. Cuando abro los ojos todo se ve un poco borroso. Sólo ahora que oigo el mar me doy cuenta que estoy en la playa y que Héctor duerme a mi lado. Después me va llegando otro ruido lejano, hasta que descubro que es el niño que llora. Está rojo y con la cara empapada. Lo tomo, lo levanto y lo arrullo. Cállate, le digo, vas a despertar a tu padre. Con él en brazos me paseo por el cuarto, balanceándolo despacio. Pero no se calla. Voy hasta la sala. Trato de hacerle tomar algún alimento, pero lo derrama. Me siento en el portal. Cállate, le digo en voz baja, pero él sigue gritando. Camino de un lado a otro del portal. Mira el mar, le digo. Mira el mar, le digo cantando. Lo levanto a la altura de mi cabeza y le muestro el mar, ahora casi dorado, pues ya es de tarde. ¿Quieres que te pasee por la playa? El sigue dando gritos... Pero, oye, me digo, mira el pinar, mira el cielo, mira las aguas, y no te mortifiques más. Todos los niños lloran; se pasan la vida llorando por cualquier tontería... Cerca de la costa hay algunas gaviotas, se elevan, se pierden por un costado del cielo. En línea recta, guardando la misma distancia, aparecen otra vez sobre el pinar. La gente abandona la playa. Una pelota se alza y centellea iluminada todavía por el sol. Al descender se oscurece. Este es el único momento en que se puede respirar; mirar las cosas sin que nos cieguen. Pero el niño sigue llorando. Sus gritos son ahora como una burla, precisamente en este instante. Cállate, le digo, y levanto la voz. Si Héctor despertara ahora mismo se lo daría y saldría corriendo. Despierta, coge a este monstruo chillón... Pero no quiero llamarlo. Y, mientras tanto, me estoy perdiendo el único momento del día que no valdría la pena perder. Siento cómo lo voy perdiendo; cómo se me escapa entre los chillidos... Y en estos momentos el sol cae sobre el mar. El mar, tocado por el sol, se cubre con una franja anaranjada... Pero, ¿por qué no se calla? Tienes que estar enfermo, debes tener algo. ¡O lloras sencillamente para molestarme, para fastidiarme!, le digo. Y él grita cada vez más fuerte, tratando de enloquecerme. Estoy segura de que lo hace con toda intención. Madre mía, yo no sé cuidar muchachos. A mí no me gustan los niños, los detesto. Son húmedos, gritones, malolientes, crueles.

Lo odio. No sé qué hacer con éste. Quítenmelo de los brazos... Lo acuesto en el sillón del portal; lo dejo solo, esmorecido. Voy hasta el otro extremo y me quedo quieta, recostada a la baranda. Así estoy por un momento, mirando el mar. Pero los gritos me lo impiden. Oigo sus gritos. Siento sus gritos. Lo tomo de nuevo. Te quiero, le digo. Te quiero muchísimo, le digo. Con él en brazos me paseo por todo el portal de la cabaña. Cállate, le digo en voz baja. ¡Cállate! Lo levanto, lo sacudo, doy con él pequeños saltos. Pero sigue igual. Me siento en el sillón. Cálmate, cálmate, le voy diciendo muy despacio y empiezo a mecerlo. Cállate, le digo, y empiezo a llorar junto con él. Cállate... Y seguimos llorando los dos juntos, mientras nos mecemos. Héctor aparece ahora. Toma el niño, le digo. El toma al niño y al momento deja de llorar. Pero ya es de noche.

Qué tiniebla, dice Héctor. Ahora sí tenemos que conseguir el bombillo. Con el niño a horcajadas sobre el cuello se pasea por el portal oscurísimo. En seguida lo lleva hasta el cuarto y regresa. Vamos, dice... Pero, ¿por qué tenía que llegar él para que el niño se callara? Lo hace para mortificarme. Los dos lo hacen para mortificarme. Y ahora él ni siquiera me pregunta por qué lloraba. Esto también lo hace adrede, seguramente. Aunque, quizás, se ha quedado callado precisamente para no molestarme... Vamos caminando entre el resplandor de las adelfas; en la oscuridad se puede presentir el perfume de esas flores, que no llega a ser perfume. Nos deslizamos con cautela por detrás de las plantas hasta llegar a una cabaña que parece deshabitada. Aquí, dice él y ya se sube al respaldar de un sillón. Me siento en el mueble y, desde abajo, lo veo maniobrar, ya tocando el techo del portal. Veo sus piernas haciendo equilibrios, el short, la cintura, los brazos extendidos hacia el bombillo. De pronto, su cuerpo se ilumina. Alguien, desde el interior (pues la cabaña sí está habitada), ha prendido la luz. Héctor da un salto y los dos echamos a correr por entre las adelfas. Ya cerca del pinar nos detenemos, jadeantes y riéndonos. Mejor es que vayamos al restaurán a comer algo, dice él. Pedimos cerveza y spaguetti que

28

es además el único plato que hay hoy. Salimos. Llegamos hasta el claro que hay dentro del pinar. Yo empiezo a coger flores de adelfas. Voy arrancando hojas, gajos enteros con flores y botones. Héctor viene hasta mí que continúo atareada y empieza a colocarme flores en el pelo. Me toma y me levanta. Ahora, lanza puñados de arena al aire. La arena nos cae, como un aguacero, sobre la cabeza y los hombros. Cae también sobre los pinos y las adelfas, tropezando con las hojas. Fíjate bien, cuando todo está lleno de arena, dice. Los dos miramos mientras continuamos (yo también) tomando puñados de arena y lanzándolos al aire. Entramos ya donde los pinos forman un verdadero bosque. Desde aquí, poniendo un poco de atención, se puede oír el escándalo de las cigarras que ahora, quizás por ser de noche, ya no es escándalo, sino, más bien, un lejano murmullo. Salimos a la playa abierta. Por la noche el mar no es tan oscuro como parece que es cuando no se está cerca de él. Aunque no hay luna, toda la superficie del mar reluce como atravesada por un resplandor, una suerte de neblina brillante que llega hasta la costa. Más allá (casi en el horizonte, supongo) se ven algunas luces que parpadean, se encienden a veces con más fuerza, se apagan, vuelven de nuevo… Llego hasta el mismo mar. Los pies se hunden en la arena. En el fondo también hay luces. Son como pequeños cocuyos que alumbran la costa sumergida. Algunas veces las olas arrastran estas piedras luminosas que al llegar a la orilla dejan de brillar. Tomo una. Son piedras fosforescentes, dice Héctor. De día también brillan, pero es tanta la otra claridad que no se nota. Camina hasta un costado de la playa. Se agacha, toca el agua; se lava el rostro. Se retira un poco de la costa y se queda con las manos extendidas, mirando el mar. Por un momento le oigo silbar. Al instante se desprende de la camisa, echa a correr y se zambulle en el oleaje cercano. Siento ahora que la arena se mueve, vibra bajo mis pies. Me quedo observando hasta que descubro que son los cangrejos. Cientos y cientos de cangrejos comienzan a emerger y correr por toda la playa. Algunos chocan contra mis pies. Héctor sale del agua. Mira, le digo, señalando para la estampida. No es nada, dice él. Por la tarde había muchos más. Vamos, estoy temblando. No te preocupes, me dice ya abriendo la puerta de la cabaña, mañana conseguiremos el bombillo. Ya dentro, me llevo las manos a la cabeza y tropiezo con las adelfas que aún tengo incrustadas en el pelo. Con cuidado las voy desprendiendo y las coloco en una botella vacía. Voy hasta el niño. Lo tomo. Comienza a llorar débilmente, como sin deseos. Al prender la luz, arruga completamente la cara. Le preparo la leche y se la toma sin protestar. Casi al instante se queda dormido. Lo acuesto, lo abrigo, le paso los dedos por la cara; pero no lo beso. Arreglo nuestras camas, la de Héctor, la mía. Instalo el mosquitero del niño. Salgo a la sala. El sigue tirado en el sofá, con la cabeza apoyada en uno de los brazos del mueble. Lee. Enciendo un cigarro y salgo al portal. Poco a poco, de entre la oscuridad, se va destacando como otra oscuridad más espesa. Son los árboles, formando una silueta más negra que apenas si se recorta contra la negrura. Apoyo la cabeza en el respaldo del sillón, y fumo. Un mosquito llega silbando y trata de posárseme en la nariz, lo espanto; llegan otros. Los oigo zumbar a mi alrededor. Fumo de nuevo. El humo quizás los ahuyente. Las cigarras comienzan a escucharse, apagando el zumbido de los mosquitos. Entro en la cabaña. Es horrible la cantidad de mosquitos que hay afuera, digo. El sigue leyendo. Ah, creo que dice ahora. Pero no sé si se debe a la lectura, a la impresión que le causa el libro, a mis palabras. Tal vez lo que quiso decir con ese *ah* fue: déjame tranquilo, lárgate... Voy hasta la cocina y preparo dos tragos. Gracias, dice. Bebe y sigue leyendo. Me tiro en un sillón con el vaso sobre el vientre. Así trato de concentrarme en cualquier cosa. Llego hasta la mesa y sintonizo la radio. *La manera de construir un sombrero de yarey*, dice la voz de la locutora, *no es fácil. Estamos en la Unidad "Mártires de Girón" donde las compañeras se afanan en superar las metas de producción de sombreros de yarey para suplir las necesidades de nuestro pueblo trabajador en el campo. Pero oigamos a la compañera Isabel Monal, obrera de vanguardia, que ha superado la meta diaria, tejiendo más de doscientos cincuenta sombreros en dieciocho horas de trabajo volun-*

*tario. La técnica del tejido de yarey —nos explica la camarada Monal— es la siguiente: se cogen dos empleítas largas y finas y se atan por un extremo. Primer movimiento: Volteo de la empleíta del extremo derecho al extremo izquierdo. Segundo movimiento: Pase de la empleíta izquierda por debajo de la derecha, entrecruzándose ambas y formando una primera trenza que llamaremos "trenza inicial". Esta trenza...* Apago la radio. Quizás sería conveniente servirme otro trago, pero, ¿tengo deseos? El todavía no ha terminado el suyo. Ni siquiera lo ha vuelto a probar. Hace rato que habla solo. Tal vez solamente mueve los labios, leyendo. *He aquí el aborrecimiento*, me parece haberle oído decir. *He aquí el sitio en llamas*, estoy segura que acaba de decir. Pero mira, pero mira, ¿por qué esa furia? ¿Por qué esa sensación de resentimiento, de impotencia, de soledad, si yo estoy aquí? ¿Es que no cuento para nada? ¿Es que no puedo ayudarte en nada? Nada, nada puedes hacer, dicen las voces. Mira el mar, piensa en el mar; piensa en el mar y consuélate. Aunque no puedas verlo, consuélate. Consuélate sabiendo que está ahí, que marcha junto a ti, detrás de los árboles. Un poco más allá, cuando crucen el puente y suban la primera loma y pierdas el olor imaginario de las adelfas, volverás a verlo. Percibiré el olor a sal y a tierra bañada, y podré respirar. Ahora, domínate, no prestes atención al sol. Cierra los ojos. Cierro los ojos: Ahí está el dinosaurio, otra vez en el mismo centro de la carretera, esperándonos. El auto se aproxima, parece que nos vamos a estrellar contra el animal. Abro los ojos: Con andar parsimonioso el dinosaurio se echa a un costado de la carretera. Cuando pasamos junto a él saca (no sé de dónde) un enorme lápiz labial, y se pinta los labios. Qué es eso, pienso. Y el dinosaurio suelta una carcajada. Sus dientes, como grandes hachas afiladas, relucen detrás de la corteza roja que es ahora su boca. El auto cruza a toda velocidad y la carcajada va quedando atrás, agrandándose... Se acerca una rastra, produciendo un ruido infernal. Es un vehículo enorme, al parecer cargado de mercancías, pero cubierto completamente por una lona. Pero, oye, piensa, razona, medita: es posible que no sean mercancías; es

posible que sean armas. Armas secretas. Ametralladoras, cañones, bombas que de un estallido pueden arrasar con toda una
ciudad. Porque estamos en guerra. Constantemente, incesantemente, estamos ahora en guerra, dijo uno de los altos dirigentes. Estamos en guerra, óyelo bien, vivimos bajo la amenaza de
que nos fulminarán; en una perpetua lucha que va más allá de
los límites del campo de batalla, que a veces, siempre, sobrepasa
en horror a la misma batalla... A quién puede interesarle mi
tragedia, si ahora mismo todos podemos perecer fulminados.
Pero es terrible, dice Héctor, y yo lo escucho (ahora, rumbo al
trabajo, esperando el cambio de luz), es terrible vivir siempre
bajo la amenaza, la advertencia, de que este miserable día, puede ser el último; aún dentro del horror es imprescindible que
haya una estabilidad, detenerse en un punto, decir aquí me instalo, de aquí parto, de acuerdo a estas condiciones trataré de
sobrevivir. Pero ni siquiera eso, dice (y ya el auto echa a andar,
pronto me apearé y entraré en el trabajo), ni siquiera eso tenemos aquí. Es preferible la guerra abierta, que lleguen las bombas de una vez: así, por lo menos, habría un fin, el caos no sería
perpetuo. Quizás hasta se podría empezar otra vez... Pasa otra
rastra, a gran velocidad; y luego otra, y otra. Todas cargadas y
con la enorme lona cubriendo la "mercancía". Es una verdadera
caravana de rastras que amenaza con atropellarnos, posesionán-
dose de toda la carretera y levantando un aire caliente que sube
por la ventanilla y entra en el auto... Pero, oye, pero oye, atiende, piensa: y si fueran limones, o naranjas, o cualquier otro tipo
de frutas que hay que cubrir, pues el sol las daña, las pudre, las
echa a perder... Sí, es posible que sean limones... Y ya cruzamos el puente, y ya subimos la primera loma. El motor del auto
suena ahora como cansando, como si hiciera un gran esfuerzo
para no detenerse. Héctor acelera y por fin llegamos a la parte
más alta. El motor recupera su tono normal. Seguimos avanzando. Llega el aire fresco de la mañana; el calor, por un momento, parece como si fuera retrocediendo. Miro para el niño
que sigue dormido, y ya, con más calma, prendo otro cigarro...
A un costado de la carretera se ve el mar; al otro, unos pinos

solitarios y amarillentos que el sol y el viento han ido resecando. A un costado de la carretera se ve el mar; al otro, un grupo de vacas casi inmóviles que pastan desganadamente. A un costado de la carretera se ve el mar; al otro, una casa de ladrillos sin repellar, sin árboles, con cuatro ventanas y una torre (o algo parecido) que no sé qué sentido pueda tener; la veo, de lejos, mientras pasamos, parece entristecida en medio de la sabana, soportando el aire y el sol. El auto sigue y la casa queda por unos instantes en mi memoria... A un costado de la carretera se ve el mar; del otro, un gran cartel con letras inmensas. ESTA USTED ENTRANDO EN EL PLAN MONUMENTAL DEL CORDON DE LA HABANA. A un costado de la carretera, el mar; al otro, una valla gigantesca. ¡OCHENTA MIL HABANERAS AL COGOLLO! A un costado de la carretera, el mar; del otro, un cartel. ¡YA LLEGAMOS A LAS CIEN MIL POSTURAS DE CAFE! Una valla con un brazo atlético, empuñando un rifle. ¡A LA OFENSIVA CON FIDEL AL FRENTE! Una estación militar con dos guardias armados en la entrada. Un enorme estandarte. ¡TODA LA JUVENTUD A CAMAGÜEY POR TRES AÑOS! Dos mujeres desgreñadas bajo una parada de guagua. Una estación de gasolina. Una pancarta gigantesca. ¡COMANDANTE EN JEFE, ORDENE! Un cartel. ¡TODOS A LA ESCUELA AL CAMPO! Un mural. GUERRA A MUERTE A LOS PELUDOS Y A LOS GUSANOS. Un andamio ilustrado. ¡LA LUCHA ES SIN CUARTEL! Una empalizada que configura otro letrero. GRAN VIVERO PROVINCIAL ¡PATRIA O MUERTE! Una tela formando una arcada rojiza que pasa por encima de la carretera y en la que aparece dibujado un hombre sonriente sembrando una mata de café. ¡PARA TOMARLO HAY QUE SEMBRARLO! Otra enorme valla ilustrada con mujeres y hombres sonrientes que levantan mochas. ¡TODO POR LOS DIEZ MILLONES! Otro letrero. ¡QUE NO QUEDE NI UNA CANA EN PIE! Otro. DE CARA AL CAMPO. Otro. PARA EL CUBANO LA AGRICULTURA HA DE SER LO QUE LAS MONTAÑAS PARA EL GUERRILLERO. Otro

33

gran mural con una imagen gigantesca. ¡ORDENE! Otra tarima ilustrada. ¡TODOS A LA RECOGIDA DE CUJES DE TABACO EN PINAR DEL RIO! Palmas con los troncos acorazados de fotografías: ¡ORDENE PARA LO QUE SEA! Fotos, fotos, más fotos. Otro gran letrero emergiendo. ¡A LA CARGA FINAL! Otro: ¡EL QUE SAQUE LA CABEZA SE LA CORTAMOS! Otro: ¡ACUDE AL LLAMADO DE LA PATRIA! Otro: ¡QUE NO QUEDE UN GRANO EN EL SUELO!... Pero oye, pero oye, pero mira, pero atiéndeme: A un costado de la carretera se sigue viendo el mar. El mar, terso. El mar fluyendo sin tiempo; el mar deslizándose bajo un grupo de gaviotas que planean muy quietas. El mar, claro en la costa (casi transparente), verde después, azul luego, añil más lejos. Negro centelleante, allá, donde es imposible precisar su anchura. El mar, el mar. Oyeme, atiéndeme: blanco, verde, azul, sonoro, profundo, negro, quieto, transparente, incesante, fijo, inmenso. El mar... El mar apenas si se oye desde aquí. Mientras corro las persianas de la cabaña y voy instalando el otro mosquitero si no pienso en él no lo oigo. Pienso: Ha terminado el día, vamos llegando a la gran calma donde las aguas, quietas, fluyen sin hacer ruido, sin golpear la orilla, sin levantarse. Las aguas quietas, transparentes, fluyendo lentamente, continuamente. Y si me inclinara sobre esas aguas que fluyen sin rumbo, también prisioneras, si, poco a poco, me inclinara, sin violencia; sólo un suave precipitarse; después, un lento balanceo... Flotar, quizás un rato, sumergirse despacio. Sentir las aguas que fluyen a mis costados, *tómenme*, que poco a poco ascienden sordas y comprensivas, *tómenme*, y me bordean ceremoniosas, *tómenme*, el cuello... Pero no ha concluido la batalla, óyelo bien. Ni siquiera ha comenzado, óyelo bien. Al terminar de instalar el mosquitero escucho el golpe de la marea. Y sé que no va a terminar nunca. Por un instante miro para el niño que sigue dormido. Llego hasta la sala, donde Héctor sigue leyendo ensimismado. Un mosquito pasa zumbando por entre su nariz y el libro. Voy hasta el portal, bajo las siluetas que forman los almendros distingo el brillo de nuestro auto allí estacionado. Entro. Por un momento me quedo de pie en la sala. En seguida voy al baño. Prendo la luz, me miro en el espejo sin mirarme. No tengo deseos. O quizás sí tengo deseos. Pero no puedo permitir, pero no puedo permitir... No puedo... Mi madre me llama. Mi madre me llama y me dice: Te pasas las horas como lela, mirándote en el espejo, so faina, como si fueras tan linda... Alguien viene de pronto y agrega que si uno se pasa mucho rato mirándose al espejo termina viéndose muerto. "Terminas viendo solamente una calavera, tu esqueleto". Hago la prueba. Pero no puedo permitir. Pero... Apago la luz y empiezo a desvestirme. Poco a poco. No tengo deseos de llorar. Con calma desabotono los tirantes de la trusa, descorro el siper de la espalda. Sin deseos de llorar. Ya sólo falta levantar el pie y dejar que la trusa ruede por entre las piernas para quedarme completamente desnuda. Entonces, sin encender la luz, me siento en la taza y empiezo a orinar. Estoy orinando con la luz apagada; y lloro despacio, bajo, que yo misma no me oigo. Ya en el cuarto saco un blumer de la gaveta, me meto bajo el mosquitero y me acuesto. La luz entra, pero no violentamente. Además, puedo cerrar los ojos. Pero por un rato sigo con los ojos abiertos. Poco a poco va llegando el escándalo de las cigarras. Sube. De pronto, desciende. Ya no se oye. Dentro de un instante me lavaré la cara y apagaré la luz. Como no tendré sueño seguiré despierta. Al rato llegará él. Lo sentiré entrar en el baño, prender la luz. Oiré cómo se desviste y lo veré desnudo. En seguida apagará las luces y se meterá despacio bajo el mosquitero, tratando de no hacer ruido. Se oye su respiración. Se oyen los leves movimientos de su cuerpo al deslizarse. Se cubre con las sábanas. Estamos juntos. ¿Te dormiste? No responde. Acerco mi cuerpo al suyo. Como siempre, mi cabeza sobre sus manos, en la almohada. Va llegando la gran neblina. Y las hojas. Hojas y más hojas, transformándose ya en cotorras verdes. Todas las cotorras descienden y forman una playa solitaria. Allí está ella. A veces sólo la veo por unos instantes. Otras, se queda un rato. Y hablamos. Mejor dicho, habla ella. Yo la contemplo. Trae ese aire de distinguida desolación que yo jamás tendré aunque padezca cosas peores. Sus ropas están ya deterioradas, y a ella misma se le nota que ha envejecido. Sin embargo, aún se ve hermosa. Ahí, al costado del mar. En una playa que nunca visitaré. Sin árboles ni yerbas; sólo arena. Arenas brillantes que más allá se convierten en piedras. Cualquiera diría que ha sido arrojada hasta aquí por la marea. Parece de otro mundo. Pero su tristeza (su tragedia) me hace reconocerla, identificarla, verla como una conocida que, además, admiro. Porque tú al menos has podido ser; es decir, has agotado todas las posibilidades. *Mi derrota es mi triunfo*, puedes decir... Pero yo... Soy la aborrecida de los dioses, me dices, mientras yo, en cuatro patas, voy acercándome. Junto a ella, sobre la arena, me acuclillo. La veo ahora hacer gestos extraños, tomar poses como si fuera una modelo, meterse una mano en la boca. Después se queda quieta y parece mirarme. Dando pequeños saltos, siempre en cuclillas, me acerco aún más. Miro sus pies un poco enfangados, el grueso vestido, el pelo que por momentos le cubre los ojos. En alguna parte, siempre buscando información sobre ella, he leído: "La existencia de los jóvenes esposos era muy feliz, cuando llegó a la ceremonia un joven extranjero muy hermoso"... Pero sé que eso es falso, que no puede haber felicidad cuando todo está justificado y previsto... Soy la puta de Argos, dice ahora, con tal orgullo, que parece como si mencionara uno de sus títulos más nobles. Por un rato hace silencio. De pronto, nos llega el sonido de una música que no parece salir de sitio alguno, sino, estar en todas partes. Es una música donde hay trompetas, coros, lamentos y canciones. Miro para el horizonte donde la arena se convierte en un pedregal. Un enorme ejército se nos acerca. Ella también lo descubre y empieza a levantar los brazos. El ejército sigue avanzando, como una escuadra de guerra. Todos los soldados vienen marchando; el corto vestido más arriba de las rodillas. En su mayoría son jóvenes y sus apariencias quedan aún más enaltecidas por los cascos y los escudos. Me retiro a cierta distancia. Veo cómo ella se arregla el pelo, se pinta los labios y empieza a ensayar diversas formas de sonreír. Finalmente, se levanta el vestido, dejando un muslo al descubierto. Ya pasan ante mí, sin mirarme, en dirección a ella, los primeros guerreros. Aquí están Ascanio, Yemeleno, Ayax Telamonio, Antímaco, Pisandro, Agamenón, Menelao, Biamor, el deiforme Odiseo; todos los guerreros, dáneos y teúcros, avanzan apretados en confuso montón. Aquiles es el primero en llegar hasta ella. Lanzando un alarido comienza a quitarse el tremolante casco. Al instante aparece Néstor quien con un gesto altanero se despoja de su túnica y de las doradas sandalias. El desfile continúa. Ya están junto a ellas Doriclo, de jovial linaje, Pándoclo, Lisandro, Piraso y Pilarte, todos resoplando y enarbolando sus virilidades. El magnánimo Odiseo se frota los muslos y mira torvamente. Por último, llega el resto de la tropa. Los valientes teúcros, los extraordinarios aqueos ya están agrupados junto a ella. El atribulado Menelao, capitán de un ejército se le acerca sudoroso y trata de tomarle un brazo. Ella, riéndose, se escapa y comienza a bailar, rozando con sus muslos a Agamenón, rey de los hombres, quien tira el cetro, se despoja del escudo y la mira extasiado. Ella sigue bailando, aunque la música ha cesado y sólo se escucha ahora el resoplar de los soldados. Un penetrante olor a sudor inunda toda la playa. Deiforo, completamente desnudo, se aproxima y trata de aprisionarla. Ella le acaricia levemente el sexo y continúa bailando. Un grupo de guerreros teúcros empieza a dar vueltas a su alrededor, mientras que los hijos de Teseo y Pirito, fuertes como tigres, miden sus miembros y señalan para ella, la de los níveos brazos, quien toca con la punta del pie las inflamadas virilidades de los muchachos, y echa a correr perseguida por la tropa. A un costado de la playa se detiene, se abre el vestido y vuelve a reír. El enardecido ejército la rodea otra vez. Los aqueos, de broncíneas corazas, se sitúan por el frente; los teúcros, de escudos relucientes, se van colocando a su espalda. El orgulloso Antíloco sale de la fila y tomando su miembro con ambas manos se dirije hacia ella, quien lo espera impasible. Ya cuando el peligro es inminente, toca con sus finos dedos la ingente proporción del joven, da un sofisticado grito, y escapa. Entre un estruendo de escudos, yelmos, cascos y carcaces que se desparraman, los soldados la rodean de nuevo. El bondadoso Príamo, padre de cinco hijos, trata desesperadamente de abrirse paso con su viejo y erguido sexo por entre la joven tropa que no le presta atención. El rey Príamo estalla en improperios mientras se frota su virilidad. Teseo y Pirito lo imitan al instante. El divino Agenor llama a su joven sirviente y ordena que le bese el miembro. Hasta el mismo Tersites, el más feo de cuantos guerreros fueron a Troya, saca su enorme falo y empieza a frotarlo con tal furia que la sangre va tiñendo la arena... Ella danza de nuevo. Algunos besan sus huellas, otros, ya desfallecidos, ruedan por el suelo donde son aplastados por los que como espléndidos caballos, saltan enfebridos. En tanto, Menelao, poseído por las furias, intenta atraparla, pero Héctor, domador de hombres, le propina tal golpe en la espalda con su turgente falo que el atrida suelta un grito de espanto y cae de rodillas. El tímido Patroclo mira para Aquiles quien sin haberse quitado la túnica da señales de enardecimiento. El joven empieza a llorar en voz baja mientras el de los pies ligeros lo apuntala... Por último los soldados aqueos, como perros de presa, se lanzan hacia ella, la de los ojos de rapaz, en tanto que los teúcros, enardecidos, también tratan de poseerla. Pero ella, la dueña de mágicas drogas, da un salto, y las dos tropas se encuentran, comenzando la batalla... El espléndido Diomedes de potente falo golpea con el mismo, matando al joven hijo de Euridamante, hábil jinete. Luego, con acertadas embestidas, aniquila a Timbreo, a Tóon y a Deyotipes. En tanto que Odiseo, igual en prudencia a Zeus, se frota su miembro hasta que adquiere proporciones temibles, y traspasa el pecho de Democonte, hijo bastardo del rey Príamo y a Alastro, de gloriosa edad juvenil. Dioconte mata a Pelipetes; Ayante a Dóriclo; Eurilio, a Dresso. Antilo da muerte a Abledo... El polvo, la matanza, la sangre, la batalla en fin, continúa, haciéndose cada vez más intrincada y terrible. Los teúcros agitan sus miembros sudorosos; los enardecidos aqueos blanden los suyos no menos broncíneos y empapados. Patroclo es casi taladrado por el joven Pirón, hijo de Imbrazo, quien es muerto al instante por un golpe de Aquiles que ha dejado caer su formidable falo sobre la cabeza del joven guerrero. En tanto, Agenor, a un solo giro de su erguido miembro mata a cinco capitanes licios. Agamenón atrida envasa su falo en el pecho del joven Antifo y de Sarpento, de mirar desesperado. Alcibiades hunde su fulgente miembro en la frente de Ascanio, caudillo de los frigios quien a su vez liquida a Esopo y a Pegazo. El imponente Orsíloco, de divinos muslos, acribilla metódicamente con su rosáceo falo a doce jóvenes troyanos, sacándole el hígado y los pulmones, luego, manejando su miembro con gran furia, arremete contra el viejo Príamo, quien al buscar refugio tropieza sorpresivamente con Aquiles el cual también lo apuntala con su dorado instrumento. El bondadoso Príamo, en trance de muerte, salta sobre el tenso falo del semidios griego, y tomando impulso desde su reluciente superficie, se lanza, como desde un trampolín, sobre los guerreros amigos que haciéndole un cerco lo reciben... Héctor, enfurecido por el percance que ha sufrido su padre, taladra a seis caudillos dáneos de hermosas mejillas. Los dos Ayaces con su ágiles miembros arremeten nuevamente derribando a Pilón, Ormeno, Menón y Orestes. Pisandro, aprovechando un descuido de Aquiles, intenta penetrar con su puntiagudo falo el talón del héroe, pero éste, abandonando sus presas, lo toma por las caderas golpeándolo contra su propio miembro de pavorosas proporciones... El estruendo de la batalla es tal que ya no se pueden distinguir cuerpos ni voces. No se oye más que un alarido uniforme, un resoplar enardecido; no se ve otra cosa que un gigantesco amasijo en el que todos sus engranajes se retuercen, sobresaliendo, como aristas infatigables, los tensos y broncíneos falos. Saltan, oscilan, chocan, taladran, salpican, rebotan, se hunden y emergen, caen derrotados y luego, con acompasados movimientos oscilantes, vuelven a incorporarse... Así continúa la batalla, y los muertos ya son tantos que en toda la playa no se ve más que cráneos despedazados, vísceras, cabezas y miembros cercenados. Miro para ella, la de los blancos brazos, y la veo, a un lado, contemplando fascinada... Cuando parece que ninguno de aquellos hombres va a quedar con vida, se oye como el sonido lejano de una trompeta, tan remota que quizás hace rato que está sonando y ahora es que la percibo... Por el horizonte aparece un barco con las velas infladas. Se acerca. Por momentos la visión es interrumpida por los cuerpos mutilados que se interponen, rodando ensartados por los aires. Pero la música ya está aquí. El barco también se aproxima. Llega a la orilla. Un joven desciende. Da cierta orden a la embarcación y ésta lo sigue de cerca, mientras él avanza caminando hacia nosotros. Trae un espléndido y corto vestido que le hace resaltar las piernas y los brazos desnudos; el cabello le cae sobre la frente y los hombros. Helena corre hacia él que sigue avanzando indiferente hasta donde se celebra la intrincada batalla. Ella, insistiendo, gira a su alrededor, lo detiene, configurando gestos procaces grita. Pero él prosigue, los pies calzados con lujosas sandalias pisan virilmente la arena. Ella, la codiciada de los dioses, abraza sus pisadas; se incorpora palpándose todo el cuerpo, por último se despoja del corto vestido y, desnuda, se le interpone. Pero el preferido de Afrodita sigue con paso firme. Ella, desesperada, se tira de rodillas y trata de acariciar los pliegues de la resplandeciente túnica. El domador de caballos la aparta y continúa rumbo a la batalla. El primero en divisarlo es Aquiles, quien se detiene, dejando a su víctima semitraspasada. También Agamenón saca su miembro del pecho de su contrincante y se queda contemplando al disputado de las diosas. Los dos Ayases interrumpen la batalla mirando enardecidos al domador de caballos. El viejo Príamo deja de combatir, extasiado ante la presencia de su hijo, y su contrincante, el astuto Odiseo, no aprovecha esta oportunidad para liquidar al Rey. Ambos permanecen quietos, contemplando al calumniado de raptor. El rey Menelao, el rey Indomeneo, Héctor, el orgulloso Antíloco, todos los soldados griegos, hermosos como dioses, y los troyanos de broncíneas corazas y espléndidas piernas permanecen quietos, mirando sólo para el divino varón, quien ya pasa junto a ellos. El adolescente Patroclo, con el pecho cubierta de espumas, es el primero en seguirlo. En seguida se le unen Ifadamenta, valiente y alto de cuerpo, Arcecitao, caudillo de los beocios, Ayax Telamonio, Héctor Príamida, Locofrón, de gloriosa edad. Todo el ejército griego; los más resplandecientes aqueos y teúcros ya van detrás de él, el que vive para amar. Helena se enfrenta desesperada a la comitiva. Desnuda ejecuta al instante una danza extremadamente procaz. Pero nadie le presta atención. Como ella insiste, arrojándose a los pies de cualquier guerrero y pidiéndo a gritos ser poseída, los soldados la apartan violentamente, llamándola "mala mujer", "azote destructor", "oprobio de la Gran Hélade", "bruja", "puta descarada" y otras mil ofensas, hasta que terminan expulsándola a puntapies... El disputado de las diosas marcha ahora cerca de la costa. Los dos ejércitos, que ya forman uno solo, siguen tras él. El domador de caballos llega al mar. Los sudorosos y enardecidos ejércitos se detienen también a corta distancia. El se vuelve hacia ellos y con un firme y gracioso movimiento se palpa los pliegues de su túnica. Luego continúa avanzando. Aquiles se une más a Patroclo; Emóclito y Teseo rodean al orgulloso Antíloco quien palpa con devoción el miembro de Diomedes Tidia. Menelao, caro a Ares, se introduce entre un valeroso y excitado grupo de jóvenes teúcros. Así continúa la comitiva. El viejo Príamo, casi desfallecido, corre a grandes zancadas, apoyándose a veces en el erguido falo de su hijo Héctor, domador de hombres, que lo mira extraviado y continúa también enardecido. Ahora el consentido de las diosas emite un silbido. Llega la embarcación. El salta. Lentamente se va alejando. Otra vez se oye el lejano sonido de una trompeta. Los valientes guerreros, cada vez más juntos, se lanzan al mar. Así se van adentrando en las aguas, mientras se interfieren prolongadas y bárbaras caricias que a veces se resuelven en una hecatombe múltiple de espasmos. El sumergirse y emerger de brazos, piernas, cabezas y falos que se agitan y hunden detrás del divino semeja una insólita nave donde los tripulantes, trabados unos con otros, forman la quilla, la popa, la cubierta, el barco completo que ya no puede detenerse y, encabritándose, se hunde en el horizonte... La trompeta ha dejado de sonar, el punto lejano ha desaparecido. Ella está sentada sobre una piedra y solloza. Me coloco a su lado, en la arena. Parece no haberme advertido y sigue llorando. Finalmente, me mira como reconociéndome. ¿Soy la puta de Argos? Me pregunta y señala para el mar ya desierto. Al instante se ríe a carcajadas. Al momento se convierte en un huevo pequeño, como el de una paloma. Lo cojo, no sin temor; estoy un rato con él bajo el puño cerrado. Ahora me incorporo y lo tiro al mar. Se oye un enorme estruendo. Alzo la vista. Por un costado del cielo avanza un escuadrón de aviones amarillos, parece un enjambre de avispas que todo lo va nublando. Sobre la tierra y el mar caen las bombas como un aguacero de colores. Caen junto a mí, levantando la arena convertida en polvo; sobre las olas, que se alzan furiosas e incendiadas. Todo arde. Pienso que lo han matado, que ya debe estar muerto, que seguramente ya han hundido el barco. Corro hasta el mar, pero nada puedo hacer. A cada instante una columna de fuego se alza ante mis ojos. Me voy quedando ciega y empiezo a gritar. Oigo, de pronto, que alguien me llama. Pero sigo gritando, hasta que de nuevo voy descendiendo, no se adónde, aún no veo nada. Todo está oscuro y siento frío. Mi voz desciende. Ya no grito, sino que solloxo muy bajo, para que nadie me oiga, para que nadie me siga llamando. Mientras lloro descubro que los aviones se han marchado. Sólo hay ahora un gran silencio. Un silencio que es tan insoportable como el peor de los escándalos; un gran silencio y una tiniebla sin orden. Ando, trato de andar, y nada toco; sólo el vacío; el silencio y la gran oscuridad. Aprieto aún más los ojos y de entre lo negro veo sombras menos negras; algo se mueve; diferencias de oscuridades. Suelto los párpados; poco a poco lo negro se aclara; las sombras van separándose. Ya está aquí el contraste, la luz —he sollozado, he estado sollozando. Siento mis ojos irritados. Pero ya está aquí la claridad. La claridad del día va entrando poco a poco por entre las persianas semicerradas. Aunque todavía no he abierto completamente los ojos, siento cómo golpea, abriéndose paso, llegando ya al mosquitero, traspasándolo... La luz, apenas amanece, comienza a hacerse insoportable, le obliga a uno a levantarse, aun cuando, como ahora, no sea necesario. Empiezo a identificar las cosas, las sábanas, el mosquitero, el techo, las persianas por donde entra el gran resplandor. Héctor ya se ha levantado. Por un momento me quedo sentada en la cama, así estoy, sin pensar en nada, mientras voy identificando los sonidos del día. Voces, gritos, gente que conversa, el motor de un auto que, al parecer, acaba de detenerse frente a nuestra cabaña. Luego, confundido con el golpe del mar, que aún no es muy fuerte, llega el silbido de las cigarras. Me levanto. Voy hasta la litera donde está el niño. Una mosca le camina por los labios. Siempre se las arreglan para colarse dentro del mosquitero. La espanto con cuidado para no despertarlo y vuelvo a abrigarlo. Voy al baño. Héctor, llamo, pensando que sería mejor irnos para la playa ahora mismo. El no responde. Seguramente está ya ensimismado en algún libro. Héctor, digo, y entro en la sala. El está de espaldas, frente a las persianas, mirando hacia afuera. Despacio camino hasta él. Junto a nuestra cabaña se ha estacionado un auto. Una mujer bastante vieja, ya fuera del vehículo señala para la cabaña que está junto a la nuestra. Del auto sale un hombre, pero como está de espaldas no puedo distinguirlo. Abre el maletero, se vuelve para cargar el equipaje. No es realmente un hombre, sino un joven, un muchacho. Siento de pronto un temor que no puedo justificar. Héctor sigue ensimismado, sin haberme descubierto. Los dos, muy juntos, permanecemos observando. Por un instante, cuando el muchacho con las maletas sube la escalera rumbo a su cabaña parece mirar para nosotros (aunque desde afuera, pienso, es imposible que pueda distinguirnos) y sonreír... Se oye el llanto del niño. Voy hasta el cuarto, lo tomo y empiezo a mecerlo. Ha llegado gente para la cabaña de al lado, dice Héctor, entrando en la habitación. Ojalá no sea una familia muy grande, digo, pensando en el ruido que pueda hacer. Parece que no lo es, dice él. ¿Tienen auto?, pregunto, por decir algo. Parece que sí, responde él; un Ford bastante bueno. Que se conserve, digo... Alimento al niño. Lo vuelvo a acostar y me quedo mirándolo hasta que, de pronto, le doy la espalda. Me pongo la trusa y salgo al portal. Ahí está Héctor, esperándome. Al bajar las escaleras descubro al muchacho en el portal de al lado. Se ha quitado ya la ropa del viaje y exhibe un short reluciente, de estreno. En estos momentos, la mujer, envuelta en una bata de casa que también parece de estreno, se para en la puerta y nos miran sonrientes y saludándonos, como diciéndonos: Si ocupo la cabaña de al lado tenemos que ser, por fuerza, buenos amigos... Me veo obligada a responderle el saludo. Ella, entonces, vuelve a saludarnos más efusivamente, con un gesto de triunfo. Es la madre del muchacho, pienso, no puede ser de otra forma. Le tomo una mano a Héctor y seguimos rumbo a la playa. El mar está amarillo y rojizo, como el agua de los ríos cuando llueve mucho y todo está revuelto. Héctor, de pie, deja que las olas le lleguen a las rodillas. Sigue así de pie, con el agua hasta las rodillas y pienso que nunca he visto una persona tan sola. Pero, ¿qué hacer para consolarlo? ¿Qué voy a decirle si me acerco? ¿De qué, además, tengo que consolarlo? Virgen Santa, ¿Qué vamos a hacer, qué voy a hacer, qué hago?... Es cierto que ya no te traigo flores, ni te rezo, pero todavía creo, o quiero creer. Alguien me ha dicho que soy joven; alguien me ha dicho que cuando me arreglo no luzco tan fea. Pero él no me dice nada, y entonces es como si nadie me lo hubiese dicho... Me pongo el único vestido de salir —que acabo de planchar. Prendo el radio, no muy alto, y me quedo en el comedor, oyendo cantar a Pedro Infante, y mirando a Héctor ahí, de pie, en el centro del patio. Y qué puedo hacer, cómo enterarlo de que lo quiero ayudar... Estoy escribiendo una carta donde pongo tantas tonterías. Estoy leyendo la carta. Estoy rompiendo la carta. Estoy oyendo la radio —ahora quien canta es Miguel Aceves Mejía— y mirándote, ahí, en el patio, mientras se hace de tarde. Siento a mi madre trastear en la cocina; prepara (inventa) la comida. Pronto encenderé el bombillo del comedor, apagaré el radio y ayudaré a poner la mesa. Nos sentaremos los tres en los taburetes. Una sensación insoportable llegará junto con el olor de la comida, y nos llenará de furia. Mi madre, como quien no tiene mala intención, fingiendo, le preguntará otra vez a Héctor si ya no hay trabajo en la fábrica y cuándo piensa abrir de nuevo y si no sería conveniente que fuera a buscar empleo en otro sitio. Finalmente dice que una amiga de ella, una "conocida", le dijo que hacían falta camareros en no sé qué lugar y que mañana bien temprano debe ir a ese lugar y empezar a trabajar. Sí, sí, dice él mientras come. Al otro día va. Lo ponen a prueba durante una semana. Al cabo de la semana le dicen que no hace falta. Y ahora oigo a mi madre gritando otra vez en el comedor. Es un bobo, dice, y que el dueño del restaurán le dijo a "la conocida" que era muy distraído, que necesitaba un muchacho despierto, no un comemierda al que la gente se le iba sin pagar y siempre estaba rompiendo los vasos, derramando los batidos y haciéndolo todo con torpeza, como si viviera en la luna... Y en estos tiempos, dice ahora en voz más alta, no se puede vivir en la luna. Vivir aquí, con los pies bien puestos sobre la tierra ya es difícil. Y sigue hablando, llamándolo ahora idiota, haragán... Yo subo más el radio. La voz de Pedro Infante va llenando toda la casa y empiezo a cantar con Pedro Infante para que Héctor no oiga el escándalo de mi madre. Pero es inútil. Ya él lo ha oído todo, y sigue parado ahí, en el patio, mientras se hace de tarde, sin decir nada, porque nunca dice nada. ¿Por qué nunca dice nada?... Virgen Santa, dime tú, cómo puedo ayudarlo, si más bien me huye, si más bien parece que no quiere ni verme. Algunas veces pienso que no necesita de nadie. Pero, tal vez, no sea así. Tal vez necesite de todo el mundo y nadie lo entiende. Si por lo menos llegara un día y golpeara a mi madre, y rompiera el radio, y le pegara candela a la casa. Que hiciera algo. Pero nada hace... Después de la comida va hasta el cuarto y empieza a leer o se queda tirado bocarriba sobre la cama, mientras mamá (igual que hacía el abuelo) toma el aparato de flit y va llenando toda la casa con un olor insoportable. Y yo sentada en el portal, mirando la gente que pasa y saludando; porque en este pueblo todo el mundo se conoce. Yo, tirada también en la cama, sin dormir, pensando, tratando de pensar qué pensará él, sin conseguirlo... Virgen, que no se entere mi madre, pero estoy enamorada de mi primo Héctor, y nada puedo hacer para desenamorarme ni para enamorarlo. Y lloro, por él y por mi; pero sobre todo por él, porque es varón, y debe ser terrible ser varón en estos tiempos, porque, en fin, la mujer no cuenta para nada; si la ofenden sólo tiene que echarse a llorar o pedir auxilio. Pero qué puede hacer él cuando lo ofenden. Además, no es como los otros. Ellos saben defenderse; tienen palabras agresivas a flor de labio, gestos amenazantes que esgrimen constantemente. De ellos hay que cuidarse pues no desaprovechan la menor oportunidad para tocarnos o para decirnos cualquier barbaridad... Estamos en la verbena que se celebra todos los años en el Club de Vista Alegre. Todos bailan. Los jóvenes que no traen bailadora la buscan inmediatamente o se la roban a sus compañeros y se van para los rincones más oscuros. Y todo lo hacen de una forma tan natural (como cuando se empinan directamente de las botellas de cerveza) que parece como si el mundo se hubiese hecho para ellos, y ellos lo entendieran así, y se comportaran de acuerdo a esas leyes que son las suyas. Encajan, pienso. Están en su sitio, pienso. Pero él está parado en una esquina del salón, las manos en los bolsillos, mira sin mirar, y parece como si estuviera en otro mundo. Pero yo sé (y eso es lo peor) que no está en otro mundo, sino en éste, en medio de ese barullo y de esas risas, y que hace un gran esfuerzo para soportarlo. Eso, al menos, lo sé. Cuando termina la pieza pido disculpas al muchacho que baila conmigo (quien sonríe como diciéndose: Me da lo mismo, ya encontraré otra) y voy hasta donde está él. Vamos a bailar, le digo. Y le cojo una mano. Lo llevo hasta el centro del salón. Mientras el órgano suena, le pongo una mano en la espalda y lo voy atrayendo poco a poco hasta mí. Dejo que mi otra mano aprisione la suya que suda; dejo que mi cabeza se incline y mi pelo toque sus labios. El marca los pasos, rígido, como temeroso de darme un pisotón, sin decir nada. Regresamos. Abro la puerta y, como siempre, mamá nos está esperando. ¿Qué horas de llegar son éstas? No le respondo. Voy hasta el cuarto; me desvisto y me acuesto. Ahora la oigo esparcir el flit; luego, apagar las luces. Así, en la oscuridad es más fácil pensar. Todas las cosas se han escondido, agazapado, y, aunque no hay consuelo, tampoco hay nada espantoso que nos llame la atención, desviando nuestros pensamientos. Así, durmiendo en el cuarto que era de mi prima, oyendo roncar a mi madre en el otro, puedo ponerlo todo en orden y, sintiéndome un poco más tranquila, pensar en él... Pienso que él está ahí, al lado, y que con sólo salir al pasillo ya estaría en su cuarto. Padre nuestro digo. Padre nuestro. Padre nuestro, y mientras rezo pienso que ahí, tan sólo a dos paredes está él. Padre nuestro, y estará despierto, con la luz encendida... Cuando, finalmente, digo *amén*, sigo pensando en él, lo sigo viendo, ahí, solo. Y si me levantara, y si, de puntillas, tocando las paredes, llegara al pasillo. Padre nuestro, Padre nuestro, y si saliera al pasillo y entrara en su cuarto. Santa María, Santa María... El sueño va llegando, pero no así, de pronto, sino, poco a poco, sin saberlo. Me despierta el ruido de mi madre en la cocina. Su voz confundida con el golpe de los cacharros que tira con furia sobre el fuego. Ahora sí que no tenemos escapatorias, dice, llegando hasta mi cuarto, obligándome a prestarle atención. *Escapatorias, escapatorias*, dígome en voz alta, riéndome casi, pensando si alguna vez para nosotros ha habido "escapatorias". La cosa está cada vez peor, continúa ella, sin oírme; los rebeldes están metidos dondequiera, todo está bloqueado, ya no entra ni una vianda, ahora sí que nos moriremos de hambre. Mejor, digo yo, si están donde quiera esto no puede durar mucho. Ella se ríe y dice: ¿Pero tú crees que esto se cae así como así? Las armas las tiene el gobierno. ¿Y qué puede hacer un alzado sin armas? ¡Comer vacas y acabar con todo! Eso es lo que están haciendo, jodiendo al país cada vez más... De pronto, al oírla hablar así me lleno de miedo, no por lo que dice, sino por la forma en que lo dice. Pero, oye, quizás, pienso ya esto me ha pasado otras veces. De todos modos, nunca le presto atención a lo que dice mi madre, sino, sólo, a la forma en que lo dice. Por lo demás, aquí siempre hay una guerra, un golpe, cualquier tipo de revolución o chanchullo... Finalmente, llego a la conclusión de que ninguna guerra va a influir para que él me mire, para que él me oiga, para que él adivine cuánto pienso yo en él. Y me digo: *me da lo mismo, me da lo mismo*. Pero, quiéralo o no, tengo que enterarme de todo; tengo, casi que participar en todo. Están por allá; ya toman tal pueblo, ya controlan tal provincia; esto se cae... Por último me va entrando una especie de esperanza, que no llega a ser esperanza, porque no me alegra, pero, al menos, me inquieta. Y es debida, precisamente, a que, como dice mi madre, las cosas se ponen cada día peor. Las tiendas cerradas, la gente que se va para el monte; a cada momento le oigo decir a alguien que los cañaverales están ardiendo, que el país está en ruinas... *¡Ruinas! ¡Ruinas!* Me encierro en el baño y empiezo a pronunciar esta palabra en voz alta, riéndome también. Qué puede importarme a mí la "ruina del país", qué sentido tiene eso para mí. Y me río a carcajadas. Aunque veo que todo es verdad. Mamá está cada vez más enfurecida. Por fin podemos comer sólo una vez al día, y no mucho. *¡Ruinas! ¡Ruinas!* Y me río y pienso que algo, de todos modos, tendrá que ocurrir. Pero sólo él me preocupa. Ahora habla menos que antes, aunque mi madre lo mortifica cada vez más, y ya, en su cara le dice que tiene que salir a buscar trabajo, que él es el hombre de la casa. Y dice "hombre" en tal forma que suena a ofensa. Y él, qué puede hacer, qué puede decirle, adónde va a ir... Otra vez acostada. La casa completamente en tinieblas; el olor a insecticida anegándolo todo. Se oyen tiros, se oye un gran estruendo, el escándalo de las perseguidoras; gritos. Y él está ahí, solo, solamente a dos paredes de mi cuarto, tan solo como nunca nadie podrá estarlo, porque ni siquiera ha perdido nada, porque nunca ha estado acompañado. Qué espera, qué planes tiene para después, mañana, ahora mismo... Disparos, ahora más cercanos, como si el mundo se estuviera acabando. Y yo me pregunto si alguna vez estuvimos en el mundo. Y yo me pregunto qué estará pensando él del mundo. Me siento en la cama; me quedo quieta oyendo el estruendo. Ahora escucho los ronquidos de mi madre. Me pongo de pie, salgo al pasillo. Llego hasta la puerta del cuarto de Héctor. La luz está encendida. El está sentado en el borde de la cama, las manos en la cara. Me quedo sólo un momento ante la puerta y en seguida vuelvo para mi cuarto. Y me acuesto. Padre nuestro que estás en los cielos, si él viniese hasta mi cuarto, si no fuera yo la que tuviera que ir hasta allá. Si no fueras tú la que hubieras ido. Si él viniera, despacio, descalzo, empujara la puerta. Oye, porque ya no le paso el pestillo a la puerta. No tienes que decir nada, no tienes que hablar; sólo entrar. Pero no vendrás. Me volveré una vieja en esta casa hedionda a flit, mirando la puerta que él no va a empujar nunca. Finalmente, llega la primera claridad del día, rindiéndome... Me levanto, me visto. Antes de que mi madre comience a pelearme, ya estoy sacándole brillo a los muebles, extrañada de que aún él no se haya levantado. Termino ahora de baldear el piso, de sacarle brillo a todas las losetas, pienso que de un momento a otro, como él sigue acostado, mamá empezará a pelear y lo llamará a gritos, aunque sea sólo para molestarlo. Y ya que también he terminado de baldear el portal me voy llenando de otra preocupación: ¿Por qué no te levantas? A lo mejor está enfermo, grave tal vez... Con el balde en las manos, cruzo el pasillo, las losetas relucientes, tan relucientes que me dan aún más tristeza... Llego a la puerta de su cuarto. El no está ahí. La cama está vacía. Las sábanas, tendidas, cubren sólo una almohada; los libros sobre la mesita de noche. Todo está en orden, pero él no está. Dónde puede haberse metido tan temprano, pienso; cuándo salió que yo no lo he notado. Otra vez entro en el cuarto. Abro el armario, miro hasta debajo de la cama. Ya cuando voy a salir, descubro un papel sobre las sábanas, junto a la almohada. *Querida tía, me voy con los rebeldes, porque aquí no hago nada. No se mortifiquen por mí.* Eso dice el papel. Lo vuelvo a leer. Mamá, digo, y no sé si estoy alegre o triste; creo que alegre... Mamá, ven acá. Ella llega. Le enseño el papel. Está loco dice, tirando el pedazo de papel sobre la cama, creo que la guerra es cosa de bobos, infeliz, ya se puede dar por muerto. Cállate la boca, le digo, y creo que es la primera vez que le grito. No lo van a matar. Qué sabes tú, responde ella, qué saben ustedes de la guerra; todo el mundo está aquí loco de remate. Sale al pasillo, camina por toda la casa diciendo que ahora sí nos vamos a "desgraciar", que nos harán un registro. Esto es lo que nos faltaba dice, entre furiosa y burlona, un "rebelde" en la familia. Ahora la cogerán con nosotras. Yo voy tras ella, diciéndole que se calle, que va a enterar a todo el barrio. Pero ella sigue gritando, quejándose, pensando sólo en nosotros, en ella misma. Y cuando vuelve a repetir furiosa y convencida, segura, que podemos darlo por muerto, que él no sabrá defenderse, que nunca ha sabido hacer nada, mucho menos manejar un arma y pelear, el odio que siento hacia ella es tan grande, Dios mío, que la dejo sola y me voy para la sala... Lo hiciste, pienso. Me alegra que lo hayas hecho, pienso. Y vuelvo a leer el papel. Entonces, leyéndolo, me pongo otra vez triste, pues en él ni siquiera me nombras. *Querida tía*, dice. El pobre, sabiendo bien que ella lo detesta. Sin duda lo hace por pena, por consideración, después de todo, ella es la dueña de la casa. Sin embargo, al final se dirige a mí. Sí, al final dice: *No se mortifiquen por mí*. No le habla sólo a mi madre, se dirige a otra persona de la casa. Y quién puede ser esa otra persona sino yo. Yo y mamá somos las únicas que vivimos aquí. Y el dice: *No se mortifiquen*. Penso que al menos cuando escribió la palabra *mortifiquen* lo hizo también pensando en mí. Es más, si puso: *No se mortifiquen por mí*, lo hizo sólo pensando en mí, pues bien sabe que mamá no se iba a mortificar por él. Entonces, me digo, esa palabra no va dirigida a mi madre, sino a mí. En general puedo decir que todo el papel lo escribió para mí; pero como él es tan tímido no se atrevió a dirigírmelo. Quizás pensó que mamá podría cogerlo antes que yo y darse cuenta. Pero, en fin, ¿darse cuenta de qué? Sí, me vuelvo a decir, darse cuenta de que entre él y tú hay algún secreto. Porque lo hay, porque es imposible que él no se haya dado cuenta. Lo hay. Y él, entonces, trata de despistar a mi madre dirigiéndole el papel a ella. Y si trata de despistarla es porque sabe que entre él y yo hay algo, aunque no haya pasado nada. Y si trata como parece, como se ve, de que mamá no se entere de nada es porque quiere que el secreto se conserve. Y si le interesa que el secreto se conserve es porque yo le intereso, y no quiere que todo termine así, de pronto... *No se mortifiquen por mí*, escribe, que es como si hubiera escrito: *No te mortifiques tú por mí*. Entonces, me digo, si escribió eso es, sin duda, porque él se mortifica por mí, porque sólo piensa en mí; porque está enamorado de mí y quiere guardar el secreto, y no quiere que yo sufra. Y este papel es una carta de amor...

Pero, en fin de cuentas, pienso ahora, para qué elucubrar tanto, es posible que todo no sea más que suposiciones mías, imaginaciones, y él no quiera decir más que lo que verdaderamente dice. Y todo no sea más que una breve nota informativa, impersonal, dirigida no sólamente a nosotras, sino a todos sus familiares, los de la otra casa... Sí, es posible que no le interesemos para nada. Y ahora pienso en lo que dijo mi madre y creo que, en cierto modo, ella puede tener razón. El es tan torpe para todo. Para todo lo que los demás hacen con tanta naturalidad. Qué va hacer en esa vida que también debe ser insoportable y más peligrosa. Sí, hay que pensar en todo, aunque no quisiera. Hay que pensar también que es posible que lo maten; que es posible que ya esté muerto y que no lo vuelva a ver. En todo hay que pensar... ¡Con nosotros nunca habría hecho esa locura!, oigo que alguien grita ahora en la puerta de la calle. Es Adolfina, mi tía (acompañada por esas fieras de Tico y Anisia) quien enterada ya de todo culpa a mi madre de lo ocurrido. Le da un empellón, y viene hasta mí, golpeándome también y apoderándose del papel. Y ahora, dando gritos, sale a la calle, para enterar a todo el mundo y que él ni siquiera pueda regresar para la casa si las cosas no le van bien por allá. Y Tico y Anisia, detrás, gritán aún más alto, riéndose a carcajadas... Vírgen Santa, ayúdame, porque no quiero que me vean llorar. Y no lloro. Y me dedico a esperarte. Porque sé bien que vas a volver. Estoy segura. Tiene que ser así. De otro modo, ¿qué sentido tendría todo? Aun la desgracia, para que pueda ser verdaderamente desgracia, tiene que contar con un instante de consuelo; de no ser así, ni siquiera tendría sentido como desgracia. Por lo tanto, tú vas a volver. Y espero... Los rebeldes cortan el tendido eléctrico. Estamos sentadas en la sala, mi madre y yo, alumbrándonos con una vela que ella misma fabricó con un pedazo de jabón. Mamá está en el balance, meciéndose; cuando, de vez en cuando, habla es para quejarse. Qué fin de año, dice. En toda mi vida no había visto uno tan triste. Va hasta la puerta de la calle y la abre. Se queda de pie un momento, bajo el marco; la vuelve a cerrar de golpe. Mejor es que nos acostemos, dice. A

oscuras me desnudo y me acuesto. Ahora se oye más claro el
tiroteo. También el ruido de avión que cruza sobre el pueblo.
Después, el bombardeo. A veces entra por la ventana un olor a
tierra mojada que no sé de dónde puede llegar pues hace meses
que no llueve. Así, tratando de localizar ese olor, se hace de
madrugada… En este pueblo, por la madrugada, no se oye más
que el cantar de los gallos. Primero uno, muy lejano; luego
otro, ya más cerca, le contesta. Así se va formando la algarabía.
Por último, llega la claridad. Pero en este momento se oye un
ruido diferente. Es como un griterío, un estruendo de miles de
voces que parecen cantar, dar vivas. Sólo con el refajo tirado
por encima voy hasta la sala. Cientos de gente cruzan por los
portales, se agrupan en las esquinas. Por un extremo aparece
una manifestación con una bandera, una bandera de las prohibi-
das, de las que pueden costarle la vida a quien la guarde. ¡Se fue
el asesino!, grita alguien. Lo comprendo todo. Corriendo voy
hasta el cuarto de mamá. Ella, que ya estaba despierta, se levanta y abre la puerta de la sala. Cuidado, le grita a un grupo de
hombres que están en el portal, van a estropearme el cantero.
Dando también vivas salgo a la calle. Llego hasta el centro de un
tumulto que rodea a varios rebeldes. Pero él no está entre ellos.
Voy entrando y saliendo en todos los grupos. Recorro el pueblo. Hasta por la tarde no vuelvo para la casa. Mamá, nerviosa,
mira para el patio; se asoma temerosa a la puerta de la sala, la
cierra y regresa a la cocina. Qué escándalo, dice, vamos a ver…
Tu primo, dice finalmente, es raro que no haya regresado. Ya
vendrá, digo, todo el mundo no puede llegar el mismo día. Es
verdad, dice, sabrá Dios por dónde anda. Por un momento me
quedo callada. No creas que está muerto, le digo ahora, alzando
la voz quizás en forma innecesaria. Qué Dios te perdone por
pensar esas cosas, dice ahora ella. Eres tú quien las está pensando, digo. Lo que eres es una malcriada, me responde. Y me
callo. Pero sé bien que ella pensaba así. Es siempre tan pesimis-
ta. Quizás está ya tan acostumbrada a las desgracias que la posibilidad de una esperanza la aterra o la desconcierta, no sabría
qué hacer con ella. Pero es posible que yo esté equivocada; es

52

posible que yo sea demasiado cruel al pensar así. Virgen Santa, estoy tan aturdida que ni siquiera sé lo que digo, ah, y perdóname porque ni siquiera me había acordado de darte las gracias... Otro día. La cantidad de rebeldes que van bajando es mayor. A muchos les pregunto por él. Pero nada saben. Son tantos, dicen, hasta dentro de una semana por lo menos no estará aquí todo el ejército. Regreso. Mi madre, más calmada, prepara la comida. Hoy hay menos que nunca, dice, con el barullo fue imposible conseguir nada. No respondo. Llego hasta el comedor y prendo el radio. Una mujer recita una poesía patriótica. No sé si esta poesía es mala o buena, seguramente es pésima, pero la oigo y me va llenando de alegría. Así llega la noche. Las dos nos sentamos de nuevo en la sala. Lo que tienen que hacer, dice mi madre, es sacar comida y arreglar de una vez las cosas. Ya se arreglarán, digo, y me sigo meciendo, impulsándome con la punta de los pies, cada vez más rápido. Estás loca, dice mamá, contrólate. Sigo meciéndome hasta que ya tarde, ella se pone de pie. Hoy no va a llegar, dice. Qué sabes tú, pienso. Me voy a quedar un rato más, digo. Oigo como ella riega el insecticida por todos los cuartos... Me desvisto sin apuro, atenta a cualquier ruido. Alguien viene, se acerca, pasa ya frente a la casa, sigue. No se oye ahora nada; sólo, en la oscuridad, el estruendo de las vitriolas en el barrio de La Loma Colorada, y el órgano, destacándose entre todos los ruidos. Los bares de "La Frontera" han abierto otra vez. Allí, según me dice mi madre, están los prostíbulos. Algunas veces se oye un gran vocerío (es una bronca) mezclado con el chillido y la risa de las mujeres. La música de una vitriola se oye más clara, ahora que el órgano se ha callado. Es una música vulgar, una canción de moda que durará dos o tres meses y que después nadie recordará. Algunas veces, de tonta que soy, he llorado oyendo esas canciones; algunas veces, de tonta que soy, me he escuchado yo misma cantando esas canciones... Creo haber oído como un pequeño golpe en la ventana. Es posible que sea él que haya vuelto. O algún grillo, o cualquier otro tipo de animal. Creo que sí —estoy segura ya— que el golpe se está repitiendo. Oigo, me quedo tensa sobre la cama. Virgen Santa, los golpes son flojos, como para no alborotar, como para no llamar la atención, como para que casi ni se oigan. Sólo yo los escucho, nadie más. ¿Quién puede llamar así? ¿Quién puede estar llamando de ese modo, tan bajo, como para no ser oído? Me visto corriendo y voy hasta la sala. Abro la puerta. Ahí está él, en el portal, con su uniforme descolorido, un arma desvencijada y una barba que no es barba, riéndose. Riéndose, pero no mucho... Mamá, digo entonces, Héctor está aquí. Y mi voz va retumbando dentro de una enorme cueva de la que millones de murciélagos alzan el vuelo, chocan contra las paredes, fluyendo se precipitan hacia el exterior. El torbellino de los revoloteos se hace indescriptible. Me arrasa, me eleva, me transporta hasta el mismo centro del monte. De entre estos árboles inmensos, emerge Héctor, radiante, mostrándomelos... Corre hasta uno que se desparrama gigantesco y fluye en llamaradas verdes. Este es *el ateje de copa alta*, dice. Inmediatamente salta hasta otro, estirando de flores. Este es *el dágame, que da la flor más fina*, anuncia... Tomándome, arrastrándome por un brazo, me deposita bajo el frescor de otro árbol enorme. Este es *el jubabán de sombra leve...*, dice. Inmediatamente tira de mí y me transporta por los aires a otro árbol perfumado, cuyo tronco comienza a palpar. *El amasijo, de piel de seda*, dice... Saltamos, y caemos en la copa de otro inmenso árbol: *La jagua de hoja ancha*, dice... Y éste (señala transportándome hacia otro follaje) *de tronco estirado y abierto en racimos recios es la quiebrahacha*. Y esos, me dice (los dos encaramados sobre las copas más altas) son *el caimitillo, el cupey, la yagruma, que estanca la sangre, la céiba*... Así sigue, alzándome, llevándome consigo por los aires, mostrándome, nombrándome, presentándome todos los árboles que en acompasado torbellino sueltan sus hojas y caen sobre nosotros, como saludándonos... Baja por los largos bejucos y se mezcla de nuevo en la confusión de todos los verdes; haciendo mil cabriolas desaparece en el tumulto de las ramas; y ya está a mi lado, gesticulante, ebrio, señalando otra planta, otra copa imponente. *La palma corta y empinada, el grueso júcaro, la preñada güira y la paguá, el tibisal...* Oyendo ese rumor, me tiro sobre las hojas. Héctor se me acerca, se queda ya de pie, junto a mí, jadeante, mirándome. Los pies desnudos y firmes sobre el suelo, las piernas elevándose, el pelo batiéndole en la frente y el sudor resbalándole por toda la piel... Es un árbol, pienso. El también es un árbol. Y me río. Me río igual que él y me quedo absorta, mirándolo... ¡Hijo!, dice mamá con un largo chillido, y corre hasta la puerta donde él se encuentra, de pie, aún sin decidirse a entrar, esperando a que, finalmente, yo le dijera que entrara. ¡Hijo!, repite otra vez mi madre abrazándolo. Y siento vergüenza al oírle decir esta palabra que en ella suena ridícula. Lo vuelve a abrazar, lo besa. Empieza a llorar. Por último lo conduce hasta el comedor, hablándole sin cesar. Que lo muy preocupada que estaba, que la alegría tan grande que ahora siente. Yo, detrás. Mirándolo. Mirando su uniforme, su piel completamente tostada. Mientras mamá comienza a prepararle la comida, me siento al lado de él, en un taburete. Los dos nos quedamos callados. Y yo me alegro de que no me cuente nada. Así estamos hasta que mi madre sirve el improvisado almuerzo (o desayuno), siempre hablando, preguntando, mil sandeces. El responde a todo, sin decir, prácticamente, nada. Sí, dice. No, dice. Ahora podrás conseguir un buen trabajo, que mucha falta nos hace a todos, dice mi madre ya cuando estamos terminando de comer. Y me doy cuenta de que todas sus zalamerías, todas sus palabras, tenían un fin, un fin preciso, utilitario, y que estaban más allá de la simple hipocresía. Cómo puede ser tan interesada, pienso; cómo puede ser tan egoísta. Y al momento, me apena haber pensado de esa forma. Ya no es joven, me digo; después de todo tiene derecho a pensar en su seguridad. Pero sigue hablándole, dándole consejos, acosándolo. Que no desaproveche esta oportunidad, que se apure y coja un buen puesto. Y él dice que sí, sí... Me voy para la sala. Pero llegan los vecinos, empiezan también a abrazarlo, haciéndole mil preguntas. El tiene que mostrarles el rifle, darles una lección de arme y desarme. Todo lo hace lentamente, con voz ronca y gestos torpes. Ten cuidado con esa arma, "hijo", dice mi madre. Y otra vez sus palabras me suenan totalmente falsas, fingidas. Miro para Héctor quien ahora manipula una palanca del arma —no sé qué nombre tendrá—. Las balas caen al piso, dispersándose por la sala. El se inclina para recogerlas. Entonces veo sus manos, y me doy cuenta de que están sudando. Y pienso, estoy pensando, que es el mismo, el mismo, Virgen Santa, el mismo que se fue. No ha cambiado. Y, de pronto, me va llegando una tristeza que casi no conocía, y, al momento, sin saber bien por qué, me siento alegre... Me paro en medio de la sala y hablo: Debes estar cansado, mejor sería que descansaras. Y miro para los vecinos... Sí, dice él, pero creo que primero me daré un baño. Ahora mismo te lo preparo, dice mi madre. Y sale precipitada. El se despide de los vecinos y entra en el baño. Virgen Santa, pero antes de entrar me miró y sonrió —aunque no mucho— y esa sonrisa fue de complicidad, cómo diciéndome: *todo esto me importa un pito, pero, qué remedio*... Sentada en el comedor, oigo el agua que sale de la ducha y corre por su cuerpo; oigo sus manos enjabonadas al frotarse el cuerpo. Estoy oyendo hasta que escucho la voz de mi madre, quizás (seguramente) hace rato que me está hablando. No debió haberse bañado después de comer, dice, le puede pasar algo. Yo estoy a punto de responderle: Para lo que ha comido, si apenas lo dejaste probar un bocado con tus palabrerías. Pero no digo nada. Y en estos momentos, pienso, el agua, rueda por su cuerpo, se desliza por las piernas y le cubre los pies de espumas... Vamos a ver, dice mi madre, si después de todo este alboroto las cosas vuelven a coger su nivel. ¿Qué nivel?, pregunto. Pero en este momento, él sale ya del baño. ¿Qué vas a hacer ahora?, me dice. Nada, digo. Si quieres podemos dar una vuelta, dice él, invitándome. Ni siquiera le recuerdo que debe estar cansado. Me pongo el mejor vestido, los mejores zapatos, me empolvo, me pinto los labios. Cuando salgo del cuarto él está parado en la puerta de la sala, peinado y con su uniforme, esperándome. ¿A dónde van?, dice mi madre. A dar una vuelta, respondo tomando ya el brazo de él. Pero muchacho, dice ella —ignorándome—, ¿es que ni siquiera vas a esperar el café? No, respondo yo por él, lo tomaremos por ahí… Por las calles cruza ahora un constante desfile. En la esquina han instalado altavoces que no cesan de transmitir himnos. Todos nos sonríen y nos miran —miran para él, tan joven y con el uniforme… Algunos lo saludan sin conocerlo—. Llegamos a la carretera entre el tropel de los carros, bicicletas, el barullo de la gente. Aunque no hablamos es como si fuéramos conversando de todo. O quizás mejor. Empujando, tropezando y pidiendo permiso llegamos al centro del pueblo. En una esquina del parque Calixto García se ha formado un tumulto. Todos están alterados, unas mujeres saltan y levantan las manos enfurecidas, otras tiran piedras. Héctor y yo nos encaminamos hasta el barullo. Varios rebeldes protegen con sus rifles a un hombre sudoroso al que la muchedumbre quiere linchar. Algunos logran burlar la vigilancia y le propinan una patada. ¡A fusilarlo, que es un asesino!, grita una vieja. ¡Paredón, paredón!, gritan todos ahora. Finalmente, los rebeldes, protegiéndolo con sus armas, se lo llevan. Atraviesan ya el parque. La comitiva, a medida que avanza sigue agrandándose. Nosotros también vamos detrás, yo sujeta siempre al brazo de Héctor. Los dos en silencio. El barullo, siguiendo a los rebeldes se encamina hasta el cuartel, donde, según oigo decir ahora, se han ajusticiado a varios criminales de guerra… Entramos junto con todo el mundo. Atravesamos la explanada y al final vemos la alta pared o muro que cerca el patio y que ahora hace de paredón. Todo el mundo se aglomera a su alrededor. Algunos se han subido a los árboles; otros se agarran a los barrotes de las ventanas. Aunque pronto oscurecerá aún hace un calor terrible. Miro para Héctor y lo veo también sudoroso. Trato de hablarle, de llamar su atención, de decirle que si quiere nos podemos ir. Pero él en este momento no me mira. Mira al frente, donde los soldados, ya en fila, se van colocando a sólo unos metros del hombre. De pronto, se hace silencio. Un silencio donde no se escucha ni una respiración. De entre ese largo silencio se oye, pero sin alterarlo, la voz del criminal quien (el mismo) dirige el pelotón… ¡Preparen!, ordena con voz airada y firme, aún de jefe. Los nuevos soldados obedecen, levantando los rifles. Yo los miro. Son tan jóvenes. Llevan tan bien el uniforme. Un uniforme nuevo que, evidentemente no es el que usaron en las batallas... El rifle apoyado contra el pecho, apuntando. El silencio es ahora insoportable. Parece como si la muchedumbre hubiera desaparecido, como si nadie nos rodeara y estuviéramos solos, Héctor y yo, en un lugar donde no hay sonidos, ni espacio, ni nada. ¡Fuego!, se oye la palabra, dicha como desde muy lejos. Las balas entran en la cabeza del hombre. Un chorro de sangre queda incrustada en la pared. El cuerpo, quizás impulsado por la descarga, se yergue, se para en punta, los brazos se agitan, todo el pecho, también acribillado, se inunda de sangre, empapándole la camisa, por último se inclina lentamente hacia adelante y cae... ¡Viva la Revolución!, grita una voz entre la muchedumbre. Y de pronto todos (también nosotros) empezamos a gritar. ¡Viva la Revolución! ¡Viva la Revolución!... Sombreros, pañuelos, banderas que se agitan. Es otra vez el escándalo, ahora mucho mayor... Mezclados con el tropel salimos a la calle. Yo tengo que sujetarme más a Héctor para no perderme en el tumulto. Vamos para la casa, dice él ahora. El barullo se oye lejano. Cruzamos la carretera, atravesamos el llano despoblado cercano a la casa. Y ahora me doy cuenta de que no ha soltado mi mano —quién sabe desde cuándo... Al llegar ya es noche cerrada. Mi madre se ve inquieta, temerosa, desconfiada, y, en el fondo, amenazante. Es tarde, dice. Vengan a comer algo. Pero Héctor por primera vez la desobedece: Baja la cabeza, y, sin mirarla, entra en el cuarto. Estamos muy cansados, le digo a mamá. Vimos fusilar a un hombre. Dios mío, dice ella persignándose. Yo voy hasta el comedor. Al cruzar el pasillo veo a Héctor tirado en su cama, sin haberse quitado el uniforme ni las botas. Tienen que comer algo, dice ahora mi madre. Les he hecho hasta un dulce. No le contesto. Entro en mi cuarto y me quedo un rato sentada en la cama, sin prender la luz. Me siento como mareada y a la vez me da pena con mamá y hasta quisiera comer algo para complacerla, pero, de hacerlo, creo que vomitaría. Apago la luz y me acuesto. Poco a poco va apareciendo el hombre. Camina firme. Preparen, dice. Apunten, dice. Su cuerpo ensangrentado se balancea y cae a un costado de mi cama. Me cubro la cabeza con las sábanas. Otra vez el hombre cae junto a mí. El cráneo choca despedazado contra el armario, la sangre salpica toda la cama. Virgen Santa, Virgen Santa... Pero las palabras de la oración no me salen, no surgen, no aparecen, no recuerdo ninguna oración. Sólo veo ese cuerpo ensangrentado que otra vez se precipita. He gritado. ¿Habré gritado? Es posible que haya gritado... Pero no, de haberlo hecho mi madre estuviera ya aquí. Estoy tan aterrada que ni siquiera puedo gritar. También estoy segura que no grité entonces. Fue tanta la sorpresa que no pude gritar. Menos mal, quizás si hubiese gritado la gente hubiera pensado que yo era una contrarrevolucionaria. Pero estoy segura que no grité. Ni entonces, ni ahora. Y Héctor también ha de estar pensando en lo mismo. Virgen Santa, él está solo, en su cuarto, viendo lo mismo que yo, sin gritar. Pongo atención. Sólo oigo los ronquidos de mamá. Poco a poco me voy llenando de una extraña inquietud, distinta a todos los miedos anteriores. Los ronquidos de mi madre se oyen más claros. Me pongo de pie. Abro la puerta. Salgo a la oscuridad del pasillo. Voy caminando despacio, tanteando las paredes, de puntillas, Virgen, que nadie me oiga... Llego hasta su cuarto. La luz está encendida. El está sentado en la cama. Aún vestido con el uniforme. Héctor, digo. El se vuelve y me mira, no sorprendido, no emocionado. Simplemente me mira. Yo entro y lo abrazo. Siento sus manos sudadas sobre mi espalda. Sin dejar de abrazarlo sólo digo: Héctor, Héctor. Y lloramos. Pero muy bajo, que nadie nos oiga. Luego quedamos quietos. Solamente abrazados, solamente juntos. Toda la noche... Hasta que llega el grito, junto con el descubrimiento de la claridad. O quizás antes. Quizás mi madre hacía ya rato que nos había descubierto y estaba chillando, y ninguno de los dos habíamos notado nada. Es posible. De todos modos, es ahora cuando oímos sus gritos y sentimos sus golpes. Pues nos golpea, y no precisamente con las manos... ¡Puta! ¡Puta! La luz del día se vuelve también chillona y me muestra, casi desnuda junto a él, sobre la cama. Ella continúa golpeándonos y gritándonos. Cabrón, le dice ahora a él, desgraciado, así pagas la comida que te doy. Luego se queda rígida, en el centro de la habitación, bajo el bombillo. Vamos, dice Héctor, vístete y vámonos. Salgo corriendo. Me cubro con el vestido que me había puesto por la tarde y que ni siquiera había guardado; los mismos zapatos. Salgo a la sala. Héctor me está esperando. ¡Puta desgraciada! Oigo que dice mi madre detrás de mí. ¡Puta desgraciada! El abre la puerta. Los dos salimos a la calle... Virgen Santa, y de qué manera podría yo haberle explicado, podría yo haberla convencido de que no ha pasado nada, de que, realmente, nada hemos hecho... Casi corriendo cruzamos otra vez la carretera y llegamos a la Terminal de ómnibus. El pide dos pasajes para La Habana. Todavía aletargados tomamos la guagua. Todo es como un sueño. El recuesta su cabeza junto a mí, y se queda dormido. Oigo sólo el motor de la guagua; siento el peso de su cuerpo sobre el mío. Hasta que también yo me inclino sobre su espalda y me quedo dormida. Ahora, que acabo de despertarme, oigo un sonido diferente, desconocido y remoto. El, a mi lado, comienza también a despertarse. Ya pasa una mano por mis hombros y con la otra descorre la cortina de la ventanilla. Mira, dice, y me acerca al cristal. Veo una gran explanada brillante y azul. Una enorme llanura abierta que surge desde un costado de la carretera y luego se va alzando, agrandándose, ensanchando, fluyendo y levantándose hasta confundirse con el cielo... ¡Virgen Santa, son dieciocho años, y, viviendo en una isla, aún yo no había visto el mar!... El mar, digo, como para convencerme de que, efectivamente, está ahí, aquí, junto a mí, bañándome los pies. Héctor se acerca nadando. Mira, dice, qué piedras tan extrañas. Abre el puño. Son unas piedras de colores, brillantes, azules, transparentes. Son preciosas, digo, aunque seguro que no es esa la palabra que debo usar. Sí, son extrañas, digo, tratando de borrar la otra palabra. Pero él ya no me presta atención. Por un costado del mar viene caminando nuestro vecino de cabaña. Se acerca despacio. El short blanco, los zapatos tenis, todo destacándose sobre su cuerpo. Viene en línea recta hacia nosotros. Cuando ya casi ha llegado, se desvía y entra en el agua. Pero antes, estoy

60

segura, miró para acá... Sí, dice ahora Héctor, son raras, aunque a lo mejor no son piedras, sino vidrios pulidos por la marea. Se tira bocarriba sobre la arena y cierra los ojos. El muchacho, cerca de la costa, parece envuelto en las reverberaciones del mediodía. Sigue alejándose. El mar le rodea las piernas, los muslos, le cubre el short, le llega ya hasta la cintura. El levanta los brazos, toma impulso, salta y se sumerge, desapareciendo. Héctor descansa con los ojos cerrados... Pero, oye, pero oye —dicen los pinos—, la soledad está dentro, royendo. La soledad y las furias están dentro, aguardando... Pero miren, pero miren: aquí estoy yo, a su lado, respondo... ¿Y quién eres tú? ¿Y qué sabes tú? —dicen ahora las voces, elevándose por sobre el estruendo de las cigarras— El está siempre como esperando el golpe. ¿Cómo podrías tú siquiera imaginar cuánto terror se esconde dentro ese cuerpo en reposo?... Y ahora las risas. Se burlan. Me consideran ya derrotada y se burlan. Pero, en fin, qué tontería. Es la gente en la playa. Una mujer jugando con dos niños, una radio cercana; la gente que se divierte. También el silbido de las cigarras. Estoy sudando. Nadaré un rato. Pero oye —vuelven las voces, ya cuando mis pies entran en el agua—: ¿Y los deseos? Tú sabes también qué son los deseos... Pero basta ya, digo en voz alta mirando hacia el pinar. Hace dos días que he llegado y quiero descansar, olvidarme del trabajo; nadar un rato. Nada más. No pensar ni en el niño —Dios mío, que ya debe haberse despertado y estará llorando...— Flotar. Eso es lo que me hace falta. Se atormenta una por tantas cosas insignificantes (inexistentes) que de llegar las verdaderas no habría espacio para ellas. Además, óiganlo bien —y me vuelvo otra vez hacia el pinar—, por encima de todo estamos él y yo. Pero, ¡basta ya! ¡Al agua!... El y yo. Aunque no sea más que para decirnos: Mira cómo me destruyo, mira cómo delante de ti me voy destruyendo... Aunque sea sólo para eso. ¡Al agua!... Aunque sea para estar siempre mortificándonos, temiéndonos, odiándonos, vigilándonos. Aunque bien sé que no es así... ¡Al agua! ¡Al agua de una vez!... Cesa el escándalo. Abro los ojos. Extiendo las manos. Floto entre el espacio abierto y el silencio.

Blanco, todo completamente blanco y quieto. Hasta que, presionada por la respiración salgo a flote. Braceo, alejándome de la costa. Llego hasta la gran franja azul que ahora veo que termina en otra franja aún más azul. Miro hacia la playa. La gente —sin que me llegue su ruido— parece más sosegada. Juegan, descansan, nadan, corren... Voy compadeciéndolos. Quizás, seguramente, pienso, este sea su único día de descanso; y ellos se precipitan a consumirlo, desaforados, haciéndolo todo a la vez, pensando, *quién sabe cuándo, quien sabe cuánto viviremos*... Sí, ahora comprendo por qué me apena tanto pensar en ellos: Pienso en mí misma, en Héctor también, a quien, por cierto, no veo en la playa. Por fin lo descubro, allá, bocabajo sobre la arena, la cabeza reposando sobre los brazos. Veo también al muchacho que sale del agua y se dirige hacia él; cerca, se tiende bocarriba. Olvido remontar la otra gran franja azul y nado en línea recta hacia la costa. Héctor abre los ojos. Ya es tarde, digo. Mejor sería que regresáramos. Sí, dice, me quedé dormido. Recoge las piedras y se pone de pie. Atravesamos el pinar donde los silbidos de las cigarras suenan ahora en forma delirante, monocorde y, para mí, extrañamente burlones... Héctor abre la puerta de la cabaña. Voy hasta el cuarto. Todavía duermes, digo, mirando el niño. Ahora despierta, llorando despacio, como sin deseos. Shist, le digo, muy bajo, y voy con él para la sala. Ahí está Héctor, tirado sobre el sofá, las piernas en el piso, leyendo; huyendo. *Eso es lo más importante, huir, poder sostenerse en vilo mientras pasa el mediodía* (así piensa, estoy segura) y *todo afuera sucumbe, todo se despoja del poco misterio que lo justifica y perece en la claridad y el calor desgarradores. No mirar* (esas son sus palabras), *mientras todo se despuebla y se convierte en una superficie lisa, candente, donde sólo quedan los deseos... Esos gestos, esas manos desvergonzadas, esa manera indolente de andar...* Pero ya, ya. Sería terrible seguir adivinando, hurgando. Además, pudiera ser, en última instancia, que estuviese equivocada... Sólo está leyendo. Todo lo demás son fantasías, desvaríos de mi propia desesperación. El niño se ha quedado otra vez dormido. Lo despertaré acariciándolo despacio, ssisss, ssiss... ¿Y qué hora es?, pregunto ¿Qué hora debe ser ya? Pero él sigue zambullido entre las páginas de ese libro que no lee. ¿Qué hora será?, digo en voz alta... Y esas arañas, al parecer sudorosas, brillantes, como acabadas de salir de un baño de aceite, que cruzan por el techo, que se alzan erizadas, que planean y se enroscan, y ruedan al compás de la marea, replegándose, frotándose, engarzándose, y así, unidas en un abrazo mortal —pues la posesión para ellas termina con la muerte— son llevadas por las olas hasta la orilla, donde culmina el delirio, el éxtasis final, la locura... No sé, dice. El reloj está en la gaveta del closet. Deben ser como las dos, quizás no tanto... —Y vuelve a zambullirse en las páginas—. No sabe, nunca sabe nada. Siempre está envuelto en una bruma, velado ("Lo que te digo no es lo importante, no es lo que me preocupa", sé que piensa), y yo, del otro lado, alzando los brazos: ¿No me ves? ¿No me ves?... Pero es inútil, y ya se pierde, altísimo, detrás de las nubes. Yo bajo los brazos, y miro mis pies. Prendo la radio *¡Aplicando los métodos y las orientaciones de nuestro Comandante en Jefe, llegaremos a los diez millones de toneladas de azúcar en el próximo 1970...!* ¡En 1960, en 1970, en 1980!... De manera que, en efecto, existe el tiempo. Al menos para ellos. Mañana, pasado, dentro de un mes, dentro de un siglo. ¡Dios mío, dentro de un siglo!... Al fin da hora: "Las dos y cuarenta y cinco minutos, hora de verano". Dios, ¿existe el tiempo?... Aún el niño no se ha tomado su leche. Se la preparo. Con él en brazos salgo al portal. Me siento en un sillón y lo alimento. Me río (me sonrío), mirándolo: Evidentemente estaba hambriento. Termina y se queda otra vez adormecido. Miro para el pinar que ahora parece parpadear envuelto en las reverberaciones del mediodía. El muchacho avanza por la carretera, camina sin apuro, descalzo (los zapatos en una mano) sobre el asfalto. Viene así, lento. En la distancia el short blanco reluce aún más sobre la piel tostada. Algunas veces parece que mira hacia adelante, pero otras (quizás siempre) mira al suelo, a la punta de sus pies. Atraviesa la avenida de las almendras, pasa junto a nuestro auto, toma el camino que conduce a las cabañas.

Ahora cruza frente a mí, siempre lento, sin mirarme. Pero él sabe que estoy aquí; él sabe que lo estoy mirando. Quizás, por eso, baja aún más la cabeza. Esa cara, dispuesta siempre a ruborizarse... *Me importas un pito*, quiere decir su absoluta abstracción. *Todo me importa un pito*, dicen sus pies descalzos subiendo ya los escalones de la cabaña. La madre, naturalmente, sale a recibirlo. Aún cuando no quisiera, oigo desde aquí algunas palabras. "Pero, muchacho, qué horas son éstas"... "Debes tener hambre. Estaba preocupada"... El pobre, me digo. El pobre. Pero ¿por qué el pobre? ¿Qué pueden importarme él y su típica madre?... Ahí están los pinos, delante de mis ojos, la arboleda, la carretera, los almendros, las adelfas y el mar. Todo inmóvil. Todo sumido en ese vaho resplandeciente. Sólo el mar, alzándose más allá de los troncos, fluye lento, haciendo un enorme esfuerzo para no detenerse. Aún puedes. Aún puedes... Pero el mediodía se impone, y ahora, de pronto, el mar también se ha quedado fijo, paralizado. De entre ese quieto centelleo emerge el silbar de las cigarras. Se instala, marchando hacia una estridencia insólita. El estruendo disminuye. Se vuelve un ligero susurro; se aleja convirtiéndose en silencio... Una garza blanquísima sale del pinar inmóvil. Desciende junto a la cabaña. Con sus largas patas rojizas maniobra sobre el césped, ágil y elegante, como una especie de bailarina clásica. Me gusta esa garza. Tiene ese aire independiente, indefinible, libre, del que viene de paso, y, por lo tanto, nada puede preocuparle demasiado y todo puede ser objeto de su atención y hasta de su piedad y elogio... Camina erguida, levanta aún más el cuello finísimo; alza de pronto el vuelo, como asustada. Se pierde detrás del pinar. Si quiere no regresa nunca... El sol sigue alzándose. Imperturbable se encarama por un costado del cielo. El cigarro se me empapa con el sudor de las manos. La colilla deshecha cae como un peso muerto por la ventanilla. Qué desolación, he dicho algunas veces. Qué desolación, no he dicho nunca, pues nadie me ha escuchado. A un costado y otro, este paisaje que ni siquiera es triste, sino, árido y chillón. Qué desolación, ahora, lejos del mar (que ha desaparecido detrás de las lomas), lejos de los árbo-

64

les y hasta de las señales del tránsito (porque la carretera es una línea recta sin el menor accidente). Qué desolación... De nuevo el dinosaurio surge dentro el pavimento. Espera inmóvil a que le demos alcance. Sólo cuando ya vamos a estrellarnos contra él se aparta con su pesado salto, y se sitúa más adelante, aguardándonos. Avanzamos, seguimos avanzando. Ya otra vez junto a él, se echa a un costado para dejarnos pasar. Miro ahora para su cabeza y veo que se ha convertido en una calavera. Su cuerpo sigue siendo el mismo, pero su cara, su rostro, su hocico, su cabeza, su trompa, o como se le llame, es una calavera blanquísima que parece desintegrarse en la claridad. Se oye una carcajada. La misma carcajada. Seguimos avanzando... Miro hacia atrás y lo veo (una calavera reluciente), confundiéndose con la blancura del día... ¡Dios mío! (aunque ni siquiera puedo, debo, decir *Dios mío*). ¿Por qué todo tiene que ser tan evidente? Me vuelvo para Héctor que parece manejar impasible, ajeno a todo. Para, hagamos algo, mírame. Pero nada sucede. Sigues manejando con aparente tranquilidad. Pero, oye —aunque no quieras oírme, aunque yo no hable, aunque estemos así, como ahora, mudos, sé que me estás oyendo, sé que me estás oyendo—: El primer día, después de enterrado, el cuerpo del muchacho se infla, los ojos salen de sus órbitas, de los oídos brota un líquido amarillo que se desliza bajo la espalda; las manos afiladas están moradas, y el rostro, aún sin desfigurarse, tiene esa estática rigidez de la piel muerta. Oye: Al segundo día la boca se abre y la lengua, que ha crecido desproporcionadamente, emerge de entre los dientes. Oye: Al tercer día todo se va cubriendo de manchones negruzcos; del vientre escapan extraños ruidos. Todo el cuerpo empieza a reventar... Oye, porque tienes que oírme, porque me estás oyendo, porque los dos estamos oyendo lo mismo... Al séptimo día si te acercas, si te inclinas, si pones el oído sobre la tierra, oirás ese ajetreo constante, *dale, dale*, ese aserrar que no cesa. Pero oye, pero oye, ¿Y al octavo? ¿Y al noveno? ¿Y al décimo día?... Pero, por encima de todo, la calma. Aunque no veas el mar, aunque pienses que no vas a parar nunca, que nunca te detendrás, la calma. Me controlo. Prendo otro cigarro. Miro para Héctor, ahí, de perfil, llevando el timón, manejando con cuidado, mirando siempre hacia la carretera; aprieta los labios. Ahora es un niño... El estruendo de las cigarras sube. Primero, lentamente; luego, de golpe. Ahora son dos garzas las que salen del pinar. Toman altura. Vuelan ya sobre el mar. Las alas inmóviles y extendidas. Quizás descansan del mediodía que pasa. Quizás tengan algún nido en un pino y han salido en busca de alimento. Tan abstraída estoy, siguiendo la ruta de las garzas, que ni cuenta me había dado de que alguien me está hablando. Ahora percibo la voz, confundida con el tumulto de las cigarras. ¿Qué edad tiene?, me ha preguntado. Cómo no la había visto antes. Es la madre del muchacho. Reclinada al balcón de su cabaña, me mira y sonríe. Oh, solamente ocho meses, le digo. Qué bien duerme, dice ella, y se reclina más al balcón. Evidentemente, quiere proseguir la conversación. Y qué puedo hacer yo para evitarlo... Sí, digo, por suerte se pasa todo el día durmiendo. ¿Y por la noche?, pregunta. —No, nada puedo hacer por evitarlo—. Ah, por la noche forma una perrera, respondo. Aunque es mentira. En realidad, sólo de vez en cuando se despierta... Así era mi hijo cuando chiquito —eso era lo que me faltaba, que empezase ahora a hablarme de su hijo—: Se pasaba el día durmiendo y por las noches no me dejaba cerrar los ojos; pero a mí me daba tanta lástima despertarlo durante el día. ¿Sabe lo que le hacía bien? ¡El agua de quinina! ¡Es maravillosa!... Pronuncia esas palabras verdaderamente entusiasmada. ¿No me diga?, respondo. —Agua de quinina, no faltaba más; supongo que todavía de vez en cuando le querrá darle sus tazas...— ¿Y el suyo?, pregunto —aunque sé cuál será la respuesta— ¿Es su único hijo? ¡El único! Figúrese, al principio fue tan duro: sola y con un muchacho. Sí, digo yo, pero ya es un hombre. Debe tener como dieciséis. ¡Diecisiete!, dice ella, orgullosa. Va a cumplir dieciocho dentro de poco. Ah, qué bien, digo. Ella —tal como me lo temía— deja su balcón y viene hasta el mío. Qué gracioso, exclama, mirando el niño; sería bueno que cogiera un poco de sol. No creas que le hace daño —dice, ya tuteándome—. El sol de la mañana, claro. Yo sacaba al mío todas las mañanas, hasta eso de las diez. Es la mejor medicina para los niños. Sí, digo. Y antes que ella me lo ruegue, se lo coloco en sus brazos. Entusiasmada lo balancea, lo arrulla, le toca la punta de la nariz; pintándole mil melindres le hace cosquillas. No es tan vieja, pienso, aunque se ve que ya no tiene pretensiones como mujer —quién sabe desde cuándo. Sólo vive para su hijo. Qué gracioso, dice, parece que le están saliendo los dientes. Sí, digo, aunque, en verdad, no me había dado cuenta, pero si se lo confieso quizás hasta se ofenda... ¿Y es el único?, pregunta mientras se pasea por todo el portal, meciendo siempre el niño. Sí, por ahora, digo y sonrío. Claro, claro, dice ella, ya en tono de confianza, como si fuéramos amigas íntimas: como están los tiempos te recomiendo que no te apures. Total, todavía puedes esperar... Sí, sí, respondo —pero, ¿quién se apura? ¿Quién tiene intenciones? Dios mío, cómo puede haber personas tan simples... Y parece tan feliz, con su bata de casa floreada que le llega hasta los tobillos. Cómo puede parecer tan feliz, me digo yo, ya no es joven, el marido debe haber muerto; tiene que haber sufrido alguna vez. Así, mientras la miro dar pasitos por el portal con el niño, riéndose entre el resplandor de la tarde, voy sintiendo (¡también por ella!) cierta pena... Se instala ahora en un sillón, frente a mí, y se queda mirando el pinar. Qué lugar tan hermoso, dice. Hace años que estaba por venir con mi hijo aquí; pero siempre cuando no era una cosa era otra, hasta que por fin nos decidimos. El necesita descansar. Acaba de regresar de la agricultura, luego de haber pasado todos los exámenes. Es aplicado, pero el trabajo en el campo es tan duro. Y ustedes, ¿qué tiempo van a estar aquí? Ah, digo, solamente una semana. Llegamos ayer. Embúllense y quédense quince días, como nosotros... El trabajo, respondo. Claro, dice ella, yo me paso el día en la casa y ni cuenta me doy de que la gente tiene que trabajar fuera. Es un egoísmo de mi parte, desde luego. Por suerte tenemos una pensión, si no, figúrate, cómo está la vida de cara, y con un auto; pero no quisiera venderlo; lo conservo para él, aunque todavía no he querido que aprenda a manejar, es tan joven... Pero ¿no quiere usted un trago?, digo de pronto, casi con entusiasmo. No dice, te lo agradezco muchísimo, pero tengo que irme corriendo. Mire usted qué hora es —y señala para el sol— ¡y todavía no he empezado la comida! Mi hijo debe estar muriéndose de hambre. Y cómo come. Es una de las cosas que más me preocupa: El no poderlo alimentar bien. A mí no me importa casi el racionamiento, pero a la juventud —y vuelve al tono confidencial—, la juventud necesita alimentarse bien; y más a su edad. Mucha carne, muchas proteínas. Pero figúrate, ahora... Siempre consigo algo a sobreprecio. ¡Una estafa! Claro... Pero no voy a dejar que se me muera de hambre... Y se pone de pie, riéndose. Yo tomo al niño que la mira con los ojos alegres. Se ha enamorado de usted, le digo. Si quieren me lo puedo llevar un rato para que descansen. De ningún modo, digo, usted tiene mucho que hacer. Yo también voy a preparar algo. Imagínese que nosotros no hemos comido nada desde el desayuno... Oh, para mí es una delicia, dice interrumpiéndome, tener un niño en los brazos, y más a esta edad, no protestan por nada. Mi marido decía que los niños no deberían de cumplir nunca más de dos años... El pobre, él nunca vio al suyo cumplir los dos años —y vuelve al tono confidencial—. Pero, en fin, a cualquier edad son maravillosos... Mañana si quiere se lo daré un rato, le digo. Pues claro, mujer, cada vez que quieras. Hasta luego... Baja dando pequeños salticos. Ya en el portal extiende una mano, eufórica, como si saludase desde un barco... Señora, dice una voz a mis espaldas, el almuerzo, aunque tarde, está servido. Es Héctor, de pie en la puerta de la cabaña. Preparé algo, dice, aunque si quieres después podemos ir al restaurante. Comemos. El niño coge un cubierto y tengo que quitárselo antes que lo lance a cualquier sitio. Me hubieses llamado, le digo a Héctor. Te llamé, pero estabas como dormida. Ah, es el mediodía, por poco me rindo, luego vino la vecina de al lado; estuvimos hablando, me hizo perder el tiempo. Ah, sí, dice él. Sí, digo yo —y vuelvo a quitarle el cubierto al niño—, es viuda, vive para su hijo, no hace más que hablar de él. Héctor sigue comiendo. Me llevo un vaso a los labios y empiezo a toser. Pero esto es ron, digo. Los dos están llenos, responde él, todavía casi nos queda una botella. Además por aquí habrá algún sitio donde se pueda conseguir bebida. Terminamos de comer. El juega con el niño... «Señora», me dijo. «Señor», le dice al niño. Está alegre. Emplea esas expresiones cuando está alegre. Otras veces me llama por mi nombre, o ni siquiera me nombra. Sí, está alegre, se ve. Pero ¿por qué esa alegría? Pero en fin ¿por qué habría de estar triste?. Me lavo la boca, la cara; me peino, me perfumo. Ya vestida riego también perfume por la sala y el cuarto. Salgo al portal. El, en la şala, sigue jugando con el niño. Me sirvo otro trago; tomo los cigarros, y los fósforos, y me siento. Aquí están los pinos balanceándose, los almendros soltando sus hojas que ruedan en el aire. Porque ya hay aire. Respiro. Puedo respirar. Tendrás la tarde; tendrás la tarde. Hasta el silbido de las cigarras es ahora como un consuelo. Bebo. Enciendo un cigarro. Ahí está la luz, tocando las últimas ramas. De pronto, la frescura del mar llega con fuerza. Me reclino en el sillón. Levanto las piernas y las coloco en el barandal. Fumo. La brisa del mar llega hasta mi cara. Todo un resplandor de colores trajina sobre el agua. Poco a poco, el silencio; o quizás no el silencio, sino las sombras entre las cuales todos los sonidos parecen recogerse, y hasta los ruidos más vulgares se transforman. Es como *la tolerancia*, pienso. Es como *la piedad*, pienso... Otra vez vuelven las garzas, batiendo lentas sobre el mar. Planean sobre los pinos. De golpe, se zambullen en el tumulto de un árbol. Oye: es más que la piedad, es mucho más; es la dicha, la única a que puedes aspirar. Y es suficiente. Así, sentada, mientras los colores se van dispersando, no pensar, sólo mirar, sentir, escuchar... La gran calma del día que finalmente desciende, pero que aún no se convierte en noche. Un momento. Tan sólo un momento, sí, pero formidable. El cielo forma ciudades increíbles, montañas violetas; el mar fluye detrás de los troncos donde cantan (ahora cantan) las cigarras. Fumo. Vuelvo a beber. Me veo, me contemplo, con un vestido casi de estreno. Soy joven, soy joven. Aunque a mí misma me parezca increíble, todavía soy joven. Me puedo mirar al espejo: ni una arruga.

Aún no llego a los treinta. Soy joven. Mi cuerpo es delgado, mi pelo no es feo, mi cara es atractiva... ¡Y tengo puesto un vestido nuevo! Quizás sea eso lo que me pone tan alegre. Siempre, desde niña, cuando me estreno un vestido me pongo muy contenta. ¿Por qué? ¿Para qué? ¿Para quién? No importa. Aunque me quede en la casa, aunque no vaya a ningún sitio, aunque nadie me mire, me pongo alegre y me paseo por la sala, oyendo el crujir de las telas nuevas, sintiendo ese olor único de las cosas nuevas. Qué alegría, Dios mío, qué alegría. Soy joven y tengo puesto un vestido nuevo. Y, por encima de todo, aquí está el crepúsculo; el resplandor del cielo cayendo sobre el mar, el olor de los árboles y de la tierra que se refrescan. ¿Qué más? ¿Qué más?... Tengo ojos para ver, tengo manos para tocar, tengo nariz para oler. Y la tarde, y los colores, y el olor de las cosas transformándose. Qué más. Qué más. Aquí está la dicha. Mis pies en el barandal que da al mar. Gracias, gracias. Gracias.

Cuando quieras podemos dar una vuelta, dice Héctor en la puerta de la cabaña, con el niño en brazos. Apagamos las luces y salimos. Aún envueltos en el resplandor del oscurecer caminamos hasta el restaurán. Pero al entrar, el estruendo de la gente, los cubiertos, los platos, las luces de los bombillos, todo nos devuelve a la realidad de siempre. *Ya es de noche*, me digo. Y nos sentamos. Pedimos sólo croquetas y cerveza. Por un rato bebemos sin hablar. Le sirvo un poco de bebida de mi botella. El no presta atención. Un poco más lejos, pero frente a nosotros, están sentados la madre y el muchacho quien, desde hace rato —estoy segura— estaba mirándonos, aunque ahora, al ser descubierto, baja la vista. La madre también nos descubre y levanta una mano, saludándonos con entusiasmo. Le sonrío. Ella, satisfecha, mira para el niño, para Héctor. Todo va bien, parece decirnos y nos otorga su aprobación. Terminan de comer. Ella se pone de pie, seguida por el hijo, y viene hasta nosotros. ¿Qué tal la comida? No se puede pedir más, respondo. Dame el niño, me dice. No se moleste, le digo agradecida, en seguida nos vamos a acostar. Bueno, no se emborrachen, dice a modo de despedida en tono picaresco y familiar. Se aleja, son-

70

riendo, no sin antes dirigirle una mirada a su hijo, que la sigue. Héctor termina la cerveza. Lo veo en otro sitio, a una distancia incalculable en la que el humo del cigarro forma una niebla, una espesa barrera en la cual se disuelve corriendo hacia el pozo, seguido por los demás primos. Yo en el comedor, muerta de envidia, los contemplo... Finalmente, emerge, saca la cartera y paga. Estamos otra vez en plena claridad. La bestia vuelve a encabritarse sobre los charcos inexistentes. Más allá, golpeando la tierra despoblada, el mar. El mar abierto, tenso, como de vidrio, donde quizás de dejarme caer rebotaría. Avanzamos, sin mirarnos, sin hablarnos. Ya está aquí el horrible olor, invadiéndolo todo. Sé que tú también lo sientes... Surge la brisa, el mar se reanima. Lleno de espumas llega hasta la costa, lanzando sobre la arena el cadáver del muchacho. Bajo la vista y miro mi vaso de cerveza todavía a medias. Me parece que toda la impotencia del mundo se concentra en esas burbujas que ascienden y al llegar a la superficie se disuelven. Tomo el vaso; de un golpe bebo la cerveza. Coge al niño, le digo a Héctor. Y salimos del restaurán. Ahora, oyendo el mar caminamos por el sendero de las adelfas. El levanta el niño y se lo coloca sobre los hombros. "Cuidado", podría decir; pero basta ya de palabras inútiles. Me limito a pasar las manos por sobre las flores y escuchar el sonido de un motor. Llegamos al portal en penumbra. Te recuerdo que aún no hemos conseguido el bombillo. Es verdad, dices, lo buscaremos mañana. Vuelve el ruido del motor sobre el mar. Es una lancha guardacosta, dices ahora, si alguien intenta salir lo ametralla... Los dos nos quedamos callados, oyendo el sonoro *ta ta* de la embarcación que se aleja... Despacio comienzo a hacer la cama, extiendo las sábanas blancas. Sí, quizás nosotros padèzcamos más que los otros —acomodo las almohadas—, en toda nuestra vida uno no ha visto más que miserias, humillaciones, privilegios, uno que ha pasado hambre, hambre verdadera, uno que sabe realmente qué cosa es lo horrible, ve una posibilidad de cambio, de esperanza y se aferra a ella desesperadamente, pero resulta —instalo el mosquitero— que nosotros, que tanto despreciábamos aquello, vemos ahora las mismas humilla-

71

ciones, los mismos privilegios, la misma miseria... Descalza voy hasta la sala. El está de pie, con el niño en los brazos, bajo la luz de la lámpara que lo empalidece, dándole una tonalidad casi irreal... *Brotando*, me parece haberle oído decir. Pero quizás (seguramente) hayan sido ideas mías. Afuera alguien silba. Es un silbido invariable que se repite a sí mismo, sin que me recuerde ninguna canción conocida. Simplemente, un silbido, o, más bien, un silbar. Abro el refrigerador. Me sirvo un vaso de agua. ¿Quieres?, te digo. No contestas. Me siento en el sofá y extiendo las piernas. Sigo oyendo los silbidos que no son muy altos, que no son precisamente para molestar, ni siquiera para entretener, que no retoman ningún ritmo, simplemente dicen: *aquí estoy*. Entras con el niño en el cuarto. Me quedo sola en la sala. Miro por un momento la botella con las flores marchitas que coloqué ayer por la noche. Abro otra vez el refrigerador, miro la jarra de agua, sin preguntarme qué sentido tiene esa acción. Cierro de nuevo el refrigerador. Tiro la botella con las flores en el cesto de la basura. Al salir al portal, un enjambre de mosquitos me azota la cara. Allí está el muchacho, bajo la luz de su balcón, silbando, mirando, seguramente sin mirar, hacia el pinar. Aún lleva puesto el short blanco, y una camisa que se vuelve amarillenta bajo el bombillo. Silba inmóvil, inclinado sobre el asiento, sin prestar atención a nada, ni siquiera a los mismos silbidos. Sí, pero sabiendo que alguien lo escucha... También la madre está ahí, ensimismada, tejiendo. Me iré antes de que ella me descubra, pues en cuanto a él bien sé que ya me ha visto, aunque no ha quitado los ojos del pinar ni ha dejado de silbar. Pero al escabullirme y abrir la puerta, ella hace un gesto instintivo y me ve. ¿Calor? ¿Verdad? Y de pronto me siento avergonzada, como si hubiese sido descubierta haciendo algo prohibido o ridículo... Sí, digo, bastante, creo que me voy a acostar. Y trato de despedirme. Pero ella, poniéndose de pie, camina hasta el extremo del balcón. Yo, dice, aprovecho estas noches de calma para tejer. Le estoy haciendo —y señala para su hijo— un par de medias blancas. Ah, digo, qué bien. Y pienso que estoy actuando con una estupidez mayor que la acostumbrada; aunque pudiese haber inquirido sobre el tejido, los diferentes puntos, la calidad del hilo. Sí, quizás hubiese sido mejor haber preguntado todo eso, y no ese: *ah, qué bien*, aún más idiota... Pero ¿por qué he de meterme en estas complicaciones? He venido a descansar, no a preocuparme. He venido a descansar, no a hablar; he venido a descansar, no a pensar. ¿Y ha adelantado mucho?, digo, y yo misma me sorprendo al oírme. Oh, nada dice ella —alegre por haber mostrado yo interés en su obra—, y levanta jubilosa el tejido, y me lo muestra. Empecé hoy mismo —le sonrío y miro para un aureola de mosquitos que planea sobre mi cabeza—; pero para cuando nos vayamos este par de medias estará terminado, agrega con voz triunfante. Sí, digo yo, creo que tendrá tiempo. Figúrate, dice ella, no hay ni un par en las tiendas. Este hilo lo conseguí a cambio de una docena de latas de leche condensada. No me diga, digo, pensando: qué horror, doce latas de leche condensada... Pero, en fin, a mí qué me importa todo eso. Allá ella, que haga lo que le parezca. Bueno digo, y me golpeo un brazo aplastando un mosquito, creo que voy a dormir. Es temprano, responde, ven, voy a hacer café, es del bueno, lo compré en bolsa negra... ¡No! digo, y pronuncio esta palabra en un tono tan alto que hasta ella misma, a quien parece que nada sorprende, me mira algo desconcertada. No, digo ahora más bajo, tratando de borrar la impresión del primer *no*, tengo que atender al niño. Además, estoy realmente cansada, y Héctor ya está durmiendo. También estas últimas palabras creo que las he dicho demasiado alto, tanto, que por un momento dejo de escuchar el silbido que persiste, indiferente a nuestra cháchara... Bueno, será mañana, dice ella. Al fin puedo entrar en la cabaña. Voy hasta el sillón, tomo las piedras que Héctor descubrió esta mañana; ahora, bajo el resplandor de la lámpara, sin la luz del sol, son simples piedras grises. Antes de apagar la luz de la sala las tiro bajo el asiento. Entro en el cuarto. El niño duerme abrigado. Héctor ya está bajo el mosquitero. Me desvisto, apago la luz que él me había dejado encendida. Coloco mi cabeza entre sus manos. Y espero, espero, espero. Poco a poco va llegando la gran neblina. Y

las hojas. Hojas y más hojas, transformándose en cotorras verdes. Las cotorras configuran una playa solitaria. Allí está ella.
Algunas veces, aunque aguardo durante mucho tiempo (igual
que hoy) sólo la veo por unos instantes. Otras, se queda un
rato, y hablamos. Mejor dicho, habla ella, yo la escucho y me
limito, como ahora, a contemplarla. Viene arrastrando una ca-
rretilla llena de frutas podridas, trapos, pedazos de madera y
otros desperdicios, y, encima de todo eso, una inmensa calabaza, tan grande que no sé cómo puede tirar de ella. Trae el pelo
desgreñado y, por toda indumentaria, una corta y sucia falda de
saco de yute por encima de las piernas llenas de pústulas. Héctor la sigue con una especie de enorme púa o vara terminada en
punta. Ahora Héctor ensarta la enorme calabaza. Yo caigo de
rodillas a sus pies y empiezo a comer de la fruta. Helena, contoneándose sin prestarme atención revuelve entre los desperdicios, buscando quién sabe qué. Engullo; voy comiendo sin cesar hasta sentirme repleta; hasta sentir que ya no puedo más.
Entonces, sin dejar de comer, alzo los ojos y veo a Héctor, mi
marido, ordenándome continuar con su mirada imperiosa. Yo,
con la cara completamente manchada, los ojos bañados en lágrimas, arrodillada, sin poder más, continúo comiendo de la fruta
que él ahora empuña con un gesto que ya no es ni siquiera de
desprecio, sino de odio, de un odio incontrolable... Cuando
comprendo que verdaderamente me es imposible continuar,
trato de incorporarme, de hablar, de hacer un gesto con las manos y apartar la monumental calabaza, pero la mirada de él, fija
y colérica, su cuerpo firme y plantado ante mí, se imponen, y
tengo que seguir engullendo. Hago un gesto desesperado, emi-
to algunos gemidos ahogados; miro, a punto de perecer, a mi
alrededor. Helena, mientras tararea no sé que canción popular
(para mí que un *cha-cha-cha*), saca, triunfante, sus brazos llenos de pústulas de la basura y me enseña una deteriorada revista
*Bohemia* por una de las páginas donde aparece dibujado un dinosaurio. Me acuerdo de esa revista, era la que estaba en el baúl,
en casa de mi abuela junto con pomos vacíos, trapos, y otras
cosas de mis tías... ¿Pero cómo pudo venir a parar aquí? Vuelvo

a alzar la vista. A través de mis lágrimas veo a Héctor riéndose (empuñando la vara con la enorme fruta), implacable y enfurecido. Repleta siento que me asfixio. "A Prado y Neptuno, tarantantán, iba una chiquita, tarantantán", canta Helena bailando (efectivamente, un *cha-cha-cha*). Caigo a los pies de Héctor. El me propina una fuerte patada. Tan abultada estoy que echo a rodar hacia el mar. Siento cómo me hundo, cómo voy llegando al fondo. Llego. Por un instante asciendo, bocarriba, y veo a través de un cristal, el cristal de estas aguas que ya vuelven a sumergirme, el cielo, gris y bajo, juntándose en el mar que me cubre ya completamente. El cielo es lo primero que veo cuando abro los ojos. Quizás sea todavía tan temprano que todo lo demás esté oscuro y por eso sólo él se destaca. Creo que me ha despertado el frío, el aire. Estoy destapada. De todos modos, ya está amaneciendo. Sin necesidad de correr el mosquitero, puedo distinguir el mar, pálido, casi blanco, como un reflejo del cielo. Pero, poco a poco, se alzará, reflejando la luz cegadora. "Claridad intratable". Fue Héctor quien escribió eso. Por ahí andan los papeles, amarillentos, escondidos, guardados, hace ya no sé que tiempo, quizás para siempre. Y eso es lo peor, pienso mientras me peino, mientras arreglo la cara, mientras preparo el desayuno. Lo peor, porque, después de todo, lo único que puede salvar a quien padece una maldición es asumirla. Pero, quizás, seguramente, también eso lo dijo él... Veo su cuerpo ahora semidestapado; me deslizo en la cama, y otra vez me acuesto. Héctor, digo. Héctor, digo no muy alto. Y me quedo bocarriba, a un costado. Pero hay que levantarse, óyelo bien, tienes que vestirte, ponerte al menos la trusa y salir a la claridad, tienes que servir el desayuno; tienes que entrar bajo el pinar y escuchar el estruendo de las cigarras... El sigue dormido. Podría llamarlo, pero, para qué; además, quizás no esté durmiendo; finge, para que lo deje en paz... De la otra cabaña no llega ningún ruido. También duermen. ¿Y si no hubiera nadie? ¿Si todo no hubiese sido más que ideas mías y la cabaña estuviese deshabitada? Anoche también soñé. Como siempre, no recuerdo casi nada de lo que soñé. En general, creo que son cosas absurdas, ridículas, cosas que me avergonzaría hasta recordar y que a nadie nunca contaré. Además, no quiero saber nada de sueños; se pueden interpretar de tantos modos, y todos pueden ser falsos, o ciertos... Pero la cabaña está habitada, ya oigo la voz de la madre, hablándole, naturalmente, al hijo. Creo que hasta le pregunta qué quiere desayunar. Antes de que abra la puerta, antes de que tenga que saludarla, tomo la toalla, un frasco con la leche, y salgo con el niño rumbo al mar. La arena aún está fría. Por ahora no es necesario que me refugie en el pinar. Cierro los ojos. Oigo sólo el mar. El niño a mi lado. Déjate llevar, déjate conducir, no esperes nada. ¿Acaso a un deseo satisfecho —satisfecho momentáneamente— no vienen miles de solicitudes más urgentes? Y a esas solicitudes, otras; hasta la locura. Hasta llegar a la verdadera locura... Tenemos aún cuatro días para tirarnos en la arena, para oír el mar, para cerrar los ojos sin preguntarme qué cocinaré hoy, sin verme obligada a leer el periódico, a opinar, y, sobre todo, sin tener que aparentar ante los demás. Pero, oye, eso no resuelve nada, no te engañes, no trates de engañarte, porque tú... Al alzar el cuello para replicarle a las voces, descubro que estamos rodeados de bañistas. Mujeres envueltas en trapos chillones, niños gritando, jóvenes que no dejan de saltar, viejos barrigones; todos volcados contra la claridad. Todos en tumulto incoherente, chapaleando, revolviéndose, chillando. Tal parece como si fuera ya de mediodía... Y aun cuando creyeses en Dios, cosa que dudo, no tendrás salvación, dicen las voces (aprovechándose de que no puedo responderles), además, Dios no va a venir a abrazarte, no va a venir a consolarte, no va a venir, ¡óyelo bien!, a acostarse contigo... Dios, Dios, ¿dónde podré meterme, en qué lugar podré esconderme, no ver esos pies, esos cuerpos, esas caras, no escuchar esas voces, no verme también bajo este resplandor?... Al levantar la cabeza descubro a Héctor que viene por la arboleda; trae puesta una trusa que no le había visto antes. Dios, Héctor, *Dios Héctor*. Me toma de una mano. Esta es la casa, dice. Entramos, y no hay ese gran canto coral que esuché una vez desde una iglesia —no en una iglesia verdadera, sino en una superproducción cinematográfica, allá, en el Teatro Infante, que era un cine—. No hay ese canto típico, propicio para los grandes acontecimientos... Pero hay sillones, hay una mesa con cuatro sillas, dos habitaciones, cocina grande con cuatro hornillas, sala y portal que da al mismísimo Malecón. Esta es la casa, dice. Y ahora, efectivamente, se oye el canto. Nuestra casa, pienso, mientras palpo los muebles, toco las puertas, admiro las paredes, aprieto las llaves. Y pienso: cuánto hemos tenido que padecer, que suplicar, humillarnos, aparentar, pedir (simulando que no pedimos, que somos desinteresados), para, al fin, poder decir: *Esta es la casa.* Ahora solamente tendremos que pagar una mensualidad... Héctor llega, se tira bocarriba junto al niño, cierra los ojos. Te oigo bostezar. Pero ¿cuándo empezó esta sensación, esta situación de hipocresía? Porque al principio, indiscutiblemente, todo era distinto. Al principio íbamos a las reuniones, oíamos los discursos, pensando: es formidable, es formidable, todo es formidable. Y era tanta la alegría del momento, la justicia del momento, los acontecimientos del momento, tanta la pasión, que ni siquiera recordaba, descubría, me daba cuenta, de que aunque estábamos casados, aunque dormíamos juntos, yo todavía no era tu mujer. Nada de eso, en un principio, me importó. Teníamos tantas cosas que hacer; era lógico que llegaras rendido. Eran los días en que no necesitábamos de las promesas para creer, de las palabras para esperar... Tu cuerpo inmóvil, descansando. La arena que cae sobre tu cuerpo. El sol que resplandece sobre tu cuerpo. La arena que llega, tus labios cerrados, el aire que a veces te revuelve el pelo... Pero pasan los días, y las palabras que antes eran de aliento, se vuelven amenazantes; la esperanza es, como antes, algo inútil a lo que se le echa mano para seguir aguardando. La libertad, que casi no llegamos a conocer, desaparece totalmente, y con ella todo, entusiasmo, rebeldía, justicia, seguridad, comida y esperanza... Tu cuerpo arqueándose ahora ligeramente, volviéndose contra la arena, quizás para soportar mejor los rayos del sol. Te observo detenidamente, te veo llegar por las noches hasta el cuarto —bien sabes que no estoy dormida—;

77

veo ahora cómo te sientas, comienzas a desvestirte; en silencio
colocas en un perchero (hasta mañana, hasta mañana) el uniforme que ya detestas. Admito esos silencios, soporto esos silencios; pienso que son terribles esos silencios. Hasta que un día,
hablas: *Ya lo único que cuenta es trabajar y obedecer como un
animal, reducir nuestra mentalidad a la mentalidad de las bestias, y si no lo logras peor para ti...* Y ahora pienso que, después
de todo, era mejor el silencio, la ignorancia... Tu cuerpo en la
arena, el niño durmiendo a tu lado, *para mí, para mí,* y, otra
vez, el estruendo de las cigarras, los gritos de los bañistas, y,
más allá, el muchacho que ahora se tiende a una distancia donde
lo puedo reconocer perfectamente... Ahora todos se lanzan, todos quieren conseguir un puesto, ocupar un cargo; todos quieren salvarse a costa, como siempre, de los demás. Pero los cargos se acaban y hay que inventar más, hay que hacer otras
"reestructuraciones". Pero los cargos también pueden perderse.
Hay que hacerse importante, hay que demostrar que se es absolutamente de confianza; hay que retractarse tres veces al día de
lo que se dijo por la mañana, y denunciar a la mayor brevedad
posible (antes que se nos adelanten) al que cometió la osadía de
abjurar solamente dos, ese puede ser el encargado de vigilarte...
Pero, aun así, se hace muy difícil la seguridad, la posibilidad. Y
se inicia la persecución... El cuerpo del muchacho se estira indolente; las manos colocadas bajo el cuello, los dedos de los
pies enterrándose en la arena. ¡Sálvese el que pueda! ¡Sálvese el
que pueda! Esa es la consigna secreta, y todos, al mismo tiempo, tratamos de ponerla en práctica, hundiendo a los demás;
hundiéndonos... Pero, oye, no tenemos nada que temer. Eres el
hombre respetable, señor de su casa, amante esposo, que admira y cumple todos los principios. Fiel al sistema, discreto, sin
un pasado, sin una vida anterior que pudiera ser objeto de revisión. Vendida el alma, aquí está la casa; paredes, muebles, cuartos, que entre el joven heroico, el hombre nuevo... Tu cuerpo
se llena de arena, el niño se despierta, lo tomo, sacudo la toalla,
lo vuelvo a acostar. Ahora que los problemas, digamos fundamentales, están resueltos —casa, comida, auto, sueldo— pode-

mos dedicarnos plenamente a hacernos la vida intolerable. Podríamos eliminarnos ya con una mirada auténtica, pero, para cumplir la tradición, envenenémonos lentamente, minuciosamente. Bebemos. Pones el tocadiscos y bailamos. Esta noche, estoy segura, por primera vez nos acostaremos. A mi madre, pienso casi satisfecha (contemplando los muebles) podemos invitarla a pasar unos días con nosotros; ya nos habrá perdonado... El muchacho retira ahora las manos del cuello y las deja descansar sobre el short. Todos los que pasan, hombres, mujeres, lo contemplan... Dios mío, pero cuándo empezó realmente todo esto. Seguramente en el mismo instante en que empezamos a sentir remordimientos. Aún interrogándome camino por entre el barullo, detrás de Héctor, sujetándome a su espalda, él con su uniforme. Vamos abriéndonos paso, hasta conseguir una posición predilecta, frente a la tribuna. Qué ocurrencia, te oigo decir en voz baja, programar una concentración para la una del día, todo parece planificado para derretirnos; lo que quieren es vernos sudar, vernos rendidos, reventando ante la tribuna de "Su Majestad" —y ahora tu voz es más furiosa, demasiado alta— quien nos mirará hosco o benevolente, siempre con cara de perdonavidas, diciéndose: *Sí, sí, aplaudan, aplaudan porque están en mis manos y puedo, cuando quiera, abrirles a cada uno su expediente y aniquilarlo...* Oye, pues cualquier cosa que hayas hecho, cuanto más heroica, peor para ti, se puede utilizar en tu contra. Héctor, cállate, nos pueden oír, digo. ¡Ya ves que tengo razón!, me dice más colérico, casi ahogado, señalando para mi rostro asustado. Y los dos avanzamos un poco más, bajo el sol abrasante, hasta llegar a la misma explanada donde se ejecuta el desfile. Pasan los estudiantes, marchando y levantando enormes carteles de apoyo y agradecimiento; pasan los obreros agrupados por sindicatos. Esos son los seleccionados para desfilar, me dice él, nosotros somos los seleccionados para verlos desfilar. No le contesto, me limito a hacerle un gesto de impotencia... Y ya pasa el ejército, sonando sus fanfarrias, exhibiendo sus armas, provocando un gran estruendo con instrumentos que parecen embestir amenazantes. ¿Quién se resiste a no desfilar?

¿Quién no está aquí, presente, aplaudiendo? Todos quieren ahora abrirse paso, ver, llegar hasta el mismo contén de la avenida. Nosotros corremos también sudorosos hasta el punto de concentración, donde nos esperan los demás, los del trabajo, ante los cuales debemos exhibir nuestra fidelidad, y repetir entusiasmados esas consignas que ahora repiten, martillean, gritan los altavoces. ¿Pero cuándo, pero cuándo empezó todo esto?, vuelvo a preguntarme, sin desprenderme de los hombros de Héctor. Lo peor es que no hay un punto exacto de partida, una fecha, un acontecimiento que marque el comienzo del desastre, mucho menos sus límites; no hay una catástrofe definitiva; todo se va como disolviendo, pudriendo; no de un golpe, no, sino, perennemente, y sólo queda el caos, la miseria, el miedo, el incesante acoso. Hoy prohibieron tal programa, hoy suprimieron tal revista, hoy racionaron tal producto, hoy prendieron a tal personaje, hoy fusilaron tantas personas. Hoy, hoy, así, así, hasta que lo terrible se vuelve monótono, y uno no busca el porqué, la explicación o la reparación de la injusticia, sino, ya solamente, un sitio donde meter la cabeza, respirar, y verlo todo, ver la destrucción completa, ver el fin, ver nuestra destrucción, sin haber perdido la razón, sin haber enloquecido, sin haber muerto antes por la brutalidad de los trabajos obligatorios, de las leyes implacables, de las metas que por encima de toda fuerza humana, deben cumplirse y sobrecumplirse... Y ahora los altoparlantes describen, profusa y apologéticamente "el grandioso desfile que en estos momentos cruza frente a la tribuna presidencial" ¡Oh Dios, Oh Dios! ¿A quién voy a invocar? ¿Quién podría salvarnos? Me golpeo la nariz contra la espalda de Héctor quien, de repente, se ha detenido junto con todo el mundo: Han comenzado a sonar las notas del himno nacional, de modo que ni siquiera puedo tocarme la nariz golpeada... Héctor, digo, y, al volverme, descubro que ha desaparecido. Se ha marchado sin haberme dicho nada. Miro para la arena y sólo veo la marca de su cuerpo. Alzo la vista casi asustada: el muchacho también se ha ido de la playa. Los dos se han esfumado. Y fluyen, desde la tribuna, desde los altoparlantes, las notas del himno nacional. Fluyen sobre las cabezas descubiertas, sobre los cuerpos sudorosos y estáticos, sobre un millón de figuras inmóviles. Respiro hondo, aprieto la boca y respiro, alzo la cabeza y respiro, sentada ya en la arena. Allá está la gran tribuna, la estatua blanca e inclinada, la torre con sus cañones, las edificaciones ministeriales acorazadas de carteles ilustrados con brazos descomunales que empuñan fusiles. Aquí, nosotros entre la muchedumbre paralizada. Dios mío... Pero me domino, me mantengo rígida contra Héctor. Aún puedo sostenerme en pie. Hago lo posible por no llorar. Porque no vas a llorar, óyelo bien, idiota, no puedes llorar en estos momentos; qué pensarían... Y las notas del himno siguen fluyendo. Levanto la cabeza, me incorporo todavía sorprendida, miro el mar. No puedo permitir que los demás se den cuenta, no puedo permitir que piensen, que sospechen... Mira el mar, mira el paisaje; pero mira no con ojos escrutadores, sino contemplativos. Eres simplemente una mujer que mira el paisaje, una mujer "extasiada ante el paisaje"... Debe ser tardísimo. Tengo hambre. El niño también debe estar hambriento. Me pongo de pie, me sacudo la arena, tomo al niño y echo a andar rumbo a la cabaña. Algunos hombres me miran, hasta me silban; se divierten; no piensan más que en divertirse. Por fortuna aún puedo entretener a alguien... Poco a poco voy perdiendo el acento provinciano (esa manera de hablar cantando, como dicen aquí); poco a poco dejo aquella forma de caminar a saltos que allá, en el pueblo, no se destacaba pues todo el mundo caminaba de la misma manera; mi pelo se va volviendo más liso, más suave, mi cara también se transforma; mi voz se vuelve menos expresiva, más baja; mis gestos, controlados; la piel más clara; mejoro hasta mi vocabulario. Sí, poco a poco, dejo de ser la guajira, la campesina torpe, me voy aclimatando, voy pasando inadvertida, confundida con la gente de la capital, ya si alguien me piropea (como ahora) no me ruborizo, sigo caminando, indiferente, agredecida casi... Sólo aquel sentimiento, aquella sensación, aquella pregunta de *para qué, para qué* sigue siendo la misma que me llegaba por las tardes, allá, en el pueblo, mientras oía, recostada al taburete, algún corrido mexicano, o cualquier otra canción... El asfalto reverbera, otra vez sube el silbido de las cigarras, casi corriendo, para no quemarme los pies, llego a la cabaña. Héctor no está, pienso; aún no ha llegado. Y, de repente, es la alegría, al sentir la ducha abierta. Se está bañando, se está bañando, me digo en voz alta, y prendo la radio. Empiezo a hacer el almuerzo. Lo termino. Lo sirvo. Le doy la comida al niño y lo acuesto. Abro el refrigerador y saco la botella de bebida... Pero oye, pero oye, no debe ser una comida demasiado especial; él pudiese pensar que estás (como lo estás) agradecida porque regresó directamente para la cabaña. Pero oye, pero oye: además, es posible que no haya regresado directamente, a lo mejor andaba por ahí y acababa de llegar cuando tú entrastes; después de todo (y salgo al portal), hacía horas que se había marchado de la playa. Ya es mediodía, es decir, tarde. Pero ¿por qué no acaba de salir del baño? La comida se enfría. Hace más de una hora que tiene la ducha abierta... Ay, ay, dice una voz a mis espaldas. Ay, me derrito. Y veo a la madre del muchacho, sonriente, dando salticos en el asfalto. De esa forma continúa avanzando hasta llegar a mi cabaña. Es mejor ponerse los zapatos, digo, mirando el resplandor del día. Sí, dice ella, debí haberme puesto las chinelas, pero no pensé que el cemento estuviese tan caliente... Ahora, bajo esta claridad, puedo verla completamente, quizás demasiado bien. Pobre mujer, que vieja es. Por lo menos tiene el cuerpo de una vieja. Mira esos muslos, llenos como de baches; y ese traje de baño que le queda horrible. Miren esa barriga, esos brazos que se desparraman; esos senos que le llegan al vientre. ¡Qué horror!, digo en voz alta. Ella me mira. Es verdad, dice, es horrible el calor. Y, de pronto, aparento enfurecerme contra el tiempo para disimular mi estupor ante ese cuerpo deforme. Pero también tú, dicen las voces (y ahora parecen estar albergadas en mis propias orejas), también tú te pondrás así. ¡No!, digo en voz alta. Y ella me mira, ahora un poco desconcertada (quizás me estaba hablando y yo la he interrumpido). No, digo, no hay quien resista este mediodía, no se puede salir más allá del portal. Eso mismo pienso yo, dice ella, pero él es muy testarudo —desde luego, se refiere a su hijo. ¿A quién más podría referirse así esta mujer de figura derrotada?—; el muy testarudo, dice de nuevo, se fue temprano y aún no ha regresado. Le encanta el mar, dice. Le encanta el mar. Y, de pronto, es como un himno, fluyendo ahora desde los pinos. *Le encanta el mar, le encanta el mar*, dice el himno. Sí, dice ella, lo fui a buscar, pero figúrate, es tanta la gente. Seguramente andará por algún kiosco. Dicen que hay que hacer unas colas de dos horas para tomarse un refresco. Sí, digo yo, y miro para sus manos pecosas. Veo que no ha abandonado el tejido. Pobre mujer, ni siquiera para ir a la playa ha abandonado su labor. Pero ¿por qué no se sienta?, le digo. No, dice, siempre riéndose, tengo que irle a preparar el almuerzo, cuando ese muchacho llegue tendrá un hambre feroz. Y se va dando salticos, riéndose y gesticulando con el tejido entre las manos. Entro. La comida se ha enfriado. La ducha sigue abierta. Héctor, llamo desde la puerta del cuarto y miro para el niño que sigue dormido. Héctor. Me acerco, se oye el ruido del agua que parece caer directamente sobre el piso. Voy hasta la sala; vuelvo a mirar la mesa servida, los dos vasos llenos de bebida. Me quedo tranquila por un momento, oyendo sólo el resplandor del día, oyendo ese escándalo, pero, al momento, me llega otra vez el ruido de la ducha, ahora más claro. Casi corriendo voy hasta el cuarto. Entro, abro la puerta del baño. Héctor, desnudo y empapado, está ante el espejo, el sexo tenso, frotándoselo. El agua cae directamente sobre las losetas del baño. El no me ha visto. Despacio retrocedo y cierro la puerta. Voy hasta la sala y me quedo otra vez de pie frente a la mesa. ¡Dios mío, digo en voz alta, si había olvidado preparar la ensalada!… Al momento empiezo a picar tomates. Todo preparado lo coloco sobre la mesa. El sale, el pelo todavía húmedo, una toalla en la cintura. "Señor", digo en voz alta, "le espera la cena". Gracias, dice, también en el mismo tono, estoy realmente hambriento… Terminamos de comer. Tomo al niño y me siento en el portal. El niño, con los ojos muy abiertos, me observa. La sombra que proyecta el techo se ha ido extendiendo por todo el piso, dentro de poco llegará a mis pies. Entonces estaré frente al resplandor, pero, por lo menos, no me dará el sol. Todavía, por un momento, antes de intentar olvidarme de esta claridad, oigo a Héctor lavar los platos en la cocina. El niño sigue mirándome con sus ojos enormes, esperando que yo le diga algo. Pero "no te pintaré gracias". Otras veces lo he hecho y creo que me ha mirado con desconcierto, y hasta con burla, como diciéndome, ¿quién te pidió eso, quien te dijo que tenías que sacarme la lengua y decirme esas sandeces?... No sé, pero quizás, piensa así. Decido no mirarlo, seguir, sencillamente contemplando la claridad, oyendo el ruido del motor que avanza por la carretera reverberante, que cruza ya por los charcos inexistentes, divisando allá, al final, al dinosaurio que desaparece en cuanto nos acercamos. Pobre bestia, ni siquiera ella me causa ya el menor espanto, la menor sorpresa. Ahí está, haciendo piruetas, parándose en una de sus patas carcomidas. Ahí está, tratando de aterrorizarme. Pobre bestia, también ella se ha convertido en algo ineficaz. Cuando pasamos a toda velocidad por su lado, puedo sentir el rechinar de sus huesos. Pobre animal, oigo ahora cómo se desgañita, cómo brama a un costado del mar. Pobre animal, lo miro impávida. Lo miro, y enciendo un cigarro; lo miro y dejo exhalar el humo; lo miro y poco falta para que le ofrezca un cigarro. Pobre animal. Ahora lo veo hacer mil movimientos incoherentes. Salta enloquecido de uno a otro extremo de la carretera, suplica mi atención. Pobre animal; lo oigo bramar, y fumo; lo oigo llamarme enloquecido, y fumo. Lo veo aboliéndose con una carcajada de locura, y fumo; lo veo ahora dando cabezazos contra el pavimento; lo veo ahora saltando, alzándose sobre sus patas traseras, piafando, abriendo la boca y soltando su lengua de fuego. Lo veo así, resolviéndose en fuego, parado solamente en una pata, y fumo. Finalmente, va disolviéndose. Cuando nuevamente pasamos como un bólido por donde él se encuentra, no es más que una pequeña columna de humo que se difumina en seguida sobre la superficie casi plana del mar... Algunas gaviotas, a pesar del tiempo, persisten sobre el agua, cruzan la pequeña columna de humo ya casi invisible y siguen elevándose, toman impulso y se lanzan de cabeza contra las olas. ¿Qué buscan esas gaviotas? ¿Qué pretenden esos pájaros horribles? Comida, oíste, sencillamente comida, me gritan las voces, burlones, desde el pinar... Horribles pájaros pienso. Sí, porque son realmente horribles. Los he podido observar de cerca. Hace sólo unos instantes, uno de ellos pasó muy cerca de mi cabeza, chocando casi (quizás deslumbrado) contra un sillón del portal, y descubrí que era espantoso; la cabeza monstruosamente desproporcionada, el plumaje ceniciento y sucio, las patas garfios en acecho, el pico curvo y gris, los ojos duros y redondos mirando implacables alertas ante cualquier inmundicia para devorarla... Pero ya se aleja, se eleva contra el cielo. Allá está, remoto, planeando sobre el mar: Un ave blanca, un pájaro resplandeciente. Bajo la vista, miro al niño, mirándome, interrogándome. Pero, oye, quizás su mirada no es más que la mirada de un niño dispuesto a asombrarse ante todo lo que ve. Todo para esa cabeza aún desprovista de memoria debe ser un gran acontecimiento, una experiencia, un verdadero descubrimiento. Cuántas sorpresas deben encerrar para él la casa, mis labios, mis ojos, el bombillo que se enciende y se apaga, el mar... Oye, oye, ¿pero qué pruebas tienes para demostrar que todo es tan sencillo? ¿Y si realmente te interroga? ¿Y si realmente te mira paralizado de estupor? ¿Y si realmente está diciendo *pero por qué, por qué, por qué me han traido a este sitio que no he pedido...*? También eso puede ser cierto. Pudiera ser, después de todo, que sólo a esa edad se conserve una gran sensibilidad totalmente pura, solamente a esa edad, cuando todavía no estamos acostumbrados, cuando todavía no estamos mutilados, estupidizados o fatigados, solamente en esa edad, quizás, sea posible asombrarse, aterrorizarse realmente, mirar con esa mirada escrutadora. Después los sentimientos se van desgastando, hasta la percepción del dolor se embota y ni siquiera nos queda la memoria de aquel tiempo. De aquella época en que mirábamos con asombro todas las cosas; en que aún no éramos mayores y podíamos sentirnos (sin la promesa de un futuro, sin un pasado que establece categorías en la desdicha) plenamente

85

aterrados... Ahora, solamente a veces, sí, nos llega, como un presentimiento, un dolor desabrido, una especie de recuerdo indefinible hacia un tiempo... Pero ¿cuál ¿Qué tiempo fue ese? Y no hallamos respuesta, pues la memoria también se ha ido atrofiando, es ya la memoria de un hombre. Una se ve sola, con esa especie de añoranza de algo, de algo perdido que no tenemos la certeza de haber poseído. Una se queda entonces como recordando, tratando de recordar, de precisar un lugar, un río, un banco bajo los árboles, un olor, unos rostros apacibles, claros, bondadosos, una tela estampada, un corredor, un jardín bajo el aguacero, una fiesta en la que todos flotábamos... Pero al hacer el recorrido de toda nuestra vida no tropezamos con ese río, ni con el banco, ni con el jardín, ni con aquella fiesta, ni siquiera con la gran mata de zarzarosa que a veces (ahora mismo) parece como si estuviera cubriéndonos. O sí, tropezamos, pero no son, no son aquéllos... Y sin embargo, algo me dice que han existido, que estuvimos cerca, que en algún momento disfrutamos de esas cosas. Pero miro el sol, el día que se resuelve en vapores, claridades y fulminaciones; miro el cielo con su resplandor implacable (sin una nube, sin una gaviota ahora) y ya no puedo concebir, no puedo imaginar que existieran tales cosas. Lentamente me va llegando, como de una región distante, un sonido. Aquí está ya, muy claro, el llanto del niño, y siento mis piernas humedecidas... Es mi hijo que llora, es mi hijo que se ha orinado en los pañales, siento mis piernas pegajosas, oigo el llanto... Oye, oye, me digo, a todas las demás les tiene que suceder lo mismo, todas las demás, seguramente, han pasado, pasan, por esto. Y no enloquecen. ¿Por qué tú entonces? ¿Por qué tú entonces? Y me llega ya el horrible olor del excremento. ¡Héctor!, llamo. Pero él no viene. Y tengo que arreglármelas yo sola. Voy hasta el baño. Limpio al niño, le cambio los pañales; lo acuesto. Hasta las manos han cogido ese olor insoportable. Me las vuelvo a frotar con jabón, me las perfumo. Y presiento (aunque no puede ser) que aún tengo ese olor detestable. Vuelvo al portal. Ahí está Héctor ahora, de espaldas a la cabaña, apoyado en la baranda, mirando hacia el mar. Le oigo hablar. Me acerco despacio. Héctor, pienso. El sigue hablando, mirando hacia el paisaje que reverbera... *Y moriré en este país chillón,* oigo que dice, *donde la gente se da a entender a golpes de falo y con ademanes desvergonzados...* Sigue hablando, sigue hablando, pero su voz se pierde entre las reverberaciones del día. Oigo sólo murmullos. Ese murmullo airado, resentido, triste... Y si de pronto me acercara, y si le colocara una mano sobre el hombro, no ya como su mujer —renuncia, renuncia— y comenzara a hablarle. Si pudiera hablarle, si pudiera encontrar una palabra, una manera de decirle... El calor es horrible, digo a sus espaldas, y me siento en el portal (una palabra, un grito, un golpe, una pregunta). Sí, dice él, y se vuelve, tira el libro que traía sobre el sillón y me mira: quizás llueva. Y se vuelve de nuevo, y coloca otra vez los brazos en la baranda. Es el fin del verano, digo en voz alta. Es cuando hace más calor, agrego. (Pero no llega la palabra, no llega el grito, no se establece, no comienza, la conversación. ¿Qué conversación? ¿Qué conversación?, gritan las voces). El fin del verano, pienso, como si aquí existiera otra cosa que no fuera el verano. Tú mismo lo has dicho: doce meses de infierno... Ojalá llueva, digo. Ojalá, dices, mientras no sea un vendaval, el auto está parqueado muy cerca de la costa... Qué palabras, qué palabras, Dios mío, pudieran por primera vez reconocernos, vernos de frente. Hablas: —Estamos ya en la época de los ciclones y cuando empieza a llover no termina nunca... No hay palabras, no hay palabras, decididamente, no hay palabras. Y sigues: —En otros años, para esta fecha ya han pasado como tres o cuatro... Y tu voz suena un poco ronca, irónica, totalmente mecánica y segura. *Porque, mira,* dices —aunque no lo dices—: *ni siquiera la naturaleza nos ofrece un consuelo, ella también conspira contra nosotros. Pobre país, pobre país.* Y vuelves otra vez —aunque no has hablado— al tono paternalista, de desprecio, de superioridad. Pero, óyeme, pero óyeme, tú también, aunque te creas distinto, perecerás, serás aniquilado, te achicharrarás... Pero no va a llover, hablo finalmente, ya ha pasado el mediodía y no hay ni una señal... *Cadenas de ciclones, cadenas de ciclones,* dices con tu silencio (y otra vez te disuelves en el día reverberante), *diluvios o una sequía esquilmante*, te oigo decir, sin decirlo. Y son ahora las cigarras las que asumen nuestra conversación. Solamente ellas, hablando, anunciando, obligándonos a escuchar su letanía, nuestras propias voces, la tuya, la mía, en la tarde. Porque ya es de tarde. Tu te sientas con el libro a la sombra del portal y empiezas a leer, los ojos bien metidos en las páginas. Voy a bañarme, digo en voz alta y salgo rumbo al mar. El asfalto está aún caliente; el aire que me llega a la cara también es caliente. Camino descalza sobre el pavimento, respiro ese aire, miro el paisaje: Las corolas de las adelfas, rojizas, abiertas, húmedas, saturadas y semidesmayadas, las raíces de los almendros entrelazadas, los capullos apretados que forman las hojas donde sale un fruto también terso y apretado; los pinos reproduciéndose, soltando sus semillas; los pájaros que revolotean en sus ramas, inflando el plumaje, persiguiéndose en el aire, lanzándose unos sobre los otros. El estruendo de las cigarras lo enardece todo aún más. La tierra, cuarteada, cruje bajo el resplandor del día, bajo el calor. Miro ese paisaje, miro las flores, miro el asfalto. Tengo las manos empapadas. El sudor también me humedece la trusa. Echo a correr por la arena, llego al mar... El mar tenso como una piel lame mis pies, sube a mis piernas, estalla en mis muslos, me bordea las caderas, me toca ya los senos y los hombros; llega al cuello y asciende, cubriéndome. Ahora, extender los brazos y estirar las piernas. Flotar. Fuera del estruendo, abrazada al mar. El silencio y las aguas que se espesan, las aguas que se enfrían y se van ensombreciendo a medida que desciendo verticalmente. Me quedo de pie, casi tocando el fondo, oscilando al vaivén de las aguas. No fuego, no luz, no gritos, no órdenes, no voces... Pero me falta el aire; expulso las burbujas, tomo impulso y me proyecto hasta la superficie. Ya estoy en medio del estruendo, entre el deslumbramiento del día que no parece terminar nunca. Echo a andar por toda la costa, en lo alto de los pinos las cigarras continúan su letanía. Toco una hoja dura, gruesa, casi metálica que sale de una planta de tallo erizado; las hormigas cruzan por sus bordes; otros insectos tratan también de hincarla; pero no podrán devorarla, pienso, ni siquiera los aguijones más potentes podrán traspasarla. Ella ha sabido resistir, ella ha persistido, y ahora está por encima de la situación, del tiempo, de la fauna y del paisaje. Arranco la hoja, me abanico la cara con ella, y continúo mi camino. Aquí el mar va formando pequeños pantanos entre las raíces. Tomo una piedra, la tiro sobre un fanguero. Miles de moscas azules salen del agua y se alejan zumbando entre los árboles. Yo también me apresuro. Me interno en las uvas caletas. Siento, de pronto, que alguien chilla detrás de mí. Me detengo, miro a mi alrededor. Los chillidos se han convertido en risas. Despacio me inclino, miro por entre los troncos. Una mujer y un hombre, los dos semidesnudos, están abrazados sobre la hojarasca y bajo una nube de mosquitos que flota inmóvil sobre ellos. Me han descubierto mirándolos. Perdón, digo, y salgo casi corriendo por entre los fanguizales. Mis pies se atascan. A mis espaldas oigo a la mujer que suelta una carcajada. De lejos, me vuelvo y miro. Los dos se han puesto de pie. La mujer, ahora totalmente desnuda, me hace una señal para que regrese. Sigo corriendo y otra vez oigo la carcajada. Las piedras me lastiman los pies. Tomo un pequeño trillo que me lleva hasta una fortaleza del tiempo de la colonia. Es una construcción de techo alto, sostenida por cuatro paredes de piedra que se alzan sobre una vegetación de yerbas rastreras, latas y botellas vacías. Hay una tarja a la entrada. EL MUNICIPIO DE GUANABACOA RINDE HOMENAJE A PEPE ANTONIO (1740-1762) POR SU HEROICA RESISTENCIA EN LA DEFENSA DE ESTA CIUDAD Y FORTALEZA DURANTE LA TOMA DE LA HABANA POR LOS INGLESES. Empujo la gruesa y carcomida puerta de madera. Al entrar, el olor a excremento y orina es tan fuerte que me hace retroceder. Va, va, dice una voz desde el interior, no se apuren tanto que no hace ni cinco minutos que entramos, esperen su turno o váyanse para los matorrales... Desciendo por las rocas y llego otra vez al mar. En la orilla, agrupadas, las aguasmarinas estallan contra los escollos. Las contemplo mientras revientan: infladas, rojizas, de un azul más reluciente que el del propio mar, parecen extraños frutos esmaltados, globos transparentes y brillantes. Son animales, me ha dicho Héctor, también les dicen aguasmalas. Vuelvo a subir por los escollos. Tomo la costa alta y empedrada llena ahora de pescadores. El mar, que ya recobra intensidad, levanta a veces un tumulto de espumas y un olor que me cala... Sobre las rompientes más elevadas, en peñascos completamente rodeados de agua, sobre aquel muelle en ruinas donde hará siglos que no atraca un barco, las piernas abiertas, los brazos extendidos, hombres renegridos, viejos ágiles y esqueléticos con los huesos cubiertos por un pellejo que es también una coraza, adolescentes de camisas infladas y gran cantidad de niños. Todos ocupados en enganchar la carnada, tirar el anzuelo, desplegar los cordeles y las redes; todos como participando en una danza, en una ceremonia, en una fiesta, en un homenaje que auspicia, provoca y recibe el mar. Todos extasiados, en pleno rito, centelleando bajo la tarde y acompañados por el oleaje... Sólo tú eres la que contempla, la intrusa, la que mira, escruta, critica, sin tener arte ni parte en el asunto. La mujer que ahuyenta a los amantes, a los peces, la que interrumpe... ¡Pero no! ¡Pero no! ¡Pero no!, digo de pronto, no es cierto, no puedo permitir, no puedo permitir ¡No!... De repente, el mar, en una de sus imprevistas embestidas, lanza un torrente de agua que sube los escollos y me baña por completo. Así, empapada, levanto la cabeza y veo solamente el sol a punto de sumergirse en las aguas para que pasemos, en sólo unos instantes, del día a la noche cerrada. Y descubro otro mar. El mar violeta, resolviéndose en olas espumosas; en espumas también violetas que se alzan, arremeten contra la tierra y finalmente se desploman y se deshacen sobre ellas mismas, agua sobre agua, violeta sobre violeta. Y sin pensar en nada más, echo a correr hacia la arena violeta. Llego. El color se va alejando. Corro para alcanzarlo, pero las tonalidades también corren. Están siempre a sólo unos pasos de mí. Salto, y ellas saltan. Trato de aprisionarlas con un rápido ademán; ellas se deslizan aún más rápidas. Pero no importa, me digo, pero no importa; desde allá lejos, donde están los pescadores, todo el que mire verá en la playa violeta a una mujer violeta, pisar la arena violeta, y avanzar junto a un mar violeta... Voy caminando junto al mar, y oscurece. Voy caminando y cantando junto al mar, y oscurece. Voy caminando, casi corriendo, bailando sobre una costa de mar violeta, y oscurece. Voy entre los pinos, avanzando sobre la arena violeta, tocando con la palma de mis manos las aguas violetas que ya se extienden ante mis ojos, que ya cubren todo el mar, y oscurece. Voy danzando, voy saltando, voy probando las aguas, voy salpicada de aguas, voy tocando las aguas, voy acariciando las aguas, voy bañándome en las aguas, y oscurece. Voy oyendo el estruendo del mar, el murmullo del mar, el susurro del mar, el rumor del mar, el escándalo del mar; voy oyendo el mar mientras canto, y oscurece. Voy haciendo gestos inconcebibles, voy extendiendo los brazos, voy respirando ese olor a mar, este paisaje de mar, voy envuelta en el violeta del mar, y oscurece. Oscurece, y mi voz se pierde por todo el pinar. Oscurece, y el mar fluye sin tiempo, se aleja desconociendo el tiempo, regresa sin recordar el tiempo. Golpea la arena olvidándose del tiempo, se alza y derrumba riéndose del tiempo, se enfurece, se calma burlándose del tiempo. Oscurece, y voy oyendo el mar. Oscurece, y voy tocando con los pies el mar. Oscurece, oscurece, y voy integrándome al mar. Y ya puedo palpar el violeta del mar. Oscurece, oscurece, y mi pie violeta deja una huella violeta sobre la arena del mar violeta. Oscurece, oscurece, y en estos momentos el violeta cubre el pinar y la playa, tiñe las uvas caletas, las matas de almendra, transforma en castillos las cabañas, vuelve a los cangrejos flores únicas, invade la tierra, resplandece sobre mis manos y mis brazos, sobre mis muslos, sobre mi cara y mis ojos.

De noche. Voy caminando despacio hasta la cabaña. Atravieso el pinar desde donde me parece escuchar extraños susurros (innumerables alimañas que silban) y ver el parpadear de miles de ojos. Apuro el paso. Cuando llego a la cabaña, voy corriendo. Ahí está Héctor, sentado en el portal, todavía leyendo —ahora a la luz que se filtra por la puerta abierta de la sala.

En el otro portal —iluminado— silba el muchacho. Hace falta
conseguir el bombillo, le digo a Héctor. Qué, dice él. Nada,
digo... Miro para donde estaba estacionado el automóvil de la
madre del muchacho. No está. Seguramente, ella fue en busca
de provisiones para el hijo. Pero, cómo se le ocurre dejarlo solo... Tarde, oigo que dice Héctor. ¿Qué? Que se te hizo tarde,
debes tener frío, dice, ya yo comí y le di la comida al niño. No
me había fijado en que fuese tan tarde, digo, no llevé el reloj.
Creo que ni voy a comer. Sigo escuchando los silbidos. Entro.
Se llenará la cabaña de mosquitos con la puerta abierta, digo;
mejor sería que leyeras en la sala. Pero él parece no haberme
oído. Rápidamente me baño. Me deslizo bajo el mosquitero
que él ya había instalado. El niño duerme, le hago un saludo
con la mano, desde mi cama, y me acuesto. Mientras me tapo,
me digo: ¿Pero qué estás haciendo? Levántate. Esta noche más
que nunca debes estar a su lado... Pero me cubro más con las
sábanas, tapándome hasta la cabeza. Pero debo levantarme, debo impedir, no puedo permitir... Me destapo, me incorporo en
la cama. Esta es la casa, dice Héctor. Esta es la casa, dice. Este
es el importe de la venta de nuestra alma, nos decimos mirándonos, sin decirnos nada... Pero oye, pero oye, me dicen ahora las
voces, llegando desde el pinar, quizás lo mejor sería que te le-
vantaras, oye el silbido, oye esos silbidos... Oigo el silbido,
oigo esos silbidos. Pero me vuelvo a acostar y me tapo completamente... El silbido que flota, el silbido que fluye. El silbido
que otra vez se alza y entra de golpe, claro, insoportable, por la
ventanilla del auto. Oigo ese silbido y sé que él también lo está
oyendo. Sé que aunque aparente conducir tranquilamente, lo
oye, ahora mismo, igual que yo. Sé que debo hacer algo, que
debo levantarme, hablarle, que debo ayudarle. Que no puedo
admitir, que no debo permitir... ¿Pero qué es lo que no debo
permitir? ¡Levántate, vístete, ve hasta el portal! Pero, estoy tan
cansada. He caminado demasiado, ha sido un día tan caluroso,
y ahora la noche, que es también larga, y si alguien silba es aún
peor. Y él ahí, en la oscuridad, fingiendo que lee. Pero no quiero pensar, no debo pensar, no puedo pensar; me duelen hasta

las uñas. Es preferible seguir flotando durante algunas horas. ¿Durante algunas horas? O no regresar... Flotar, entre la calma que se alza, por un vacío, vacío, vacío. Floten, flotemos; floto. He aquí la casa, he aquí el alma flotando; la casa habitada por los dinosaurios, láminas y láminas, poblaciones de dinosaurios, ciudades invadidas por los dinosaurios. Amado mío, hermoso mío, dinosaurio mío, ¿ha pasado realmente el invierno? ¿Ha llegado el tiempo de la lluvia? ¿El tiempo de la canción? ¿Se han mostrado realmente las flores sobre la tierra?... El silbido, flotando. Sé que no debí... Flotando. Voy flotando bocarriba sobre el mar. A veces bate el viento, tomo impulso y me pierdo; dejo de ver la tierra, los pinos; solamente el cielo despoblado arriba de mi ojos. Yo flotando, las manos cruzadas bajo el cuello, el sol quemándome los muslos, los senos, la cara. Llegan las olas, deshaciéndose contra mi cuerpo. No sé qué tiempo hace que floto sobre estas aguas, pues ya no hay tiempo, sino, mar. Los peces, balanceándose, saltan sobre mi cuerpo, curiosos se aproximan, palpándome con sus helados hocicos. El cadáver inflado de un perro cruza cerca de mí. Sobre él viaja una babada de gaviotas que me miran y sueltan la carcajada... Así, sigo, sin rumbo ni apuro. El mediodía me cuartea la piel. Yo, sólo cuerpo, sola, en medio de este resplandor que a medida que avanzo se hace más implacable. De entre esa claridad percibo ahora como el estruendo de un canto coral que sube hasta borrar el estruendo de las olas. Por un costado del mar, entre el aire que reverbera, se acerca una extraña comitiva. Levanto más la cabeza sobre el agua y puedo ver perfectamente quienes son. La Virgen, Dios y un numerosos coro de ángeles caminan sobre el mar. La Virgen pierde por momentos el equilibrio —parece como si tropezara— y se sumerge. Entonces los ángeles acuden en su ayuda, tirándole de los brazos. La Virgen se pone de pie y echa a andar, el vestido mojado pegándosele a la piel. Los ángeles, a su alrededor, le desprenden del cuerpo algas, caracoles, cangrejos, esponjas y hasta pequeños pulpos que se le habían adherido al cuello y al pelo. Dios va unos pasos más adelante y no parece advertir nada; ni siquiera ahora que la Virgen se vuelve a hundir (esta vez desapareciendo bajo el agua) mira hacia atrás. Da la impresión de un viejo solitario y aburrido. De vez en cuando se pasa, con calma y fastidio, una mano por la cara, como si espantara un mosquito. Pero —me digo— es imposible que por estos lugares haya un mosquito; estamos en alta mar. Quizás sea algún pez volador que yo, desde acá, no puedo distinguir, o una de esas arañas de agua que a veces saltan hasta la misma cara, o quien sabe si no es más que una gota de agua que le salpica el rostro a la Virgen al zambullirse de golpe. Lo sigo observando. Viene vestido con unos pantalones de mecánico algo desteñidos, y, para su edad, demasiado estrechos; trae también una vieja chaqueta sport, de cuero. Pienso que debe estar asfixiándose de calor, y quizás sea por eso que se pasa la mano por la cara, pero, ¿por qué los ángeles no le echan un poco de fresco? Tal parece que lo ignoran. Vienen detrás y acaban de sacar (otra vez) del agua a la Virgen que respira a todo pulmón; mientras chorrea por el pelo algunos erizos se le introducen en el escote del vestido que parece de pana azul y aunque no brilla como la chaqueta de Dios pienso que debe ser tan caluroso como aquélla. Los ángeles, por lo demás, le echan fresco mientras hablan entre ellos una extraña jerigonza que es como una especie de corto cacareo; pero pienso que como a cada instante ella se está zambullendo no puede tener mucho calor. La piel de Dios y de la Virgen es bastante oscura, tostada por el sol, quizás. Vistos a distancia cualquiera podría confundirlos con una familia que hace equilibrios sobre algún tronco en medio del mar. Pero sé bien que son ellos; no por ese gran canto coral que ahora vuelve a resonar, no por ese resplandor que a veces los rodea como una aureola gigantesca, no por ese gesto duro, de sufrimiento interminable que, por momentos, ensombrece el rostro de la Virgen, ni por el andar como a tientas de Dios, ni siquiera el coro de ángeles que los rodea es para mí la prueba más convincente de que son ellos. Es por esa sensación de soledad y renuncia, que está más allá de lo que mis sufrimientos podrían concebir, que sé que esos dos viejos que parecen dos pescadores son Dios y la Virgen. Son ellos. Por lo demás, debajo de sus pies no hay ningún tronco flotante... Por un momento, miro a los ángeles. La mayoría de ellos son hombres (es decir, tienen aspecto de hombre) pocos tienen figura y rostro de mujer, y aun éstos vienen vestidos con ropas masculinas: largos y estrechos pantalones de goma, camisas como plásticas. Ninguno de ellos es joven. Cuando se detienen, Dios y la Virgen también hacen alto y se quedan como esperando; da la impresión de que son ellos, los ángeles, quienes los guían. Por lo demás, aun cuando sacan a la Virgen del agua, no veo en sus rostros ningún gesto de compasión, más bien parecen cumplir, disciplinados, con un deber. Ahora cuchichean entre ellos. Uno saca un cigarro y lo prende. La comitiva sigue avanzando. Ya están tan cerca de mí que siento el chapaleo del agua cuando Dios pisa las olas. Pasan por mi lado. Veo los pies descalzos de la Virgen muy cerca de mis ojos. Trato de hablarle, de llamarla, gesticulo; con voz ahogada empiezo a gritar. Pero el estruendo del canto es ahora tan ensordecedor que ni siquiera yo misma me oigo cuando la llamo. Así van pasando casi por encima de mi cuerpo, sin oírme ni verme, mientras el agua que ellos revuelven me salpica la cara. Trato de incorporarme, pero me sumerjo. Nado detrás de ellos, llamándolos. El canto se oye cada vez más remoto. De pronto, toda la comitiva se detiene, parece que me han escuchado. ¡Espérenme! ¡Espérenme!, les digo gritando y braceo con todas las fuerzas. Están de espaldas, inmóviles. Lentamente, la Virgen va girando el cuello; al fin me mira. Espérame, le grito. A través del agua que voy levantando veo a la Virgen llevarse una mano a la boca, como aterrada. En seguida me da la espalda y echa a andar. Pero al instante tropieza, cae, se sumerge otra vez hasta el cuello. Los ángeles, con gestos cansados y displicentes, pero seguros, la sacan a flote. Dos le sacuden el vestido. Por debajo de la falda gotean pequeños peces y hasta una estrella de mar cae y echa a andar apurada como una araña de agua. Ahora los ángeles se organizan en una larga y perfecta fila, como si fuera a ejecutar una parada militar. Así se inicia de nuevo la marcha. Desesperada sigo braceando detrás de ellos que ya casi se confunden con el horizonte. Se oye el ruido de un potente motor. Por entre las nubes aparecen las alas de un avión que ya, provocando un inmenso remolino, desciende. Es un aparato reluciente. A un costado pueden leerse, en letras rojas y brillantes, unas siglas que no son más que el nombre de la compañía a la cual pertenece la nave. Se abre la puerta y de ella sale una escalera metálica. La comitiva se va acercando. Llega. Dios comienza a subir. Le sigue la Virgen (aún chorreante) con pasos cortos. El canto deja de oírse totalmente. La fila de los ángeles comienza a subir también al aparato contra el que las olas rebotan lentas y pesadamente. Por último, todos ya sobre la escalera, sacan unos instrumentos desconocidos. No son palios, ni cruces, ni ningún otro tipo de estandarte religioso. Semejan pedazos de madera que de pronto se ensanchan desproporcionadamente, garfios que al final se abren como platillos, especies de botellas terminadas en aristas, extrañas ruedas, paraguas inversos que abren precisamente para entrar en la nave, semiánforas, largas jarras, algo como un caldero gigantesco y hasta una suerte de garrafón descomunal cuyo extremo es un enorme cuello abultado. Terminan de entrar. La escalera sube automáticamente. La puerta se cierra. Otra vez se oye el estruendo de los motores. El aparato se desliza pesadamente sobre el mar, dejando una enfurecida estela de espumas. Describiendo grandes círculos, despega. Cuando pasa cerca de mi cabeza, sus hélices desatan un inmenso remolino que me arrastra llevándome hasta las profundidades. Trato de emerger, de salir a flote entre este torbellino de yerbas trituradas, fango, arena y peces enloquecidos. ¡No me dejen! ¡No me dejen!, intento gritar mientras, otra vez, el remolino me arrastra, y, finalmente, me remonta en su propio torrente. Emergiendo sobre una ola veo al avión caer, envuelto en llamas, a un costado del horizonte. Todo queda iluminado por el resplandor del incendio. La claridad, de tan intensa, borra los contornos. Yo misma me voy diluyéndome, desintegrándome en ese inmenso resplandor que me ciega. ¡No me dejen! ¡no me dejen!, vuelvo a gritarle a la claridad que sigue avanzando. ¡Aquí! ¡Aquí!, grito mientras braceo. Pero ya soy sólo una voz en medio del resplandor del cual ahora comienzan a brotar millones de pequeños aviones amarillos que, en inmenso enjambre, se agrupan produciendo un estruendo intolerable. Grito. Y mi voz también se va perdiendo, disolviendo, difuminándose entre la gran claridad. Cuando, finalmente, abro los ojos mi voz ya no se escucha, ni yo misma la escucho. Nada, nada oigo en estos momentos en que todavía mis sentidos no han podido instalarse en la nueva realidad. Siempre me pasa así al despertar. Hay como un lapso de tiempo en que no sé realmente en qué lugar estoy, en qué pueblo, en qué casa, en qué rincón del cuarto, en qué posición en la cama. Lentamente, voy ubicándome, distinguiendo las cosas. Y ya es el verde, el verde quien invade, cubre completamente la mañana. Dentro del verde, empiezo a diferenciar su infinita variedad. Los pinos, los almendros, las hojas de las adelfas, la yerba ondeando, batiendo en las persianas de la cabaña. Hay que levantarse. Mientras me lavo la cara, tratando de no hacer mucho ruido —Héctor y el niño duermen aún—, evito el espejo. Estás bien, me digo. Está bien, pienso. Pongo a hervir la leche. Estás bien, me digo. Y la leche empieza a hacer burbujas, aunque todavía no hierve. Miro mi piel: Todavía no hay señales. Decía mi madre, dice, dirá, que si uno vigila la leche nunca hierve, o se demora demasiado; quizás sea cierto. No hay señales. Pero ya las habrá. Le doy la espalda a la olla. Palpo mis piernas, no, ninguna huella, tampoco en los muslos. Hace sólo un momento, al mirarme al espejo, tampoco vi ninguna señal alarmante; siempre me aterroriza pensar en el instante inevitable en que me asome y descubra una arruga, después ya no habrá escapatorias. Me siento. Miro mis pies. No son grandes; no los han podido deformar las jornadas en el campo. Miro mis piernas: ni gruesas ni delgadas. Me acaricio. Desnuda vuelvo a la cocina, le doy más intensidad al gas. Soy una mujer, pienso ahora que mamá acaba de decírmelo. Soy una mujer, Dios mío, ya soy una mujer... Voy hasta el baño. Soy una mujer, soy una mujer. Aquí están los vellos en las piernas, los dolores, las gotas de sangre, el escalofrío que sube, que me retuerce el vientre. Soy una mujer. Las burbujas ascienden, se aglomeran a un costado donde el fuego es más intenso, se alzan, se convierten en espuma; fluyen hacia el centro de la olla. Así es que esto es ser una mujer, pienso. Ahora toda la leche empieza a borbotar, espero a que suba, espero a que se derrame para quitar la olla del fuego. Y lo peor es que no hay regreso, y quieras o no tienes que seguir. No me enamoraré, pienso en un principio; no me someteré, pienso, no permitiré tal degradación, tal humillación, tal sometimiento. Pero él está ahí, en el cuarto sin puerta, leyendo esos libros que no sé cómo se las arregla para conseguir; leyendo a pesar del escándalo de mi madre que ahora hace más ruido, precisamente para mortificarlo. Alguien está detrás de mí. Me vuelvo. Es Héctor que ya se ha levantado. Se ha puesto la trusa y una camisa. Me pasa una mano por el cuello. Puedo sentir su respiración, su cuerpo. Ya está el desayuno, digo. Entro en el cuarto, me pongo la trusa. El niño ya está despierto. Lo tomo, lo levanto. "Venga acá, venga acá". Ríe. Los tres nos sentamos a desayunar. El mar es ahora una llanura por la cual parece que uno pudiera hasta perderse. Mientras desayuno lo contemplo y pienso que hoy tendré que lavar todos los pañales sucios. Miro —a través de las persianas— el mar que fluye invariable. Pañales y pañales cubiertos de excremento seco. Recojo las tazas, los platillos, lo llevo todo hasta el fregadero, abro la llave. Voy a tratar de conseguir bebida, me dice Héctor ya en la puerta, la jaba con las botellas vacías en la mano. Nosotros iremos para la playa, le digo. Lo veo alejarse. Es formidable, es formidable. El se vuelve y sonríe, le hace un gesto de despedida al niño quien también lo despide levantando una mano. Sentada en el portal (el niño en brazos) lo veo perderse entre las adelfas, aparecer bajo los almendros —es formidable, es formidable—, caminar hasta el auto, perderse por la carretera del pinar. Es formidable, pienso y a mis espaldas oigo una voz. Espléndido, dice. Me vuelvo. Es nuestra vecina, la madre del muchacho. Espléndido, dice, vamos a tener un día maravilloso. Le hago un ademán para que se acerque. Ella no se hace de rogar. Sube casi corriendo las escaleras de nuestra cabaña, mostrando sus muslos deteriorados. Vamos a darnos un trago le digo. ¡Formidable!, dice ella, y suelta la carcajada. Yo también me río. Traigo vasos, refrescos, el poco ron que quedaba. ¿Salió tu marido?, me pregunta tomando al niño. Sí, sigo, fue a buscar bebida a Guanabo. También mi hijo fue hasta Guanabo; me dijo que estaban vendiendo trusas y que a veces sacan hasta bocaditos de jamón. Yo lo embullé a que fuera, que se alimente... Qué lástima, digo yo, y vuelvo a beber, de haberlo sabido podría haber ido con Héctor en el auto. Es verdad, dice ella y ahora le guiña un ojo al niño. Yo quise llevarlo en el carro, pero él se negó; es un alma de Dios, no quiere que yo pase trabajo, ni que gaste gasolina, ahora con estos racionamientos... *Un alma de Dios*, pienso, y miro para el mar que fluye, aún invariable. Las dos sonreímos y bebemos. ¿Y cómo va ese tejido? ¡Aquí lo traigo!, dice, y metiendo una mano en su bata de casa saca una bola de estambre y un calcetín a medio tejer. Cómo ha adelantado —elogio—, ya casi terminó esa media. Sí, anoche tejí hasta la madrugada; no tenía sueño. Ahora no duermo mucho. Debe ser la vejez —dice, pero no en tono trágico, ni resentido, ni triste, sino, sencillamente con el tono de quien acepta algo normal, inevitable. Usted no es vieja, digo, y miro sus manos. Es una vieja, pienso y contemplo sus dedos entre los estambres. Este trabajo me entretiene, dice. Y, quizás sin darse cuenta, inconsciente, comienza a tejer, da algunos puntos y vuelve a guardarlo todo en el bolsillo de la bata donde el niño ahora mete una manita. Es demasiado curioso, digo. Es lógico, dice ella; también el mío quería saberlo todo; a esa edad todo le interesa; un día por poco me saca los ojos. Sabrá Dios qué pensaría él que eran mis ojos. Sí, es "lógico", es "lógico", pienso. Y ahí está el mar, invariable. Deberíamos dar una vuelta por la playa, digo. Yo encantada, responde, pero tengo tantas cosas que hacer; preparar la comida. Mi hijo no demorará mucho. Sí, demorará, pienso, y miro el mar que fluye lentamente. ¡Pero voy!, dice de pronto, llena de alegría, como si esa decisión implicase una liberación, un triunfo, un permiso que alguien a última hora le concediera. Pero eso sí, dice riéndose, mientras termina con la bebida, debo regresar en seguida.

No se preocupe, digo, solamente daremos una vuelta. ¡Magnífico!, dice, si tengo hasta la trusa puesta —y se levanta la bata—; aunque no pensaba bañarme, me la puse para estar a tono... Llegamos a la playa y nos sentamos en la arena... Yo le dije que cogiera la llave de la cabaña, dice ella, pero él no quiso, figúrate, si ahora llega no va a poder entrar... La pobre, pienso, su conversación se reduce a un solo tema: *Mi hijo, mi hijo, mi hijo*... Sí, digo, tendiendo la toalla y acostándome bocarriba... El sol aún no quema y el mar sigue fluyendo. Sí, digo. Después no hablo más. Ella no necesita, no solicita, que uno le preste atención; sólo quiere hablar, hablar, y que alguien, de vez en cuando, la mire, y, si le parece, asienta, aunque sólo sea con la cabeza... *Porque mientras no sueñes con tijeras*, dice mi madre, *no hay problemas*... El mar fluye, y en estos momentos Héctor llega a Guanabo... Los dos caminan juntos bajo los árboles. Pero, ¿acaso hay árboles en estos pueblos? Una estación de gasolina, desde luego cerrada, una arcada polvorienta, algunas casas como agazapadas contra el suelo, qué más... *Pues soñar con tijeras es la muerte*... No. Ni un árbol, ni un animal, ni una mínima yerba hay ahora alrededor de esta carretera centelleante por la que avanzamos. ¿Avanzamos o retrocedemos? ¿Cómo se avanza? ¿Cómo se retrocede? ¿Cómo se puede avanzar retrocediendo? Retrocedemos, aunque decimos —hay que decirlo— que vamos avanzando, dice Héctor, mientras seguimos empujando, abriéndonos paso por la explanada donde está —al final— la gran tribuna, y la blanca estatua inclinada. Y la madre sonríe, y el mar fluye. Quizás seamos nosotros dos, Héctor y yo (pienso, mientras seguimos avanzando) los que más sufrimos. Para muchos, tal vez, la situación sea más clara. La definen de acuerdo a los artículos que les sobran o les faltan, de acuerdo a lo que pueden o no comer. Esta mujer, por ejemplo, pienso —esta pobre vieja, pienso— y la miro (riéndose ahora, enrojeciendo y con la frente empapada), para ella sus preocupaciones finalizarían si pudiera tener todas las madejas de estambre necesarias para tejerle cien pares de medias a su hijo. Pero nosotros, ¿qué habremos resuelto nosotros cuando se hayan cumplido —si es que se cumplen algún día— todas las metas? ¿En qué proporción aumenta nuestra felicidad porque nos hayan aumentado la cuota de arroz? ¿En qué proporción aumenta la felicidad cuanto todas podamos exhibir medias de estambre? Ella se irá algún día —si se lo permiten, si puede llevarse a su hijo—, y todas sus angustias terminarán cuando cruce el mar y pueda llenarse el estómago y los ojos. Pero, ¿y nosotros, y nosotros? —Y miro el mar que fluye, y me siento tranquila, en calma—, ¿qué podremos hacer? ¿Qué haríamos con nuestros recuerdos, con nuestras esperanzas, con nuestros sentimientos, con nuestros deseos o como quiera llamárseles? Y el mar sigue fluyendo, y ella sigue sonriendo y hablándome. Y los pinos ahora parecen clamar: *¡Decídete, decídete, decídete, elige tu infierno antes de que sea demasiado tarde!*... Sí, es tarde, me dice ella, siempre riéndose, creo que voy a tener que irme, si quieres me puedo llevar el niño. Lléveselo, yo iré en seguida... Pero miren, miren para aquella esquina y verán que soy yo aquella que viene, caminando y cantando por un costado del mar... Se va con el niño. El mar va cogiendo color, intensidad, es ya azul, oscuro. Respiro. Me tiendo. Ahora, son las nubes. Las nubes, lentas, abultadas, en dirección contraria al mar. Las nubes, catedrales, palacios que se deshacen, barbas, bandadas de ovejas, extrañas bestias, cuerpos, manos, flores, testículos, cielos empedrados... Me vuelvo. Dos mujeres conversan sentadas en la arena, levantan las manos, gesticulan. ¿Qué dicen esas mujeres? ¿Qué importancia tiene la vida de esas mujeres? Ellas no se lo preguntan, por lo tanto, lo saben. Hablan; ni siquiera sospechan cómo va escapándose el tiempo. *Ya te veré con los hundidos, los senos caídos, el pelo ralo.* Levanto la cabeza. Son las cigarras las que están diciendo esas sandeces. Pero no puedo perder la calma. Me tiendo otra vez. Dos bañistas, un viejo y un joven, se acercan. El de más edad me empieza a hablar. Tonterías, frases hechas que se emplean para iniciar una conversación con otros propósitos, que si el sol, que si el calor, que si el tiempo, y, naturalmente, que si estoy sola. Y las condenadas cigarras continúan con su letanía. Dios mío, cuándo fue la primera vez que sentí, descubrí el tiempo. El hombre mayor se va, quizás se sienta derrotado, o, sencillamente, deja oportunidad para el más joven. Este ya se acerca arrastrándose sobre la arena y se tiende junto a mí. Pero no puedo recordar, por mucho que me esfuerce, no puedo recordar cómo vivía antes, cuando desconocía ese transcurrir... Tan bonita y sola, oigo que dice. Yo lo miro y me sonrío: El pobre, las mismas palabras, el mismo método. El, estimulado por mi sonrisa, se acerca aún más, frota los pies en la arena. ¿Y qué sentí en ese momento, cuando supe que había que envejecer, que morirse, es decir, que siempre estamos envejeciendo, muriéndonos?... Tengo alquilada una cabaña, me dice ahora mirándome maliciosamente, mi amigo y yo tenemos una cabaña aquí cerca. Luego habla de "compartir", menciona hasta la palabra "soledad" y me vuelve a lanzar otra andanada de insinuaciones. Yo sonrío y miro el mar que en estos momentos bate ya con cierta violencia. El hombre, aún más confiado, acerca sus pies a los míos y sigue hablando sandeces. Y el tiempo pasa, y el tiempo pasa. ¿Y qué es lo que queda? Nada, me dice Héctor, a mi lado —y ahora, después del racionamiento de la gasolina, vamos casi siempre en guagua al trabajo—, ni siquiera el recuerdo de una conversación inteligente, ni siquiera la gracia de una torpeza instintiva, natural. ¡Nada! Sólo la vulgaridad, la irritante mediocridad. No le respondo, miro para cualquier sitio, a esa mujer de elevado moño y vestido rojo que me observa como ofendida —quizás oyó algo de nuestra conversación—. Por último la aglomeración y el escándalo dentro de la guagua se hacen insoportables. Cállate, le digo a Héctor, que sigue con su letanía, ni siquiera te estoy oyendo. Pero él continúa mascullando, murmurando, quejándose: *¡Y el tiempo, el tiempo, el tiempo!*, gritan las cigarras, los pinos, esta inmensa claridad que ahora se nos abalanza y ahoga, inmoviliza, achicharra y difumina las ideas... Y siguen las sandeces, sigue el derroche de una jerga pobrísima, de un sentimentalismo escoltado por las palabras "corazón", "amor", "romance", y otras cosas realmente increíbles. Lo miro, sonriéndome. El se vuelve de frente; ahora se atreve a mostrarme su excitación; roza ya sus piernas con mis rodillas. Me río. El también se ríe, y, triunfante, trata de cogerme una mano mientras mira hacia la playa, sin duda buscando a su amigo para alardear de su "conquista". Sonriendo me pongo de pie. El pobre, pienso. Corro hasta el mar. Me zambullo y salgo por la otra orilla. El pobre, sigo pensando mientras tomo la avenida de los almendros y llego a la cabaña. Ahí está ella, la madre, con mi hijo, en el portal. Me demoré más de la cuenta, le digo, disculpándome, y tomo al niño. De ningún modo, dice ella, voy a prepararle el almuerzo a mi hijo, debe estar ya al llegar. Corriendo baja las escaleras. Yo voy hasta el cuarto y acuesto al niño. Despacio empiezo a arreglar la otra cama. Recojo el mosquitero, sacudo las almohadas, extiendo bien las sábanas. La cama está hecha, digo en voz baja, para no despertar al niño. Una mosca que no sé como pudo haber entrado a través de la tela metálica, revolotea sobre su nariz. La espanto. Ella ejecuta un corto vuelo. Se posa sobre las sábanas, alzando las patas delanteras, como entrenándose. Comienzo a preparar el almuerzo. Héctor debe estar al llegar, digo, lavando las viandas; está al llegar, digo ahora, preparando el sofrito —las viandas hierven en la olla—. Está al llegar, me digo, mientras termino la ensalada y todo el almuerzo. Pero no llega. Salgo al portal, me quedo junto a la baranda, bajo la inmensa claridad del día, mirando esa inmensa claridad. La paz se ha marchado, pienso, aunque el mar sigue fluyendo... ¿Cuál paz? ¿Cuál paz?, me dicen las gaviotas que sobrevuelan sobre el pinar. Miro esas gaviotas, miro el paisaje, reverbera y se bambolea, miro los dinosaurios otra vez muertos de risa, saltando sobre un costado del mar. Podría empezar a leer ahora alguna de las novelas que trajistes, podría incluso ponerme a cantar, o tirarme bocarriba sobre la cama, o sobre la arena, o sobre el mar, podría, sencillamente, entrar en la cabaña y servirme el almuerzo, pero óyeme, pero óyeme, nada de eso podrá impedir que continúes viendo a los dinosaurios saltar, saltar... La ilustración (o lámina) está ahí, en el centro de una vieja revista, dentro de un baúl lleno de cucarachas... Pero todavía yo no la he descubierto. Fuera de ese baúl dentro de esta casa no hay nada que pueda ofrecerme cierto misterio; nada puede consolarte o entretenerte, en esta casa de campo, en este bohío, como le dicen los otros (los que no viven en él) donde basta pararse en la puerta de entrada para dominarlo completamente: la sala con su mesa de centro en el centro, los dos cuartos a los lados con las puertas abiertas, la cocina con el fogón destartalado y la mesa, después, el patio. Oye, así, parada en la puerta de la sala, divisas todo tu universo conocido, todo tu porvenir. En una casa así, ni siquiera puede haber recuerdos, pienso. El baño son cuatro paredes sin techo donde entra el sol; el servicio, cuatro paredes sin techo con un cajón y un hueco... Mira, ahora, desde la sala puedes ver hasta la gallina que sacude sus plumas en el patio... Pero hay un baúl; ahí está el baúl. Mientras revuelvo los papeles amarillentos, mientras saco y vuelvo a colocar los pomos vacíos, tuercas, trapos donde ponen sus huevos las lagartijas, el brazo de una muñeca, zapatos viejos, un calzoncillo (que no sé cómo ha venido a este sitio) y fotografías borrosas, pienso: *he aquí tu consuelo, he aquí tu consuelo.* Y cuando descubro todo este montón de revistas, pienso: *la dicha, es la dicha completa...* Pasando sus hojas llego hasta donde está este animal de cuello largo, ojos tristes y costillar brillante con cola y lomo crispados. Y quedo totalmente desolada. Miro. Poco a poco me voy adentrando en el paisaje, poco a poco la figura se va reanimando; sus pesadas patas empiezan a oscilar, su cuello se alza un poco más, sus grandes ojos tristes se quedan fijos, mirándome... Mirándolo, mirándolo de cerca, puedo oír el lento estruendo de su respiración... Mirándolo, mirándolo desde tan cerca que casi estoy debajo de sus enormes párpados, siento como una especie de secreta comunión entre dos soledades. Mirándolo desde tan cerca puedo ver entre él y yo como una especie de mútua maldición. Mirándonos, los dos, totalmente solos sobre el paisaje de fondo, entre esa tierra y ese cielo extrañamente oscuros, confusos y borrosos —como corresponde a una litografía, o grabado, o dibujo, o como se llame— por primera vez, pienso, creo haber descubierto el terror, es decir, la verdad... Lo descubro y nada puedo hacer para evitarlo, para convencerme de que no lo he descubierto. Nada puedo hacer para impedir que ese animal inmenso y triste me siga contemplando con su inmensa tristeza. No podemos hacer nada para dejarnos de mirar. Cuando llega mi madre ya no hay salvación. ¿Qué es?, le pregunto, tratando de buscar respuesta a este miedo, a esta compenetración. Nada, un bicho de otra época, dice ella... Finalmente quito la vista de la figura que me observa, ahora, creo, que un poco burlona. Y miro el mar: La una del día, pienso. Miro el mar: Las dos de la tarde, pienso. Entro en la cabaña y empiezo a arreglar la mesa. Las dos sillas, una frente a la otra, y hasta el mantel que aún no habíamos usado. El mantel blanco y bordado que mi madre me ofrece ahora, en la época de las reconciliaciones. Mi madre... Llega mi madre. Entra en *mi casa*... El blanco mantel bordado por ella misma. Gracias, digo, pero, ¿por qué te has molestado? Y pienso: qué vieja, qué vieja está... Ya con el mantel sobre la mesa empiezo a colocar los platos, los cubiertos, las servilletas. Las tres, son las tres. Miro el mar. Lentamente los dinosaurios se pierden piafando sobre las nubes. Sólo falta una vela, pienso. Una vela larga y azul para colocarla en el centro de la mesa impecablemente dispuesta. Pero no hay velas, ni creo, además, que haya por aquí forma de conseguirlas. Me siento. Coloco las dos manos sobre el mantel, huelo la comida. Me pongo de pie, salgo al portal: Las cuatro, digo, ya son las cuatro. Las bestias se han marchado, la tarde sigue ascendiendo, igual que el mar, pero el sol aún continúa, centelleante, sobre los pinos. Tampoco hoy va a llover, pienso. Allá lejos, por el pavimento que relumbra, viene el muchacho. Me quedaré aquí y lo esperaré; esperaré a que pase frente a la cabaña, lo saludaré; y mi saludo será como una advertencia... Ahora la figura tostada por el sol, vestida solamente con el short y la camisa blanca, atraviesa la avenida de las adelfas. La madre, tal como movida por el instinto (o simplemente porque atisbaba desde las persianas), aparece en el portal de su cabaña, el rostro radiante. La miro y ella me sonríe. ¡Ahí viene!, dice en voz alta, como en un grito de triunfo. ¿Qué?, digo yo, dándome por desentendida. ¡El!, dice ella, ya era tarde, estaba preocupada, seguramente no encontró transporte... Es verdad, digo, mirando al muchacho que se nos acerca, pasa ya frente a mí sin mirarme, y sube las escaleras. La madre lo recibe con un abrazo. El pobre, pienso, si me hubiese mirado (si la madre no hubiese estado en el portal) quizás hubiese podido haber hecho algo por él. Si hubieses visto sus ojos, sus ojos de dinosaurio, habrías empezado a recoger todas las cosas; sí, y cuando Héctor hubiese llegado le hubiese dicho *¡vámonos inmediatamente!*, y aunque él no hubiese querido yo lo hubiese obligado a marchar... Pero no me miró, no buscó mi ayuda. Se cree seguro. Seguro de su pelo de adolescente, de su cuerpo de adolescente, de su rostro de adolescente. Pobre muchacho, demasiada seguridad. Pobre Héctor, pobre yo, pobres dinosaurios... Entran. Ella habla y ríe, cerrando triunfalmente la puerta. La madre y el hijo están ya juntos. Afuera sigue el mar cambiando constantemente su tonalidad, lanzándose ya de nuevo sobre la costa. También por un momento el silbido de las cigarras es ensordecedor; pero desciende, pero desciende. Entro en la sala. Guardo la comida en el refrigerador; guardo platos, cubiertos; recojo mantel y servilletas. Voy hasta el cuarto. Mientras contemplo al niño que sigue dormido, digo en voz alta: *Ahora Héctor está parqueando el auto en el recodo de los almendros, ahora cierra la puerta y echa a andar rumbo a la cabaña.* Voy hasta el baño, tomo el peine y comienzo a alisarme el pelo. Lentamente la cara se deforma a medida que el vientre se va hinchando, se me inflan las venas de las piernas mientras crece y crece la barriga. Es el niño. Dentro de ti lo oyes saltar, rápido, rápido... Pero vuelvo de nuevo a mi rostro ya completamente restaurado, a mi cintura sin ninguna huella, sin ninguna deformación, miro mis piernas, miro mis senos. No he sucumbido, no he sucumbido. ¡Oh, Dios, no he sucumbido! Mientras me paso la mota por la cara, digo en voz alta: *Ahora atraviesa la vereda pavimentada, llega a la cabaña, sube la escalera, abre la puerta...* Entra y no puedo decirle *hace horas que te estoy esperando*, porque llegas y nada existe fuera de tu llegada, y toda explicación o disculpa resultaría ridícula. Mete una

mano en la jaba, saca una botella que agita en el aire, inmediatamente llena dos vasos. A una señal suya brindamos. Por un
momento, creo, él hace un gesto como para acariciarme la cara,
aunque todo queda en la intención (quizás, en mi imaginación).
Me mira, extiende los labios para sonreír, pero sin llegar a hacerlo. Quizás, pienso, se está burlando de mí. Alza otra vez el
vaso y los dos bebemos. Vuelve a llenarlos, derramando el vino
que forma un charco sobre la mesa. Bebo, sentada, mientras él
de pie me mira, los labios extendidos, sin llegar a sonreír. Vamos para el portal, dice, y vuelve a llenar los vasos; sale con la
botella en la otra mano. Nos sentamos en medio de la claridad,
en silencio. Sólo bebiendo y mirando el sol que cae sobre las
losetas del piso y sobre nuestras piernas. El sol del mediodía,
pues aunque sea de tarde, con el cambio de horario, resulta que
en el tiempo es aún mediodía... ¡Porque nada puede dejarse en
paz, nada puede dejarse tal como está! Todo lo revuelven, todo
lo cambian, aunque sea sólo para fastidiar, para dejarlo peor
que al principio, hasta que es tanto el cúmulo de cosas insoportables, que hasta hablar de ellas resulta aburrido, aunque todo,
por lo demás, conduce siempre al mismo tema, al único tema;
puesto que todo, aún el hecho de pintarse las uñas o cortarse el
pelo, está vinculado directamente al sistema y solicita de su
aprobación... Y ya hemos hablado tanto de lo mismo. Hemos
—entre susurros— criticado tanto lo mismo, que ya no sé cuándo habla él o cuándo hablo yo, que ya no sé si ahora pienso o
hablo yo, o es él quien piensa o habla, y yo, sencillamente,
escucho o interpreto. Así, hasta que las palabras airadas, resentidas, críticas o desesperadas salen como por generación espon-
tánea; automáticamente, bailan en cualquier labio, y, de tanto
repetirse, riman unas con otras hasta perder su significado, su
eficacia. ¡Sí! ¡Sí! Dice él (ahora, estoy segura, es él quien habla):
¡Hasta esto hemos llegado, hasta perder el deseo de protestar,
de quejarnos! Y ya está listo para salir, la camisa blanca, el último botón también abrochado. Sólo resta cerrar la casa, irnos
para el trabajo. Al volver la mirada tropiezo con la cabaña de al
lado también bañada por el sol. Pero bebo, vuelvo a beber; me

107

obligo a olvidarme del muchacho, de la madre. ¿Pero por qué no se buscó ella un marido? Un hombre que la golpeara o tolerara, un amante, un "cortejo", como se diría en su tiempo, cualquier cosa. ¿Por qué depositar tanta ternura, tanta necesidad, todo el tiempo en un pobre muchacho de diecisiete (¿diecisiete dijo?) años? ¡Basta! Basta ya de boberías. ¡Fuera! Ni una palabra más sobre su hijo. Lo sé todo: es la perfección, el candor, la pureza, un ángel bajado del cielo. Pero, oiga, está usted cometiendo un grave error, está usted cometiendo un crimen con esa criatura. Edúquela de otra forma. Dígale: *hijo, saca las garras, mira, esa es la vida*. Y señales para cualquier sitio, cualquier lugar le será apropiado. Pero no digo nada, y ella habla y habla. Mi hijo, dice, mi hijo, dice... ¡Basta! No puedo tolerar. No puedo tolerar... Y es Héctor quien me mira, es él quien me interroga. Sí, porque estas últimas palabras las he dicho en voz alta, sin darme cuenta. El vuelve a llenar los vasos, los alza, chocándolos con violencia en una suerte de brindis. Sí, dice ahora, te entiendo, te comprendo... Pero, oye, no entiendes nada, no sabes ni siquiera en qué estaba pensando. ¿Quién puede tolerarlo?, dice. Y bebe. Efectivamente, dice, y alza una mano. ¡Efectivamente! Y deposita la mano sobre la rodilla, los dedos muy abiertos, aferrados. ¡Intolerable! ¡Intolerable!, dice con voz pesada, arrastrando la lengua. ¿Quién no piensa ya igual que tú? ¿Quién no se siente acosado, desconcertado, muerto? ¡Todo el mundo! Afirma, respondiéndose a sí mismo. Y ahora la mano se levanta, se abre en el aire, como aprobando... ¡Todo el mundo! Pero hay miedo. Es tanto el miedo que nadie se atreve siquiera a manifestarlo. Lo peor es, dice —y vuelve a llenar los vasos— que todo se ha tergiversado de tal modo, todo se ha mezclado, envenenado, contaminado, confundido que ya apenas si se puede precisar donde terminan las buenas intenciones y comienza la estafa; porque, no te quede la menor duda, hemos sido estafados. ¡Y de qué manera! ¡De qué manera! De tal manera, dice ahora alzando la voz, que solamente tenemos una ligera idea de las macabras maquinaciones que se esconden detrás. De tal manera, que si llegaras a comprenderlo plenamente enloquecerías al momento. ¡De tal manera!, dice y ahora su voz es un grito ronco, ¡que si alguien se atreviese a denunciar o simplemente a advertir esa estafa, ya hay otra humillación mayor aguardándole! Los planes para alimentarnos no marcharán bien (no interesa que marchen bien), pero los planes para ofenderte, para rebajarte, para obligarte a decir que *sí* aunque mueras de hambre y furia, marchan a la perfección. Es que no hay escapatorias, es que parece como si todo se hubiese confabulado para hundirte, y estuviesen vigilando, constantemente averiguando, escudriñando: *¡Ah, con que por ahí puedes respirar! ¿Eh?* Y ¡Zas! Cierran. Muérete, asfíxiate, y canta, canta, canta... Héctor, digo, Héctor, digo, cállate. ¡Canta!, dice él aún más alto. Yo miro para la otra cabaña, temiendo ver la cabeza de nuestra vecina atisbando por entre las persianas... Canta, porque esta es la felicidad, esta miseria que te consume. Canta esta humillación perenne; canta. Sí, sí, prohibido pensar, prohibido decir no, prohibido gritar. Pero, óyeme, de vez en cuando es necesario dar un grito, protestar, aun cuando ni siquiera se tenga la razón. A nosotros, tú lo sabes, nos asombra... Se pasa una mano por los ojos, como para protegerse del sol, y vuelve a beber. Y sigue: ¿Has oído alguna vez a una consigna ordenarte *¡vive!* No. Dicen ¡trabaja! ¡Coopera! ¡Ayuda! ¡Vigila! ¡Dona! ¡Inscríbete! ¡Sacrifícate! O te amenazan. Pero de vida no se habla... Héctor, digo y pongo una mano sobre la suya. Héctor... Pero él vuelve a llenar los vasos. Se tiende ahora en el sillón. No se puede tolerar, dice, como bien tú dijiste hace un momento, no se puede tolerar. Héctor, le digo, vamos para adentro. No se puede tolerar, dice él. Despacio, tambaleándonos, entramos en la cabaña. ¿Y qué se puede esperar?, dice, mientras abre otra botella, ¿qué se puede esperar de un pueblo que siempre ha vivido en la esclavitud y el chanchullo? ¿Qué puedes hacer tú para sobrevivir, para no señalarte, sino imitar a los otros? Tomar su lenguaje, sus maneras, exagerarlo todo aún más para que no te descubran. ¿Qué puedes hacer? ¿Qué se puede hacer?... Llegándose hasta la mesa bebe de un solo trago todo el vaso. Quizás, dice ahora, ellos sean más inteligentes que yo: Fingen mejor que yo. Nunca se sabe... Héctor, digo, y trato de acercármele, de tocarlo. Pero, él de pronto se contrae, salta y empieza a gritar. ¡Y las palabras triunfales!, dice, riéndose, ¿jamás sonarán? Y ríe ahora a carcajadas. Héctor, digo, y voy detrás de él, tratando de controlarlo. ¿Sabes?, dice deteniéndose, a veces creo que a ellos les da lo mismo tener los campos sembrados de café, de fresa o de perejil; el asunto es tenernos controlados, y no dejarnos tiempo para pensar. Héctor digo. El me vuelve a detener. ¿Sabes?, dice, ¿cuál sería la condena por decir públicamente esto que estoy diciendo? Y me mira fuera de sí, interrogante, sujetándome. ¡La muerte!, dice ahora en voz alta. ¡La muerte!, dice a gritos. Y oigo también los gritos del niño que quién sabe desde cuanto estará llorando. Voy y lo tomo. Arrullándolo, regreso hasta la sala. ¡La muerte!, nos grita Héctor, señalándonos con un dedo, como un juez que acaba de dictar sentencia. El niño suelta un chillido. Cállate, por favor, le digo a Héctor, lo has asustado. ¡Vengan nuevas generaciones a beber en este manantial! Dice; me arrebata el niño, y empieza a levantarlo mientras sigue hablando a gritos. ¡Vengan, jóvenes frustrados, mediocridades ruidosas, profesoras menopáusicas, vengan a darse ínfulas de progresistas aquí, vengan a contar maravillas de todo lo que aquí se les muestre! Tienen ustedes todo el apoyo y la libertad del estado para apoyar al estado, tienen ustedes toda la libertad para decir aquí *hay libertad*. Ya saben: Aplaudan, aplaudan. Los hoteles más confortables (exclusivos para "invitados" extranjeros) se pagan con aplausos... Vuelve a agitar el niño en el aire, y yo detrás, tratando de controlarlo, de hablarle... ¡Aplaudan! ¡Aplaudan! Sigan aplaudiendo, no pregunten por los muertos, ni por las cárceles, ni por los esclavos, ni por la esperanza. Y sigan aplaudiendo... Vuelve a alzar al niño que ahora llora verdaderamente aterrado. Héctor, digo, y él sigue dando vueltas, tambaleándose por toda la sala. ¡Uno, dos! ¡Uno, dos!, dice ahora, ¡Marcha y calla! ¡Marcha y denuncia al que no calla! A lo mejor lo hace para ver si callas... ¡Marcha y denuncia porque si no te irás con el que no calla!... Pero ¿no es una contradicción, respetables

110

visitantes? —y hace una profunda inclinación ante mí, levantando al niño con una sola mano—. ¿No es una contradicción que en un sitio donde se supone que se lucha por la vida, impere el terror, el culto y la adoración obligatoria hacia una sola persona llevados en grado delirantes, la persecución y la absoluta esclavización?... ¡Vengan a ver esta maravilla! ¡Vengan a ver este formidable invento! ¡Atención, dictadores de todo el mundo, corran acá!... Y de nuevo levanta al niño que sigue gritando. Héctor, le digo sujetándolo, por favor, dame el niño. El lo mira y sonríe, manteniéndolo en sus brazos. ¡Tú!, le dice. ¿Por qué llorar? ¿Acaso no te espera la gran felicidad? ¿El futuro perfecto? ¡¿El paraíso luminoso?!... Héctor, por favor, le digo... De pronto, él empieza a cantar. Canta con voz ronca, como trasnochada, mientras da vueltas por toda la sala. ¿Y las palabras triunfales?, dice. ¡¿Y las palabras triunfales?!, dice cantando. Y, de repente, yo detrás de él, sin saber por qué, también empiezo a cantar. Los dos, acompañados por el llanto del niño, saltamos dándole vueltas a toda la sala de la cabaña, tropezamos con los asientos, derrumbamos las botellas de bebida, un cenicero, y cantamos. *Y las palabras triunfales*, dice Héctor, remedando una cascajosa voz de barítono. *Y las palabras triunfales*, dice, decimos... Cae en el sofá con el niño en brazos. *¡Las palabras triunfales! ¡Las palabras triunfales!*, voy, también cantando, hasta donde están ellos. Me desplomo entre los dos. Instintivamente coloco al niño entre Héctor y yo para que no vaya a dar al piso. Le paso mi mano sudorosa por la cara, despacio, despacio, para que se calme. Siento unos enormes deseos de vomitar. El deseo sube por el estómago, llega a la garganta; ya, incontenible, me hace arquear. Finalmente, mientras toco con una mano la cara del niño, saco la cabeza del sofá y vomito en el piso. El niño no llora ya tan alto. No mucho, no tanto, casi nada. Más tranquila vuelvo a acostarme junto a los dos. Sigo pasándole la mano por la cara, no tanto, no tan rápido, cada vez menos, más despacio, más, igual que su llanto, que ya no se oye, que ya no lo oigo. Nada. ¿Quién dijo: *¡Albóndigas!*? ¿Quién dijo: *Yo prefiero las albóndigas?* ¿Quién dijo: *¡Para mí* *no hay nada como las albóndigas!*? Quién... Lo que más me extraña, digo entonces, alzando el único brazo y señalando hacia donde estuvo la ciudad en ruinas, es que no se oigan trompetas, que nadie nos anuncie el fin; quizás, digo, y el otro brazo también se me va desprendiendo, eso pueda servirnos de consuelo: No todo se ha realizado como alguien nos lo había prometido... Y un dolor, que de pronto no puedo identificar en ninguna región del cuerpo, me va despertando. Abro los ojos. Todo es blanco, relumbrando bajo la luz del atardecer. Vuelvo a cerrar y abrir los ojos. Deben ser las nubes, pienso. Algunas veces sucede así, me dice mi madre, es el juego de la luz en las nubes, eso indica barrunto de agua. Mira el arcoiris, mira el arcoiris. También eso no es más que un juego de luces... Por fin, identifico, detecto, el dolor; es en el brazo que Héctor me tiene aprisionado bajo su cuerpo. Trato de liberarme sin despertarlo. Pero él abre los ojos. Héctor blanco. Vuelve a cerrar los ojos. El niño sigue durmiendo, recostado a su cuello. El niño blanco. Logro al fin liberar el brazo. Abro el refrigerador. Como con las manos un poco de ensalada. Esto refresca, pienso; quizás me saque del letargo. El olor a alcohol invade toda la cabaña. Mejor será que me dé un baño. Me desvisto. Me coloco bajo la ducha. El primer chorro es realmente frío. Pero, a medida que cae, el agua se va entibiando. Sin enjabonarme, inmóvil, dejo que el agua me siga cayendo. Cae el agua. Siento cómo cae el agua. Cómo llega a mi cabeza, el agua; cómo se desliza por los hombros, el agua; cómo rueda por mi cuerpo, cómo corre por mis piernas y resbala en el piso, el agua. En estos momentos, digo, está oscureciendo. En estos momentos pasa el tiempo, pasa el tiempo. Pero sigue cayendo el agua. Me estoy bañando mientras se hace de noche. Me estoy bañando. Por la alta ventana del baño, a través de la tela metálica, puedo ver el cielo, cogiendo, como siempre, el violeta intenso de la hora. El cielo y el olor del tiempo; el olor de las hojas; el olor ardiente de la tierra quien también hoy esperó por el baño del aguacero. El olor. El olor de los árboles que ven la sombra como un consuelo. El olor del mar y los pinos; el imperceptible olor de las

adelfas, el olor de las matas de almendras. El olor del mar. Todos los olores de la tierra llegan ahora en oleadas hasta mi cuerpo desnudo donde sigue cayendo el agua. Miro mi cuerpo empapado. Miro mi cuerpo. Aquí está mi cuerpo, pienso. Dios
mío, madre mía, aquí está mi cuerpo. Todos los olores van disminuyendo. También el violeta desaparece. Yo sigo bañándome, casi en penumbras. Sigo sintiendo el agua cayéndome, pasando por mi cuerpo, acaricia, acaricia, acaricia. El agua.

Y cómo poder decir lo que una siente cuando se baña en la
oscuridad, y ya se han marchado todos los olores, y sabemos
que nunca han existido tales olores; y en la oscuridad, salpicada
de agua, una es un simple cuerpo que se estremece, que necesita, que reclama y a veces ruge; cómo poder expresar el estupor
de estas carnes todavía jóvenes, por un tiempo, óyelo bien, nada más que por un tiempo. Cómo expresar la angustia cuando
sabes que además de este cuerpo no tienes otra cosa, y nada va a
perdurar, y nada te va a pertenecer; y ni siquiera este cuerpo es
un motivo de dicha, sino, tan sólo, el sitio donde de vez en
cuando tratan de disolverse otros furores también insatisfe-
chos... Mi cuerpo convirtiéndose también en un invento, dejando de ser, renunciando a poderse ofrecer como tal. Cómo te
necesitan, cómo te necesitan, nadie sabe cómo te necesitan estas
carnes; pobres carnes sometidas, sometidas. Cómo poderle explicar a alguien que no sea una misma, el sentido de la palabra
*sometida*. Sometida, no solamente a la costumbre de siglos, a las
brutales costumbres que quizás, más adelante, no estoy segura,
se puedan superar, sino a la condición irrevocable de una fuerza, de un vigor menos desarrollados, a la condición irrevocable
de ser hueco que solicita y no prominencia que penetra. Cómo
poder explicar —y cierro la ducha, y comienzo a secarme sin
haberme enjabonado—... Ahora descubro, ahora sé plenamente, que no somos nosotras el objetivo, que no lo hemos sido, ni
lo seremos, que el objetivo ideal no existe, que el cuerpo realmente anhelado no existe y que precisamente por eso llegan a
nosotras. Somos, simplemente, las encargadas de mantener un

equilibrio dentro de la eterna insatisfacción, el espectro penetrable de un ideal inexistente y que de existir serían ellos mismos, ellos mismos que no se utilizan porque no pueden penetrarse a sí mismos. Oye, oye, entonces quizás sea mejor así; quizás sea mejor que se entiendan entre ellos, al menos de ese modo, tal vez, estén más cerca de ellos mismos, de encontrarse, de quedar algún día satisfechos... Me visto, apago la luz del cuarto, salgo al portal. Ahí está Héctor, ya sereno, jugando con el niño. Vuelvo a la cocina, echo un poco de leche en el frasco, le coloco la tetera; regreso al portal. Tomo al niño y comienzo a alimentarlo. El bebe sin protestar, hambriento. Héctor sigue sentado con la radio en el brazo del asiento, sin prenderla. El mar pasa del azul oscuro al gris, del gris al negro. Algunas luces empiezan a destacarse en la parte más alta de las aguas; se apagan, se encienden, se lanzan guiños intermitentes. Todo en estos momentos está como suspendido y quieto, respirando despacio, disfrutando de una tregua que no se habrá de prolongar, y que a veces ni siquiera llega. El silbido de las cigarras se apaga. De la oscuridad nos va llegando el sonido de las olas y el aire del pinar. Otra vez el olor de la noche nos invade. Los últimos bañistas salen de la playa. En algún sitio lejano muge una vaca o alguien produce un sonido semejante. Una mujer con dos jarras en las manos cruza frente a nuestra cabaña. Héctor prende la radio. La música sube y desciende, flota y baja, como el mar. Oigo esa música y miro mis manos. Nada extraordinario, pienso; no es nada que pueda conmoverme, pienso, y, sin embargo, sé que me estoy estremeciendo. Vuelvo a mirar mis manos, mi cuerpo, destacándose, flotando en la penumbra. Por un momento pienso de nuevo que aún no nos hemos robado el bombillo. Vuelvo a mirarme las manos, los brazos; oigo la música que de vez en cuando parece desvanecerse. Siempre me sucede que una música cualquiera, una música popular, escuchada de paso al cruzar una calle, cuando voy en una guagua repleta, me llega de pronto y me sorprende. Una oye esa música y se pregunta: *¿Pero por qué, por qué tiene que ser todo de este modo?* Y no hay respuesta. Y, por un momento en que esa música que nos sorprendió sigue fluyendo, una va marchando como contraria al tiempo, como ignorante del tiempo, haciéndose interrogaciones sorpresivas que nadie habrá de responder. Luego, cuando todo ha terminado, una se queda extrañada de encontrarse en este sitio. Hasta que por fin nos vamos recobrando; volvemos a ubicarnos... Pero ahora la música fluye, inunda la oscuridad, mientras miro mi cuerpo. Y vuelven las interrogaciones. Y la música continúa. Pero, qué es lo que debió ser de otra forma, me pregunto. Dónde está el error. Porque sin duda debió existir algún error, algo, desde el principio, o muy al principio, se distorsionó, se rompió y, desde entonces, marchamos desorientados, sin saber siquiera el origen de nuestra desgracia; sin saber siquiera cual es realmente nuestra desgracia. Y la música ondea, desciende, flota y fluye, como el mar. Vuelvo a mirar mi cuerpo; vuelvo a mirar la noche; el pinar que ahora es sólo una gran silueta confundiéndose con la silueta más oscura del mar. Mi cuerpo palidece, flotando. Ahí están los granos de arena, todavía bajo las uñas; las uñas, también blancas, flotando. Me miro, sentada, aquí, mientras el niño sigue bebiendo sobre mis piernas. Lo miro, miro al niño. Y la música que sigue. Me miro, totalmente, con el niño en brazos, sentada en esta playa, en la oscuridad, y oigo la música que sigue fluyendo. *Mujer sentado con un niño.* ¿Lo digo yo? ¿Lo piensa Héctor? ¿Lo pensó él y lo digo yo? ¿Lo dijo él y lo repito yo? *Mujer con niño. La madre y el niño...* Y de pronto siento que ya es imposible, que algo me va subiendo, subiendo. ¡Toma al niño!, le gritó a Héctor. Me pongo de pie, casi se lo tiro en los brazos. Y echo a correr por entre las cabañas, rumbo al pinar. ¡Copas! ¡Copas! ¡Copas!, digo riéndome mientras atravieso la avenida de las adelfas. ¡Copas! ¡Copas! ¡Copas! Me encanta la palabra *copas*, y sigo corriendo y riéndome a carcajadas. ¡Copas! ¡Copas! Voy repitiendo mientras corro por toda la costa, y siento las piedras punzarme los pies. ¡Copas!, digo y me interno en los fangales donde crecen las uvas caletas. ¡Copas! Y entro y salgo del fuerte por donde, en estos momentos, desembarcan los ingleses. Y sigo, ¡copas!, y aquí están los pescadores, ¡copas!, cumpliendo su antigua misión, aquí las piedras, ¡copas!, que piso sin sentirlas, aquí, ¡copas!, los farallones donde el mar golpea y aquí los erizos, ¡copas!, que se me clavan en las rodillas y en las plantas, aquí las lujosas aguasmalas que ahora aplasto con los pies, con los codos, con las manos, ¡copas!, y con el rostro. Pero me incorporo, ¡copas!, sigo andando, atravieso otra vez el pinar, ¡copas!, la avenida de las adelfas, ¡copas!, subo las escaleras de la cabaña. Entro. Héctor no me dice nada, ¡copas!, todo parece haberlo entendido. En silencio acuesto al niño, ¡copas!, arreglo nuestra cama, ¡copas!, armo el mosquitero, ¡copas! Sin hablar nos acostamos. Por unos momentos, antes de que se apague la luz, veo el cuerpo de Héctor, ¡copas!, la cintura de Héctor, ¡copas!, Héctor desnudo, ¡copas! que se tiende bocarriba. Héctor que finge roncar a mi lado, ¡copas!, yo que me voy quedando rendida. ¡Dios mío, y los pañales! ¡Hoy tenía que haber lavado los pañales!... ¡Copas! ¡Copas! ¡Copas! Y cuándo, y cuándo. Cuando suena el primer *clan* los dos dejamos de mordernos los dedos de los pies y de llorar y salimos a la explanada resplandeciente. Pisando esqueletos de hombres y animales, abriéndonos paso entre huesos que a veces forman verdaderas montañas (tanta ha sido el hambre y las plagas), seguimos avanzando sudorosos, y ya ocupamos nuestro sitio en la gran cola del pan. En estos momentos suena el segundo *clan*. Una mujer con la cara carcomida (quizás por ella misma) nos dice: *Yo era la última*. Y nos mira con ojos relampagueantes y furiosos; suelta una carcajada, pero al momento se controla y vuelve a lanzarnos una mirada de muerte. Héctor y yo ocupamos nuestro sitio. Va llegando más gente entre gemidos, gritos y maldiciones. El fin de la cola se pierde ya entre las últimas devastaciones de la ciudad. El sol, implacable, avanza sobre el cielo, bufa, se queda fijo en el centro y empieza a achicharrarnos. La cola, como siempre, va tomando su ritmo acostumbrado. Una mujer se tira del pelo mientras patea a un niño. Desgraciado, le dice, te dije que vinieras más temprano, mira el turno que hemos cogido... Otras dos mujeres, ya mayores, empiezan a discutir en voz alta. Un viejo marica que está a tres o cuatro

116

personas de nosotros, le habla al muchacho que le precede mientras le mira la portañuela; el muchacho parece ignorarlo totalmente, pero luego le concede, con indiferencia, alguna atención. El viejo sigue hablando. ¡Agua! ¡Agua!, clama un hombre con voz ronca. ¡Agua!, dice brincando y soltando puñetazos al aire. Al momento se convierte en humo. La mujer que está a su lado comienza a hincharse, brama, sigue inflándose, hierve y finalmente estalla lanzando chorros de agua que carbonizan a varias personas y dejan ciegas a otras tantas. Se lo merecía, era una acaparadora de agua, dicen algunos entre susurros... El murmullo sube, se hace atrevidamente ensordecedor. Los ladrones, infiltrados en la cola, llenan sus bolsas de brazos, dedos, pedazos de nalgas y hasta cabezas de sus víctimas. Yo miro para Héctor y tiemblo; pienso que quien está detrás de él puede ser un ladrón y aguarda el momento oportuno para arrancarle algún miembro; pero por suerte es una mujer y parece observar a Héctor con otra intención. No digo nada, miro para el frente y contemplo la cola que oscila y se repliega sobre sí misma, la gente que se agrede violentamente, que quiere volar los turnos, que lanza amenazas y estertores. Todo es normal. Reclino mi cuerpo al de Héctor. Miro a la mujer que nos precede. De repente, la veo palidecer. De la cola se alza un chillido ensordecedor que apaga el resto de los chillidos. Todo señalan hacia un extremo de la explanada. Inmediatamente reina un silencio de muerte: Los soldados encargados de mantener el orden hacen su aparición provistos de lanzas y espadas relucientes. Ahora suena el tercer *clan*. Todos se sobrecogen y se aprietan más en la cola; algunos gruñen por lo bajo, otros contienen la respiración. Los soldados van pasando revista lentamente. ¡Agua!, grita de pronto una mujer y desaparece en el aire. ¡Silencio o muerte!, ordenan los soldados. ¡De uno en fondo!², repiten furiosos (alzando las espadas) aunque todos estamos en esa posición. Sin embargo, de vez en cuando, quizás para demostrar la seriedad de la operación, patean o degüellan a alguien. Ahora un soldado hermosísimo saca una daga, se acerca a un niño que llora por lo bajo, le corta una oreja y se la echa en

117

el bolsillo. En estos momentos cruzan junto a Héctor y junto a mí, nos miran, hoscos. Siento un inmenso alivio (casi alegría) cuando los veo continuar, lanzando maldiciones a causa de una curva, casi imperceptible que se ha formado en la cola. *¡La cola debe ser recta*, grita uno, *si se forma otra curva la vamos a eliminar a punta de bayonetas!* Y de pronto, todas las espadas y lanzas se transforman en largos rifles con bayonetas caladas y resplandecientes. La cola adquiere tal rectitud que ni un miembro de sus integrantes sobresale. Es una raya sobre la tierra crepitante. Qué calor, se lamenta Héctor, aprovechando que los soldados están lejos. Sí, digo yo, y observo al viejo marica que sigue conversando con el muchacho. El muchacho, de rostro sórdido, le dirige también algunas palabras; de vez en cuando hace una mueca y lanza un escupitajo que se evapora antes de llegar a la tierra. Las dos viejas discuten ahora en tono más elevado, a veces gesticulan amenazantes. La cola vuelve a animarse. La mujer de rostro deteriorado levanta una mano a la altura de mi rostro. ¡Mira!, dice. Sus uñas crecen, llegan al cielo, vuelven a descender. Esto es para ti, me responde, y suelta una carcajada. Miro para Héctor, pero Héctor en estos momentos mira para el viejo-marica y el muchacho-cara-de-piedra quienes conversan en voz baja. Las uñas de la mujer vuelven a alzarse, descienden... El hedor de todos los cadáveres y animales devorados por nosotros y por las plagas (o por todo a la vez) llega de golpe, flamea sobre nuestras cabezas, mata a varias personas. Inmediatamente, la gente, que ya no puede controlarse, se lanza sobre las víctimas. Pero la milicia de reserva que vigila sobre los altos parapetos acude al momento, mata a los sediciosos, hace una gran pira con todos los cadáveres y les prende fuego. Vuelve a reinar la calma. En estos instantes se oye el cuarto *clan*. Cuándo nos tocará a nosotros, digo, parece que todavía no han empezado a repartir ni la primera onza. La mujer de las uñas me mira con desprecio; al instante se echa a llorar; al instante suelta una carcajada. Un soldado se acerca a la anciana que está junto a ella, aprisiona a la anciana por el cuello lanzándola a la pira que flamea. Seguramente pensó que era esa vieja quien había soltado la carcajada. Ahora todos contienen la respiración. Sólo se oye el crujir de la tierra y el de los cuerpos que se achicharran. El joven soldado de rostro impenetrable vuelve a revisar la cola. De pronto, se detiene frente a una muchacha situada a unas cuantas personas más allá de nosotros. El calor es intolerable. El soldado, tirando de la joven la saca de la fila. Inmediatamente se desabotona la portañuela y saca su miembro ya erecto. *Mama*, le dice a la joven. La muchacha se arrodilla y empieza a mamar con gemidos bajos y murmullos. El soldado impasible mira al frente y le ordena a la muchacha que se apresure, que de no provocarle la eyaculación dentro de diez segundos será lanzada al fuego. La joven engulle la gran proporción del soldado, la frota con los labios, se la traga y la vomita tosiente y sollozando. *¡Siete!*, dice ahora el soldado. La muchacha se aferra con las dos manos a la cintura del soldado, introduce y saca vertiginosamente de la boca la punta del miembro. *¡Ocho!*, dice el soldado. La joven rodea con la lengua el falo del soldado, le hace cosquillas con los dientes, acaricia, despacio y temblorosa, los grandes testículos, se lleva hasta la garganta la enorme proporción. *¡Nueve!*, dice el soldado, dirigiendo una mirada impasible, de un odio imperturbable, hacia la joven que ahora gime y resopla mientras pasa el miembro reluciente por sus ojos, por el pelo; lo frota con las manos, lo empieza a besar desesperada. Cuando de nuevo se disponía a engullirlo, el soldado dice: *¡Diez!* y la aparta de una patada. La joven se resiste, trata de asirse al falo erecto. Un momento, dice a gritos, un momento más y verás... Sus últimas palabras salen de entre las llamas. El soldado, contrariado, guarda su miembro, pero al instante mira la pira llameante, y empieza a masturbarse al son de los gritos de los que se achicharran. Ahora está totalmente concentrado en su labor. La cola, que durante estos momentos se había mantenido sobrecogida, vuelve a cobrar animación. Las dos viejas discuten en voz alta, levantan más las manos, se amenazan con violencia; el viejo marica roza la portañuela de muchacho-cara-de-piedra, muchacho-cara-de-piedra se mete las manos en los bolsillos. Miro para el principio de la cola que se pierde en la explanada. Quizás hoy, digo sin alterarme (casi con resignación) tampoco recibamos nuestra cuota. Fatigada me reclino otra vez a Héctor que observa la pira flameante. El soldado acaba de masturbarse. El semen, al caer sobre las llamas, provoca un corto chisporroteo. El calor aumenta. Otra mujer pide agua, lanza un bramido y se evapora sin dar tiempo a que los soldados la fulminen. Un hombre, que aún conserva un ojo útil, empieza a leer. Dos soldados bajan de su parapeto, le arrebatan el libro, lo hojean un instante. Libro y hombre disminuyen con su caída el resplandor de las llamas. La mujer de las uñas vuelve a mirarme y suelta otra carcajada. Hijo de la gran puta, le dice un soldado contrasusurrador al niño que está cerca de la mujer, bien sabes que aquí no se puede reír. Antes de que el imputado pueda defenderse es lanzado al fuego. La mujer suelta otra carcajada, se vuelve y me mira en silencio y con los ojos llameantes. El soldado culpa ahora a un hombre joven que también es lanzado al fuego. Cabrones, dice ahora el soldado a gritos, agarrándose los testículos por sobre el pantalón, otra carcajada y mando a ametrallar toda la cola. Al instante, todos los rifles de los centinelas se convierten en relucientes ametralladoras. Las nuevas armas apuntan hacia nuestros cuerpos. Vuelve el silencio. Miro a la mujer de cara carcomida. Ella también me mira; levanta las dos manos. Las uñas llegan de nuevo al cielo. Mientras suena el quinto *clan* las uñas van disminuyendo. El soldado nos contempla firme. Las viejas que discutían permanecen rígidas y silenciosas. El viejo marica, con los ojos semicerrados, parece soñar; el muchacho, a su lado, continúa con las manos en los bolsillos y con su cara de piedra. Furtivamente veo cómo la mujer que está detrás de nosotros se acaricia un muslo y mira para Héctor. Los soldados se alejan. Ahora la mujer mira para otro sitio (seguramente ha descartado a Héctor), comienza a conversar con el hombre que está a su espalda. El hombre, sin perder tiempo, se palpa con desfachatez su miembro. La mujer, ya extasiada, sigue conversando y mirando. La cola se agita. El humo de la gran pira nos envuelve totalmente, el polvo pestífero de la explanada nos llega en oleadas.

Algunos aprovechan la ausencia de los soldados para toser, otros hacen sus necesidades. Las viejas discuten ahora en un tono subido; el viejo marica ya acaricia el abultado pantalón de muchacho-cara-de-piedra quien ahora mira al frente y silba como distraído. Todos conversan o se ofenden recíprocamente. La pareja junto a nosotros empieza a poseerse entre gemidos y resuellos frenéticos. Vuelvo a mirar a Héctor y lo veo ahora muy pálido, tanto que temo que también se vaya a evaporar. Pero lo toco. Está aquí, digo, y, más tranquila escucho el murmullo que sigue ascendiendo. Los cuerpos apretujados continúan penetrándose. Los soldados, ahora de espaldas, conversan en parejas sobre los altos parapetos, quizás estén almorzando... A veces una nube de polvo me impide verlos; otras, me parece ver sólo un cuerpo confundido. El sol se ha quedado fijo en el centro del cielo. Suena el sexto *clan*. De repente, la mujer de las uñas variables se retuerce, se desgarra un seno, se para en punta; toma aliento. *¡Chevrolet!*, grita con voz que retumba sobre el murmullo. Todos quedamos paralizados. Las fornicaciones suspendidas, las discusiones en vilo, los rascabuchadores con las manos inmóviles, las ofensas sin pronunciarse, los puños detenidos. Los soldados de la contrasusurración también permanecen estáticos, los otros, aguardando sus órdenes, también petrificados. *"¡Chevrolet!"*, vuelve a repetir la mujer; salta de la cola, se afirma sobre la tierra crepitante detrás de las llamas. *"¡Aire acondicionado!"*, grita ahora con voz más potente y se desgarra el otro seno. De la cola empieza a alzarse un murmullo. Los soldados reanimándose, pero aún lívidos y desconcertados, nos apuntan desde los parapetos, los otros los imitan. *Silencio*, gritan altoparlantes que surgen de pronto a lo largo de toda la cola. Pero la mujer ya casi en el centro de fuego grita ahora: *"¡Osmobil 1969!!"* y se desgarra el cuello. El murmullo vuelve a levantarse. *"¡Tocadiscos de alta fidelidad!"*, grita desde las llamas, arrancándose la piel de la cara. El murmullo se hace ensordecedor. Mientras pienso, con seguridad alarmante, que de un minuto a otro nos ametrallarán, se escucha el penetrante chillido de una anciana: *"¡Máquinas de coser Singer!"*,

121

grita con voz que estremece a toda la ciudad deteriorada. *"¡Máquinas de coser Singer!"*, repite mientras se abre el pecho con los
dedos, se arranca el hígado y lo tira furiosa sobre el fuego.
*"¡Singer, Singer!"*, dice falleciendo. El murmullo sube de golpe.
Los soldados quedan otra vez lívidos e inmóviles. Una mujer
desencabada maulla en cuatro patas. *"¡Lavadoras eléctricas!"*,
grita, y se lanza de cabeza sobre la pira. Por un momento las
llamas parecen apagarse. *"¡Camisetas Taca!"*, dice ahora un
hombre alto y mutilado. *"¡Camisetas Taca!"*, grita a la vez que
saca un largo clavo de su pantalón harapiento y empieza a tala-
drarse la frente. *"¡Taca! ¡Taca! ¡Taca!"*, repite entre estertores.
*"¡Chevrolet! ¡Chevrolet! ¡Chevrolet!"*, grita la mujer de las
uñas, saltando entre llamas. *"¡Chevrolet!"*, clama enardecida
mientras sale del fuego, reanimando a la multitud. Por un momento veo que sus uñas invaden de nuevo el cielo. *"¡Un par de
patines! ¡Un par de patines con ruedas de goma!"*, grita un niño
golpeándose el pecho y saltando alrededor de la mujer de las
uñas variables. *"¡Muñecas Lily!"*, grita una niña en medio del
resplandor mordiéndole el tobillo a una anciana. *"¡Zapatos In-
gelmo!"*, dice un hombre, de apariencia respetable aunque des-
garbado, saltando descalzo en un solo pie y autodegollándose.
*"¡Chocolate La Española!"*, articula la fina voz de una muchacha pálida y delgada. Inmediatamente abre su jaba, saca una
botella de gasolina (acaparada quien sabe desde cuándo), se ro-
cía el combustible y ralla un fósforo. *"¡Chocolate La Española!"*, dice ahora la bola de fuego mientras se pierde por la ciudad
en ruinas. *"¡Jamón! ¡Jamón! ¡Jamón!"*, gritan recíprocamente las dos viejas tirándose de las orejas y pateándose el estómago. *"¡Pantalones Pitusa!"*, proclaman varios adolescentes
mientras se aniquilan a puñetazos. *"¡Calzoncillos atléticos!"*, dice ahora muchacho-cara-de-piedra y le retuerce el cuello al
viejo marica que expira repitiendo: *"¡Crema Pons! ¡Crema
Pons! ¡Crema Pons!"*... *"¡Cocacola!"*, grita a voz tronante la
mujer de las uñas variables, y, danzando a un costado del fuego,
se desprende del pelo y de la piel del estómago. *"¡Cocacola!"*,
grita la multitud en enardecido coro. Tropiezan, se golpean,

empiezan a devorarse. En tanto, se oye el séptimo *clan*. Por un tiempo la batalla se mantiene inalterable. Todos se devoran rítmicamente, como si estuviesen realizando una tabla gimnástica. Miro para la mujer y el hombre que están detrás de nosotros, los dos siguen poseyéndose a la vez que se arrancan a dentelladas pedazos de sus rostros y los engullen. Suena el octavo *clan*. Los soldados logran recuperarse del impacto y embisten sus armas contra la multitud. (Un chorro de sangre caliente me cae en la cara, es de alguien que gritaba *"¡Galleticas Siré!"*, mientras se comía su propia mano). La primera descarga de las ametralladoras elimina la tercera parte de los integrantes de esta enardecida cola, es decir, de todo el mundo. Los altoparlantes que se multiplican claman por el orden y amenazan con repetir la descarga. Nadie escucha. Suena otra vez el tableteo de las ametralladoras y otra tercera parte de la cola, que repetía. *"¡Sundy de malta!"*, cae fulminada. Los sobrevivientes, repitiendo *"¡Queso amarillo!"*, devoran inmediatamente a las víctimas. La voz de los altoparlantes suena autoritaria: *¡Nos veremos obligados a usar los tanques!* Mientras me libero de una mujer que a toda costa quería cortarme un brazo, veo en la distancia el reverberar de centenares de tanques que ya avanzan contra nosotros, revolviendo el polvo, restos humanos, piedras y pancartas, opacando el estruendo de la multitud que grita *"¡papas fritas!"*, arengada por la mujer de las uñas. Los tanques están ya sobre nosotros, apuntan. Suena el noveno *clan*, y una cuarta parte de lo que ahora integraba la cola es fulminada. Pero los sobrevivientes, sin detenerse ya sobre los cadáveres, al grito de *"¡Papas fritas!"*, avanzan sobre los tanques. La lucha adquiere dimensiones insospechadas. Los cañones, descontrolados, disparan al aire, traspasan las escasas nubes, hacen añicos los altavoces, rompen los altos parapetos. Por un momento sólo se oyen la furia de los tanques que embisten el cielo rojizo, y los estragos de la muchedumbre sobreviviente que al grito de *"¡Papas fritas!"* se encaraman sobre los tanques y estrangulan a sus conductores, pegándole fuego a la complicada maquinaria. *Si no se restablece el orden*, gritan ahora los altavoces desde el monumento de la Plaza Cívica, *nos veremos obligados a utilizar armas más complejas.* Pero el desorden no sólo no se aplaca, sino que aumenta. La plaza empieza a hervir. La batalla se desarrolla sobre el fuego. Los sobrevivientes devoran a los soldados que no pueden escapar. De repente, distingo sobre el edificio de la Biblioteca Nacional a la mujer de las uñas variables. "*¡Pan!*", grita con voz ronca que apaga el estruendo de la batalla y a puño limpio empieza a demoler la construcción. "*¡Plan de flauta!*", grita ahora parada sobre las ruinas, y, de un salto, se encarama sobre el edificio de Las Fuerzas Armadas. "*¡Pan de gloria!*", brama mientras hace añicos todos los ventanales. "*¡Pan de fiesta!*", vocifera y reduce a escombros toda una terraza. "*¡Pan de molde!*", grita y derrumba a patadas la gran sala de recepción. "*¡Pan de maíz!*", clama y echa abajo todos los cimientos, saltando hasta el Ministerio del Interior. "*¡Pan de piquito!*", chilla y arremete contra las antenas, las torres, y las ventanas de este ministerio. La muchedumbre enfebrecida la contempla desde la plaza hirviente. "*¡Pan negro!*", dice ahora, fulminando de una patada el Palacio de la Revolución. "*¡Pan dulce!*", clama y derrumba de un golpe la prisión de El Castillo del Príncipe. "*¡Pan con mantequilla!*", grita y echa abajo el edificio del periódico *Granma.* "*¡Pan de ajonjolí! ¡Pan de rosca! ¡Pan de queque!*", repite entre alaridos y elevados sollozos mientras golpea metódicamente el teatro de la CTC, el Palacio de Justicia y el edificio de la Revista *Verde Olivo.* "*¡Pan de pasas!*", clama, echando a correr y reduciendo a escombros la Prisión de El Morro, de ahí salta hasta el Hotel Nacional. "*¡Pan de manteca!*", grita y todos vemos cómo la antigua construcción se abate sobre las calles entre un estruendo de ladrillos, cristales, muebles, cabillas y aparatos receptores. "*¡Pan de trigo!*", exclama a voz en cuello y de un puñetazo descomunal echa por tierra el Foxa que cruje como adolorido desplomándose sobre la ciudad. "*¡Pan de Caracas!*", dice ahora a gritos alzando el vuelo y destruyendo todos los edificios, las casas más elevadas, las estatuas y monumentos oficiales. La muchedumbre, a gritos de *pan, pan, pan,* echa a correr por la ciudad y empieza a destruirlo todo, a remo-

124

ver los escombros y convertirlos en polvos. Una sección, repi·
tiendo *"pan de maní"* se encarga de que desaparezcan los par-
ques con sus estaciones de policía en el centro; otra, gritando
*"pan de centeno"* elimina los edificios públicos que aún quedan
en pie; la tercera sección, gritando *"pan tostado"*, destroza todos los vehículos oficiales (los únicos que se conservaban).
*"¡Pan de Navidad!"*, grita la quinta sección, y se encarga de
echar por tierra todas las estaciones radiales, los aeropuertos,
las imprentas y las bases militares. Y miles de pequeñas comi-
siones (a una de las cuales pertenecemos Héctor y yo) tienen
como meta pulverizar todos los escombros y esparcir al viento
lo que no pudo someterse al fuego. Así, lanzando dentelladas,
devorándonos (nosotros tampoco podemos dominarnos), nos
apoderamos de toda la ciudad y proseguimos con el desastre.
Ahora suena el décimo *clan*. El cielo se nubla de aviones. Su
estruendo aplaca por un momento el grito de las diferentes co-
misiones que se devoran y pulverizan la ciudad. Empiezan a
caer las bombas. Pero la muchedumbre, infatigable, lanzando
patadas y dentelladas, corre por entre las ruinas, derrumba lo
que milagrosamente aún se mantiene en pie, remueve hasta las
piedras y todo lo impele estrellándolo contra los aviones. El aire
se nubla de huesos, cabezas, fragmentos de columnas, estatuas
y pancartas. Abajo se agudiza la persecución. La muchedumbre
sigue avanzando por entre los escombros. Una mujer, apremia-
da por los dolores del parto se tira en la polvareda. El coro de
niños espera ansioso la salida de la criatura para devorarla.
¡Déjenme comerme a mi madre!, grita un hombre herido de
muerte y perseguido por el infatigable coro. ¡Ya le estaba dando
alcance, ya estaba a su lado! Dice, y expira sin haber satisfecho
sus anhelos. El coro de niños lo engulle con verdadera fruición.
Frente a mí pasan las dos viejas que discutían en la cola; están
completamente despedazadas pero aún siguen luchando entre
ellas. Los altoparlantes aéreos siguen amenazando, pero ya no
se pueden descifrar sus palabras. A un costado de la ciudad se
oyen detonaciones ensordecedoras. Entre los estallidos, la humareda, el polvo y los vidrios que ascienden, distingo a la mujer

de las uñas gritando "*¡Pan de centeno!*" y echando abajo hasta
los suburbios más remotos... Dos soldados se destrozan sobre
los escombros. Por último, la batalla se organiza. La persecución parece cobrar un orden, regirse por una ley misteriosa.
Cada uno persigue solamente a un adversario (no importa
quién), el que también persigue a otra víctima que es persegui-
dora de la que va delante... Cuando dos personas, perseguidor
y perseguido, se encuentran, los demás continúan su objetivo,
su meta, sin participar en el festín. Los niños también empiezan
a perseguirse entre ellos, haciéndose la batalla más escándalosa
y feroz. Las detonaciones se oyen más cercanas. Una torre remota, milagrosamente en pie, desaparece de un golpe en el aire
calcinado. Entre el fragor de la batalla distingo a la mujer de las
uñas, casi completamente descuartizada, pero aún arengando,
menciona ahora a voz tronante, miles de productos que desde
hacía muchos años habíamos olvidado su existencia. Marcas de
televisores, cortinas, estilos de casas, trajes, discos, mantequi-
llas, agencias de viajes, tipo de frijoles, marcas de cigarros y
cervezas, nombres de playas remotas, perfumes, títulos de películas, libros, piezas teatrales, canciones, revistas, sinfonías, variedades de aguas minerales, alfombras, sombrillas, tintes para
el pelo, colchones de muelles, medicamentos, cintos, martillos,
linternas, bombillos, pañuelos y carteras... Todo va sonando
con increíble estruendo, con una potencia implacable sobre los
estallidos, sobre el constante derrumbe y la total desolación.
Vuelan los cuerpos despedazados, sigue fluyendo la sangre, se
oyen las ofensas más violentas, los más sorpresivos estruendos,
los alaridos más inesperados; pero por encima de los golpes fulminantes, de las muelas que mastican, de los hierros que penetran, de los puños que se hunden, de los cuerpos que expiran,
de la ciudad que estalla y fluye convertida en polvo, se oye a la
mujer de las uñas, desplegando su vocabulario al parecer infinito. Menciona ahora un enorme repertorio de productos domésticos. *Ollas de presión,* dice, *sartenes de aluminio, jarros esmaltados, cubos plásticos, ventiladores, destupidores, palanganas y
cucharas inoxidables, estropajos, sacacorchos, palillos de tende-*

deras, *lámparas de mesa, vasos de cristal*... Y continúa, como
una locutora experta. Salta sobre los últimos escombros, baila
sobre los cuerpos mutilados; transformada en un torbellino
parlante gira sobre el polvo; aparece, surge, se pierde resonante;
hostiga, y reanima el fragor en todos los sitios, apagando las
últimas advertencias de las bocinas, el último *clan*. Así, mientras oigo, oímos, esa voz que ahora recita las diferentes variedades de desodorantes que ha habido en el mundo, miro al cielo y
veo los cohetes. Y, de pronto, es la gran humareda, el estallido
final. Un fuego invisible va cubriendo toda la ciudad, fulminando los cables de alta tensión que la rodeaban para que nadie pudiera abandonarla, dispersando en el aire hasta las últimas insta-
laciones detecta-susurros y lanza-amenazas. El fuego invisible
llega a la tierra; la batalla se paraliza. El pelo, los ojos, la piel, la
carne, van cayendo. En un instante la ciudad se llena de esqueletos que también se difuminan. Sin poder ya gritar; veo cómo
mi pelo, pasa fluyendo ante mis ojos, veo a Héctor despedazán-
dose; los dos, trabajosamente, en un esfuerzo final, echamos a
correr por entre los escombros y pedazos de huesos, rumbo al
mar. Llegamos al Malecón y logramos, entre gemidos de muerte, escalar el promontorio que formaba el muro. Sin fuerza siquiera para lanzarnos, nos quedamos mirando la ex-ciudad en
ruinas que ya desaparece, convirtiéndose en un hueco. Entonces nos volvemos hacia el mar. Del agua empiezan a salir arañas,
gallinas, cocodrilos, ratones, peces deformes, tortugas, cotorras, un enorme tiburón dorado, el cadáver despedazado de un
muchacho, culebras, grillos, indios con taparrabos, lagartijas,
viejas sirenas enfurecidas, cangrejos, armaduras, un perro mudo, tornillos, dinosaurios y animales y objetos irreconocibles.
Todos danzan enfurecidos sobre la superficie, tratan de salir de
ese charco hirviente, gruñen intentando treparse por los escombros, finalmente también se van despedazando, se disuelven.
Vuelvo la cabeza hacia donde estaba la ciudad destrozada. Por
un instante me parece escuchar todavía a la mujer de las uñas,
nombrando ahora las diferentes variedades de carnes en conser-
vas puestas en el mercado mundial durante el último año... Pero

todo es un gran silencio. Siento, ya sin dolor, que uno de mis brazos se desprende y rueda hacia el hervidero que forman las aguas. Me vuelvo y veo a Héctor, silencioso, soltando también sus extremidades. Lo que más me extraña, digo entonces, alzando el único brazo y señalando hacia donde estuvo la ciudad en ruinas, es que no se oigan trompetas, que nadie nos anuncie el fin; quizás, digo, y ya el otro brazo también se me va desprendiendo, eso pueda servirnos de consuelo: No todo se ha realizado como alguien nos lo había prometido... Vuelve el dolor en el brazo; vuelve otra vez la conciencia del dolor identificada ya en el brazo. Otra vez, Héctor, sin darse cuenta, se ha tirado sobre mi cuerpo. Abro los ojos. Aún es de noche. Todo es claro, pero aún es de noche. Puedo distinguir, a través del mosquitero y de las persianas, el resplandor de la madrugada, puedo incluso ver, alzando un poco la cabeza de la almohada, el parpadeo de dos o tres estrellas, y la luna. Dios mío, porque aunque parezca increíble, todavía existe la luna. La luna transcurriendo, flotando tras una tenue cortina de nubes transparentes tan ligeras como este mosquitero bajo el que me acabo de despertar. Miro ese resplandor diluyéndose entre este resplandor más implacable del día y pienso: En alguna parte del mundo, en algún lugar, alguien me aguarda, alguien me necesita. En algún sitio no debe ser solamente la violencia y la soledad, la bestialidad, la torpeza, el desconcierto y el estupor lo único que nos aniquile... En alguna parte alguien me espera. Alguien, igual que yo ve pasar el tiempo, esperando. Quizás el objeto de esa espera sea yo; quizás él sea el objeto de mi espera. Y mientras él espera en ese sitio, los dos envejecemos; mientras los dos esperamos sin avanzar uno hacia el otro, envejecemos y morimos... Y así, mientras vamos muriendo, todo sigue suspendido en la espera. Y vivimos, es decir, continuamos, hacemos todas las cosas, como si esta vida, como si estas cosas, no fueran realmente la realidad, como si el sentido de la vida, su objetivo, sus mismos movimientos, fuesen otros que no alcanzamos a vislumbrar, pero que, de seguro, sospechamos, no es éste... Pero, entonces, me digo, ¿cuál es, cuál es? ¿Cuál es el sentido que está detrás de todos estos gestos, de estas acciones (mil veces repetidas, mil veces ineficaces), detrás de toda esta aparente realidad?... Nadie me espera, pienso; nadie en algún sitio me está aguardando; y sin embargo el tiempo (ese resplandor, esa sensación de fraude, esta sensación de escozor no identificada en sitio específico) transcurre, y mientras recojo los pañales sucios y los tiro en el lavabo, mientras abro la pila y dejo que los pañales se vayan empapando, voy envejeciendo y el que pudo haberme esperado, el que no conozco, el que no existe, en otro sitio, haciendo también otras cosas inútiles (como éstas que hago yo), otras cosas detestables (como éstas que yo hago), también va envejeciendo, también va muriendo; quizás en estos mismos momentos acaba de agonizar... Pero, oye, pero, oye: ¿Qué estás pensando? ¿Qué resuelves con esas elucubraciones?... Agito las telas, separo, frotando los puños dentro del agua, el excremento de las telas. *La madre lava los pañales cagados de su hijo de meses.* He aquí una acción verdadera, algo de lo que es posible esperar un resultado, un fin: La limpieza de los pañales. A eso deben limitarse tus esperas, al resultado posible de los esfuerzos posibles; al resultado de las cosas previstas por la costumbre, amparadas por la repetición. No he visto, ni he escuchado a ese que me aguarda, no me ha dado ninguna señal, por lo tanto, no existe. O quizás existe alguien que me aguarda, pero a mí no me interesa, y como no me interesa no lo atiendo, y como no atiendo me es imposible captar sus señales. Quizás baste que él me aguarde para que a mí ya no me interese. Pienso, llego a la conclusión verdadera: Héctor es el único que realmente me interesa, el único a quien realmente aguardo, el único que quisiera que me esperara en ese sitio inexistente. Pero, pienso otra vez, basta que sea él el sentido de mi pasión para que yo no sea siquiera el objeto de su atención. Porque, óyeme, óyeme, si alguien no te espera es él, de eso estoy segura. El no espera a nadie, y entre nosotros no hay comunicación posible; los dos no somos más que la razón de una complicidad. Nos utilizamos para representar nuestras desgracias. Yo lo convierto a él en el objeto de mi amor; él me convierte a mí en el objeto que lo detiene, lo enfurece, lo justifica y lo protege. Pero también yo soy a veces el objeto de su sacrificio, también yo exijo que el juego se cumpla hasta en sus mínimos detalles. Y las reglas, a veces, se cumplen: El es entonces el objeto de mis deseos; yo, el de sus desahogos. Pero quizás, pienso, y extiendo las manos al sol, y exprimo ahora los pañales blancos y los tiendo sobre la alambrada, detrás de la cabaña, lo más terrible de todo no sea eso, sino lo conscientes que estamos de ello. Y contemplo mi obra (los pañales tendidos) bajo el sol. El sol, digo, y pienso: Nuestras relaciones han llegado a un punto donde no hay evolución, no hay esperanza de cambio (y saludo a Héctor que me contempla desde la puerta del cuarto), porque antes, oye (y entro en el cuarto, y tomo al niño y le doy la leche)... Antes tenías el consuelo de la ignorancia (y ya los tres vamos rumbo a la playa), el consuelo de la ignorancia, el consuelo de la ignorancia... Los tres sobre la arena, contemplando el mar. *(El consuelo de la ignorancia)*... ¿Qué es el mar para un niño de meses? ¿Cómo interpreta el mar? ¿Cómo será para él el mar? ¿Cómo siente el mar? Héctor, tirado sobre la arena, lo alza, lo recibe en sus manos, y él ríe, casi a carcajadas. Levanto la vista. El mar blanco comienza a volverse amarillo; el mar amarillo adquiere un tinte rosado; el mar rosado se despoja de este color y vuelve a ser blanco, bañándose en una luz plomiza. Se retiran las nubes; los pinos se reflejan sobre el agua. El mar es ahora infinitamente verde. ¿Quién podría decir que hace sólo unos momentos era distinto? ¿Quién podría decir mirando esa fijeza, esa firmeza del color, que el mar haya tenido alguna vez un tinte que no sea el verde? Me vuelvo, sabiendo que durante un tiempo, quizás toda la mañana, no habrá de cambiar. Distingo allá bajo los almendros, cerca de nuestro auto, a la madre y al muchacho que vienen rumbo a la playa. Héctor sigue alzando al niño en el aire. La claridad sigue avanzando. La claridad entra ya de lleno por el balcón, despoja los muebles del más mínimo consuelo, del misterio más insignificante, de todo sentido de intimidad, de familiaridad, de piedad. Escoltada —inundada— por la claridad voy hasta el balcón. Aquí la claridad se hace aún más intensa. *Vendrá el verano*, pienso. *Otra vez está aquí el verano*, digo en voz alta, desde el balcón de la casa, mirando el mar íntegramente azul, centelleante y batiendo. Todo el estruendo de la calle —motores, cláxones, frenazos, griterío, hasta el estampido de una goma que acaba de explotar— sube de pronto: *El verano*, me digo en voz alta. *El verano*... ¿Cómo es posible que pueda estar viva si aquí está de nuevo el verano? ¿Si siempre está aquí el verano? ¿Qué has hecho con el tiempo? ¿Qué has hecho con tu vida? El verano... Me palpo el vientre que crece, crece. ¿Y cómo podía yo pensar lo que es estar barrigona? ¿Cómo podía yo imaginar, si nunca lo había estado, el terror que siente una mujer barrigona? ¿Cómo podía pensar que tampoco esto me iba a servir, que nada iba a detener, que en nada nos iba a acercar? Dejo el balcón, pensando: *Otra vez la claridad, otra vez el verano*... Voy al cuarto. Me contemplo. El rostro se me ha ido cubriendo de manchas, como de una sombra indefinible, las piernas se han hinchado; el vientre se agranda hasta deformarme. Sentados los dos a la luz de la lámpara, en el centro de la sala, sin decirnos nada, después de la comida, él lee y yo siento al niño brincar dentro de mí. Oye, digo de pronto, y le tomo una mano a Héctor y se la coloco sobre mi vientre; él siente las palpitaciones y los dos nos miramos y sonreímos; luego vuelve el silencio. Vivimos ahora como si todo ya lo hubiésemos dicho, como si nada entre nosotros quedara por ser descubierto. Vivimos ahora sólo como si trabajosamente nos soportáramos. Haciendo un esfuerzo para no provocarnos, para no estallar. El llega. Sirvo la comida. Nos sentamos. Comemos en silencio, o, lo que es peor, hablamos sin decirnos nada; y yo presiento que detrás de sus palabras más simples, detrás de sus silencios, hay como una violencia, como un acento, una sombra de ofensa, como un antigua humillación, como un intento de protesta que se disuelve en monosílabos que afirman. ¿Pero cuál es la causa? me digo. Y el niño salta, golpea en mi vientre. Mi andar se hace cada vez más pesado, mi figura más grotesca. El niño me inflama las rodillas, me transforma el cuello, me llena la cara de granos, me cubre el estómago de venas azules, me forma intensas ojeras; despierta en mí una voracidad incontenible. Vuelvo al espejo, vuelvo a contemplar mi cuerpo. ¿Y qué he resuelto?, pienso, y me palpo la cara ensombrecida; contemplo mis manos, sus coyunturas abultadas, y siento el latido, el latido, el latido dentro, devorando... ¡Oh Dios! Y esto que late en mi vientre es el producto de nuestra desesperación, de nuestra cobardía. Para Héctor, una justificación; para mí, una medida de seguridad. Pero oye, pero oye: Eso que late dentro de tu cuerpo es sobre todo un ser humano, algo que exigirá, que llorará cuando tenga hambre, que pedirá y estará satisfecho cuando le prestes atención. Y voy pensando que, cada día más, nos vamos destruyendo, por vivir vamos renunciando a nuestra libertad, vamos comprometiéndonos cada vez más, vamos dejando de estar vivos, vamos siendo cada vez más culpables, vamos contribuyendo. Porque esto que late será un hombre. También sufrirá, también padecerá, también desde luego —a no ser que sea un idiota— se sentirá acosado, disconforme, ultrajado, y también pensará que hay otra realidad, la verdadera, escondida, inalcanzable, tras la aparente... Y esto que late aquí será un nuevo instrumento angustiado, lleno de deseos, de hambres, de inadaptabilidades, de humillaciones, y, por último, también envejecerá y morirá. ¡Dios mío, y yo soy la culpable! Yo seré siempre la culpable. Es como si ahora llevara dentro de mí la prolongación del infierno... Algún día, sí, él me pedirá cuentas, reclamará su derecho a protestar, a aborrecerme... Amor mío, tendremos un hijo nada menos que en un tiempo donde ni siquiera el horror parte de principios determinados, ni tiene leyes que lo justifiquen y controlen. Amor mío, tendremos un hijo en un tiempo en que abrir el periódico implica quedar paralizados, no por lo que se dice, sino por la infamia con que se oculta la verdad... Amor mío, un esclavo más se inclinará sobre la tierra, un esclavo más buscará, sin encontrar, el sentido de todas las cosas, y como respuesta, si sigue investigando, se le dará un puntapié y una celda... Continuamos en silencio o hablamos sólo para criticar a los otros, a la política, al tiempo. Nos aprovechamos de la horrible situación general para evadir nuestra horrible situación particular. Hablamos (muy bajito, muy bajito) de los campos de concentración para no hablar de nuestra propia desolación; nos pronunciamos contra la implacable censura para no comentar nuestros propios silencios. Poco a poco, a medida que el terror va aumentando, nuestro propio terror, nuestro terror particular, va también en aumento; nuestras relaciones se hacen más intolerables. Y el niño se agita, salta en el vientre... Y lo peor es que ni siquiera existe (o se provoca) una relación violenta entre nosotros. Nos sentamos, comemos, hablamos, y la furia sigue presente, la violencia, que no llega a descargarse sigue latiendo; y mientras me dice *buenos días* y me besa, yo presiento que me grita: *Cómo te detesto, mira cómo te detesto...* Las uñas se me vuelven más azules, las venas fluyen como ríos sucios por toda mi piel, mi cintura desaparece; soy una masa informe que se desplaza pesadamente por entre estos muebles. Así voy descubriendo, en medio de este verano, en medio de este sol —mirando desde el balcón el mar que salta sin llegar al muro, mirando siempre el mar, tratando de buscar en el mar— que ni siquiera he sido nunca el objeto de tus momentáneos caprichos, que no me necesitas... Por un tiempo vivo con el presentimiento de que algo inminente va a suceder, va a desatarse, no alrededor de nosotros, no solamente sobre nosotros en particular, sino sobre el mundo. Salgo al balcón, miro al mar, miro la claridad que sigue avanzando, y pienso: *Algo va a pasar, algo tiene que ocurrir.* Inclino mi cuerpo pesado sobre la baranda. Veo la calle llena de gente, veo el fluir de la gente entrando, saliendo, marchando despacio, corriendo; veo, algunas tardes, cómo empieza a caer una llovizna tibia, cómo esa llovizna se convierte en aguacero y me empapa el vestido; veo el agua golpeando los cristales, veo el agua fluyendo ahora por las calles desiertas, veo la gente apretujarse bajo los portales esperando a que termine la lluvia; veo cómo se encienden las luces en toda la ciudad, cómo el mar se convierte en un vacío oscuro y sonoro, y pienso: *Esta noche, esta noche, esta noche se acaba el mundo...* ¡Pero nada, pero nada!... Otro día. El almuerzo ha sido más o menos lo mismo

133

de siempre, las palabras, las mismas. Por la tarde vamos a dar un paseo. El me invita. Después del cine llegamos hasta el parque del río Almendares. Tomamos asiento en un bote, cruzamos el río. Mientras la embarcación repleta de muchachos y mujeres se desliza por estas aguas fangosas y quietas, pienso: *Ahora, ahora*... La destartalada lancha llega a la desembocadura del río, gira en redondo y nos conduce otra vez al parque. Compramos unos cucuruchos de maní, hacemos cola para el refresco, atravesamos el puente y aún nos queda tiempo para llegar al zoológico. Una mujer, ya mayor, quizás viuda, quizás solterona, quizás abandonada, vestida de oscuro, nos mira, gruesa y tristona. *Qué felices son*, pensará con envidia, viéndonos bajo los grandes árboles del parque... Y no pasa nada. De noche llegamos a la casa. Preparo la comida. Comemos. Hablamos sobre las dificultades del transporte, sobre la imposibilidad de conseguir un vaso de agua. Y no pasa nada. Tarde ya, a pesar de que mañana debemos ir al trabajo, nos acostamos. Yo toseré, tú fingirás caer rendido. La noche sigue transcurriendo. Y la oscuridad y el calor de la noche son los mismos de siempre; nuestra soledad y nuestra miseria, las mismas. Quizás hayan aumentado algo, pero, de todos modos, nada sucede, nada pasa; ninguna sombra gigantesca entra por la ventana y nos asfixia, ningún miedo materializado en algo ya inminente llega, y, de un golpe, nos aniquila, ninguna detonación inconmensurable se produce. Y la esperanza del gran derrumbe, la certeza de que algo descomunal iba a ocurrir, el consuelo de que de un momento a otro el mundo iba a desaparecer, se convierte en otra de las tantas especulaciones de la imaginación, en otro ridículo capricho, quizás extremadamente egoísta, de una mujer con casi ocho meses de embarazo. Así voy descubriendo, en medio de este verano que ya nos acosa, en medio de este sol que centellea (mirando el mar, mirando el mar que salta sin llegar al muro) que no es odio lo que sientes por mí, que, sencillamente, nunca te he interesado. Y ahora, mientras el niño salta en mi vientre, sabiendo ya que ninguna catástrofe va a ocurrir, veo, claramente, que soy sólo una justificación, algo que hay que aceptar para no perecer, una tradición (una obligación) más del sistema implacable, una regla hipócrita que no se puede infringir... Las ventajas, además, de llegar a la casa y encontrarlo todo preparado, las ventajas de tener alguien a quien hablarle si lo deseas, o no hablarle si no quieres; alguien a quien exhibir cuando sea prudente —imprescindible— hacerlo, alguien de quien hablar cuando se está en los círculos de los amigos oficiales y de quien olvidarse cuando se está entre los amigos verdaderos. Ahora comprendo tus silencios, tu contenida violencia, tus llegadas tarde, tus constantes lecturas, tu odio disfrazado de tolerancia, de piedad, de amor, comprendo esa actitud tuya de estar siempre en el sitio que no estás, y, quizás, el porqué de todas las hojas que garabateas, rompes o escondes... Y el mar sigue golpeando, fluye ya, se extiende y restalla contra el muro, llega a veces en oleadas a la calle. Oye, oye, y al saber que no seré nunca el objeto de tus deseos te conviertes para siempre en el objeto de mi pasión. ¿Y la vida que una vez vislumbré, adiviné, vi a lo lejos?... El silbido de una sirena —un barco que entra en el puerto— llega desde la oscuridad. Dejo el balcón también en penumbras; entro en la casa. Héctor ha llegado del trabajo. Dispongo los platos. Comenta con entusiasmo lo sabrosa que me quedó la comida —porque hoy está alegre—. Luego, al terminar me invita a ir con él al cine. Como estoy no me atrevo ni a asomarme a la calle, le digo, pensando: Esa es la respuesta que deseas. El me besa y sale. No voy al balcón pues de hacerlo ahora no vería el mar, nada vería. Y comprendo, mientras recojo la loza y la llevo al fregadero, que la catástrofe inminente nunca llega de golpe porque está transcurriendo siempre. El no me abandonará, pienso, porque ni siquiera me detesta. Esa es mi condena. Después de todo he sido yo quien lo ha llevado a esa situación. Fui yo la que entré en su cuarto, fui yo la que compartí con él un llanto que no era precisamente por mí... Pero yo también soy joven, oíganlo bien, digo ahora en voz alta y coloco los platos ya secos, en el aparador, yo también tengo derecho a exigir, a desear. Y de pronto miro mi cuerpo ahora hinchado, las manos deformes. Tomo un plato, despacio cami-

135

no hasta el balcón en tinieblas, me aferro a la baranda y lanzo el plato al vacío. Oigo el estruendo de la loza al caer en el pavimento... Entro, tomo el libro que a veces leo, paso la vista por algunas páginas. Me tiro en la cama. Y ahora tener que parir, me digo palpándome el vientre. Dios mío ¿Dónde estoy? ¿Dónde he ido a parar? ¡Pero yo soy joven! repito. ¡No puedo permitir!, digo en voz alta, ¡no puedo permitir que se burlen de mí! Y al terminar la frase siento ya —tan pronto— que una lágrima resbala por mi cara, mi cara rojiza, deformada por este monstruo que late, late, late... ¡No! No puedo permitir tal humillación, tal ridículo. Dejo de llorar y me levanto. Me visto. Qué se cree él, digo haciendo la maleta. Existe un límite. Si al menos me hablara, si me dijera algo. Pero yo no tengo que darme por enterada de lo que no me ha explicado, de lo que no ha querido que yo comprenda. ¿Qué pretende? ¿Qué yo le haga el juego? ¿Qué sea su madre, su amiga, su confidente? ¡no! Primero que eso soy una mujer. Primero exijo que se me trate como a una mujer. Y lloro de nuevo. Lloro mientras cierro la maleta. Abro el escaparate diciéndome: *Soy una mujer, soy una mujer.* Tomo parte del dinero que los dos habíamos guardado para la llegada del niño. Ya lista, gritando *soy una mujer* con furia, con tristeza, con desconsuelo, cierro la puerta. Gritando avergonzada, asqueada, *soy una mujer* y llorando bajo las escaleras. Espero un auto de alquiler. Al fin pasa uno. A la estación terminal, le digo, y ya me voy sintiendo más tranquila... ¿Para qué sitio?, me pregunta la mujer que expide los pasajes. Yo, de pronto, no sé qué decirle. Miro el letrero donde aparecen los nombres de los distintos pueblos. Menciono uno de nombre corto, de modo que no se note mi inseguridad al hablar. De alguna manera tengo que liberarme, pienso, guardando el pasaje en la cartera. Cuando el altavoz anuncia la salida de mi ómnibus estoy casi adormecida, estoy casi arrepentida de haber dejado la casa, pero, oye, pero, oye, me digo enfurecida conmigo misma. ¿es que prefieres la humillación? ¿Es que prefieres hacer el juego? ¿Es que prefieres que te siga utilizando sin siquiera darte por enterada? Todos se aglomeran en la puerta de entrada. Enseño mi pasaje. ¿Es que prefieres seguir junto a alguien a quien tú no le interesas? Por una vez en tu vida... Alguien me ayuda a subir la maleta. Gracias, digo... Por un momento al menos pórtate como un ser normal, es decir, como alguien que sabe que no hay clemencia y que, por lo tanto, tampoco hay que tenerla para con los demás. Asume por una vez tu soledad, porque no puedes permitir... El ómnibus atraviesa ya la ciudad en tinieblas, toma el campo... porque no puedes permitir que ni siquiera tenga en cuenta que eres un ser humano, alguien que necesita por lo menos una mirada de desprecio... Siento la silueta de los árboles que van pasando, siento otra vez el latido (ese salto) en el vientre, y sin poder evitarlo, sin casi darme cuenta, estoy sollozando, alto. Alguien pide que prenda la luz. Una persona se siente mal, oigo que dicen. Dos mujeres se me acercan y me atienden. Poco a poco me voy calmando. Que ocurrencia viajar sola en ese estado, comenta una. Debe ir para casa de sus padres, dice otra voz. Y yo de nuevo empiezo a sollozar. Alguien me da una pastilla, un vaso de agua. Me controlo, aparento dormir para que me dejen tranquila. Por la mañana, cuando abro los ojos, estoy ya en el pueblo para el cual saqué el pasaje. Un empleado lleva mi maleta hasta la pequeña estación de madera. Veo su uniforme desteñido y planchado y me llega una tristeza inexplicable. Coloca la maleta en el banco de la estación, me mira, amable, pero sin llegar a sonreír. ¿No ha llegado su familia?, me pregunta una de las mujeres que me atendió y que, evidentemente, ha bajado para comprar todo lo que le vendan. No, le digo y la contemplo, estibada de panes de Caracas, cartuchos de caramelos, galletas, botellas de insecticida... Acapara todo lo que puede para llevárselo a su gente, pienso. Y de nuevo me llega la tristeza. ¿Pero por qué he de sentir lástima por ellos? Me siento sobre la maleta. Para ellos, después de todo, existe una lógica; ellos, aún dentro del mismo horror, tienen principios, costumbres, leyes secretas. Seguramente durarán, resistirán, un poco más que nosotros, que yo. Soportarán más... Para ellos cuando se llega a algún sitio alguien debe estar esperando, si por el camino se vende algo (no importa qué) ha

137

de comprarse inmediatamente para obsequiar a ese que espera. Existe una corriente invisible, una tradición más fuerte que cualquier ley, que los protege, que los identifica y los agrupa, y los salva, es decir, los mantiene vivos dentro de la quemazón... Mira cómo se reconocen inmediatamente, mira cómo, sin saber quienes son, sólo porque el azar los reunió en un mismo vehículo, se hablan ya como si fueran antiguos conocidos. Pero yo soy libre, pienso, yo... Con la mayor naturalidad le pregunto a la empleada de la estación dónde queda el hotel más cercano. Ella me mira sorprendida, quizás hasta ofendida por haberle hecho semejante pregunta. Dios mío, pienso (mientras la contemplo, mientras nos contemplamos), cuánto tiempo hacía que no salía de La Habana, hasta dónde había olvidado cómo es la gente en el interior, hasta dónde había olvidado cómo sigue siendo mi madre, toda mi familia. Para esta pobre mujer resulta insólito que yo, sola, barrigona, indague por un hotel. Lo más sorprendente para ella debe ser mi barriga, sin ella la cosa fuera más clara: Puta. Pero en mi estado, la deducción le resulta un poco más complicada. La guagua me ha dejado, le explico sonriente, pasaré la noche aquí y después continuaré el viaje. Ella llama entonces a otro empleado quien me da la dirección del único hotel del pueblo. Doy las gracias y tomo la maleta. Ya en la calle siento una debilidad tan grande que me veo obligada a sentarme en el borde de la acera. Un grupo de niños se me acerca; me preguntan si me siento mal. Voy hasta el hotel, les digo. Y ahora todos se disputan la maleta, y me conducen. Doy mis señales al empleado del hotel, muestro mi carné de trabajadora. El me mira entre asombrado y respetuoso. Finalmente cobra, me entrega la llave. Ya en la escalera despido a los niños que insisten en subirme la maleta. Entro en la habitación, cierro la puerta. Es un cuarto grande y triste. Hecho no para recibir, no para acoger, sino para demostrar hasta dónde una cama de hierro, cuatro paredes, un baño sin cortina, una silla, una mesa con una gaveta pueden ser toda la soledad del mundo. Voy hasta la única ventana, la abro. Ahí está el sol, repercutiendo sobre el pavimento, ni un árbol, ni el mar a un costado de esta carretera despoblada y reverberante, ni siquiera el consuelo de una brisa de mar, ni el volar de una gaviota. Enciendo un cigarro, aspiro, y ahora son los pequeños pueblos que atravesamos en un abrir y cerrar de ojos; pueblos que se cruzan antes de terminar un cigarro, pueblos chatos, replegados a lo largo de toda la Isla. Cuántas veces, en nuestras salidas al trabajo agrícola, a cualquier sitio, desde la cama de un camión, desde la ventanilla de un tren, desde una guagua escandalosa, habré visto estos pueblos que nada dejan en la memoria, ni siquiera el testimonio, el contraste, de una fealdad diferente. Casas bajas, achaparradas, cerradas, hechas para que no entre el aguacero, el sol, los ladrones; casas de paredes rectas, sin ventanas, casas cuadradas como cajones, con las puertas manchadas de rojo por el fango incrustado hasta en las paredes; casas acuclilladas bajo el resplandor, sin jardines ni aceras, ni el más mínimo portal; si acaso, un tubo de desagüe, que da a la calle, por donde salen todas las inmundicias al exterior: Agua sucia de los lavaderos, agua sucia del baño, agua sucia de la cocina y del fregadero. Horribles pueblos que no dicen nada, que no advierten nada, que no anuncian nada, que no nos recuerdan nada, que no despiertan en nosotros más que el instinto de repulsión, el deseo de abandonarlos inmediatamente. Pueblos de personalidad indefinida, pero terriblemente concretos en sus construcciones, hechos exclusivamente para soportar mal la vida, hechos para malguarecerse; una cama, cuatro sillas, una mesa, y así ir muriendo durante treinta, cuarenta, cincuenta años, entre paredes sin repellar y techos bajos, mirando a veces por una ventana de persianas fijas, la calle que no refleja ningún paisaje, sino otra casa idéntica a la que habitamos como si más que en una ventana estuviéramos ante un espejo. Pueblos detestables... Una valla donde se incrusta un nombre —el nombre del pueblo— chillón, chabacano, rimbombante, un puesto de gasolina (donde no hay gasolina), una tienda con un mostrador de madera o de ladrillos, una farmacia enrejada y el montón de casas replegadas bajo el sol; al final, quizás un árbol que si se conserva en pie es porque sirve para atar a su tronco los animales o para sostener una

pancarta... Otra vez un puesto de gasolina (cerrado), alguna
señal del tráfico indicando una curva, un descenso, una reparación que nunca acaba, y el pueblo termina igual que empezó sin
siquiera haber justificado su existencia con una desolación original... Otra señal, otro árbol polvoriento, otro caserío agazapado bajo el implacable sol... ¿Entramos? ¿Salimos? ¿Estamos
pasando siempre por el mismo pueblo? ¿Cómo va a existir la
piedad, el amor, la belleza entre estas casas toscas, entre esta
gente de rostro impenetrable y agresivo, en este ambiente donde tomarse una cerveza, o simplemente no asfixiarse por el calor
son los motivos fundamentales de la vida? ¿Cómo concebir aquí
el respeto a la privacidad, a la imaginación, al sueño, si un árbol
es un enemigo que hay que derrumbar al instante, si un río (si lo
hay) es el lugar para lanzar los excrementos, el orín, las aguas
sucias, si, en fin, es la miseria y el desamparo, la urgencia por
sobrevivir quienes rigen todas las acciones? Pueblos que ni siquiera dan al mar, que ni siquiera ven el mar, gente que detesta
el mar. ¡Oh Dios! —¡pero basta ya de mencionar a Dios!—, y
estamos en sus manos, estamos en sus manos... Mientras el auto
sigue corriendo cada vez más rápido, mientras atravesamos estos caseríos rígidos y descarnados, desprovistos de misterio,
pienso que la maldición es total, que no habrá salvación; pienso, óyelo bien, que es inútil que aceleres, que por mucho que
corras tropezaremos (no vamos sino a su encuentro) con otro
pueblo de casas chatas, desprovistas totalmente (justificada-
mente) de piedad. Aquí no hay trascendencia, aquí todo pertenece a la inmediatez, a la urgencia de la sobrevida. ¿Y qué dirían
ellos si de pronto detuviésemos el auto y comenzáramos a hacerles reproches? ¿Si de pronto les hablásemos en este lenguaje
en el cual pensamos? *Mírenlos*, dirían, *criticarnos a nosotros,
cómo se atreven, qué se han creído, por lo menos nosotros sabemos lo que queremos, o lo que aborrecemos, por lo menos nosotros cooperamos, no somos un estorbo, y no estamos resentidos.
Ah, y no nos consideramos superiores. Qué se han creído...* O
quizás las ofensas sean mayores: *¡Cómo se atreven a criticarnos
ese par de anormales, enfermos monstruosos, bestias, criminales*

140

*que viven a expensas de nuestro sudor! ¿Qué se han creído? ¿En qué país creen que están viviendo? Filosofando aquí, donde la cuestión consiste en sembrar una papa y recogerla, comerla si se puede, si el mercado internacional no la desea. ¡Es vergonzoso, es sucio, es alta traición! ¡No podemos tolerarlo!...* Sí, así hablarían, o quizás el lenguaje sería aún más violento, quizás las palabras empleadas fueran tan duras que yo no podría pronunciarlas, ni siquiera las entendería. O quizás ni eso: Quizás nos mirarían con asco, se acercarían a nosotros y nos aplastarían como se aplasta una alimaña insignificante, o una cucaracha. Y después soltarían la carcajada... Un árbol polvoriento, un letrero anunciando el nombre de otro pueblo, un puesto (cerrado) de gasolina, una tienda vacía, un grupo de casas calcinándose. Y el auto sigue, el auto avanza, y los pueblos, a medida que nos vamos acercando a La Habana se hacen más frecuentes, vertiginosamente iguales... Prendo otro cigarro, miro al frente. Quiero mirar sólo a la carretera, quiero contemplar sólo estos pueblos espantosos, quiero detenerme, quedarme en medio de este horrible paisaje, porque lo que no quiero (y aquí están las voces, aquí están ya esos murmullos intolerables, esas amenazas, esos gemidos, esos gritos) es ver su rostro, ver el rostro de esa mujer, ver los saltos de esa mujer, ver la cara desfigurada por el estupor de esa vieja que salta salta salta; salta y grita, golpeándose con las manos la cabeza... un árbol polvoriento, otra valla que anuncia un nombre chillón, otra tienda donde si se encuentra algún producto habrá de ser un pomo de insecticida para cuya adquisición es menester presentar la libreta de racionamiento. Seguimos avanzando; aunque el paisaje no varíe seguimos avanzando... Pueblo inútil, digo; he venido a parar a uno de los tantos pueblos inútiles, pienso, y tiro el cigarro (por suerte había una cajetilla en la cartera), cierro la ventana (no sé qué hora es ni me interesa) y me acuesto. Me incorporo, abro los ojos: Ahí está Héctor —espléndido— con el niño, sobre la arena. Otra vez es un muchacho, pienso; y oigo su risa a mi lado, tan joven como el verdadero muchacho que más allá, también en la arena, descansa bocarriba, las manos en el rostro, los dedos entreabiertos sobre los ojos, permitiéndole mirar discretamente; la madre a su lado, aunque por fortuna no nos ha descubierto (tan atareada está en su tejido)... Oigo la risa de Héctor mientras juega con el niño. ¿Representa? ¿Está representando? ¿Estamos siempre representando? ¿No existe para ustedes más que una perpetua escena donde la verdad se esconde, donde la ansiedad se esconde, donde el deseo y la furia se esconden pero acechan?... Pero no, no (y me dirijo a las voces, a los pinos) no voy a permitir que nadie me destruya esta paz, no puedo permitir que estos escasos únicos días de paz, de descanso... Me tiendo sobre la arena. Pienso: *Ahora sí, ahora sí podré dormir un rato. Hoy no haré almuerzo...* Cuando abro los ojos me voy identificando con las cosas. Hoy no me ha pasado como otras veces que he despertado sin saber dónde estoy. Aquí están las paredes desteñidas de este cuarto de hotel, la silla, la maleta tirada sobre la mesita, la taza del inodoro, algunos clavos en la pared descarnada. Así, aún acostada, pienso que aunque el tiempo no ha pasado (pues nada ha sucedido) ya hace tres días que estoy en este cuarto, que sólo he salido dos o tres veces para comer alguna inmundicia, que incluso estoy a punto de dar a luz, y que nadie se enterará ni vendrá en mi ayuda; voy pensando que ha llegado el fin, que he precipitado el fin, que sólo he servido siempre para apresurar el fin. ¿Pero por qué no he sido nunca lo suficientemente inteligente para comprender que lo último que se debe hacer es entregarse y que ya hecho lo peor entonces es demostrarlo? ¿Por qué no he sido nunca lo suficientemente inteligente para decirme: Estás en el infierno, como todo el mundo, pero tu astucia consistirá en aparentar que no sientes el fuego, tu astucia está en poder hallar un sitio donde las llamas no te aniquilen? Así debí haberme dicho como hacen (estoy segura) los demás; por algo sobreviven, por algo no se destruyen como lo hago yo siempre. ¿Pues crees que son felices? Estúpida. Simplemente han sido más astutos que tú, han comprendido, primero que tú el sitio donde se encuentran, y han ocupado, se han adueñado de los refugios más seguros. Pero yo si ahora me levantara, si ahora diera dos pasos en esta horrible habitación no sé qué sería de mí, quizás hasta enloquecería. Pero no, sé perfectamente que ni siquiera a eso podré aspirar. Puedo analizarlo todo con una lucidez implacable, puedo recorrer de nuevo los diferentes momentos en que el horror me ha parecido más intenso, puedo vivir otra vez esos momentos; todo eso puedo hacerlo. Todo. Pero lo que no lograré será enloquecer. Para ti no existe ese consuelo. Bocarriba, sobre la cama, siento cómo todos los ruidos del pueblo van tomando intensidad; oigo las voces, oigo el traqueteo de los carretones tirados por caballos; oigo la tarde, el rumor de la noche llegando ya hasta las paredes. Y no enloquezco. Siento ahora, en la oscuridad, el estruendo de una vitrola, la voz de una cantante norteamericana en un disco milagrosamente conservado —privilegios de un pueblo del interior, pienso—. Tirada sobre la cama oigo el estruendo de esa música extranjera, el sonido rayado, quebrado, que sale del disco; palpo mi cuerpo. Y no enloquezco. Sin haberme vestido, oigo ahora los pequeños murmullos sueltos de la madrugada, la campana de una iglesia, los cascos de un animal, la conversación de dos mujeres que pasan por la calle. Cómo envidio a esas mujeres. Cualquiera de ellas ocupa en relación conmigo una situación privilegiada... Imagino cómo ha de ser la vida de esas mujeres. Ellas deben tener sus preocupaciones inmediatas, sus costumbres fijas, algo en que fatigarse y por lo tanto no pensar... La claridad vuelve a entrar por la ventana, otra vez llega el día, el estruendo de la mañana, y aunque sé que cualquier cosa que haga es inútil, aunque hace muchas horas que no he comido nada, aunque no sé qué pueda esperar, qué pueda yo hacer, ni cómo (ni para qué) continuar, aún no enloquezco, aún no enloquezco... Tirada en la cama, oyendo el crepitar del mediodía, un dolor que no sé de qué sitio del cuerpo parte, empieza a fluir desganadamente, se apodera ya de todos mis sentidos. Casi con alegría, mientras me muerdo los dedos, siento que voy desfalleciendo. Pienso que al fin alguien se ha condolido de mí, que al fin la muerte, la real, la verdadera muerte que elimina todas las demás, va aplacando mis furores, va eliminando tanto cansancio. En estos momentos el traqueteo de un martillo eléctrico empieza a atronar afuera. Me asomo a la ventana. Los obreros de la construcción rompen la calle, justamente frente al hotel, debajo de mi ventana. El ruido sube; cobra tal ensordecedora uniformidad que pienso que todo no es más que una burla, algo hecho expresamente contra mí, que es imposible que todo sea tan ridículamente grotesco. Ya no sólo es el estruendo del martillo, sino las palas y hasta el ronronear de una concretera. Y empiezo a reírme a carcajadas, totalmente consciente de lo que hago, sabiendo que dentro de unos minutos pararé y el estruendo del martillo habrá de continuar. Y después empezaré a dar gritos, a dar gritos, no porque haya enloquecido, sino, simplemente, porque tengo deseos de gritar, y porque sé que con ese escándalo allá abajo no voy a alterar el orden, nadie podrá escucharme... Tal como lo había planificado, suelto los gritos; sigo gritando casi tan alto como el estruendo de esos motores que rompen la calle; sigo gritando con toda la intensidad que mi cuerpo que lleva días sin comer me lo permite. Alto, alto. A pesar de todo. Así, hasta que de pronto, un ruido que está fuera del plan interrumpe mis proyectos inmediatos: Seguir gritando. Tocan a la puerta. ¡Dios mío, quizás hace rato que están tocando! Quizás, a pesar del martillo, han escuchado mis gritos. ¿Qué voy a decir? ¿Qué podré decirles?... Instintivamente salto de la cama, abro la puerta. Héctor está frente a mí. Entra en el cuarto; yo me siento en la cama. El estruendo que rompe la calle, la claridad del día, hacen que todo me parezca irreal. Por un momento los dos seguimos en silencio. Finalmente, es él quien habla. Cómo te sientes, me pregunta en voz alta para que yo lo pueda oír a través del ruido. Bien, le digo también en voz alta. Y lo contemplo, en medio de la claridad. Es un anciano, pienso. No pude llegar más rápido, dice ahora, como disculpándose, bañado por el resplandor del mediodía. No le respondo. Me costó algún esfuerzo localizarte, dice, y sigue envejeciendo. Al principio pensé que habías ido para casa de tu madre; puse un telegrama. Y me mira avergonzado. No importa, digo yo. No recibí respuesta, dice; las comunicaciones están tan difíciles. Y sigue hablando, dando justificaciones; como si fuera él quien tuviera que darlas. Y el resplandor lo sigue desfigurando, y el ruido infernal continúa. Mientras me cuenta despacio, con voz alta y tranquila, las vicisitudes de estos días, sus indagaciones de pueblo en pueblo, de estación en estación, veo cómo, poco a poco, va rejuveneciendo, cómo de nuevo se convierte en un hombre, en un joven, en un muchacho, y cuando finalmente concluye —con el fondo ensordecedor del martillo eléctrico— es ya un niño. Y qué inocente, qué indefenso parece ahora, al decirme cómo dio con mi paradero, cómo siguió la pista, cuánto se alegró cuando vio mi nombre en la lista de huéspedes. Y hasta sonríe. Y de pronto, siento que de nuevo voy a empezar a gritar, que no podré controlarme. Y así, mientras él sigue hablando, diciendo cosas que no hay realmente por qué decir, descubro cuánto me necesita, cuánto yo lo necesito a él. Y ahora, contándome con palabras torpes la alegría con que subió las escaleras, la preocupación y la alegría que sentía cuando tocó la puerta, la preocupación que lo obsesionó durante todo el viaje, pensando que algo me podía haber pasado, me parece que su voz se va ensombreciendo, enronqueciendo, quebrando, que él tampoco puede dominarse y está también a punto de llorar. ¡Ese ruido, ese ruido!, digo haciendo un gesto contra el resplandor, y corro hacia él, que tampoco puede seguir hablando. Héctor, digo y lo abrazo. Héctor digo bañada en lágrimas. Y él me abraza también sollozando. Y ahora sólo se escucha el estruendo del martillo eléctrico, allá abajo. Y comprendo que Héctor y yo no solamente nos necesitamos, sino que nos queremos, que realmente nos queremos aunque ninguno de los dos sepa de qué forma, ni qué tipo de amor es el que nos une... El caso es que no podremos separarnos nunca. Héctor, digo. Héctor: Y aún cuando me callo, cuando dejo de sollozar, él sigue llorando, abrazándome. Cómo no me había dado cuenta antes de lo mucho que me necesitaba, cómo he podido ser tan cruel. Y me parece que lo comprendo todo, aunque creo que nunca podré explicarme por qué lo comprendo, aunque creo que jamás podré explicarme qué cosa exactamente es lo que comprendo… Vámonos en seguida, dice, dominándose, y el estruendo del martillo vuelve a apoderarse de todo el cuarto. Corriendo me visto, cierro la maleta. Entrego la llave al encargado del hotel y lo saludo, con una voz segura, casi orgullosa. Bajamos a la claridad, atravesamos la calle ya casi completamente destrozada por el martillo. Héctor abre el auto, me ayuda a subir; cierra la puerta. Pone a funcionar el motor. Lo miro. Todavía en estos momentos es un joven, casi un muchacho. ¿Te sientes bien?, vuelve a preguntarme. Pone ahora una mano sobre mis rodillas, mira para el niño que sigue durmiendo en el asiento de atrás, continúa manejando; acelera. Sí, digo yo. Y ya es un viejo… Un árbol polvoriento, una señal metálica, una estación de gasolina abandonada. Seguimos avanzando… Oscureciendo llegamos a La Habana. Una vecina sale a saludarnos. Cómo está tu madre, me pregunta, y comprendo que Héctor lo había arreglado (previsto) todo. Bien, digo, y entro en la casa. Héctor enciende las luces, yo voy hasta el balcón. Me acerco a la baranda, miro la gran masa ahora casi negra que fluye silenciosa. La mesa está servida me llama él. Ya voy, ya voy, digo también en voz alta y vuelvo a mirar las aguas que fluyen, golpeando lentamente, sin apuro, todo el Malecón. De pronto, vuelve otra vez el dolor, el dolor aquí, en el mismo vientre, un dolor desabrido, un latido que se prolonga, un golpe en el estómago. Héctor, digo con voz aún más alta y clara, ahora si que hay que llamar al médico. Y antes de que él corra a ayudarme, antes de que venga, preocupado y alegre, y me abrace, y me conduzca a la cama, miro para esa masa oscura que fluye invisible y le hago un guiño… Héctor sigue a mi lado. Héctor, digo, y él, semidormido, se vuelve sobre la arena; siento su piel tibia rozando mi cintura. Dios, digo, debe ser tardísimo. Tomo al niño y nos ponemos de pie. Vamos al restaurán, digo. Me quedé dormido, dice Héctor y se sacude la arena de las piernas. En estos momentos veo otra vez al muchacho. Sale del mar, corre por la playa hacia nosotros, ya cerca se detiene, mira directamente a Héctor, y entra nuevamente en el agua. Nosotros tomamos el sendero pavimentado que nos lleva hasta el edificio central. Héctor toma una adelfa

146

rojiza y se la entrega al niño. El niño se la lleva a la nariz, sonriente, como agradecido. Nosotros lo miramos y también reí-
mos. Entramos en el comedor. La responsable nos dice que es
tarde ya para almorzar y que la comida no empieza hasta las
seis. Se niega a atendernos. Héctor le suplica, hace pequeños
mimos —verdaderamente se porta como un muchacho—. La
empleada, una mujer mayor, queda seducida, mirando con cautela a su alrededor nos manda pasar. Héctor lee el menú. "¡Croquetas y arroz!", dice, engolando la voz como un capitán dis-
tinguido que menciona manjares exquisitos. Segundo plato:
"¡Spaguetti y arroz!". Tercer plato: "¡Chícaros y arroz!", dice
con gestos extremadamente burlones. Por último, para mayor
diversión, la empleada nos comunica que sólo que el primer
plato. Mientras hace las anotaciones, Héctor le manifiesta su
sorpresa al ver que aún le quedan hojas en blanco. La camarera
mira entre desconcertada y ofendida, pero como él sigue sonriendo, ella termina también por reírse. Ah, y si por casualidad
todavía hay agua tráiganos dos vasos, dice Héctor ahora. Nos
sirven, comemos. Al menos ha pasado el mediodía, pienso
mientras salimos del restaurán. En el portal de su cabaña está la
madre con su hijo. El, vestido completamente de blanco, pantalones ajustados, camisa ancha, zapatos tenis. La madre en su
gigantesca bata de casa, habla; parece darle consejos, algunas
sugerencias. El baja la cabeza, el pelo le cae sobre la frente, la
piel bronceada, oscura, contrasta aún más con la ropa blanca.
Al verlos así, la madre y el hijo (el hijo un poco inclinado, en
silencio, la madre hablando), me llega de nuevo como un temor, una suerte de extraña, quizás estúpida inquietud. Si al menos el cuadro permaneciese así, si nada cambiara. Si para siempre nos pudiéramos quedar los cinco detenidos: La madre y el
hijo inclinados ante el resplandor que ya desciende, Héctor, el
niño y yo tirados sobre los sillones, mirando, sin ver, el mar...
Pero lo que realmente quisiera conservar, tener, es precisamente lo que desaparece; el breve violeta del oscurecer sobre las
aguas, el último resplandor de los pinos, el momento en que
una hoja de yagruma se desprende y cae, una sonrisa de mi

madre que después nunca volví a descubrir, Héctor entrando en la casa cuando llegó de la Sierra, el olor de la dama de noche que inunda el cuarto donde duermo, olor que llega raramente, sólo a veces, cuando ha caído un aguacero... Cosas que se dispersan, escenas que en un abrir y cerrar de ojos han cambiado, desaparecido para siempre, y después uno se pregunta si realmente existieron... El niño empieza a lloriquear (quizás haya cogido demasiado sol), Héctor se levanta y entra en la sala, yo saludo a la madre que desde hace un momento estaba saludándome. El instante ha desaparecido. La escena quizás ni existió. La madre se pondrá a hablarme, el hijo se pondrá a silbar. Entusiasmada, ella me manifiesta el bien que le están haciendo los baños de mar. (Oigo ya los silbidos). Ella vuelve a hacerme la enumeración y narración detallada de todas sus enfermedades, me relata las vicisitudes que ha pasado y pasa para conseguir las medicinas. Algunas, me explica, son extranjeras y no se ven nunca. Cuánta gente se ha muerto —me dice en tono tranquilo, como quien sostiene una conversación mil veces repetida, como quien asevera una verdad de tan cotidiana sin interés—, cuánta gente se ha muerto porque la medicina que necesitaba, alguna pastilla, una inyección, algo para la asfixia, no pudieron encontrarla... Sí, digo yo a todo lo que ella dice, y sigo mirando el mar que cambia ahora a cada instante. Ni siquiera él puede ofrecerme ahora una imagen fija, un cuadro estático sobre el que por un instante detener los ojos y decir *estás ahí, estás ahí, puedo dejar de mirarte, puedo dejar de vigilarte, porque sé que estás ahí y no cambiarás*... El mar es de repente plano, azul configura ya un barullo de latas que centellean, es ahora una sábana inmensa y abultada, ondeando se vuelve un rumor rojizo que se convulsiona; se ha transformado, se ha transformado ahora en un lago verde, sereno, absolutamente transparente... El va a salir, dice ella —y aunque no había seguido el hilo de la conversación sé que se refiere a su hijo—, esta noche va a Guanabo, me explica. Dice que se aburre un poco por las noches. Aunque el transporte es tan pésimo. El dice que puede ir caminando, pero ni pensarlo; son más de quince kilómetros... Sí, digo yo. Y el mar ahora parece viejo, cansado, un viejo de piel arrugada y gris que casi no puede respirar... Quizás pueda conseguir algo allá, dice ella, me dijeron que habían sacado tamales en hoja. ¡Tamales en hoja! Hoy el almuerzo en el restaurán estuvo tan flojo... Sí, digo yo. Y el niño en mis brazos se ha quedado dormido. Mientras ella sigue hablando me pongo de pie, digo que lo voy a acostar, que regreso en seguida, y entro, disculpándome. Héctor está tendido en la cama. Sus piernas, también tostadas, relucen contra la sábana blanca. Acuesto al niño. Me lavo la cara, me peino, me perfumo; me siento en la cama junto a Héctor. Hoy apenas si ha leído pienso; por la mañana creo que hojeó un libro y lo tiró inmediatamente. Hoy no ha tenido que guarecerse detrás de las páginas. Vuelvo a contemplarlo. Poco a poco me deslizo hasta el piso, me arrodillo junto a la cama, me inclino sobre él y lo beso. Como aún hace calor decido quedarme bocarriba sobre las losetas. La frescura del piso es como un consuelo. Por las persianas entreabiertas se cuelan los rayos del sol, ya no tan violentos. Un mosquito zumba sobre mi cabeza, planea, me embiste. Me levanto palmoteando. Al dejar las losetas frías parece como si también dejara la calma. Ya oigo el llanto del niño. Escucho ahora su saltar, su constante patalear en mi vientre, desgarrándome. Aguanta, dice el médico, respira profundo y resiste. Y yo gimo, grito. Es como si tuviera una llama en el mismo centro del vientre, como si quisiera evacuar esa llama y no pudiera. Es un dolor, un ardor, una sensación de asfixia tan insoportable que por momentos pienso que tengo que ser distinta a las demás. Aguanta, dice la voz del hombre. Puja, dice una enfermera, puja como si fueras a orinar. Siento cómo me voy despedazando por dentro y mientras presiento (sé) que la sangre ya va fluyendo, pienso: *¡Dios mío, también esto, también esta calamidad nos está reservada a nosotras!*... Y con mis gritos surge de pronto otro grito; un grito que va acompañando al mío, en medio de un dolor que de tan profundo va dejando de ser dolor para convertirse en una sensación de desmayo. Y veo al niño, al niño (que ahora la enfermera alza por los pies) llorando, aterrado, completamente arrugado, como un viejo.

Qué feo es, pienso, diciéndome, ahora tengo un hijo, ya tienes un hijo, mujer. Y lloro de nuevo, pero ya no a gritos, ya no en voz alta, ya no por el ardor que aún siento entre las piernas. Lloro, lloro despacio, triste, con un llanto sin consuelo, no de dolor, sino de resignada derrota; con un llanto que podría prolongarse infinitamente, que podría durar toda la vida sin que por ello llegara a enloquecer, a causarme molestia, ni a experimentar ningún alivio... Nadie entiende nada. Sigo llorando. Y nadie comprende nada. Y es mejor así. Ya pasó, mujer, me dice la enfermera, mostrándome al niño, ahora entalcado y envuelto en pañales. Tenía que patalear, es muy saludable, míralo. Y vuelvo a mirar, a través de mis lágrimas, a ese pequeño niño todavía engurruñado. Y sigo llorando lentamente, mientras le paso la mano por la cabeza azul. Esa pequeña masa de carne, esa pequeña masa de carne... Lo tomo despacio, lo levanto y me lo llevo al pecho. Meciéndolo lo paseo por la sala y el cuarto de la cabaña. Vas a despertar a tu padre, le digo en voz baja; cálmate, le digo besándolo despacio. Ha dejado de llorar. Lo miro, ahí, en la cuna, yo también acostada, descansando, aquí, en la casa; Héctor en el trabajo. Poco a poco la herida se va cerrando. Puedo ir al baño ya sin sentir dolor, puedo caminar, como lo hago ahora, ya sin sentir ningún dolor; poco a poco, pienso, mientras me miro en el espejo, ahora con el niño en brazos, mi cuerpo va recobrando la forma de siempre, es más, yo diría que me he vuelto más atractiva, la piel más suave, los ojos más brillantes, los labios más abultados, hasta el pelo es ahora más negro y moldeable, la cara más reposada, más tersa. Una especie de plenitud parece haberse apoderado de todo mi rostro y mi cuerpo. Algunas veces, solamente por el gusto de mirarme, me paso horas enteras delante del espejo que se levanta casi hasta el techo en nuestro cuarto. Aprovecho la tregua, la licencia de descanso que me concede la maternidad. Afuera sigue el estruendo de la calle, el vocear de la gente, el ruido en las colas y las guaguas repletas que cruzan como arañando; pero yo estoy suspendida, en otro tiempo, al margen... Aquí, en mi cuarto de casada, de madre, voy reconociendo de nuevo mi rostro, voy descubriendo de nuevo mi belleza... Afuera continúa el escándalo de la gente (ahora parece que se ha formado un tumulto en la cola), pero yo estoy quieta, con el niño en brazos, contemplando mi rostro, mi cuerpo que vuelve a ser delgado. Y otra vez voy sintiendo su latido (el latido de mi cuerpo) su llamada, algo indefinible que va subiendo... Y el mar sigue alzándose como una lámina pesada y silenciosa. La brillantez y el olor del mar penetran por el balcón, inundan la casa... Uno a uno me voy probando mis mejores vestidos (que ya no son muchos), me peino, me arreglo las cejas. Así, completamente ataviada, me detengo en cada rincón de la casa, contemplándome. Y el mar sigue golpeando, y la claridad sigue inundándolo todo, mientras yo, ya sin el niño en brazos, paso tardes enteras mirándome frente al gran espejo, ensayando diferentes formas de sonreír, de ponerme seria, de caminar mirando mi cuerpo ataviado, diciendo en voz alta, sin preocuparme si despierto o no al niño: *Estás bien, te ves muy bien, estás realmente espléndida.* La claridad sigue avanzando, el olor del mar sube el Malecón, la avenida, inunda el balcón, invade ya toda la casa y me envuelve... Entra Héctor, sirvo la comida. Enciendo una vela y la coloco en el centro de la mesa. Hoy es día de fiesta, el niño cumple un mes. Voy al cuarto y lo traigo. Héctor lo besa, me besa. Comemos. El me pregunta si me siento bien, si no me duele ya nada. ¡Oh, Dios!, y cómo decirle que por el balcón está entrando en oleadas el olor del mar; cómo decirle que los días son claros, que pronto terminará mi licencia de maternidad. Cómo explicarle —con palabras que yo tampoco encuentro— esta sensación de querer correr, cantar, diluirme... Al terminar la comida, él recoge los platos —me ayuda en todo—, me dice: No te molestes yo haré el café. Con el niño en brazos voy hasta los sillones de la sala, me siento, prendo la radio. Héctor trae el café. Yo digo, en un momento en que la música es lenta y podemos hablar sin que tengamos que alzar la voz y casi no se escucha el golpe del mar sobre el Malecón, que sí, que estoy bien, que nada me sucede, que simplemente me siento un poco cansada. Nos acostamos. Esta noche, como tantas en los últimos años, él pasa despacio su mano por mi pelo, y yo dejo que mi pelo coja la forma de su mano, él se tiende, despacio, sobre mi cuerpo y yo dejo que su cuerpo vaya entrando en el mío. Esta noche, como tantas, no es placer lo que siento, sino resignación y cierta angustia al pensar, *no es en mí en quien piensa...* Terminamos. El se echa a dormir a un lado. Yo voy al baño. Vuelvo, cubro a Héctor con las sábanas, me acuesto a su lado, coloco mi cabeza sobre sus manos. Pienso, cuánto lo quiero, cuánto he esperado para que llegara ese momento, cuántos días, cuántas noches en silencio, sin dar la menor señal esperando a que él se decidiera, y ahora que todo ha concluido, que se ha realizado, descubro, como siempre, que eso sólo ha servido para despertar aún más mi soledad y sentirme más angustiada... Desfilan por el cuarto las diferentes oscuridades de la noche, y empiezo a elucubrar justificaciones: Quizás el matrimonio sea esto, sea así para todo el mundo; como una sombra, como una sombra de lo que realmente deseamos; quizás lo mejor del matrimonio consista en tener alguien a quien pedirle que prenda la luz cuando tenemos miedo y poderle achacar, de vez en cuando, todas nuestras frustraciones acumuladas; quizás el consuelo mayor consista en tener a alguien a quien poder volver siempre sin tener que andar con explicaciones. Yo, como todo el mundo, debo tener aspiraciones pequeñas, modestas, sin pensar que puedan realizarse... Yo debo aceptar mi existencia como otros aceptan una enfermedad incurable, disfrutando sus treguas, los momentos en que el dolor es menos intenso. Pero tal vez, hasta el hecho de considerar mi vida como una desgracia no sea más que un alarde de orgullo, un alarde de mi vanidad que hace creerme mejor que los demás... Yo debo soportar mi vida sin protestar, eliminando todo instinto de inconformidad, debo convertirme en una simple mujer y no pensar jamás que ese cambio sea un acto despreciable... Pero llega la mañana. El olor del mar asciende. Nada ha sucedido, pienso; en nada he cambiado, pienso. Y ninguna catástrofe me ha hecho sucumbir. Y aquí está otra vez la claridad, otra vez las sensaciones inexplicables, el deseo de ir, de querer ir más allá. Otra vez estoy frente al gran espejo del cuarto, mirando mi cuerpo, mis carnes blancas, mis muslos jóvenes, mis senos que todavía no piensan caerse. Yo debo exigir, yo no tengo por qué aceptar humillaciones; yo debo tener grandes aspiraciones, y, por encima de todo, satisfacer siempre mis deseos. Yo debo exigir, digo a gritos, y el niño se despierta. Yo debo exigir, repito en voz alta mientras voy hasta la cuna y lo tomo. Yo debo reclamar... Me paseo con el niño en brazos por la sala. Exigir, digo, y salgo al balcón... El mar sigue ondeando. Estalla en olas, se alza y se deshace en chisporroteos centelleantes. Entro, acuesto al niño. Ahora, ya bañada y vestida, peinada y perfumada, me siento en la sala a esperar a Héctor. El vendrá, pienso, y nada habrá de cambiar. Llega. Todo sucede tal como lo había pensado. Sólo una pequeña alteración en el cálculo: Al terminar de comer, él me sirve un vaso de agua, y yo, al ver el agua cayendo dentro del vaso, siento lástima por esa agua tan dócil, tan pobre, tan poca, tan obediente, tan mansa; no puedo concebir que esa agua que está ya en el vaso, que toma los colores y la forma del vaso, que pasa del botellón a la jarra, de la jarra al vaso, no puedo concebir que ese poco de agua haya formado parte de un río, haya atravesado la tierra en grandes manantiales, haya navegado sobre el cielo, haya sido mar, rocío, torrente, nube. Y ahora es sólo eso. Mirándola, sin llegar a tomarla, coloco la cabeza sobre el borde de la mesa y empiezo a sollozar despacio. Héctor se pone de pie. ¿Qué te pasa?, dice, y pone sus manos sobre mis hombros. ¿Te sientes mal? Ay, Héctor. Ay, Héctor, digo. El vuelve a sentarse frente a mí. Yo levanto la cabeza y lo veo, a través de mis lágrimas, anegado, como si estuviésemos separados por una cortina de agua. Y sigo llorando. ¿No crees que sería mejor llamar a tu madre?, me dice, pero no en un tono de pregunta o de afirmación, sino, simplemente, como para recordármela. Y pronto, pienso en ella. ¡Dios mío, qué tiempo hacía que no pensaba en mi madre! Y digo que sí, que le pase un telegrama y le envíe el dinero para el pasaje. Quizás todo lo que me ocurre es que tengo deseos de ver a mamá, pienso... Pobre mamá, pienso, mientras mezo al niño y me voy calmando. Arrullo al niño que poco a poco se va adormeciendo nuevamente; lo acuesto, y salgo al portal. Ahí están todavía la madre y el hijo. El muchacho tirado sobre el sillón de madera, con indolencia, las piernas abiertas, los brazos caídos a los lados. La madre, en cuanto me ve, hace un gesto de alegría y vuelve a retomar la conversación; ni siquiera da oportunidad para que me disculpe por haberme demorado tanto en regresar. ¿Por qué no planeamos un salida a Guanabo para mañana todos juntos? No sé, le digo, y miro el mar. Después se lo diré a Héctor; ahora está durmiendo. Ella sigue hablando mientras yo vuelvo al mar, hasta que, de un salto, se pone de pie y me dice muy apenada que debe entrar y preparar la comida, que su hijo —*mi hijo*, dice— quiere salir temprano... Entra, sonriente, saltando como un ratón, en su cabaña. Quedamos solos el muchacho y yo, cada uno en su balcón. Cada uno fingiendo que se ignora. Pero te conozco, pienso; no creas que me estás engañando, pienso. Y me vuelvo y lo miro de frente. El sigue inmóvil, tirado en el sillón, mirando a ningún sitio, silbando. ¿Y si sólo fueran ideas mías? ¿Y si no fueran más que imaginaciones?... Así permanecemos (ya sin mirarlo), los dos de perfil, tratando recíprocamente de ignorarnos, sintiendo la presencia de uno sobre el otro, y tratando de mostrar su indiferencia... Así permanecemos, como dos soldados en una extraña batalla. Una batalla en la cual el triunfo sería de aquél que más resistiese sin atacar, de aquél que más soportase, sin aparentar que soporta, sin mostrar la menor señal de cansancio, de odio, de irritación o molestia... Siento la voz de Héctor a mis espaldas. Se ha quitado la trusa y se ha vestido igual que yo y que el muchacho, todos de blanco, como si los tres (secretamente) nos hubiésemos puesto de acuerdo. ¿Quieres dar una vuelta por la playa? Oigo que dice. Y ya vamos, con el niño —a quien también le he puesto un trajecito blanco— rumbo al mar. Pisamos las hojas secas de los almendros, atravesamos el pinar. Tampoco llovió hoy, digo en voz alta, tirando suavemente de la mano del niño que presionaba una de mis orejas. Ultimamente tiene esa manía, le digo a Héctor. Creo que a todos los muchachos les da por eso, dice él. Y ya pisamos la arena. El niño alza las manos, las bate, como en un gracioso homenaje al mar. Los bañistas salen del agua. Los cuerpos empapados aún resplandecen por la claridad del sol que desciende. Un grupo pasa riendo junto a nosotros. El escándalo de las cigarras se escucha ahora monótono; es un estruendo alto y frío, perfectamente regulado que no parece salir de animal o insecto alguno, sino de aparatos eléctricos, de instrumentos de alta precisión. Sí, pues ya también sé diferenciar los diferentes ritmos, los diferentes sonidos, la música del ruido... Poco a poco, después que he perdido el acento provinciano, el caminar a lo campesina, el mal gusto en el vestir, voy también comprendiendo otras cosas, disfrutando otras cosas, padeciendo otras cosas, sintiendo otras cosas. Asisto, con Héctor, a casi todos los conciertos, leo algunos libros, vamos al cine a ver las películas que él selecciona, escuchamos de vez en cuando alguna conferencia, pocas, donde alguien realmente inteligente sabe hábilmente burlar la mordaza y hablar de lo verdadero, de lo que permanece. Cosas que al principio me parecían absurdas o aburridas cobran para mí un sentido verdadero. Descubro también la verdadera soledad. Esa música que oigo en estos momentos, qué es si no, también la exposición de un dolor, de una manera profunda de sentir la soledad. No la soledad que desaparece al llegar la compañía física, sino la certeza de saber que aun cuando tengamos junto a nosotros, alguien querido que nos quiera, que nos consuele, que nos comprenda (todo eso tan difícil, tan imposible), estamos también irremediablemente solos... Esa música que ahora escucho, esa música que flota por encima de todas las cabezas, que inunda el teatro, esa sinfonía que, según las notas del programa es uno "de los más grandes monumentos artísticos de todos los tiempos" (y que puede prescindir de esas notas pues no le hacen falta), qué imágenes me trae, qué impresiones me produce, qué nueva angustia me despierta... Esa música que escucho me trae la añoranza de algo que nunca poseí, visión de gentes y de árboles que perdimos y que no fueron los conocidos... Esa música que ahora retumba en todo el recinto me despierta la impresión, la certeza, de que algo que no tene-

mos (¡y cuánto apreciamos, y cuánto necesitamos!) perdemos
constantemente... Esa música que ahora desciende, que ahora
se detiene y susurra, y mientras fluye parece como si grandes
cortinajes se descorriesen, aparecen ventanas que dan a campos
inexistentes, paisajes dominados por un castillo, vastos panora-
mas en los que se ve un río —un río que nunca veremos— y más
allá una casa, una gran neblina que desciende... Sonidos que nos
transportan hacia mares en perpetua partida; cazadores que vienen del bosque con sus piezas atadas a largas varas; rojos cami-
nos que se pierden rumbo a un recodo donde descansa un lago.
Sonidos que transforman las cabezas, ridículamente teñidas, de
esas viejas en objetos venerables. Sonidos que nos hacen olvidarnos de nosotros mismos, y compadecer, respetar, querer, a
todo el mundo... Vengo del trabajo obligatorio. Acabamos de
llegar de una larga jornada en la agricultura. Es domingo. Nos
bañamos, nos vestimos apresurados y corremos hacia el teatro.
Entramos. Y ya irrumpe la orquesta. La música llega y nos toma, transformándonos. Aún existe, pienso, ¡Aún existe!, pienso. Aunque seguramente también habrá de desaparecer, pienso.
Mis ojos se quedan fijos. Las lágrimas ruedan por mi cara. Y el
pañuelo se tiñe, se mancha un poco con estas lágrimas sucias.
En mi apresuramiento ni siquiera me lavé bien la cara... Esa
música, ese susurro, ese estruendo, ese descenso, esa ascensión,
esa armonía, me hace pensar, intuir, que no pertenecemos a esta
realidad —a este mundo—, que estamos aquí, padeciendo, por
alguna equivocación, por algún accidente (cósmico quizás) que
nos lanzó por azar a este sitio, a este planeta, en el que somos
extranjeros. Porque algún sentido tiene que tener esta añoranza
de algo que nunca conocimos, esta nostalgia por un tiempo que
no podemos registrar en nuestra memoria, esta sensación de
estar no en la realidad, sino en la escena, esta sospecha (esta
certeza) de que nuestros actos, nuestros movimientos, nuestras
palabras, todo, no es más que un pálido reflejo de lo que realmente deseamos... Dónde estoy, dónde estoy. ¿Dónde debo
estar y no estoy? ¿Dónde recuerdo haber estado y nunca he
estado? ¿Dónde estar? ¿Cómo estar? ¿Cómo llegar al sitio don-

de nunca estaré y debo estar para *estar*?... Vibran las últimas notas, estallan los aplausos. Otra vez estamos aquí, irreales, irreconocibles, irremediablemente solos y patéticos, vulgares, y ya sin la sensación de *aquel* desequilibrio, ya sin la sospecha de una pista, de una justificación, de una esperanza... Pero cómo, pero cómo, cómo llegar. Qué hacer. Y Héctor, ¿cómo habrá de sentirse Héctor? Pienso, y lo miro, caminando delante de mí, hundiendo los zapatos en el agua. El está peor aún, me respondo. Yo al menos tengo mi objetivo. Sé, si no lo que quiero absolutamente, lo que no puedo dejar de querer. El ni siquiera espera (sospecha) nada, me digo, mientras nos alejamos de la playa. Vamos en silencio. El, delante, por el sendero despoblado que lleva también a las cabañas. De pronto nos detenemos. Los dos nos quedamos fijos, mirando un hueso carcomido, un hueso blanco (de algún animal), desgastado, desintegrándose entre las pequeñas piedras. Hay tal desolación en ese simple hueso (una quijada, una pata, no sé), tiene como una paz terrible, un desconsuelo infinito, que permanecemos mudos, abstraídos, contemplándolo hasta el comienzo del oscurecer. Es el fémur de un caballo, dice Héctor ahora, con un tono casi profesoral, y su voz es como la señal de que debemos continuar. Yo le entrego al niño y camino rumbo al pinar. Iré preparando la comida, dice él, el niño a horcajadas sobre los hombros... Con mi llegada al pinar el silbido de las cigarras desciende, como si se hubiesen asustado o me observasen. Bajo los árboles hay dos sillones vacíos. Me siento, miro hacia arriba. Ninguna cigarra se divisa entre las ramas. Poco a poco el color violeta se va adueñando otra vez de todo el paisaje. Respiro. El color violeta hace resplandecer mis brazos. Las cigarras prolongan su extraño silencio. Una gaviota se eleva y se deja caer en el mar. La calma persiste misteriosamente. De repente, es el chapoteo de las aguas pronto en penumbras. Hay dos muchachos en la playa. Gritan, juegan, maniobran en el agua tranquila. Ahora, uno salta por encima del otro. Ahora, el cuerpo empapado y centelleante del otro toma impulso y se zambulle. Ahora, los dos emergen, brillantes. Juntos flotan bocarriba. Rítmicamente cortan las aguas quietas. Alzándose, hundiéndose, provocan con los pies un tumulto de espumas. Retozan, chillan, gritan en no sé qué lenguaje bárbaro. Juntos siguen flotando mientras de sus bocas irrumpe un chorro violeta, desparramándose. Vuelven a abastecerse, flotan como insólitos surtidores. El agua violeta cae de nuevo sobre sus cuerpos que se oscurecen. Ahora ríen. Ahora oigo sus carcajadas. Oigo sus carcajadas. Y las mías.

Me inclino en el sillón, recojo, al azar, el pedazo de un peine, una piedra diminuta y lisa y una semilla de pino. Me interno en el pinar, rumbo a la cabaña. Las cigarras aún no han reanudado su letanía. Al salir de entre los árboles veo a los muchachos que corren envueltos en una toalla rumbo a las cabañas cercanas. Ya es completamente de noche. Llego y me tiro en uno de los sillones del portal. Descubro la piedra, el pedazo de peine y la semilla que aún tengo en la mano. Nada de esto sirve para nada, digo en voz alta y me dispongo a lanzarlo fuera del portal. Al levantar la mano para tomar impulso, la puerta de la cabaña de al lado se abre y sale el muchacho. Puedo escuchar la voz de la madre que le da algunos consejos; finalmente, ella asoma parte de su cuerpo. Por suerte no me ha visto. El muchacho baja la cabeza y abandona el portal. Al pasar frente a mi cabaña me descubre, aún con el brazo en alto. Por un momento los dos nos quedamos desconcertados, mirándonos. Pero él, en seguida, introduce sus manos en los bolsillos, mira al frente y sigue andando. Como va vestido de blanco puedo observarlo en la oscuridad. Atraviesa la avenida de los almendros, cruza junto a las adelfas. La blancura de su ropa aún se destaca, como flotando, cuando pasa bajo el pinar y toma el pequeño puente de madera que comunica con la carretera de Guanabo. Haciendo un gran esfuerzo, casi imaginándolo, lo distingo aún junto a la parada del ómnibus. Llega la guagua. Las luces lo iluminan totalmente. La puerta se abre, él sube; el vehículo arranca ronroneando. Me pongo de pie y lanzo finalmente el pedazo de peine, la semilla y la piedra. Inmediatamente, el estruendo de las cigarras desde el pinar y un enjambre de mosquitos que planean sobre mi cabeza me obligan a entrar. Héctor ya ha servido la mesa. Nos sentamos. Elogio su comida, que comemos en silencio. Terminamos. Llevo los platos al fregadero. Héctor acuesta al niño. Los dos salimos al portal y nos sentamos. Ahí están las luces de los guardacostas, simétricamente dispuestas, lanzando sus intermitentes centelleos. Al menos, ellos cumplen una función específica: Recordarnos dónde estamos, y, si no queremos seguir aquí, eliminarnos. Lentamente las cigarras van subiendo el tono. Fumo. El contorno de los pinos, las siluetas de los árboles y de las cabañas empiezan a destacarse en la penumbra. Por un costado del mar viene ascendiendo, abultada y gigantesca, la luna. Mirando ese inmenso rostro, como un dolor desabrido me va subiendo. Cierro los ojos; me pongo de pie y entro en la cabaña... Ya más calmada, salgo al patio. Y empiezo a recoger los pañales. Mientras siento el contacto fresco de las telas blancas, me veo completamente bañada por el resplandor de la luna. Me vuelvo y la veo a ella, la luna, alta y enorme, entre burlona y compasiva, mirándome, ahora con todos los pañales en los brazos. Qué soledad, qué soledad tan grande... Y me veo, ridícula, cargada de pañales, aquí en el patio de la casa, mientras ella me llama, mientras ella me llama o se burla, mientras ella me interroga, y me contempla, llamándome... Si llegara, si ahora llegara ese que nunca ha existido, si ahora descendiera y llegara, y todo esto, de pronto, no fuera más que un sueño, una pesadilla que recordaría a veces, algo que se puede contar, pero que nadie podría tolerar —que nadie podrá entender—, que nadie podría siquiera imaginar... *Mujer con pañales. Mujer con pañales lavados de su niño de meses.* Corro, corro y entro. Tranco bien la puerta, instalo rápido la cama. Y me acuesto. Duérmete, duérmete, me digo. Duérmete corriendo, porque quizás, porque quizás (porque seguro) despiertes en otro mundo. El tuyo... Cierro los ojos, me cubro el rostro, me tiro la almohada en la cara, contengo la respiración, me estiro, bostezo, aprieto más los ojos; me tapo los oídos con la almohada. Oigo, sin embargo, cómo Héctor llega; oigo cómo se desli-

159

za junto a mí. Duérmete, duérmete, me ordeno. Y me aprieto más los oídos. Vuelvo a fingir que no oigo, que no siento nada, que el resplandor no llega hasta la cabaña. Pero es imposible. Pero es imposible dejar de ver ese parpadear de luces, dejar de oír ese estruendo de timbales, esas risas, esos aplausos, esos tambores que retumban obligando a menearse. Por un agujero de la cortina miro para la sala. Todos los asientos están llenos. Algunas lunetas están ocupadas por dinosaurios que se llevan lentamente a la boca no sé que tipo de confituras; las otras, por mujeres, niños, hombres, por todo un público que se agita y pide a gritos —clama— mi aparición; en tanto la música, ese ritmo incontenible, ese estruendo de tambores, se hace cada vez más persistente, más conminatorio, más contagioso, más pegajoso, más arrollador, más ineludible. No puedo contenerme. Mis pies se mueven solos, mi cuerpo se agita, se balancea, se retuerce y oscila, contoneándose. Me miro, con esta trusa llena de lentejuelas (este bikini escandaloso hecho como de escamas que centellean) y no puedo dominarme: Muevo las piernas, muevo la cintura, muevo las nalgas y los hombros, hago girar la cabeza. Y el estruendo de los timbales y maracas (pues ahora hay maracas) se vuelve aún más arrollador, más efusivo, más rítmico, más violento. Me desternillo, me desternillo, digo en voz alta. Y salgo. En medio de una ovación cerrada se levanta el telón. ¡Me desternillo, me desternillo!, grito meneándome al son de esos timbales. Todos siguen aplaudiendo. ¡Viva! ¡Bravo!, gritan. Me estimulan, me instan para que siga revolviéndome, descoyuntándome, remeneándome semidesnuda en medio de esta gran pista. Qué luces, qué colores, qué música... Y mi cuerpo elástico como una serpiente, enroscándose y desenroscándose, saltando y oscilando en medio del estruendo, al son de ese estruendo, cada vez más, cada vez más, cada vez más rápido... ¡Me desternillo!, grito alzando los brazos, girando la cintura, moviendo aún más nalgas y tetas. Y los dinosaurios braman, se paran sobre las lunetas y empiezan a soltar los dientes. Una lluvia de dientes de dinosaurios cae sobre mi cuerpo desnudo que danza. Una lluvia de plumas, una lluvia de agua caliente

160

mezclada con excrementos de caballo, pelos, pezuñas y alas de insectos que van llenando todo el tablado. Y yo, sin dejar de remenearme, tomo todo eso en puñados y lo lanzo al aire. Alas, plumas, dientes, pezuñas, entre todo eso empiezo a revolcarme; y al son de esa música, al son de ese estruendo de timbales, me desprendo de mi escasa indumentaria y la tiro al público. Gritos y aplausos frenéticos: Así, mientras completamente desnuda me revuelvo, miro para Héctor, y lo veo, envuelto en una sábana, detrás de las cortinas del escenario, escondido, tímido y delgado, pero ya contoneándose discretamente. Meneándome al son del estruendo, voy hasta él y lo tomo por un brazo. El permanece ahora rígido mientras yo insisto en arrastrarlo hasta el centro de la gran pista. El público, que ya lo ha descubierto, estalla en aplausos aún más frenéticos. La música se hace más pegajosa e ineludible —¡Sandunga! ¡Sandunga!, oigo que gritan— no me queda sino adentrarme en ella. Tiro de Héctor por un brazo y lo proyecto, siempre bailando, hasta el mismo centro del escenario. ¡Me desternillo, me descuartizo, me desentangulo!, le digo a Héctor, contoneándome. ¡Me descuarajingo!, grito impetuosa, y, en un arrebato, lo despojo con los dientes de la sábana. El queda también completamente desnudo en medio de la gran pista. El estruendo del público se hace ahora más ensordecedor, más cerrado y rítmico; llega a una especie de frenesí equilibrado, absolutamente cronometrado con nuestra sangre. El aplauso y el estruendo de los dinosaurios es también un frenesí cerrado, una ovación única que parece brotar de una sola garganta inmensa ¡Me desternillo! ¡Me desternillo! Le susurro a Héctor meneándome en forma avasalladora, y lo halo por las orejas, me aprieto contra su vientre, froto mis senos contra su cuerpo desnudo, lo envuelvo completamente entre mis cabellos que crecen. Haciendo girar vertiginosamente mis manos, palpo todo su cuerpo; sin dejar de danzar me inclino, me tiro al suelo, y en un frenético retorcerme comienzo a morderle los dedos de los pies; asciendo, bailando, me aprieto a él; meneándome y propinándole pequeñas dentelladas lo hago girar, lo pongo en movimiento. El empieza también a bailar. Bailamos. Nos retorcemos ya los dos en una esquizofrénica danza. Nos enredamos y confundimos meneándonos, nos separamos contoneándonos, nos observamos enfebrecidos sin dejar de oscilar. Volvemos a chocar frotándonos (entre un batir de nalgas y pestañas) con movimientos cada vez más elásticos, más vertiginosos y rítmicos. Caemos al suelo, nos incorporamos. El me toma por la cintura, me eleva; giro ahora entre sus manos, planeo sobre sus hombros, paso por debajo de sus piernas, emerjo brillante, sudorosa y desnuda, cabalgando su cintura, moviéndome al son de sus nalgas que ya no cesan, que ya no dejan tampoco de contonearse... Llegan las cotorras, millones de ratones, conejos, un perro de dos cabezas, un caballo con un solo ojo cabalgado por un "tucán o pájaro real", y el alarido de un millar de brillantes monos que ya comienzan a desprenderse por las cortinas... Mientras lo abrazo, mientras extiendo las manos para apretarme y derretirme junto a él, danzando, los dinosaurios, acompañados por el repicar enfurecido de los timbales nos van rodeando. Ahora, erguidos sobre sus colas, los inmensos miembros oscilantes, acompañados por el monumental estruendo, improvisan un canto coral que lo supera, y eyaculan sobre nosotros. Formando un muro con sus cuerpos rodean sólo a Héctor que desaparece entre sus enormes patas. Oigo nuevamente el estruendo de las frotaciones y el canto. Desesperada me acerco al promontorio que forman los animales y bajo el cual está él, tiro de sus inmensas colas, pateo sus lomos. Pero el muro sigue impenetrable y como respuesta a mis gritos el canto coral se hace aún más intenso, de modo que ni siquiera puedo oírme a mí misma... ¡Héctor! sigo llamando. ¡Héctor!, sigo gritando, corriendo alrededor del promontorio. Héctor, digo, pero no logro llegar hasta él. No logro tocar su cuerpo aunque sigo extendiendo las manos. Héctor, vuelvo a llamar y miro a mi alrededor. La claridad de la luna se cuela por entre las persianas, iluminando el mosquitero y la cama. Descubro que el estruendo no es más que el zumbido de un mosquito, que ahora intenta posarse sobre uno de mis brazos. Salgo del mosquitero. Prendo la luz. Héctor, llamo, pensando que debe estar en la sala. El no responde. No está en la cabaña. Aunque sé que no va a contestarme lo sigo llamando. Se oye el llanto del niño. Cállate, le digo, acercándome. El mosquito está ahora posado en la pared. El niño sigue llorando. Con la palma de la mano trato de aplastar el mosquito, pero él alza el vuelo y se posa más arriba, casi llegando al techo. Tomo al niño que finalmente se vuelve a dormir, lo acuesto y salgo al portal. Qué silencio. Sólo el ruido de una hoja de zinc que, casi desprendida de algún techo, se mueve lentamente, porque no hay viento. Puedo oír mi respiración, puedo oír el latido del aire en los pinos. Me siento en el portal, y espero. Héctor, digo en voz alta, llamándolo nuevamente, pensando que quizás esté detrás de la cabaña, tal vez salió un momento a tomar aire al patio. Alzo la vista. Allá arriba está ella, la luna, en el mismo centro del cielo. ¡Imbécil! Me dice. Imbécil... Y veo en ese rostro inmenso cierto adolorido aire de compasión. ¡Imbécil! Me digo, y de pronto, casi corriendo, subo a la cabaña de al lado. Toco. Toco con violencia y espero, pensando que no podré esperar ni un segundo más. La puerta se abre y aparece la cara trasnochada y excitada de la madre. Ah, es usted, dice. Y aunque sonríe no puede ocultar cierta decepción: No era él, no era él, su hijo, quien estaba tocando... Pero, oye, óyeme, ¿y si todo no es más que un estúpido temor? Quizás, seguramente él está durmiendo, y la expresión de sorpresa de la madre sea sencillamente por mi visita inesperada... Perdone que la moleste, digo, tengo un dolor de cabeza espantoso y no me queda ninguna aspirina. Oh, pase, dice ella mirándome, y de pronto, ahora, descubro que estoy en blúmeres. Ella me mira sonriente, utilizando las palabras de siempre, sin dar tiempo a que me disculpe. Debe ser tarde, digo. Las cuatro de la madrugada, dice, acabo de ver el reloj. Dios mío, digo, y la vuelvo a mirar. Pero ella no me dice nada, no menciona a su hijo. Pero estaba despierta, pienso, contestó al instante a la puerta; lo está esperando. La pobre, pienso, quizás sea la primera vez que él hace eso. Y, de repente, voy sintiendo lástima por esa mujer vieja, gorda, ahora espantosa, que hurga nerviosa en una caja de cartón... Aquí están dice, aquí están las pastillas. Yo le doy las gracias, pensando: Infeliz, infeliz. Pero oye: ¿Y si todo no fuera más que ideas tuyas? ¿Si la desconcertada, la abandonada, la trasnochada fueras simplemente tú y el hijo estuviese durmiendo en la misma cama que duerme ella —en la sala, evidentemente, no está—, y tú la ves a ella nerviosa porque eres tú quien lo está?... Creo que me la voy a tomar ahora mismo, le digo. ¿Podría darme un vaso de agua? Y ella, siempre servicial, pero como aterrorizada, como si también en mí presintiera el peligro, como si viera también en mí algo peligroso que no se atreve a decirme, corre a la cocina. Siento cómo abre la pila. Sin perder un instante, empujo la puerta del cuarto, me asomo. Veo la doble cama (igual que la nuestra) revuelta y vacía. De un salto me retiro y estoy ya en la puerta que da al portal, diciéndome: ¡Imbécil, imbécil!... Aquí está el agua, dice la madre, exhibiendo el vaso. Me tomo las dos pastillas; otra vez le doy las gracias. Ella —siempre temerosa— sonríe de nuevo: Por nada, por nada; ojalá se mejore. Es posible que haya sido el sol, digo yo, sin decidirme a marchar. Porque, óyeme, pudiera ser que el hijo estuviese en el baño; pudiera ser que en el momento en que te asomaste él estuviese orinando; o quizás en la cocina, comiendo. Y por eso ella está levantada, preparándole cualquier cosa, un pastel quizás, café con leche... A esa edad los jóvenes son muy voraces. Pero no, pero no, si estuviera en la cocina ya ella me lo hubiera dicho por lo menos diez veces. Habla siempre de él, creo que sin darse cuenta, instintivamente, si no lo hace ahora es precisamente porque lo está evitando, porque se está controlando, con mucho esfuerzo... Y me entrega todo un sobre de aspirinas. Creo que dos o tres me bastan, le digo. Oh, no, yo traje muchísimas, quédese con todas esas. Las tomo, y de pronto, ahora, descubro que ella me está tratando de *usted*; quizás, sin darse cuenta, quiera imponer, en este momento, con un distanciamiento... Por un instante me parece escuchar un ruido en la cocina. Y su hijo, digo mirándola fijamente, ¿llegó temprano de Guanabo? Ella me mira ahora como asombrada ante esta pregunta y como si acabase de descubrir en mi rostro la señal de alguna maldición, de alguna burla, de alguna complicidad… Oh, no ha llegado todavía, dice con voz clara, no sé qué le puede haber pasado. El transporte, digo yo (diciéndome: Imbécil, imbécil, eres absolutamente imbécil, ¿qué necesidad tenías de llevar a esa mujer a esta situación? Ahora, por lo menos, trata de consolarla), el transporte por la noche es pésimo, más que por el día, que es mucho decir, a veces pasan cuatro horas y no llega ni una guagua. ¿Sí?, dice ella, y su rostro parece como si se iluminase. Así es, digo, no se preocupe. Y me despido, tratando de no mostrar interés, de no darle importancia al asunto. Entro despacio en mi cabaña. Imbécil, me digo ahora en voz alta, deteniéndome furiosa en el centro de la sala. Así estoy un rato. Ya en el cuarto pienso, con verdadero terror, que ahora quizás las cosas vayan en serio, que finalmente ha llegado el momento, que mis presentimientos no estaban equivocados. Otras veces ni siquiera me ha molestado que Héctor llegue tarde, nunca me ha preocupado saber por dónde andaba; es más, casi siempre he sido yo la que le he pedido que salga… Pero si lo hacías, óyelo bien, era porque tú sabías que no había peligro: El no está solo, me decía, él es solo, y, por lo tanto, nadie puede hacerle compañía; nunca me abandonará. El no necesita de nadie, y primero que toda esa gente que lo rodea —que seguramente lo rodea— estoy yo. Veo inclusive, sin ningún temor, cómo algunos se le acercan bajo cualquier pretexto (un fósforo, la hora), empiezan a conversar. Y yo, sonriente y pensando: *Pierden el tiempo, nadie le interesa, ni siquiera yo misma.* Finalmente, viendo que Héctor les da de largo, le tomo el brazo y seguimos andando. Es tan egoísta, tan solo, pienso, que si alguien necesitara sería de él mismo. Y sigo segura, sujeta a su brazo… Pero con él, con ese muchacho, con el hijo de esa pobre mujer, presiento, desde el principio, que puede ser distinto. El también tiene la señal, no solamente está solo, sino que es un solitario. En ese cuerpo de adolescente, detrás de esa forma indolente de andar, entre ese derroche de indiferencia, desfachatez, violencia o burla, en todos esos alardes, se esconde, presiento, veo, el verdadero terror, la intuición del que sabe que para él no hay salvación. Desde el primer momento, desde el instante en que descubro a Héctor atisbando junto a las persianas, veo en la calle junto al auto, en el rostro del muchacho recién llegado, la señal de la maldición, no la marca superficial del que se cree distinto por tener gustos específicos o gestos afectados, es ese oscuro sentido, esa intuición, esa sensación, ese aire intolerable de saberse perdido, distinto, desde siempre... Veo al muchacho abrir las puertas del auto, lo veo, ahora con las maletas, mirar sin ver hacia nosotros. Aquí está la desgracia: Había alguien igual. Había otro igual... Pero no es así, me digo, no es posible, me digo alentándome, lo único que Héctor posee es su soledad, es demasiado orgulloso para entregarla, para entregarse. Pero oye, pero oye, me dicen las voces, siendo el otro él mismo nada se pierde... ¡No!, respondo, ahora es precisamente cuando él tiene que demostrarse a sí mismo su desprecio (su conocimiento, su burla) hacia todo, incluyéndose a él mismo... Pero oye, pero, oye... ¡Basta!, grito y aplaco el estruendo de las voces: Si alguien lo conoce, si alguien sabe algo sobre él soy yo. Y sé que será así... Para terminar de una vez el diálogo me deslizo bajo el mosquitero y me cubro hasta la cabeza con las sábanas. El estruendo desciende; oigo el ruido de las aguas, el golpe de la hoja de zinc sobre el techo, el sonido de las cigarras irreal y distante, y, finalmente, los pasos de alguien que se acerca por entre las cabañas. Me escurro despacio; llego hasta la sala. Por un costado de los pinos viene el muchacho. Camina despacio; la ropa blanca parece flotar en lo oscuro. Se detiene, mira hacia atrás. Es de madrugada, pienso. Horita amanece, me digo, y sigo esperando... Pronto llegará Héctor, pienso, acostándome, ya no tiene por qué demorar. Aunque quizás, aunque quizás... Pero, oye, pero, oye: Cualquier deducción que hagas, cualquier conclusión a la que trates de arribar será totalmente inútil y, seguramente, falsa... La puerta de la cabaña se abre. Siento ya a Héctor que entra sin prender la luz. Finjo estar dormida. Siento cómo se desviste, despacio, sin hacer ruido y se introduce bajo el mosquitero. Oigo su respiración. Su cuerpo descansa ya a mi lado. Ya puedo dormir tranquila, pienso. Lentamente, como si estuviese dormida, acerco mi cabeza a sus manos. Coloco entre ellas mis rostro... El pobre, pienso, ha tenido que regresar y acostarse a mi lado. Las lágrimas me salen lentas, con desgano, con tan poca fuerza que no tengo que preocuparme por si llegan a sus manos... ¡¿Y qué excusa, qué atenuante, puede alegar en su defensa!?, me interrogan los jueces, parapetados detrás de la gran mesa mientras yo sigo llorando. Al instante, aún llorando, trato de levantar una mano, pero ésta se convierte en una tortuga que suelta la risa y alzándome el brazo me propina un fuerte mordisco en un ojo. Las carcajadas de todo el público inundan la sala. Mientras me palpo la herida que me ha costado un ojo, comprendo que he cometido un crimen horrible, que he matado a alguien. ¿Pero a quién, pero a quién?... Y me veo, absolutamente culpable y ridícula, sudorosa y pintorreteada y con este bikini de lentejuelas que, para colmo, se me ha descosido... Miro de nuevo para los jueces y veo ahora, sobre la gran mesa, el largo cadáver cubierto con una sábana. También la distingo a ella, a Helena (ataviada con una gran toga jurídica), con cara de matrona ofendida, observándome con verdadero desprecio... ¡Diga cual es su justificación!, me vuelven a interrogar los jueces, mirándome severamente. Yo trato de hablar, pero al hacerlo, de mi boca salta un sapo bastante grande y cae sobre la mesa, provocando un chillido histérico en Helena que se lleva las manos arrugadas al cuello también arrugado y lleno de collares. La risa de todo el público es ahora un estruendo unánime. Uno de los jueces toma al sapo, prende una hoguera sobre la misma mesa y haciendo de su potente mano una parrilla, lo fríe. Le da un mordisco y le ofrece generosas porciones a los demás jueces. Helena, ya más calmada, haciendo mil zalamerías seniles, lo prueba. ¡Es exquisito!, les dice a los jueces, y me vuelve a mirar con cara ofendida. Yo pienso que no tendré escapatoria. Que el crimen es terrible y el jurado implacable. Los miro: Tienen caras de profesores, responsables quizás de alguna Secundaria Básica, de alguna granja, militantes de alguna organización cívica y patriótica, es decir, gente siniestra... Terminan de engullirse al animal y vuelven a señalarme, a pedirme explicaciones. Trato

167

de hablar, pero ahora empiezo a vomitar cotorras y otras aves escandalosas, hasta una vaca pequeña cae sobre la gran mesa moviendo la cola. Uno de los jueces la ordeña. Bebe la leche y satisfecho invita a los demás. Las carcajadas histéricas de toda la sala retumban. Yo levanto la otra mano para taparme los oídos. Compruebo que mis orejas se han convertido en pedazos de madera y que ahora, comidas intensamente por el comején, caen formando dos pequeños montículos de aserrín. El estruendo de las carcajadas es ensordecedor. Trato de dar un paso y mis pies se convierten en un enorme y único aguijón que amenaza con clavárseme en el vientre. Las carcajadas y la agitación de toda la sala es ahora intolerable. Trato de hablar y sólo logro expulsar hojas secas. Es toda una tormenta de hojas bastante grandes —verdes por un lado y blancas por el otro— que revolotean por la sala donde retumban (ahora con mayor fuerza) las carcajadas. Trato de señalar el cadáver, pidiendo (con señales) que lo descubran. Mis dedos se convierten en tuzas de maíz. Mirándolos con tristeza siento que no puedo tolerar esta ignorancia, esta sensación de incertidumbre y culpa. Y avanzo. Echo a andar mi gran garfio —torrente de carcajadas—, mi cintura ya cubierta de escamas. Arrastrando mis diferentes caparazones llego hasta el extremo de la mesa donde está el cadáver. Jadeante, con una de mis garfas, tomo un extremo de la sábana, y tiro. Es Héctor, despedazado a hachazos. Miro ese cuerpo sangrante y mutilado que de pronto adquiere el rostro de mi madre, que ahora se vuelve un adolescente, y comprendo (ya plenamente) que he sido yo, que he sido yo quien lo ha matado… Llevándome las garfas a la cabeza, que es una extraña costra, empiezo a gritar, soltando peces rarísimos, aves que a veces en vez de alas poseen púas, murciélagos y miles de cangrejos que ya empiezan a devorar el cuerpo mutilado. El torrente de las carcajadas llega ahora a su punto culminante. Yo grito. Sigo gritando mientras me voy convirtiendo en un hueco supurante, ovalado y violáceo, rodeado de pelos; soy ya una humedad peluda que corre, abriéndose y cerrándose, mientras muestra su pepita rojiza y palpitante… Como un desesperado y peludo erizo corro, corro por debajo de los asientos, por entre los pies de los jueces y de todo el público quienes con chillidos de júbilo tratan de aplastarme. ¡Que no se escape! ¡Que no se escape el bollo loco! Oigo que dicen y veo cómo se me abalanzan. Sigo corriendo, gritando y dejando una estela húmeda debajo de las lunetas. Siendo ya sólo un mínimo montón de pelos aterrorizados y supurantes veo aún a los jueces ahora otra vez en el extremo de la gran mesa, y Helena junto a ellos, señalándome implacables entre ofendidos y condenatorios. Mientras todo el público se dispone a aplastarme, sollozo incrustándome en el piso, pegándome aún más contra el suelo helado. Sigo sollozando hasta que siento que una mano me toca el pelo, se introduce en mis cabellos, me acaricia despacio la cabeza. Es él, es él, pienso. Es Héctor. Hasta que, finalmente, avergonzada y confundida por haber permitido que él me oyera llorar, me aparto y me vuelvo bocarriba sobre las sábanas. Remolinos de aves amarillentas cayendo sobre las olas. Cientos de gaviotas que se elevan, descienden, se lanzan de cabeza al agua. Cientos y cientos de gaviotas que al parecer han descubierto un banco de peces, celebran un festín sobre el mar. Las veo centellear en la luz y comprendo que debe ser tarde. Salgo del mosquitero, voy hasta el niño que extiende los brazos; pero no lo cargo. Entro en el baño, cierro la puerta. Ahora oigo como el niño llora, pero su llanto, a través de la puerta cerrada llega como lejano, no molesta. Deja de llorar; seguramente, Héctor lo ha llevado para su cama. Me cepillo los dientes, me peino y salgo. Ya está el desayuno, digo en voz alta. Héctor, ya vestido viene con el niño en brazos; mientras lo alimenta pienso que el niño se lleva mejor con él que conmigo. No protesta... Poco a poco, me digo al principio, me iré acostumbrando. Poco a poco, me decía, me iré acostumbrando a esta representación a este nuevo papel que por años deberé repetir. Pero, pienso mientras sumerjo las tazas en el fregadero, no, no te has acostumbrado. Y dejo que el agua vaya limpiando las tazas. Despacio, aún con el estropeo del parto, me paseo con el niño por toda la casa, me asomo a la puerta, me siento con él en el balcón; pero no me acostumbro, no puedo acostumbrarme. Será que, finalmente, tendré que llegar a una conclusión definitiva, a una destrucción eficaz... Algunas veces lo he pensado seriamente. Algunas veces, por la mañana, cuando la claridad empieza a invadir el cuarto, y una siente que ya los ruidos del día se han apoderado de todo, y una sabe ya las cosas que va a hacer durante todo el día, y una sabe ya cómo va a terminar el día, y cómo va a ser el otro, y todos, entonces, en esos momentos en que, todavía acostada, en medio de ese resplandor vemos nuestra piel casi transparente, vemos nuestro cuerpo estacionado, completamente desasido, entre las sábanas, concluimos: Todo es inútil, todo es sencillamente absurdo e inútil... Y por unos instantes es tal la desolación que ni siquiera tengo ánimos para asumirla, para levantarme, que ni siquiera tengo fuerzas para seguir pensando en esa desolación. Me quedo vacía, sin memoria, esperando que llegue —otra vez, otra vez— de un momento a otro, el fin. Cierro los ojos. *Aquí está, aquí está.* Pero no es el fin el que llega, sino el ruido de los motores en la calle, el ladrar de un perro mientras dos vecinas conversan y, ahora, el golpe de una olla que se acaba de caer en la cocina. Me incorporo, y mientras me visto, mientras barro el piso, mientras limpio la mesa olvido que por un instante antes de levantarme tuve un momento de lucidez... Termino de fregar y coloco las tazas en el refrigerador. Héctor en short y con la toalla sobre los hombros, conversa en el portal con la madre del muchacho. Ella me saluda con entusiasmo, aunque yo, por un momento, me quedo mirando el mar. Ella habla ahora de su hijo, de lo difícil que le fue a él regresar anoche, y hasta de cierto parecido que acaba de descubrir entre él y Héctor. Y Héctor sonríe y asiente en todo, mientras juega con el niño. Por último los dos decidimos que es hora de irnos para la playa. Y ella, siempre atenta, hoy más alegre que nunca, pienso —porque anoche conoció la inquietud y ahora supone que tiene la seguridad—, me pregunta que si ya se me quitó el dolor de cabeza. Digo que sí, que estoy bien y que un chapuzón terminará de recuperarme. Héctor se pone de pie. Por un momento me parece que hasta la madre del muchacho lo mira con

170

admiración, orgullosa de que su hijo tenga algún parecido con él. Y ahora, verdaderamente entusiasmada, nos ruega que le dejemos el niño, que ella lo cuidará, que su hijo duerme y que no tiene nada que hacer. Voy a darle alguna evasiva, pero Héctor, sin dejarme tiempo, le entrega el niño. Y hasta me parece ver en su rostro como una sonrisa, como una mueca burlona. Los dos caminamos hasta la playa, llegamos al mar que es totalmente transparente, y al quitarnos los zapatos y sentarnos en la arena es completamente verde. Pienso, mirando ese mar amarillo, que este es nuestro último día en la playa, que mañana se vence el plazo y tendremos que marcharnos. Ahora más que nunca deseo no pensar en nada, no hablar, no ver nada... El niño no está, Héctor sigue tendido a mi lado; descansa escuchando el débil estruendo de las cigarras. ¿Y si todo no hubiese sido más que un sueño?... Pero, oye, pero, oye: ¡Ya esto es el colmo! Tal cobardía no la podemos tolerar; estamos seguras de que sabes diferenciar tus pesadillas reales de las otras. Tus sueños ridículos, tus sueños grotescos y grandilocuentes, donde aparece, qué risa, hasta la mismísima Helena de Troya nada tienen que ver con esta realidad evidente aunque quizás también ella sólo sirva para soltar la carcajada, igual que tus pesadillas que seguramente —¡dinos la verdad!— ni siquiera te atreverías a contárselas a alguien... Sí, sí, es cierto, digo, retomando yo misma el lenguaje de las voces; pero algunas veces, cuando me despierto palpo las sábanas, temiendo tropezarme con el hueso de algún animal prehistórico, con una tuerca gigantesca o con una especie rarísima de alacrán aún viva. Paso la mano por debajo del colchón, busco entre la almohada, pensando con terror, *aquí está*. Por momentos el miedo es intolerable, pues tengo la certeza de que tropezaré con una araña gigantesca que me destrozará los dedos. Pero nada descubro, nada extraño toco... El ruido de las cigarras sigue descendiendo, aletargándonos... Entonces, sin haber recibido el aguijonazo descomunal, sin haberme tropezado con la piel rugosa y áspera, me siento en la cama, desconcertada, preguntándome dónde se habrán metido todas esas alimañas, pues si de algo estoy segura es que de apagar la luz y acostarme, de nuevo las volveré a sentir, trajinando bajo mi cuerpo... El escándalo desciende aún más. Una sola cigarra se instala en el tiempo. De pronto es la música de la radio que Héctor, sin yo darme cuenta, había tomado. Un danzón. Pero no quiero oír nada, no quiero saber nada de esa música, no quiero recordar ni inventar nada... Por un tiempo veo un perro debajo de mi cama. No es un perro común, es más bien un gato con figura de perro. Me asomo bajo la cama y lo veo, mirándome fijamente. Lo que más me aterra es que no hace nada, no gruñe, no saca los dientes, me mira fijamente, frío, seguro del horror que causa su frialdad. Ahora, mientras Héctor, hostigado por el sol se vuelve, y el danzón sigue fluyendo, veo otra vez al perro que me observa tranquilo desde un costado del mar. Por un tiempo pienso que estas *visitas* no son solamente para mí, que también los demás, seguramente, ven las mismas cosas que yo tan claro veo. ¡Un perro, un perro!, grito, llamando a mi madre. Ella viene asustada, con el palo de la escoba. Pero eso es sólo durante dos o tres días; después, cuando grito, si viene con el palo es para esgrimirlo contra mí. Pobre mamá. Nunca hemos podido entendernos, nunca hemos podido conversar un rato, no ya como madre e hija (cosa imposible), sino, sencillamente, como dos mujeres. Pobre mamá. Está ahí en el portal, mirando no hacia el mar, sino hacia la tapia de ladrillos que separa nuestro edificio del otro; o quizás sin mirar a ningún sitio, simplemente de pie en el balcón. Qué vieja está, pienso, tiene ya el aspecto de un condenado a muerte. La veo, inclinada, con la cara contraída, como ofendida... Nunca nos hemos podido entender. Tampoco ella ha sabido contarme algunas cosas, algunas calamidades, simplemente desahogarse. Y sin embargo, imagino, cuánto habrá tenido que sufrir. Sé que enviudó joven, que no se resignó a vivir con el resto de la familia —cosa que ellos nunca le perdonaron—. Cuánto trabajo, cuánta soledad, ¿a cambio de qué?... Me acerco, quisiera hablarle, tocarla; quisiera ya que no se desahogó conmigo hacerlo yo con ella. Pero sé que es imposible. Por un tiempo, cuando nos odiábamos (los otros la llaman siempre "la odiada"), pensé que su frialdad, su violencia y sus silencios iban dirigidos a mí. Pero ahora que ha venido a ayudarme, qué ha abandonado el pueblo en cuanto Héctor le puso el telegrama diciéndole que ya yo había dado a luz y quería verla, que me ha regalado incluso un mantel tejido por ella misma, ahora, observándola durante todos estos días, viendo cómo me ha cuidado, cómo ha lavado los pañales, y nos ha cocinado, comprendo, no por los trabajos que ha realizado, sino por la expresión del rostro mientras los hace, por su disciplina fría, que su odio no va dirigido a mí, que es parte de su carácter, de sí misma, y se manifiesta contra los pañales que lava, contra el piso que friega, contra su pelo cuando se peina ante el espejo. Lo cierto es que ni ella misma sabe a quien odia, que ni ella misma sabe qué odia. Quizás ni ella misma tenga conciencia de su infelicidad, y sólo por instinto, porque nunca ha visto más que pañales sucios, ollas que hay que poner o quitar del fuego, pisos que hay que barrer, comprende que todo es horrible. Pobre mamá, pienso, está ahí, Dios mío, envejeciendo, y qué puedo decir para consolarla... Ahora que está en la cocina preparando el almuerzo, me paro en la puerta y la miro. Ella me pregunta cómo me siento. Yo le digo que bien y miró sus manos como ahumadas, batir las claras de huevo. Por un rato estamos en silencio. Algunas veces me siento un poco triste, digo ahora. Algunas veces ni siquiera sé lo que quiero, digo. Ella me mira ahora sorprendida, como si de pronto yo le hubiese dicho una ofensa. Sin dejar de batir las claras, me habla. No me explico qué es lo que te pasa, dice, tienes una casa con todas las comodidades; Héctor parece un buen marido, tiene trabajo, gana un buen sueldo. ¿Qué más quieres?... Nunca en mi vida he tenido una cocina como ésta, dice de pronto en voz alta, pero sin alterarse. ¿Es que no te sientes bien? Y ahora se acerca y me observa. Veo su rostro deteriorado, veo esas venas grandes que le salen de la garganta y se pierden por el cuello... ¡Ay, mamá! Digo, y recostándome a su hombro empiezo a llorar. Ella pasa un mano por mi espalda. ¿Quieres que le diga a Héctor que llame al médico? Yo me voy calmando y le digo que no es necesario, que simplemente me siento un poco

173

deprimida. Y al yo pronunciar esta última palabra, me vuelve a mirar desconcertada, otra vez ofendida, como si esa palabra fuese innecesaria, o no fuese normal mencionarla. Y yo pienso que, efectivamente, fue un error de mi parte. Ahora no deja de vigilarme. Me observa sin preocuparle que yo me dé o no cuenta de ello; me sigue hasta la puerta, se queda mirándome cuando salgo al balcón. Si me demoro, se acerca —como ahora—, me dice que el aire me puede hacer daño. Algunas veces mientras la veo acechándome con miedo como temerosa de que yo me pueda (o le pueda) hacer daño, siento deseos de reírme, siento tantos deseos que no puedo más. Y lo hago. Ella me mira aún más sobresaltada. ¿Te sientes bien?, pregunta en voz alta. Perfectamente, digo, mirándola y pensando, la pobre, tendré que ser más prudente, de reír a carcajadas me considerará loca de remate, quizás hasta pretenda atarme. Pobre mujer, pienso mientras la veo olfatear desconfiada el aire del balcón, quizás todos sus odios, todas sus frustraciones habrían dejado de existir, si en su juventud hubiese tenido un fogón como el mío... En algún libro de los que Héctor me'ha recomendado —y ahora lo veo a él estirarse sobre la arena, poner la cabeza sobre sus brazos y decir algunas palabras ininteligibles y seguir dormitando—, un personaje cuenta cómo su madre le hablaba dulcemente del tiempo en que su abuela era más joven, y cómo le regalaba para el día de su cumpleaños dos ejemplares de *Las mil y una noches* aconsejándole con cariño que ya que no trabajaba, podía al menos leer un poco... Yo me pregunto, mirando a esa mujer de cara hosca y rígida, mirando ese rostro condenado y querido, si realmente alguna vez existieron esas madres que hablaban dulcemente de otros tiempos y regalaban ejemplares de *Las mil y una noches*, compadeciéndose, con discreción, de nuestras debilidades... Al terminar la semana, Héctor y yo vamos a despedirla hasta la terminal de ómnibus. Trato de entregarle un poco de dinero. Ella se niega ofendida. Finalmente escucha mis súplicas y lo acepta. Viéndola guardar los billetes en la cartera, una horrible tristeza, una horrible sensación de soledad, de culpabilidad, me llega otra vez... Anuncian la salida del ómnibus. La vemos perderse entre la gente, después, ya en la ventanilla, mirarnos fijamente. Nos aborrece, seguramente también nos aborrece, pienso, mientras agito las manos, despidiéndola. Pero quizás esté equivocada, me digo, y me siento en la arena, quizás se deba sencillamente a que nosotros vivimos con ciertas comodidades, y ya no puede compadecernos... El mar, de tan tranquilo, refleja el vuelo de una gaviota. El muchacho pasa ahora frente a nosotros, se vuelve, mira hacia Héctor ya sin tener en cuenta que yo estoy a su lado. Sigue caminando a lo largo de toda la costa. Héctor permanece aletargado, sin mirar a ningún sitio. Apago la radio. Por un rato me quedo parada junto al mar, dejando que las olas me bañen despacio los pies. Héctor se me acerca. Los dos nadamos hasta donde el mar se ensombrece formando anchas franjas de un azul intenso. Desde aquí ni siquiera se escuchan los gritos de los bañistas. Desde aquí nadie escucharía mis gritos... Veo a Héctor que avanza sonriente hasta mí. Ahora me matará, ahora podrá deshacerse de mí sin problemas... Sigue avanzando sobre el remolino de las aguas oscuras. Llega hasta donde yo estoy. Me toma por el cuello. Sólo se oye el rumor profundo de las olas que vienen de alta mar. Mientras sus manos húmedas aprietan mi piel siento que el terror se va transformando en un sentimiento de felicidad. Es la dicha que se experimenta, quizás, al saber que ha llegado el momento de nuestra liberación... Sus manos se deslizan, apretando. Llegan a los senos, continúan y palpan mis caderas, se reúnen en la espalda y, abrazándome, me sumergen. Mientras descendemos abrazados, pienso: *Todo no fue más que una trampa para poderme sumergir sin que yo me asustara.* Otra vez el sentimiento de la definitiva liberación vuelve a poseerme... Pero regresamos abrazados a la superficie, y yo, aturdida, aún confundida, siento ahora su sexo erguido, liberado del short rozarme los muslos. Aparto su cuerpo; me vuelvo a sumergir andando así rumbo a la costa. Antes de llegar a la orilla abro los ojos. Veo el fondo blanco y luminoso, mis manos sobre el fondo, y, entre el fondo y mis manos, cientos de hojas deslizándose, rodando blandamente, rozándome algunas la palma de las manos... Por

175

dos veces durante esta semana, pienso mientras salgo del agua, he visto la mata de yagrumas de mi infancia. La he visto tan cerca, he sentido tan cerca la frescura de sus hojas que ahora nadie podrá negarme que existió, que existió aunque no haya existido... Héctor sale también del agua, toma la radio y las toallas. Sin hablar caminamos hasta los sillones que están bajo los pinos. El se arrellana en uno de los asientos, estira las piernas y los brazos. El sol nos seca la piel formando sobre ella mínimos terrones de sal. A veces levanto la cabeza y veo al muchacho que nada ahora por donde el mar es más oscuro, en el mismo sitio donde estábamos nosotros. Nada rítmicamente, con estilo, flota a veces, dejándose llevar por la corriente; otras, se zambulle, sale de golpe, los hombros y el vientre centelleantes. Así sigue nadando junto a nosotros, sumergiéndose, reapareciendo, golpeando estruendosamente con los pies el agua; llamando la atención... Finalmente, Héctor, sin abrir los ojos empieza a hablar. Con una voz lenta, baja, empieza a pronunciar las mismas palabras de siempre, el ofensivo y ofendido discurso de siempre, donde nada, ni aun nosotros, se salva. Ahora va a gritar, pienso —mirando temerosa a nuestro alrededor—, ahora comenzará a impugnar airadamente al sistema. Lo que va a decir ya no me interesa. Sólo me preocupa que alguien pueda escucharlo, que alguno de los innumerables confidentes, que pululan por todos los sitios, lo pueda oír. Pero él no alza la voz, no grita. Con los ojos cerrados prosigue lentamente; las palabras salen con una entonación monótona, con un timbre sosegado, fatigado, como si él mismo comprendiese que ni siquiera exaltarse serviría de desahogo. Y aun cuando vuelve a enumerar casi todas las calamidades —hambre, tortura, censura, persecuciones, prisiones— me parece escuchar una oración dicha por costumbre, por cumplir con una tradición cuyo origen ya se desconoce. Y ahora que profetiza el futuro —prisiones, persecuciones, censura, tortura, hambre— su voz tiene el tono resignado de quien clasifica, enumera o menciona mecánicamente una variedad de objetos insignificantes e impersonales. Así continúa, haciendo una especie de inventario de todas las calamidades.

Yo, tendida a su lado, con los ojos también cerrados, me pregunto ¿qué pasará?, ¿qué será lo que está pasando ahora?, ¿qué estará pasando entre nosotros ahora?... Los dos seguimos en la misma posición, moviéndonos solamente a veces para espantar un insecto o apartar de nuestros cuerpos alguna semilla de pino que cae desde lo alto. Una hora, dos, y él sigue hablando, sin alterar ni alzar el tono, mientras en el agua, frente a nosotros, el muchacho sigue apareciendo y desapareciendo, flotando y zambulléndose. Así permanecemos mientras pasa el mediodía, poniéndonos a veces de pie para rodar los asientos, huyéndole al sol. Pero aun cuando hacemos estos movimientos seguimos imbuidos en el mismo letargo, él hablando, yo escuchando e ignorando, tratando de ignorar esa figura que salta frente a nosotros queriendo, evidentemente, destacarse... Los bañistas se retiran a almorzar. Llega la brisa caliente de la tarde. Ahora sólo una cigarra resuena en todo el pinar --quizás sea la misma de hace unas horas—. Por un rato hacemos silencio, es decir, él deja de hablar. Los dos escuchamos ese silbido alto e invariable. Poco a poco voy reanimándome, despertándome sin haber dormido, saliendo del letargo, y mientras nuevamente corremos los sillones me sorprendo a mí misma preguntándole a Héctor si no piensa escribir de nuevo, si sería conveniente que lo intentase otra vez. Y ahora que ya lo he dicho y lo veo sentarse otra vez junto a mí, pienso que no debí hacerlo, que nunca hay justificaciones para decir eso; pienso que lo he echado todo a perder, hasta la reciente calma sin esperanza, hasta mi triste condición de ser siempre la que escucha. Ahora ni siquiera seguirá hablando. Nunca le ha gustado que le pregunten por lo que escribe —por lo que escribía—, nunca me ha enseñado nada... Pero vuelvo a escuchar su voz, a la vez que el estruendo de las cigarras se reanima, aunque lejano y monótono, como si también ellas se sintiesen fatigadas, cansadas de su inútil esfuerzo... Qué se puede escribir en estos momentos, me responde sin mirarme, los ojos semicerrados, y ese tono frío, impasible, como lejano... Cualquier cosa que cuentes se vuelve conflictiva solamente por el hecho de ser contada tal como es; y si inventas, si imaginas, si creas, entonces es aún peor... Vuelve a hacer silencio. El mar toma un azul intenso sobre el que sigue evolucionando el muchacho... Es horrible, dice de pronto Héctor —y yo me digo: Ahora gritará, ahora comenzará su discurso resentido y agresivo, pero su voz continúa apagada, baja tanto que a veces tengo que hacer un esfuerzo para escucharla, y a pesar de todo algunas palabras se me pierden confundidas con el crepitar de los pinos y el silbar de las cigarras—, es horrible vivir en un sitio donde el sentido de la producción (producción que además nadie disfruta) impere de tal modo que el creador, el artista, se considere una cosa ornamental, inútil o parasitaria si lo acepta todo, y enemigo encarnizado si hace alguna objeción. Es ofensivo pensar que el hecho de cortar diez arrobas de caña sea mucho más importante que el de (por lo demás imposible) escribir un buen libro... Las cigarras han enmudecido. La pesadez y el calor de la tarde aumentan. Se oye el mar que restalla rítmicamente, y sobre él el chasquido que hace el muchacho nadando cerca de la costa. Un enjambre de mosquitos se traslada de golpe de uno a otro sitio en el aire, formando entonces una nube inmóvil... Y si quieres sobrevivir, vuelve la voz de Héctor, debes descender no a la sencillez, ni siquiera al silencio (cosas que aquí ya no existen), sino a la vulgar adulonería, a la elemental chusmería que elogia y ensalza a cualquiera porque no cree ni en sí misma. ¡Escribe un himno, una cantata, una loa! Si es que no quieres tener problemas. Pero el poema, tu poema, la poesía, es ya aquí un sentimiento antiguo, reaccionario, ridículo, contraproducente, peligroso, precisamente por querer seguir siendo nuevo... El tono de su voz es tan bajo que si no fuese porque lo veo mover los labios pensaría que no ha dicho nada, que no está hablando y que estas últimas palabras las he pensado yo, influida por su conversación anterior. Pero él continúa. Oigo como desfilan, empujadas con hastío las mismas palabras de siempre. Finalmente, se disuelven entre el silbido de las cigarras y el batir de las olas... Una ráfaga de viento que parece haber salido de la misma playa provoca un remolino de arena que llega hasta el pinar y cae sobre nosotros. La arena cubre ahora todos los árboles... ¿Y cómo dar una visión de todo esto?, dice Héctor con voz más clara, pero siempre monótona. Y de pronto pienso: Ahora me está tomando en serio, me está utilizando para reflexionar, no, como antes, sólo para desahogarse. Me ha hablado, me está hablando, me ha interrogado; me necesita, pienso con alegría, mientras me sacudo la trusa. Y esto no es más que el principio. Seguirá hablando; me lo contará todo, y yo comprenderé. Yo le demostraré mi comprensión y lo consolaré. Y su confesión será el lazo definitivo. Nuestro lazo de amantes. Después, ¿qué secretos, qué razones, qué figuras, qué infiernos nos podrán separar?... Y pienso, deduzco ya (mientras él sigue hablando) que esta conversación es una reconciliación, un reconocimiento, un acercamiento... ¿Y que pensará la gente —pienso— que en estos momentos abandona la playa y nos mira? ¿Qué pueden pensar ellos sino que él se me está declarando? ¿Qué pueden pensar sino que somos dos enamorados hablando en voz baja y en espera de que la playa se quede aún más desierta...? ¡Y quizás tengan razón! Quizás no estén equivocados... ¿Y cómo dar una visión? ¿Cómo dar una visión? —dice ahora él, y yo pienso que aquella gruesa mujer que nos mira mientras se incorpora, pensará: *Ahora él le está confesando todo su amor, ahora él le está diciendo que no puede vivir sin ella.* Y por un instante, mirando esa mujer de cuerpo deforme arrebujada en un gran envoltorio que se marcha y me mira con cierta envidia, no puedo evitar sonreírme... *Coqueteas, coqueteas,* pensará la mujer... Cómo poder dar un testimonio de todo esto, continúa él, cómo poder mostrar, demostrar, a los que viven bajo un orden, a los que están amparados por una tradición, a los que conocen lo que es la civilización y pueden acudir a las leyes, pueden contar con la lógica de la razón si hacen un plan, esperar una recompensa si se sacrifican, cómo poderles comunicar a esa gente, cómo poder hacerles comprender, ver, lo que es realmente el absurdo, lo que es realmente la injusticia, el fanatismo, la miseria, la represión, el terror... Ningún libro, ninguna palabra, nada podrá hacerles comprender a los que no lo padezcan que el hecho de soñar o pensar resulta ridículo y peligroso en un sitio donde conseguir una lata de leche es tarea de héroes y donde tener amistad con un artista es suficiente para que te consideren un enemigo. ¿A quién vas a reclamar justicia?... Y se queda como en espera de que alguien (quizás yo misma) le responda. Y pienso, mirando el mar que asciende mientras el muchacho lo surca rítmicamente, mirando el mar que ya se resuelve en olas altísimas: *Se acerca, se acerca, cada vez se está acercando más a mí, pronto dejará todo ese resentimiento y comenzará a hablarme de sí mismo...* ¿Cómo poderles comunicar a esos jóvenes turistas que bien alimentados y emperifollados con las indumentarias más modernas, ejerciendo el derecho a exigir y a protestar en sus países, vienen aquí a alabar la abolición de esos derechos, cómo poderles hacer ver que cuando ese "nuevo sistema" al cual ellos ahora le pueden hacer propaganda en su propia tierra haya tomado el poder, el hecho, sencillamente, de salir a la calle ataviados como andan ahora será suficiente para ir de cabeza a la cárcel sin ningún tipo de consideraciones, acompañados de un puntapié y unos cuantos culatazos... —Otro grupo de bañistas cruzan cerca de nosotros—. Qué se vayan aprendiendo la jerga que tendrán que repetir día y noche cuando hayan triunfado, dice ahora alzando lentamente la voz. Y yo me digo, todo eso no es más que un rodeo para conversar la verdadera conversación, la confesión. Pero se queda en silencio. Ahora parece como si escuchara ensimismado el ruido de una cigarra que silba entre los pinos. Un salvavidas, bajando de su atalaya, hace sonar su silbato. Los últimos bañistas se retiran. Por último, el muchacho también se marcha. Héctor y yo, los dos inmóviles, escuchamos el susurro de esa cigarra como si fuera lo único que importara en el mundo. Finalmente, se apaga. Sólo se oye el estruendo del mar, verdaderamente enfurecido... Ningún libro, dice ahora Héctor con los ojos completamente cerrados, podrá expresar jamás lo que se siente cuando uno coge una guámpara y empieza a cortar caña, y uno mira hacia adelante y ve a otro, también con el machete, cortando, y uno levanta un poco la cabeza y sólo ve machetes que se alzan. Hambre, sed, cansancio. Se pregunta, clandestinamente, por la hora y resulta que sólo son las siete de la mañana, así todos los días, todos los meses, toda la vida, sin ninguna alternativa... El enjambre de mosquitos cambia de espacio en el aire, se va alejando cada vez más hasta perderse entre las ramas. De la playa surge otro remolino de arena que se disuelve antes de llegar al pinar... Ante todo, dice Héctor ahora, como llegando a una conclusión, hay que huir de este sitio, hay que intentar huir. Después, si es posible, pensaremos en lo demás... Un estruendo de pisadas restalla sobre los árboles. Los dos abrimos los ojos y sentimos ya los primeros goterones del aguacero que traspasan las ramas. Todo nos resulta tan imprevisto que por un momento nos quedamos en la misma posición. En seguida, ya empapados, cogemos la radio, las toallas, y echamos a correr bajo el pinar que resuena como si allá arriba se hubiese desatado una balacera. Corriendo llegamos a la cabaña. El aguacero envuelve completamente las matas de almendra, arrastra las hojas secas, doblega las adelfas, cae sobre el mar que enfurecido parece rechazar esa agua que rebota otra vez en forma de gruesos goterones a la inversa. La playa y la carretera sueltan como pequeñas humaredas que se disuelven. De pie, detrás de las persianas, me llega el olor de los árboles empapados, de la tierra anegada... Sigue lloviendo, sigue repicando la lluvia como una granizada violenta sobre el techo del auto (ahora lloverá todos los días, pienso) y aunque las ventanillas están cerradas, se cuela la humedad y esa extraña sensación de añoranza, de lejanía, de pesadumbre, y ese deseo urgente (esa necesidad) de refugiarse, de correr hacia alguien. Héctor conduce ahora atentamente, mirando sólo hacia adelante, ensimismado en la carretera empapada. El niño, arrullado quizás por el mismo aguacero, se ha vuelto a dormir. Héctor acelera la velocidad y aunque su rostro no ha cambiado, por alguna señal imperceptible, por algún gesto, pienso que él también ha sido afectado por la lluvia. También él ha percibido (está padeciendo) esta sensación de estar solo, oyendo caer el agua, oyendo el viento y pensando *nadie vendrá a rescatarnos, nadie llegará*. Y el aguacero continúa aún más fuerte. Hay que prender los focos del auto... El aguacero des-

181

maya las adelfas, cubre como un inmenso mosquitero todo el pinar. Cae el aguacero, cae el aguacero y yo corro de una a otra esquina de la casa; siento repicar el agua en las canales, en el techo de guano, veo caer el chorro dorado, como si fuera vino, en los barriles. Cae el agua, cae el agua, y Héctor y los demás primos, y todos los muchachos del barrio y yo salimos al patio blanqueado por la lluvia, saltamos bajo ella, nos sumergimos en las lagunas que ya se van formando en todo el jardín; escuchamos cómo estalla el agua sobre la mata de tamarindos, improvisamos represas en los arroyos que surgen en el patio; miramos, bañándonos, los querequeteses, allá arriba (bañándose también en el aguacero) chillar alegres y empapados... Cae el aguacero, cae el aguacero; cae sobre el corredor, repica en las hojas de zinc, le saca brillo a la yerba fina del patio, devora los capullos de las matas de copetúas, enloquece al pensamiento chino que se agita esparciendo sus flores moradas, paraliza al ganado bajo el flamboyán... Y nosotros brincando, y nosotros danzando, y nosotros bajo el chorro que rueda por las canales y desborda ya los barriles. Cae el aguacero, cae el aguacero. Resuena cerrado sobre el techo de guano, retumba en las canales, se desliza por los costados de la casa, corre por entre los troncos de los árboles, forma ya un gran charco junto al brocal del pozo y los últimos mayales. ¡Allí estamos nosotros! ¡Allí estamos nosotros! Danzando, brincando, corriendo, revolviéndonos en el agua rojiza y chillando de alegría... Cae sobre la avenida de las adelfas, sobre el auto estacionado bajo los grandes árboles, sobre el pinar que se inclina saturado, sobre las rojas flores que se desgajan desparramándose, sobre la tierra ya repleta que empieza a rechazarlo... Cae sobre el techo de fibrocemento y empieza a filtrarse ya por las tejas; y mamá y yo corremos con jarros, palanganas, cubos, bateas y lo ponemos todo bajo los goterones, enrollamos los colchones, cerramos las ventanas, tapamos los espejos. Siéntate, dice ella. Y nos sentamos, con los pies sobre el travesaño del taburete, sin tocar tierra para que no nos caiga un rayo... Cae sobre el mar que se estremece y repliega sobre sí mismo, embiste el Malecón y llega ya explayándose a la calle. Cae sobre la calle, sobre la gente empapada que se apresura; cae, entre relámpagos, sobre las torres y los escasos paraguas. Una ráfaga de viento se introduce de pronto en el balcón y me baña la cara. Siento ese olor a agua, ese olor a humedad; siento ese deseo (otra vez, otra vez) de hacer no sé que cosa, de ser no sé qué cosa, de echar a correr de pronto por las calles, zambullirme de cabeza en los contenes, y elevarme, perderme, confundirme, hacia arriba, hacia arriba con los querequeteses... Por un instante presiento que han tocado a la puerta. *Viene bajo la lluvia, viene dentro de la lluvia, viene de un lugar remoto junto con la lluvia.* Corro hasta la puerta y la abro. Un diluvio entra agitando las cortinas. Cierro inmediatamente la puerta. Héctor deja finalmente de leer y se vuelve. ¿Ha pasado algo? ¿Se rompió alguna ventana?, pregunta. No, nada, digo. Y los relámpagos irrumpen cercanos, caen por toda la ciudad, pero no aquí, sobre nosotros, donde debían caer... llueve ahora sin violencia, rítmicamente, de una forma profesional, diríamos. Héctor, sin quitarse el short sigue tirado en el sofá, yo, sentada junto a la mesa oigo caer el aguacero. De pronto, de la misma forma inesperada con que comenzó, cesa. Las nubes se dispersan; el pinar cobra ahora un verdor más intenso; el mar cambia el gris por un azul tenue y terso. El olor de la tierra empapada llega hasta la cabaña. Cuando me vuelvo, Héctor está a mi lado, rozándome con su cuerpo. Voy a buscar al niño, digo y salgo. Ya en el portal de la otra cabaña me parece escuchar un sollozo. Llamo. La madre me abre inmediatamente. No sabes cuánto nos hemos entretenido con el niño, me dice; si quieres me lo puedes dejar un rato más, ya se tomó su leche. Me niego y le doy las gracias. Ella abre la puerta del cuarto y toma al niño que sigue dormido. El muchacho, a su lado, cubierto con una sábana, parece también dormir. Mi hijo ha jugado mucho con él, me dice la madre. Si te quedas un momento te haré café. Nuevamente me disculpo, le doy las gracias, y me despido. Ella, haciendo mil zalamerías, me acompaña hasta el portal. Al bajar las escaleras me parece escuchar de nuevo el extraño gemido. Presto atención, pero ya sólo se oye el mar y ahora la radio que

Héctor acaba de sintonizar: ¡MAÑANA COMIENZA LA GRAN RECOGIDA DE PAPAS A NIVEL PROVINCIAL!... Héctor, sin hacer ningún comentario, apaga la radio y cierra los ojos tendiéndose en el sofá. El sol de la tarde, filtrándose por las persianas baña su rostro, desciende cruzando lentamente su cuerpo, por un rato, mientras la luz recorre sus piernas, las abandona, baña ya el sofá, yo lo sigo mirando. La radio apagada sobre el pecho, los ojos cerrados, el short aún húmedo pegado a su cuerpo. Ahora que la claridad abandona el sofá y forma un pequeño círculo luminoso en el piso, me pongo de pie; salgo al portal. La puerta de la cabaña de al lado se abre y aparece el muchacho. Por un momento los dos, sorprendidos, volvemos a mirarnos. Está otra vez ataviado con el pantalón blanco, los zapatos tenis, la misma camisa de ayer. Como desconcertado da algunos pasos por el portal. En seguida se asoma a la puerta, seguramente para despedirse de su madre. Pasa ya frente a mí, sin mirarme; atraviesa el sendero pavimentado que comunica ambas cabañas con la avenida de las adelfas. De pronto, viéndolo cruzar ya la arboleda de los almendros, pienso en los sollozos que creí haber escuchado: veo a Héctor tirado sobre el sofá, otra vez hablando solo sin que pueda entender lo que dice, veo el rostro sonriente de la madre con el niño en brazos, veo al niño jugando con los tirantes de mi trusa; vuelvo a mirar al muchacho que ya se interna en el pinar, y siento que tengo que darle alcance, que debo correr tras él y hablarle. Entro en la cabaña. Toma al niño, le digo a Héctor que está ahora ensimismado contemplándose la palma de la mano que mantiene en alto. Salgo rumbo a la playa. El muchacho, caminando despacio, atraviesa ya el pinar, asciende por un costado cercano al promontorio donde está el fuerte. Con dificultad lo voy siguiendo, esperando estar más cerca para llamarlo. Algunas hojas húmedas se me pegan al vestido; el fango me cubre los zapatos, salpicándome hasta las piernas. El silbido de las cigarras suena ahora apagado. El muchacho bordea un pequeño pantano totalmente cubierto de moscas azules, atraviesa, inclinándose, el manglar, sale a una parte de la costa donde ya no hay playa. Me detengo, observándolo. Llega hasta el mar. También él se detiene. El olor de la tierra húmeda y el silbido de las cigarras desde el pinar llegan ahora con violencia. El muchacho, sin desvestirse, avanza, sumergiéndose hasta más arriba de las rodillas. Así se inclina y parece observar detenidamente el agua. Extiende una mano y arrastrándola provoca una estrecha estela de espumas. Chorreando agua sale y se queda de pie sobre el terreno pedregoso. Mira para todos los sitios. Pasa cerca de mí que lo observo detrás de los árboles. Se interna de nuevo en el manglar tomando un trillo fangoso bloqueado por yerbas y matojos. Se detiene, mira para los altos mangles, como orientándose. Continúa ahora más rápido. Lo sigo, esquivando las ramas bajas, inclinándome a veces tanto que casi tengo que avanzar de rodillas. El terreno se hace aún más pantanoso. Creo que ninguno de los dos podremos continuar. Pero él sigue, apoyándose en los troncos, sujetándose a las ramas. Yo lo imito. La tarde ensombrece el suelo aunque los árboles más altos permanecen iluminados. Termina la tierra pantanosa; salimos a un lugar escarpado lleno de troncos secos desde donde se domina todo el mar. El muchacho, ahora corriendo, cruza la explanada, sale al otro lado del manglar, asciende ya los primeros promontorios que forman las rocas. Rápido continúa subiendo, mientras yo, sin preocuparme ya de que él pueda mirar hacia atrás (sabiendo por lo demás que no lo hará) lo sigo de cerca. Termina la ascensión. Da algunos pasos sobre la superficie casi lisa que forma la parte más alta de la roca. Se detiene. Yo, aferrada a las grietas, sin terminar de subir lo observo. Camina hasta el extremo. Allá abajo, el mar parece fluir lenta y majestuosamente, resolviéndose en espuma al chocar contra los farallones. El corre ahora por todo el promontorio. Se detiene en el mismo centro. Comienza a desnudarse. Despacio se desabotona la camisa, se despoja del pantalón, tira los zapatos; se quita toda su blanca indumentaria. La claridad bañando parte de la roca ilumina su cuerpo desnudo tendido ahora sobre la piedra. Sólo ha venido a tomar el sol, pienso, sería ridículo aparecérmele ahora. No haría más que acrecentar su orgullo. Seguramente pensaría... Por lo demás, aunque creo que es necesario que hable con él, no tengo por qué darle oportunidad para que me desprecie, y mucho menos para que pueda pensar que me interesa... Sólo ha venido a tomar el sol y a dormitar por un rato, vuelvo a pensar ahora con alegría. Sencillamente lo que quiere es estar solo. Lo esperaré en el pinar, me apareceré como por casualidad; allí le hablaré. Lo ayudaré, me digo, y vuelvo a pensar en los gemidos que creía haber escuchado en su cabaña. Dispuesta ya a descender, lo observo. Pero ahora una de sus manos se mueve despacio sobre el pecho, se detiene en el vientre; comienza a acariciarse el sexo, lo frota lentamente; lo frota ya frenéticamente mientras la otra mano va a los labios. El estruendo de las cigarras me llega de pronto tan cercano que parece como si todas se hubiesen concentrado sobre la misma roca. Bajo con cuidado, tratando de no llamar la atención. Cruzo corriendo la explanada pedregosa tropezando con algunos troncos, perseguida aún por las cigarras; corriendo atravieso el manglar, los pinos, la avenida de las adelfas, los senderos pavimentados. Subo al portal y entro en la cabaña. Llegas a tiempo, me dice Héctor ya vestido, acabo de terminar la comida. ¿Pero dónde te has metido? Parece que te has caído en algún fanguero... Todo está empapado, le digo. Y nos sentamos a la mesa. Al terminar, él recoge los platos, diciéndome que no me moleste, que hoy es su turno. Me siento en el portal. Otra vez la oscuridad irrumpe sobre el mar, cae sobre los pinos y los envuelve fundiéndolos en un sólo árbol gigante. Otra vez la oscuridad destaca los senderos serpenteantes, los techos de las cabañas, convierte al mar en un rumor invisible, en algo que late, en una llamada. Héctor, colocando un sillón cerca del mío, se sienta... ¿Dónde estoy? ¿En el balcón de mi casa? ¿En un costado del mar? ¿En el cuarto de mi madre en el pueblo? ¿En el campo, oyendo un ruido familiar y esperando una extraña aparición? ¿En cuál oscuridad estoy ahora?... Mujer, para ti no existe más que una sola tiniebla, la que tú misma exhalas y te escolta... Siento que algo se desparrama entre mis brazos; bajo la vista, es el niño —¿Cuándo fue que lo tomé?— Voy ubicándome. Voy ubicándome: Estoy en el balcón de mi casa, en la oscuridad, con mi hijo que llora suavemente, *yo*... Termino de ubicarme: Siento la voz de Héctor, la mano de Héctor, *él*... ¿Estás cansada?, me dice. Yo también estoy cansado, me dice. Necesitamos descansar. Irnos. Desaparecer por unos días. Mañana mismo solicitaré las vacaciones. Una semana, aunque sea. No nos la pueden negar. Nos iremos a un lugar tranquilo, cerca del mar... Oigo mi respiración serenándose. Oigo su cuerpo rodeándome. Oigo el rumor de la oscuridad, el rumor de las adelfas y de la tierra. Oigo la noche que llega en oleadas, en ráfagas cerradas hasta el portal de la cabaña. Oigo también los pasos de alguien que se acerca. Las pisadas firmes y el silbido del muchacho que ya se hacen escuchar al él pasar frente a nosotros. El muchacho sube, aún silbando, las escaleras de su cabaña y es recibido por su madre. La voz de la madre: "¡Cómo te has demorado! Voy a calentar la comida". Y sigue hablando, alegre, entrando con el hijo... Oyendo la oscuridad, oyendo ese crepitar lento de la oscuridad, mirando esas luces fijas que parpadean en el horizonte, esas luces que te dicen *no puedes, no puedes, no intentes*... reclino mi cabeza en el sillón. Pero ahora mi cuello no llega a tocar la madera. El brazo de Héctor está ahí, aguardándome.

Oyendo a nuestro alrededor esa combinación de miles de chillidos, susurros, silbidos mínimos que forman aquí la noche, esa vibración, esos aleteos en la oscuridad, permanecemos juntos, quietos, un largo rato. Cuando levanto la vista, veo al muchacho en el portal de su cabaña, con la misma ropa blanca, sentado en un sillón, contemplándonos... Querida, dice Héctor ahora, trae los vasos, las botellas y siéntate aquí. Entro, acuesto al niño y regreso con las botellas y los vasos. Querida, dice Héctor ahora, ve a ver si queda hielo en el refrigerador. Voy, pensando, *es sólo un pretexto para quedarse solo en el portal, para poder estar cada uno solo, observándose*... Ah, me dice su voz desde el portal, trae también los cigarros. Sí, digo, y me demoro más de lo necesario, haciéndole comprender que le doy una tregua... Regreso. El está en la misma posición frente al paisaje, ajeno por completo al muchacho (que sigue mirándolo), ignorando su presencia, o, simplemente, simulando no haberla descubierto. Me acerco, deposito el hielo y los cigarros en la mesita. *No querré. ¿No querré? No.* Oigo que dice Héctor. ¿Qué?, digo yo. ¡Nada! Nada, dice él, y echa los trocitos de hielo en el vaso y vuelve a beber. Así seguimos, los dos juntos, pero remotos, conversando del calor, de los mosquitos, sin decirnos nada... Querida, vamos para la cama, dice él ahora. Recojo todas las cosas, nos ponemos de pie y entramos en la cabaña. Oyendo el lejano estruendo tiendo las sábanas, armo el mosquitero; nos desvestimos. Ya en la cama, Héctor apaga las luces. Por un instante los dos permanecemos quietos, escuchando ese latido, allá afuera. Hasta que Héctor se lanza sobre mi cuerpo. Sus piernas aprietan mis muslos, su sexo roza mi vientre, su boca me muerde el rostro. Héctor, digo. Héctor, digo. Y todos los estruendos desaparecen. Y sólo somos nosotros, nuestra respiración excitada, nuestra piel sudorosa, nuestros cuerpos uniéndose, nuestras oscuridades jadeantes. Héctor, digo. Héctor, digo, y lo veo perderse, sobre un caballo de palo, por todo el guaninal... Héctor, digo, mientras regresamos a esta sensación de fundirnos. Héctor, Héctor, digo siendo ya sólo manos para apretar, boca para gemir, algo que se disuelve y se rinde, recibiendo, y pensando desfallecida: *después será aún mejor, después, cuando lo recuerde, será absolutamente mío todo el placer*... ¡Héctor! Poco a poco dejo de gemir; mis llamadas, mis quejidos, se van apagando. Pesadamente desciendo, me sumerjo. Salgo. Salgo para escuchar el cerrado rumor del agua que llega arrasando. Siento ya cómo las paredes de madera de esta casa inmensa empiezan a crujir. Ahora es mi madre la que se me acerca. Viene cerrada de negro, trae un caldero en la cabeza dentro dentro del cual está el niño. Mi madre me habla. Agitando los brazos me pellizca el cuello y me tira de las orejas; señala para el niño que se sujeta a los bordes del caldero. Me pide, en fin, entre resoplidos, bramidos y golpes que deje este lugar. Pero yo no le hago caso, y mientras ella se aleja maldiciendo, tomo unas inmensas tijeras y empiezo a cortarme los párpados, sacándome finalmente un ojo. *Gripas, gripas, gripas*, digo exhibiendo mi ojo en la palma de la mano. Estoy en una esquina de esta casa inmensa oyendo ese estruendo de aguas apresuradas que se acercan y cortándome los dedos. De repente, a un costado de mi pecho me nace un perro; al otro, un pájaro de colores. Los dos me piden en voz baja que abandone este lugar. El perro me muerde una oreja, el pájaro picotea en el hueco donde estaba el ojo. Pero yo no les hago caso, y sigo pronunciando mi palabra preferida y cortándome los dedos. Ahora es la mata de yagruma, repleta de hojas y lagartijas, la que se me aproxima. Con voz que a cada momento parece que fuera a quebrarse me pide que deje este sitio. Mientras el árbol suplica, las lagartijas se agitan y lloran desconsoladamente. Las lágrimas caen sobre las hojas, y el árbol, al estremecerse ante mis negativas, suelta un fuerte aguacero. Finalmente, empieza a golpearme con sus ramas; me flagela la cara, las manos mutiladas, la cabeza. Las lagartijas se trepan a mi cuerpo y empiezan a morderlo. Pero yo no siento esos fuetazos ni esos mordiscos, y sigo pronunciando la palabra *gripas*, decidida a no moverme de este sitio... Estoy en esta casa cerrada, arrancándome la piel con una tijera. El inminente y torrencial estruendo es aún más cercano. Unas piedras de río, relucientes y redondas, se me acercan saltando. ¡Vete! me dice con voz ronca la más grande; ¡vete!, me dice con chillidos histéricos la menor, y salta cayendo varias veces sobre el dedo gordo de mi pie. ¡Vete!, me dice ahora con voz hueca la más grande, y, tomando impulso con dos o tres pequeños saltos, se eleva y penetra de golpe en mi sexo; dentro empieza a revolverse y a saltar girando. Pero yo no le hago caso a estas piedras relucientes, y mientras la sangre sale a chorros por mis piernas, continúo maniobrando con mi gran tijera y pronunciando la palabra *gripas*. Estoy en esta casa inmensa, en esta mole de tablas, yaguas y guano que el sol y el viento han descolorido y cuyo techo de tan alto casi ni se ve. Ahora siento el estampido de la muchedumbre que entra en tropel. Aléjate, me dicen todos muy serios y rodeándome. ¡Aléjate!, me dicen amenazantes. Vete rápido, me grita un muchacho arrodillándose ante mí. ¡Vete, hija!, me dicen dos viejas cogidas de la mano y danzando a mi alrededor. Váyase, por favor, me suplica con voz aterrada una mujer gruesa. Todos se acercan dispuestos a expulsarme. Pero no les presto atención, y termino de pelarme al rape. Las viejas me dan un par de bofetadas, un hombre saca una navaja para agredirme; un niño comienza a moderme una pierna. Yo esgrimo la gran tijera y gritando *¡gripas!* los ahuyento a todos. Estoy sola en esta casa inmensa, cortándome el cuello. Las aguas ya irrumpen. En un ciego tropel rompen el viejo enyaguado, las tablas de palma; penetran arrasando. *Ya no soy blanca, ya no soy blanca*, digo al ser tomada por las aguas. Siento cómo asciendo impelida. Ratones muertos, cucarachas, latas vacías, patas de muebles, botellas, excrementos, corchos, una roldana, un baúl, una jarra de aluminio, semillas de almendra, una muñeca destrozada, pencas, todo me rodea sobre el remolino que asciende en un inmenso torbellino crujiente. *¡Ya no soy blanca, ya no soy blanca!*... Los brazos cruzados, la tijera sobre el pecho, llegamos a la cumbrera y traspasamos el techo de la casa que se deshace. En indetenible remolino seguimos subiendo arrasando pencas de guano, murciélagos ahogados y nidos de totíses. Ascendiendo, ascendiendo... Sigo ascendiendo en el centro mismo del lago; en el centro de estas aguas que otra vez ocupan todos los espacios. Yo en el mismo centro de esta inmensa explanada de agua que sube y ya lo cubre todo, ya lo cubrió todo, y sigue, ceremoniosa, conmigo encima, ansiosa de devorar claridad, hasta el mismo cielo... En medio del resplandor que se hace cada vez más intenso, me vuelvo. Héctor desnudo, tendido sobre la cama, es lo primero que veo. Héctor desnudo. Las piernas de Héctor. El rostro de Héctor. Lentamente me inclino, contemplo todo su cuerpo. Héctor. Los dos nos miramos. Los dos, desnudos, nos contemplamos. Ahora, totalmente blancos por la claridad, nos vamos uniendo. Lentamente se coloca sobre mi cuerpo, aprieta mi cara. Despacio paso mis manos por su espalda. Dejamos de ser dos para ser sólo una vibración tensa. Héctor, digo de nuevo. ¡Héctor!, digo por primera vez. Y el mos-

190

quitero se desprende y nos envuelve mientras desfallecemos jadeantes. Entonces, ahora, se oye un grito. Por un momento lo
seguimos abrazados, muy quietos. El grito, una suerte de aullido, se hace aún más penetrante. Nos miramos. Saltamos de la
cama, nos cubrimos y salimos corriendo en dirección al alarido.
Una gran cantidad de personas se agrupa a un costado de la
playa. Los gritos se oyen ahora más claros. Creo que los dos, al
mismo tiempo, acabamos de identificarlos. A empujones nos
abrimos paso. El cuerpo desnudo y destrozado del muchacho
está tirado en la arena. La madre, con la bata de casa abierta,
salta a su alrededor llevándose las manos a la cabeza y produciendo ese inmenso alarido. Algunos hombres se le acercan y
tratan de sujetarla. Ella sigue aullando mientras nos mira con
ojos desorbitados y resecos. Héctor y yo nos acercamos más
hasta quedar inmóviles junto al cuerpo despedazado. Tiene que
haber caído desde un lugar muy alto, comenta alguien en voz
baja, nadie se desbarata así con una simple caída. Apareció flotando muy cerca de la costa, dice otro susurro a mis espaldas. Y
siguen los comentarios. Los que llegan empiezan a pedir explicaciones; cada cual da la que mejor le parece. Los veo a todos,
rodeando al cadáver. Veo a la madre, ahora aprisionada fuerte-
mente y emitiendo los mismos alaridos. Veo a Héctor. Veo el
mar que llega a veces hasta los pies destrozados del muchacho.
Y siento, de pronto, una extraña sensación de calma, una quietud, una serenidad insoportable pero imperturbable... Junto
con la ambulancia llega la policía. Inspeccionan el lugar, foto-
grafían el cuerpo. Finalmente le hacen una señal a los enfermeros quienes trasladan el cadáver para una camilla. Vuelven a
fotografiarlo. Lo cubren. El silencio es ahora casi absoluto: sólo
se oyen los gemidos bajos de la madre quien, de repente, parece
como si también se hubiese controlado. Uno de los policías hace una señal. Los enfermeros llevan el cadáver hasta la ambulancia. La madre vuelve a soltar un alarido. Casi a rastras es llevada
por los policías y otras personas hasta uno de los autos. La
puerta de la ambulancia es cerrada de golpe. Los vehículos
arrancan. La gente, haciendo conjeturas, se dispersa. Algunos

bañistas entran en el agua; otros se tienden al sol. Un salvavidas nos mira. Llega hasta nosotros. Con los pies borra las marcas que había dejado el cuerpo del muchacho en la arena. Regresamos hacia la cabaña. Al pasar por las oficinas, Héctor le comunica a la empleada que cuando quiera puede pasar a hacer el inventario. La mujer desde la ventanilla nos grita que podemos quedarnos hasta las doce del día. Héctor le ruega que se apresure. Entramos. El toma al niño y comienza a alimentarlo. Desarmo el mosquitero. Recojo toda la ropa. Al terminar pienso que aún no me he puesto los pantalones traídos precisamente para estrenármelos aquí. Los saco de la maleta, saco también las sandalias. Me visto. Voy hasta el baño. Me peino. Héctor, siempre con el niño en brazos, ha preparado el desayuno. Los dos nos sentamos a la mesa. Tocan a la puerta. Adelante, dice Héctor. Es la empleada encargada de hacer el inventario. Mecánica y minuciosamente empieza a enumerar todas las cosas. Nosotros esperamos en el portal. El silbido de las cigarras va aumentando junto con la claridad. Falta un cenicero, nos dice ahora la empleada. Debe estar por ahí, responde Héctor sin alterarse; si no aparece diga cuánto es. La mujer se niega a aceptar dinero. La Empresa no lo admite, dice, y vuelve a buscar minuciosamente. Al fin lo encuentra bajo un sillón. Entregamos la llave y abandonamos la cabaña. Atravesamos el sendero pavimentado, llegamos hasta el auto. Héctor coloca el equipaje en el guardamaletas. Como el niño se ha dormido lo acostamos en el asiento de atrás. Héctor pone en marcha el motor. Mirando el mar a través de los pinos prendo un cigarro.

El mar, pienso, y ya cruzamos la gran arcada que configura la entrada del túnel donde se lee con letras enormes HASTA LA VICTORIA SIEMPRE. El mar, pienso, y veo a Héctor envejeciendo acelerar aún más y tomar la curva del túnel que nos introducirá en La Habana. El mar, digo pensando que llegaremos, que ya estamos llegando, que dentro de unos instantes estaremos en la casa... Por un tiempo, enero, febrero, marzo quizás, los soles no serán tan brutales; podremos salir de vez en cuando al balcón; podremos, tal vez, algunas veces, por las tardes, si alguien se queda con el niño, ir a un cine, ver una película mil veces vista ya. Pero, oye, pero, oye: Será sólo una breve tregua. Volverán las jornadas interminables, el trabajo obligatorio en el campo, el instante en que todo lo darías por un vaso de agua, las insoportables humillaciones, los odiosos discursos que duran todo un día y luego se repiten, se repiten —oh, rápido, rápido— hasta que tú misma los puedas repetir de memoria... Quizás te estrenes un vestido una vez al año, vayas una vez al año a un restaurán. Pero lo que es sentir un entusiasmo verdadero, una alegría, una recompensa, eso no lo esperes... Envejecerás, y todos los sueños, y todas las aspiraciones, todas las esperanzas (todos los esfuerzos) de ser algo y no esto que somos se irán borrando, olvidando, desechando ante la urgencia de conseguir una cajetilla de cigarros, o la tarde libre de un domingo para dormir... ¡Rápido! ¡Rápido!... Ya cruzamos el túnel. El escándalo de todas las alimañas, el chillido de todas las voces impiden cualquier otro razonamiento. ¡Rápido! ¡Rápido!, gritan más alto, más alto, hasta ser un solo rugido poblado por millones de gritos que se integran... Envueltos en la ráfaga de esos alaridos, de esos enormes alaridos de la madre que retumban por todo el túnel, salimos a la claridad. El chillar se esfuma. Los descomunales alaridos de la madre desaparecen. Héctor, un anciano, aumenta aún más la velocidad. Allá vamos. Héctor, Héctor, grito abrazándolo. Aún entre el aire y el muro que se nos abalanza puedo ver, otra vez, el mar.

# SEGUNDA PARTE

*El hombre desnudo entona su propia miseria.*

José Lezama Lima

## CANTO PRIMERO

El mar
        es ahora un estruendo apagado
que disfraza sus ofensas con tranquilos
susurros.
        El mar
grito que se retuerce,
perturbado instrumento
por el que se han deslizado
todos los terrores,
sobre el que han resonado
todas las fanfarrias.
                El mar
estruendosa carcajada
furia en constante acecho,
luminoso estertor.

                                        Veranos.

Como un maricón en celo
que se precipita por las calles,
ronco y furioso,
ávido y condenado,
así el mar se desangra y retuerce,
golpea y se estremece,
se arquea, regresa
y termina flagelándose
con su propia abstinencia.

                                        Veranos.

Como el becado adolescente
que aguarda la hora precisa
(el único instante)
para lanzarse sobre su falo
y ejecutar la epiléptica
frotación,
rápido y rudimentario,
agazapado y temblando,
aturdido y temeroso,
pero aún resoplando y frotando,
así el mar frota,
con indignación sin tiempo,
el fondo sucio donde se balancean
las flamantes naves
que en otros tiempos también traficaron
la esperanza;
                el fondo donde
hierros, piedras y
argollas,
huesos y monedas y carnes podridas
y títulos,
cosquillean y muerden.

                                Veranos.


   Una mujer en ascendente
menopausia,
—ay, que ya la pobre no puede más—,
poseída por un fogonazo contundente,
destornilla la palanca de la bomba de agua
(ese grueso cabo de madera antigua)
y se lo entierra, tras la casa de los
motores,
extendiéndose después, sangrante y desfallecida,
expirando, pero aún insatisfecha.
   Así el mar se extiende,
como esa triste mujer taladrada.

198

Así el mar se desgarra y flagela,
como esa triste marica descocada.
   Así el mar se frota
y vomita
sin hallar
consuelo,
como ese angustiado muchacho que se
masturba
en las letrinas de los nuevos
conventos.

Mar de la Furia,

escucha ahora mi grito
de hijo desesperado,
pues seguro estoy de que ellos
no me van a dar tiempo
para que lo repita.
   Mar Resplandeciente,
escucha ahora el precipitado
recuento de las infamias
más memorables,
déjame
enumerar las que me pertenecen
pues no podré demorarme
en tan fatigante recuento.

   Cruzaremos
bajo el pinar
y el estruendo de las cigarras
no superará nuestro común
estruendo.

El mar.

   Cruzamos ya
bajo la arboleda,
y el crujir de las hojas
nada agrega a nuestro
crujir.

El mar.

      Cruzamos ya
la avenida de las adelfas
—aún persistentes, aún persistentes—,
y el constante reventar de los cangrejos
bajo el auto
nada importa a nuestro común
reventar.                             El mar.
    Tomamos ya
la carretera
y el insulto de la claridad
poblada de pancartas
nada agrega a nuestro perenne
insulto.

                        El mar ondulando.

*Alta y solitaria, alta y
solitaria*, oigo que dices.
Hará cuestión de algunas horas
también pensé decir cosas hermosas.
Salieron lombrices (amebas sobre todo),
viejas maricas agazapadas
en las alcantarillas,
               inaplazables
adolescentes envejeciendo bajo el primer
puñetazo,
hogueras,
airados diosecillos
disputándose trozos de excrementos,
aullidos,
embarcaciones repletas alejándose,
embarcaciones balaceadas,
hileras de inocentes sacándose los ojos
confiados
(así lo afirman las últimas orientaciones)
en que después verán mejor,
mariconas sentimentales
añorando el "oro de los tiempos"

o "de los días" (no recuerdo)
y esperando desesperadas una visa
que no acaba de llegar;
mariconas católicas renegando de la madre del dios
que ahora las embarca hacia una granja henequenera.
Maricas acosadas.
Marica de altos estudios metamorfoseada en labradora
(¿y todo por una confusión de las hormonas?),
maricas que mientras recogen hojas de tabaco
bajo un mosquitero infernal
aún siguen pensando en las fachadas
pálidas y distantes
de las catedrales de Murcia.
Maricas que quisieron conservar el secreto
mas "El Partido habló con sus padres".
Maricas que se autodegüellan.
Maricas lanzándose de cabeza desde el piso 17
de una beca universitaria.
                    Maricas y más maricas.
Todas tratando de alzar el vuelo.
Todas agonizando (bufando, piafando)
y tiñendo con violeta genciana
sus gastadas camisas
o enganchándose cartelitos al estilo
europeo: JE SUIS FROID, I AM HOT,
construidos con las contratapas de los manuales
del Marxismo-Leninismo.
Maricas en playas inspeccionadas, coleccionando angustias
y pulidas piedras de colores.
Maricas que dos mil años de persecución
(ahora se agudizan)
les han endilgado ese aire de guaraguao
en llamas,
ese desesperado aire de rata hallada de pronto
en medio de un barracón de
trabajadoras voluntarias.

Maricas a las que el acoso les ha erizado los pliegues del culo
    Pobres parcas varadas en los 9 mares de la
infamia:
                        Mar del Acoso
                        Mar del Chantaje
                        Mar de la Miseria
                        Mar de la Abstinencia
                        Mar de la Maldición
                        Mar de la Impotencia
                        Mar de la Desesperación
                        Mar del Trabajo Forzado
                        Mar del Silencio.
    Y los pequeños mares
de la furia cotidiana,
de la ofensa cotidiana
de la fatiga cotidiana

                                        Ondulando.

Frisos
columnas
estatuas de mármol
árboles palacios y castillos
yerba ondeando paseos manteles
que se desplegan risas libertad
de expresión libertad de movim
iento libertad de elección lib
ertad para aborrecer palmeras
contra el cielo sueños palabr
as palabras, palabras palabras
                        palabras
imágenes que se hacen añicos
contra las grandes pancartas instaladas recientemente.
                    Pero tú cantarás,
óyelo bien,
tú le retorcerás el cuello a los pavorreales
y te cagarás sobre los castos árboles,
tú te meterás en el culo el campanilleo dominical

202

de los heladeros,
tú alimentarás con arsénico a los últimos parientes de
La "Antigua Esperanza",
tú lanzarás "los zapaticos de Rosa" al zarzal en
llamas.
Tú denunciarás ante los guardacostas a la
que pesca en el mar (oh, señora, quién la viera a usted trasladan-
do su considerable cuerpo a un madero que se bambolea, man-
dando al carajo la corona de laurel, huyendo en la oscuridad de
la chusma intransigente y añorando la chusma diligente. Me temo que en esas circunstancias no podría componer su soneto
"Al partir" ...*Perla del mar, estrella del...*),
tú te masturbarás sobre el "torrente prodigioso"
(ahora, ahora, que nadie me vigila)
y harás cola para las pezuñas del toro (lo demás va
para la Unión Soviética) muerto por Heredia en 1832
de cuarenta versos endecasílabos,
tú reventarás con un maullido el tímpano de los
que aún sueñan "sueños de gloria engolfadas y perdidas
en la profunda noche de los tiempos".
Tú revolverás la mierda que se esconde siempre
tras la divina retórica.
Tú enseñarás a desconfiar de las grandes palabras,
de las grandes promesas,
de las grandes pantomimas heroicas.
Tú atosigarás con blasfemias la ciudad que te asfixia.
     O
sencillamente dirás:
          Una estación militar
          una carretera centelleante
          una claridad formando espejismos
          en los que se disuelve el asfalto.
          Una estación militar
          una loma árida y descascarada
          un ex-puesto de frutas
          un ex-restaurante

un antiguo cartel que anunciaba un
refresco
una antigua mansión habitada ahora por vacas y
grandes pájaros blancos.
Una estación militar.
Una estación militar.
Una estación militar.

¿O diré:
  fatalidad histórica
y aceptaré los diversos matices del espanto,
hallando, como buen militante, una correcta
justificación para cada terror?

 ¿Diré:
   es cierto, no hay sitio en qué sentarse,
pero también antes era horrible, y con estas palabras
asentaré beatíficamente mi culo sobre la Isla en
llamas?

  ¿O diré:
   todo es horrible pero si aprendes a soportar
y a simular, si aprendes a mentir, quizás te lleguen a
admitir, y tu obediencia será recompensada con un aumento en la cuota del arroz y una disminución en la cuota de
patadas reglamentarias que como pequeño funcionario
debes recibir?

  ¿O
   no murmuraré nada, no pediré nada, y sin
aceptar, pero sin protestar, reventaré en silencio
como estos globos de mar o *aguasmalas* que las olas
arrastran y varados se deshacen?

   ¿Qué diré?
   ¿Qué diremos?
   ¿Qué podré decir que fuera de nosotros (de nuestra
complicidad histórica, de nuestro común infierno) alguien
pueda
entender?

Qué digo
Qué diré
Qué estoy diciendo
Qué puedo decir


¿Qué digo?
¿Qué diré?
¿Qué estoy diciendo?
¿Qué puedo decir?
Al oscurecer, remolinos de aguas encendidas fluyendo.
Al oscurecer,
¿Habrá ya un adolescente solitario exhibiendo la inaudita insolencia de su belleza?
—No, todavía.
Al oscurecer
¿Habrá ya un arenal tibio donde por seis días apacentar nuestras furias?
—Ya, ya.
Al oscurecer,
¿Estará abierto el comedor de la playa? ¿Habrá cola? ¿Cuál será el menú?
—Puré de lentejas.
Al oscurecer
¿Habrá ya una danza de dinosaurios, una mujer vociferando su antigua fatalidad, un niño sin habla esperando el mazazo y la oportunidad del desprecio, una respetable familia?
—Naturalmente.
Al oscurecer
¿Nos permitirá el estruendo de las cigarras la oportunidad de escuchar cabalmente nuestras propias lamentaciones?
—Nada de eso.

Al oscurecer

¿Habrá una botella sin descorchar, una mesa bajo los árboles, dos toallas, dos cuerpos inconsolables puliendo la gastada retórica del ritual doméstico? La fastidiosa máscara, la tradición, el estado, las buenas costumbres, la familia, la moral del Partido.

—Siempre,

siempre,

siempre.

Al oscurecer, remolinos de aguas encendidas fluyendo hacia dónde, hacia dónde... Al oscurecer, torbellinos de pájaros, llamas, plumas que revolotean; el precipitado corretear sobre la arena aún resplandeciente de las criaturas más antiguas y persistentes; criaturas hechas para huir, para abrir un hueco y desaparecer antes de que un pie venga y las aplaste, antes que el restallar de un palo las triture, antes que el estruendo de una ola enfurecida las arrastre; criaturas a las que una tradición de amenaza y acoso, de desprecio y patadas, una vida de "mátalo que es un bicho raro" les ha obligado a sacar los ojos fuera del cuerpo y proyectarlos, como inquietas antenas, como radares que giran, como únicos instrumentos que detectan y salvan. Al oscurecer, precipitarse de cangrejos cubriendo toda la extensión por un momento dorada de esta playa que, milagrosamente, aún me es dado mirar (por poco tiempo, por poco tiempo, ya), reptar de vientres que buscan el hueco milenario, seguros de que nada ha cambiado. Precipitado reptar, angustioso lanzarse y escarbar, nervioso traquetear y esfumarse, buscando la provisoria salvación, la escasa protección de los pocos sitios aún oscuros y silenciosos. Y mientras tanto, el torbellino de la luz cayendo sobre el mar. Remolino de aguas violetas. El pinar que se incendia y el acompasado planear de aquella bandada, hacia dónde... Ah, mi niña de los tules, mi histérica mofeta de las preshitóricas faldas recién estrenadas, crujiendo. Ah, anónima marsopa de las camisas recién teñidas, aquí está el mar. Ah, lamentable mujerzuela que pretendes consolarme con amantes cartas monocordes: *Dime si comes, dime si duermes, dime si vives.* Ah, mi lamentable mujerzuela, criatura infernal, virgen y mártir, antigua bestia de mirar grasiento. Ah, recatado útero que solamente te abriste dos veces: para albergar y para expulsar. Ah, sacrificada, ah, puta, ah, madre queridísima, a pesar de todo, aquí está el mar que tus ojos jamás podrán interpretar. Ah, doliente condición de poeta y humores que se desparraman y solicitan y te enloquecen, inevitable condición de poeta amordazado siempre por los traficantes de la dicha. El mar.

Antiguo y resplandeciente, la Condesa, puta de siete suelas, no te cruzó para admirar tus destellos, sino para ver lo que podía llevarse de esta Isla donde, según ella —alardes de romántica trasnochada— una gota de lluvia llena un vaso, una semilla es árbol al caer en la tierra... La Condesa, realizando el desesperado saqueo. El chulo se llama Charles y es profesor de filosofía (qué mal gusto). Ay, Mercedes, y cómo exige el chulo. Ay, mi pobre María Mercedes, menopaúsica y más desplumada que la cotorra del cuento.

Aventúrate por el mar, dancemos sobre el mar (¿acaso Cristo no dio sobre él algunos pasitos?), sumerjámonos en el mar, o escribe un libro sobre el mar, sácale algún partido a la Avenida de Paula, describe el Muelle de Luz, pero apúrate pues las exigencias del chulo son cada vez más apremiantes —aquí está su última carta— ...Escribe, escribe, escribe. Alarga aquel párrafo, pídele a Merimé que te revise la ortografía, dedícale el libro a su Excelencia del General O'Donell. «Permítame, General, que ponga en vuestra égida protectora, esta obra concebida por el sentimiento patriótico de una mujer»[1]... Ay, General, clávame con tu égida, ay, General, tírame algunos pesitos más por esta parrafada. Ay, General, ay, General. Ay... Isla, contra ti se estrellan todas las audacias. En tu tan cacareado verdor han pastado todas las miserias y ahora se han instalado al parecer con carácter permanente. Contrabandistas y aventureros te han elogiado, como se elogia en la sobremesa a una exótica puta poseí-

1 Condesa de Merlín: *Viaje a La Habana*

da de paso en una ciudad calurosa y distante. Así, mientras te maldecían porque nada en ti hallaban, te dejaban caer, de chiripa, siempre hay que pensar en la Historia (tal vez Moreno Fraginals lea estas cuartillas), un ramo de estrellas, o adornaban tus costas con la inexistente brillantez de un pez también inexistente. Ah mar, ah mar, nadie te ha lanzado perlas (a no ser la mora loca de Martí) pero todos quieren recuperarlas. Libaciones, sacrificios y ofrendas, y ahora hábiles fornicaciones y cerrado estruendo de ametralladoras, ¿te han violado? ¿Te agitan esas frotaciones violentas, esos estallidos? ¿O pierdes el ritmo ante las doradas nalgas de los adolescentes que se sumergen rectos hasta arañarte el fondo? ¿Acaso no puedes más y por eso retumbas? Si chocas contra el muro desde el cual te contemplo, ¿es que estás reventando siempre y sólo yo lo presiento? Si te convulsionas, bramas o estallas, ¿es que estás excitado siempre y sólo yo lo presiento? Cuando pálido te lamentas bajo el reflejo de las estrellas, ¿es que no puedes más y sólo yo lo presiento? Cuando quedas estático y tu superficie fija sólo refleja mi rostro, ¿es qué has muerto? ¿Es que para nada te interesa mi verborrea y los dos nos contemplamos siempre sin vernos, acá, donde todo es silencio? Y si chisporroteas y estallas, bramas y te encabritas, acosado, igual que mi furia, ¿es entonces que tan sólo tú y yo persistimos? Tú y yo, viviendo entre ruinas y venerables estandartes petrificados. Si padecemos, ¿es que hemos muerto o es que somos los únicos que aún vivimos? Dime, si padecemos, ¿es que hemos muerto? Si padecemos, ¿es que somos los únicos que aún persistimos? Dime, dime, porque la tarde sólo deslumbra pero no consuela; el pinar susurra pero no interpreta; el viento sólo trasmite el grito pero no lo acoge; y la arena recibe nuestro cuerpo sin identificarlo. Dime, pues nadie detiene ya el terror, y él avanza por sobre la Isla amurallada de consignas, y reclama, a través de comunicados altisonantes, todas las estancias, incluyendo esta misma playa poblada de trincheras, unidades militares y guardacostas. Ah mar, sé mar y quita aunque sea el ritmo de este desconcierto. Ah mar, sé mariquita, sé mariquita

                    para que
                       veas.
Palabras
            Palabras
palabras ya sólo pensadas,
temerosa, silenciosamente a veces murmuradas.
Incoherencia de palabras dichas en voz baja. Palabras
por las cuales alguien renunció al amor, al consuelo del discurrir
callejero, al ocio de oír a los demás, a la posibilidad (siempre
remota) de un viaje a los "países desarrollados", a la dicha de
exhibir una camisa entallada, al privilegio de comerse un pescado grillé, al paseo bajo los árboles, al estruendo del mar. Palabras por las cuales alguien se condenó para siempre, alguien se
achicharró. Palabras por las cuales alguien misteriosamente
contrajo de pronto un cáncer. Palabras dichas siempre con la
certeza de que después vendrá el hacha. Palabras dichas con
furia y hambre. Palabras que niegan o dudan pero que no supli-
can ni acatan, palabras que rechazan el crimen institucionaliza-
do, la imposición de un canon para los pliegues del culo, de un
himno para todas las escuelas, de una jerga, de una coraza, de
una mentira para todos los hombres. Palabras que se niegan a
aceptar la dicha que nos planifican los grandes teoricistas —del
mismo modo que planifican la ejecución de un gigantesco plan
porcino a nivel nacional—: ¿Alguien se deslumbra ante el terco
resplandor de sus negativas? ¿Quién oye esas voces? ¿Quién
capta el grito reflejado en los rostros de quienes aparentemente
sonríen? ¿Quién detiene el desfile de la nueva retórica que también aniquila? ¿Quién siente como suya la furia? ¿Quién aún
conserva una indignada memoria inmune a las consignas estupidizantes y a las flamantes amenazas? ¿Quién recoge ese estruendo? ¿Quién ve más allá? ¿Quién padece padeciendo?
¿Quién guarda el terror?
¿Quién se come la caca corriendo?
¿Quién se bebe la baba del bobo?
¿Quién masturba a la mustia matrona?
¿Quién le chupa la picha al fetiche?

¿Quién alumbra la rancia penumbra?
¿Quién vislumbra un calambre en el timbre?
¿Quién cuquea la cueva del coco?
¿Quién le barre los verros al burro?
¿Quién se agarra a la barra del garra?
¿Quién le lanza una lanza a la panza?
¿Quién se embulla, abandona la silla
y le estrella una pulla en la quilla?
En fin, ¿Quién se sube a la mata de cocos
                y se sopla bien fuerte los mocos?
                    —¡Usted!... ¡¿Tampoco?!
Una cigarra dejó oír su persistente rechinar. Torbellinos de luces y estruendo de aguas brevemente violetas. Torbellinos de
pájaros. Relampagueo de una ola. Un grito. Una pelota que
irrumpe. Niños que se van, niños que corren bajo el pinar. El
momentáneo desasosiego de un remolino de papeles elevándose
—adónde, para qué. Muchachos que se retiran. Demonios que
se retiran. El acompasado estruendo de las cigarras aumentó de
pronto. El choque de las furias. El choque dorado de las aguas.
Alguien que llama; una mujer que llama. La voz de una mujer
que llama. Tu mujer que te llama. La imagen, también violeta,
de una mujer que llama. ¿De una mujer en llamas? ¿De una
llama que llama? ¿De una mujer en llamas que llama a otra lla-
ma? En fin, tu mujer que te llama —en llamas... Al oscurecer,
torbellino de luz violeta, cangrejos violetas, pájaros violetas. Te
llaman. Estruendo, golpes de agua, voces que te llaman, voces
en llamas. Alguien que viene tocando el mar, el mar violeta. El
oscurecer. *Voces y voces*, pero, ¿ningún corazón que escuche?
                ¿Será cierto?
                ¿Será cierto?
                ¿Será cierto?

                            El ladrido de un perro.

En la tierra
hay un sitio en llamas
en el sitio en llamas golpea el mar
junto al mar una casa.

210

O no, mejor así:

La tierra
           un sitio en llamas
el sitio en llamas
              una isla
la isla
     un casco donde el mar golpea
el mar·
        septiembre
septiembre
           una casa
la casa
      un mosquitero
el mosquitero
           una celda
la celda
       ella y yo
ella
    yo
yo
    ella

                    He aqui la tierra
               He aquí el sitio en llamas
                 He aquí la celda.

¿Quién tiene la llave?
¿Ella?
¿Yo?
¿El sueño?
Ella... ¿el sueño?
Yo: ¿El sueño?
      Yo.

              He aquí el
              aborrecimiento.
              He aquí el insomnio.
              He aquí el temor a que
              ella insista.

Bajo el mosquitero

                                    ojos cerrados

bajo los ojos cerrados

                                la vigilancia

Bajo la vigilancia

                         también el deseo

¿Hacia ella?
¿Por ella?
¿Para ella?

                    He aquí la tierra
                    He aquí el sitio en llamas
                    He aquí el ansiado
                    silencio
donde pastan radiantes los grandes temores.

¿Por ella?
¿A causa de ella?
¿Por las solicitudes de ella?

                    He aquí el sitio en llamas
                    He aquí el primer
                    bostezo
                    He aquí el tercer
                    mosquito que
me pica y tengo que ignorar para simular que sueño.

¿Por culpa de ella?
¿Por odio hacia ella?
¿Para conservarla a ella?
¿Tan sólo por ella?

                       Finalmente
                    El delirio de los colores
                    El delirio de las
                    interrogaciones
                    El delirio de las imágenes

¿Aparece ella?
¿Delira también ella?
¿Habla ella?

Y aquel manoseo
Y aquel campo
Y aquel libro
Y aquel sollozo
          ¿Pasan todas las acongojadas
sus manos
por mis testículos?


## CANTO SEGUNDO


Pasa un desfile de extraños monstruos
  tocando instrumentos.
                              (El marxismo estallando.)
Pasa la breve frescura de la madrugada.
                              (El marxismo estallando.)
    Pasa,
esperanza que no te detienes.
    Desplumada esperanza, pasa.
    Desgarrada y polvorienta esperanza,
pasa.
    Pasas, ¿Y qué ha quedado después?
Pasas, ¿Y qué sabor, qué aliento?
    Pasas, y qué.
                    El marxismo estallando
                como una embriagadora metáfora
                    sobre la cabeza de los ingenuos.
Me voy.
        Siempre hay que irse.
Me voy.
        Siempre hay que amarrar los bártulos, hacer el jolongo
        y largarse.
        Siempre hay que retomar la triste alternativa de los
        tristes (los honestos, los insolentes, los auténticos)
        que nos han precedido.

213

Me voy.
>Pero siempre hay que irse.
>Pero siempre hay que irse.
>>Pasan todos los estandartes de la noche. Y
un pájaro, dicen, chilló en el aire.
>Un pájaro, dicen, golpeó sus alas contra las persianas
semicerradas; golpeó tu sueño.


>>>>Un pájaro, dicen.

Me voy.
>Pero
siempre hay que irse.
Siempre hay que echar a correr y perderse.
Siempre hay que liquidar jadeando los últimos trapos, los
últimos sueños,
y salir desnudos como quien deja un crimen.
Y salir huyendo silenciosamente.
Y salir gritando silenciosamente.
Y entrar en lo oscuro silenciosamente.
Salir de lo oscuro y entrar en lo oscuro silenciosamente.
>>>>Isla,
contra ti se estrellan todas las audacias.
Eres triste como la carta de un amigo en el exilio,
como la figura de la vieja marica con el pelo
pintado,
como la voz del que voceaba las reses en el patio de la
infancia.

>Con tus perennes sabanas donde pasta el aburrimiento una
vaca hambrienta, eres triste.
Con tus casas hechas para otros climas,
con tus estaciones que no estacionan,
con tus avenidas desprovistas de árboles y amuralladas,
antes, de anuncios, ahora de consignas,
con tus mujeres ya estrictamente imbéciles
>(vacunas o bollunas),

con tus hombres escépticos y rumberos
    ("mangánsones"),
con tu juventud exhibicionista,
con tu filosofía del pan con timba,
con tu *choteo* y tu *meneíto*,
con tu abrumadora colección de maricas escandalosas,
con tu inmenso y polvoriento verano,
con tu único río,
con tu única carretera,
con tu único producto,
con tu árbol simbólico,
con tu cacareada alegría:

                            Eres triste.
    Y sin embargo, es éste el lugar que más amas
por encima de todas las cosas.
    Y sin embargo, es éste el lugar que te asediará siempre,
y querrás retener... ¿Qué ha pasado?
¿Qué pasa siempre? (¿Acaso Rodrigo de Triana?...)
    Pasan mosquitos que antes hubieran pasado

la tela del mosquitero.
Pasa un auto (el ruido de un auto)
que se detiene ya frente a nuestra cabaña.
Paso mis manos por mi cuerpo,
paso mi cuerpo por el mosquitero,
paso mis pasos por el cuarto.
Paso a la sala.

                        ¿Quién dijo: *vivir es ver pasar*?

Quizás sea ver pasar
a ese muchacho que emerge del auto
elástico,
rebotando ya en el suelo.
Vivir
como una pequeña tortuga alojada en el excusado repleto de
                                        [gusanos inquietos,

215

Vivir
viendo pasar
la vida,
sin tomar de ella más que un grupo de ofensas fijas
o un amasijo de resoluciones intransferibles.
Vivir esperando siempre que otros dispongan,
determinen, hagan de nosotros su
voluntad
    (yerba aferrada a cagajón áspero en espera siempre de
        sernos arrancada).
Vivir
viendo pasar
—y eso sólo a veces—.
                        ¿Qué es más antiguo?
¿la maldición o el deseo?
¿O son los dos sencillamente lo mismo?
                            Ella viene,
taimada y silenciosa.
Ella, la sufriente,
pobre ratón mojado, llega como quien ni siquiera se
atreve a pedir excusas.
Ella pasa su imagen
detrás de mi cuerpo en llamas.
Nos informan que se casaron hace ya diez años
(exactamente)
Nos informan que salieron huyendo de su pueblo natal.
Nos informan que por las noches.
Nos informan que por las tardes.
Nos informan que por las mañanas.
                        Nos informan que él sale solo
y visita una playa depravada.
    Por la parte correspondiente al cónyuge femenino,
nos informan:
        que ella es boba,
        que ella es tonta,
        que ella lo ama.

                                   Y él se vuelve y la mira.
Y él mira como ella lo mira,
y él sabe, al mirarla,
que ella también miró a quien él miró.
Ella sabe que se miraron.
                              Y que esperan.
Y él bajó los ojos ante su mirada.
Contuvo su furia.
Nada dijo.

                    (¿Pasaban gaviotas? ¿Volaban gaviotas?
                                  ¿Chillaban gaviotas?)

Tus ojos me han mirado
con tan callada tristeza
que por un momento se ha despertado en mí
el ya desusado sentimiento de piedad.

Tus ojos me han mirado
con tan callada desesperación
que por un instante has despertado en mí
mi ya atrofiada ternura.

Tus ojos me han mirado
con tan silenciosa solicitud
que llegaron a sacudir brevemente
los férreos engranajes de la maldición.

Tus ojos me han mirado
con tan desolada intensidad
que por un instante casi he bendecido
los miserables fulgores de la tradición.

Tus ojos me han mirado
con tan desamparada interrogación
que fueron inútiles todas las palabras.

Tus ojos, anegados, me han mirado
con tan irresistible compasión,
con tan desesperado amor,
que por un momento he creído descubrir

la doliente (aterradora) imagen de la
complicidad.

                                        El mar amarillo.

El mar
turbio
amarillo
y quieto.
El mar como un már-
mol sucio.

                        El mar
como una antigua profecía
de la cual solamente apreciamos
sus intenciones aparentes.
                        El mar
como una férrea cortina tras la que gesticulan los charlatanes.
(Pero ellas brotaban.)
El mar como un relincho en la niebla, como un degollamiento
en
lo espeso,
como un bramar sin sentido.
(¿Sería él el elegido?
¿Elegido para qué? ¿Elegido por quién?: Ridículo, nada de eso.)
Pues en estos pueblos miserables, dices, me digo, digo,
te hago decir, mirando el intratable verdor, ni siquiera
puede estupidizarnos la oferta
de un delirio imprevisto;
todo es tan claro, tan elemental, tan burdo y
 rotundo.
Todo se sabe antes que suceda, todo se anuncia
antes de acontecer,
así, la víctima no se encuentra inesperadamente
con el cuchillo, lo trae siempre bajo el brazo;
y hasta el mismo terror perece pulverizado bajo el minucioso
cuchicheo en los patios entrelazados por un mismo sol de fuego
y esa frustración (ese cansancio)

                                    se
                                   cu
                                    lar.
¿No ves sus manos largas?: es un cretino.
¿No ves su cara pálida y larga? es un comemierda.
Mira esa forma de caminar: es un guajiro imbécil.
Ah, fíjate cómo baja la vista y encoge los hombros: es un
                                    [maricón rezagado.
                        Zambullirse
en un mar amarillo.
                        Entrar
con los puños extendidos
en un mar amarillo
    a
      l
        e
          j
            a
              r
                s
                  e
                en un mar amarillo … En
                        la casa
las tías,
en la casa los primos,
en la casa las antiguas bestias ataviadas de domingo,
el grito de las mujeres insatisfechas,
abuelo y abuela que nunca se enferman, abriéndote la espalda
de un hachazo. Y esa sensación de perenne hastío,
reservada para ti,
    (aguardándote)
en los minúsculos montículos de aserrín
que tus manos desploman
al depositarse inconscientes en el marco
de la ventana
            que no da a ningún sitio

(calladamente buscándote, inventándote).
Y el mar
girando amarillo
configuró las ruedas de las carretas en la recolección del
maíz.
                                        Upitos floreciendo
y el acompasado, musical estruendo del aguacero invernal
anunciaban la llegada de la
Nochebuena.

   En todos los mayales, campanillas.
En el aire y en los cascos de las yeguas, cantos.
Llegada de los parientes
(ellas brotando).
Los primos formidables exhiben ya sus imponentes
ejemplares filofálicos:
Mujeres de tetas erectas y agresivas,
mujeres de culos prominentes,
mujeres de labios que se explayan como ventosas en
perenne apogeo.
Mujeres al borde siempre de naufragar en los márgenes de
alguna portañuela.
Mujeres de chillona, insólita y vertiginosa verborrea.
Mujeres.
Y los primos formidables.
Todos llegan y te rodean.
   (he aquí la música).
Hay una vaca perdida, pero hoy no la recojo.
Hoy ve y baila.
Hoy ve y mira.
Hoy ve y padece.

                                        Detrás del manigual,
en parejas,
                          el arrullo y las risas.

Detrás de la arboleda,
en bandadas,

el chillido y las manos que se
retienen.

                              Detrás de la arboleda,
los muslos que se abren.
Y ellos maniobrando.
Ellos ágiles y seguros,
                triunfantes,
taladrando.
            La
            gran
            cena.
Ellos manipulando debajo de la mesa (tú, bebiendo)
La gran
       cena.

    Ellos soltando la carcajada y bufando de gozo (tú,
        engullendo).
    La gran cena.
    Ellas cloqueando, rompiendo platos y danzando (tú,
        huyendo).
    (Los mayales te ofrecen su burlona, invariable acogida.)


 Al zambullirte
tocaste el fondo
y las aguas dejaron de ser amarillas.

La arena te cubre los ojos, aguantas la respiración.
Finalmente, saltas a la superficie, donde aún retumba

                el guirindán
                guirindán
                guirindán.

                        Avance de la Revolución,
y él habitando una casa
que se va, que se va a pique
entre mujeres insatisfechas
y viejos libidinosos.

Avance de la *R*

y él escuchando el rumor
de los suicidas furtivos
que hacen alardes de sus
resoluciones inconclusas
de sus postergadas resoluciones
—torpes, injustificadas poster-
gaciones—.

Avance de la *R*

y él sentado en la sala
mirando dos lagartijas
que si no se aman al menos
se desean furiosamente.

Disparos

y él contemplando el trajinar
de las alimañas felices.
Mueres de hambre como otros mueren
de miedo o de heroísmo, o de un
cólico nefrítico: inútilmente.

Avance de la *R*

y cartas de la madre
típicas cartas madriles
típicas cartas de una pobre campesina
torpe amorosa
y sola
que después de trabajar 12 horas
en una factoría de la
Florida (¡Vaya! ¿Pero no me decían
que cuidaba muchachos ajenos?)
todavía tiene el coraje de escribir:
*querido hijo...*

Quién nos consuela entonces

Quién se rasca una oreja y protege al hijo
de la intemperie callejera
de las palabras lascivas
dichas en tono codicioso (ah, cómo atraen).

222

Quién te protege de tanta protección maléfica
Quién contra los orinales
Quién contra los primos
Quién contra el aguacero tras la ventana
Quién contra las conversaciones de las mujeres insatisfechas
Quién contra las novelas radiales y los paños ensangrentados
Quién contra la mesa encabezada por una vieja maldiciente
Quién contra la casa dirigida por bollos clausurados
Quién contra la demasiada cháchara
Quién contra la demasiada costura
Quién contra el exceso de cartas amantes y tontas
Quién contra la máquina de coser
Quién contra los juegos de las mujeres púdicas
Quién contra ese olor
Quién contra los novios de las primas
Quién contra la prima que te exprime
Quién suprime a la prima
Quién contra el sudor secreto
Quién contra tanto blanco, blanco,
blanco.

Avance de la R
y muerte de la madre.

    —Oigan eso. Otra vez mató a su madre. Esta es la
tercera vez que la entierra.

    —Sí señor. No le crean ni una palabra.

    —Pero eso sí es verdad —dice la odiada tía—, y luego de la
muerte de su madre (mejor dicho, después que la mató, pues la
mató de tristeza) vino para nuestra casa, a descansar. Mejor dicho, desde antes, estaba aquí casi siempre, dormía, comía todos
los días. ¡Aquí! Las otras putas nunca se ocuparon de él. Eso sí
hay que decirlo ¡Y también!...

Al salir
a la superficie, lejos de la costa,
al mirar estas aguas que se alejan fluyendo,
al mirar esos cuerpos lejanos que parecen parpadear
bajo el sol,

                                        ¿Ha llegado ya el momento?
Bocarriba,
las aguas que parecían amarillas te arrastran y
siguen,
un sitio inundado, una región sonora y hueca.
                                        ¿Es que no puedes vivir sin la
                                        [palabra?
Cuando estallan los murciélagos en la aturdida imaginación
de la amante,
Cuando escuchas el histérico, acompasado, resonar,
de un millón de criaturas que se asfixian, esclavizadas
y embrutecidas:
¿A quién amas?
¿En quién confías?
¿A quién esperas?
      Contra el estallido de septiembre y los 11 infiernos
                                        [restantes,
contra la costa acorazada y el mar que ya sólo despliega
la ofensa de una nueva fanfarria:
¿A quién amas? ¿En quién confías?
¿A quién esperas?
      Contra el estruendo de los tenedores
y las jornadas forzadas y obligatorias en la agricultura,
el calor, la guataca atasca, un himno que debes entonar
diciendo que eres dichoso, absolutamente libre:
¿A quién amas? ¿En quién confías?
¿A quién esperas?
      Contra el tenso cuerpo del adolescente que extiende
su brillante insolencia al sol —Ahí, ahí, ahí está—,
contra los gestos procaces de los muchachos
trazados con indolente (terrible) inocencia.
      Contra la grosería de la camarera y las croquetas
                                        [semihervidas,
contra los mil gestos inútiles que obligatoriamente
debes hacer día a día,
contra las mil palabras inútiles que obligatoriamente

224

debes pronunciar día a día,
contra las mil consignas estupidizantes que obligatoria,
optimistamente
debes repetir día a día:
¿A quién amas?
¿A quién esperas?
¿En quién confías?
    Contra los oropeles de un pasado bochornoso
bajo el cual se escuda el bochornoso presente,
contra los basureros de medallas
que amurallan el futuro.
contra la falta de agua y fe.
    Contra la certera posibilidad de que te fusilen
si llegas a estampar tus pensamientos,
contra la posibilidad que desaparezcas en ese mar
que te condena y excluye.
    Contra la posibilidad de que desaparezcas (y todos con-
tigo) en esta tierra que te maldice y excluye,
o contra la posibilidad de que te nombren obrero de
avanzada, trabajador emérito, héroe, candidato al partido,
joven ejemplar selecto para visitar las tumbas amigas de
ultramar:
¿A quién amas?
¿En quién confías?
¿A quién esperas?
    Contra el orgullo frustrado, contra la perpetua cobardía,
contra la soledad del exilio, contra la posibilidad de que
te reduzcan la celda; ah, contra la lejana dignidad, contra
la remota rebeldía,
y contra los terrores permanentes contra los cuales no
hay posibilidades de rebeldía ni pacto,
        el escozor en la espalda,
        la caída del pelo,
        la tarde que de nuevo llega y se alarga
        estampando de paso otro vestigio de cansancio en tu
                                            [rostro;

ah, contra la soledad y las ambiciones imposibles,
contra la tarde que se desprende,
contra la vida que se desprende,
contra ese batir y volver a batir de las aguas,
y contra las pululaciones un poco más arriba del ombligo,
contra las miradas lúbricas y soslayadas de las mujeres
que te desean, y
(otra vez),
　　　　　el joven de larga camisa blanca que aspira a desqui-
ciarte:
　　　　　¿Con qué te proteges?
　　　　　¿Cómo te proteges?
　　　　　¿Qué haces para protegerte?
　　Contra la forma en que se mesa una oreja el Gran In-
quisidor, de pie, ya en la tribuna hacia la que avanzamos
para aplaudirle.
　　Contra la pintura bajo las pestañas de la que nos sirve
el agua (cuando habíamos terminado de comer).
　　Contra la risa de la vecina y su indestructible parloteo.
　　Contra el agrio rostro del maricón militante.
　　Contra la despoblada memoria y la avidez de la
　　　　　　　　　　　　　　[imaginación,
ah, contra el rechazo y las solicitudes.
　　　　　　　　¿Qué íntimo, único terror, exclusivo,
　　　　　　　　　　　　　　　　[tuyo,
secreto, no transferible, te sostiene?
　　Contra el primer cuerpo
destrozado por la metralla (y la justicia revolucionaria),
¿Qué altas ideas o qué resentimientos
inmunizan tu mirada?


　　　　　　　　　　　　　　El sol de marzo.

Las tardes de marzo
en que el silencio
no era sólo el ocasional consuelo

que nos sorprendía,
sino una cualidad del tiempo,
algo natural.

El sol de marzo.

Las tardes de marzo,
el viento y los olores de
marzo;
      el paseo
           y marzo girando,
y las variadas tonalidades del sol como una inagotable
esfera
       girando;
el río entre las hojas, girando,
un espejo de río entre hojas, girando,
la cálida tierra iluminada vista desde la ventanilla de
un tren en marcha,
             girando.
        No.
No te detengas, no
te detengas, sigue, sigue, no
te detengas
jamás.

Ráscame la crica, cri, cra, crack.

Ráscame la crorrk, cros, cros, crossk.
Grítale a los perros, sube más la radio.
Cántale aún más alto,
             croc, crac, croc.
Ladra, ladra ladra,
ponte en cuatro patas,
ladra, ladra, ladra
            gramoñosf, gramoñosf, gramoñosf.
¿Te gusta así o lo prefieres con poquito de agua herrá?
¿Te gusta así o con encabalgamientos endecasílabos?
¿Te gusta así o con vaselina simple?
Dime como te gusta
para decírtelo siempre de otro modo.

¿Pan?
Flan.
¿Yuca?
Basuca.
¿Maúlla un gato?
No, ladra un perro.
¿Ladra un perro?
No: un centenar de gatos.
¿Alguien canta en el cerro?
Sí, hay cola para el berro.

                    Pero
               ellas
                    brotaban.

*La amada de perfil*
                    ja ja ja:
                         la amada de perfil
El mediodía no discurre, discurrimos por
él.
Bajo el resplandor,
con un libro en la mano,
lo importante es huir,
no mirar ese rostro,
no dejarse someter.
Esperar mientras todo se disuelve bajo la claridad y el calor (la
canción popular desciende, el niño se ha dormido). Frente a
nosotros cruza ahora el muchacho con su blanca indumentaria.
Cruza. Ha cruzado.
Cruzó... Está cruzando.
                    —Suprime a la prima antes que te exprima.
*Pero por encima de todo la calma*, dices.
Cierro los ojos: un grupo de alimañas danzan,
(los enamorados diluyéndose en el resplandor del pinar). Los
abro: vidriosas se entrechocan, se ciernen sobre mis párpados.
         Estás
en el cuarto de siempre
         (música de órgano),

bajo las maldiciones y las amenazas de siempre,
oyes cómo ella se agita en la otra habitación
(afuera los típicos andariveles de la época: bombas, tiros, discursos, gritos, amenazas, torturas, humillaciones, miedo,
hambre),
y tú agitando también tus callados resabios.
Estás en el portal de la cabaña 10 años después
       (música militar)
sientes la respiración típica, nerviosa, anhelante,
de ella, allá dentro (afuera los típicos andariveles
de la época: discursos, gritos, amenazas, torturas,
humillaciones, miedo, hambre).
Estás en el baile del domingo 10 años atrás
(música de órgano),
de pie, mientras los demás bailan.
Y ella hurgándote con su mirada de perra triste y piadosa.
Y tú, en otro mundo, ausente, navegando.
Y ella es noble, dulce, y sólo desea que tú la desees.
Ella es tan tierna, tan insoportable.
                    *Y tú eres tan cruel*, dice el danzón.
       Ella rechaza las solicitudes de los demás jóvenes,
desatiende las ofertas de los formidables pretendientes,
se arregla el pelo y te mira. Y tú eres tan mano-sudada;
oh, tú eres tan poca-palabra. Y ella se acerca y te vigila;
ella te ofrece un refresco, y te escolta, te arrastra,
te admira. Ella es tan dulce, tan atenta, tan quieta,
tan insoportable.
                    *Y tú eres tan cruel*, dice el danzón.
       Tú esquivas su cuerpo,
vuelves el rostro. Ella
intenta colocar su mano sobre tu cara,
trata de que, en el baile, tú la aprisiones un poco
más. Ella recoge el sudor que brota a raudales de
tus manos.
                    *Y tú eres tan cruel*.
dice el danzón.

229

La abrazas. Tus manos empapadas
la cubren. Tu rostro llega a su rostro. Su cabeza
cae sobre tu cabeza. El tibio sudor baña su espalda,
empapándole el vestido de crepé corrugado que hubo
de estrenarme expresamente para esta noche.
Dando tropezones llegan hasta el centro del salón
inundado ya por tus manos.

Y tú eres tan cruel,

dice el danzón.
Nadando llegan a la orilla. Te sientas a su lado. La contemplas.

Sus manos bajo el sol.
Sus

manos
y el sillón del auto desde donde se alzan, ¿soy casto?
Sus manos bajo el sol.
Tu hijo y tu esposa bajo el sol,
la familia bajo el sol
y el grupo de sonidos arremolinándose
en la copa dorada de los pinos.

¿Alguien regresa?

¿Quién bajo el murmullo de las termas
te ofrece su cuerpo delicioso
luego de una rápida, viril señal?
La arena donde los deportistas no dejaron sus huellas
y más allá el estruendo de las aguas.
¿Quién regresa?

La<br>litera<br>tura

es la consecuencia de una hipocresía legendaria. Si el hombre
tuviese el coraje de decir la verdad en el instante en que la siente
y frente al que se la inspira o provoca (al hablar, por ejemplo; al
mirar, por ejemplo; al humillarse, por ejemplo) pues es en ese
preciso instante que siente cuando padece o se inspira; si tuviese
el coraje de expresar la belleza o el terror cotidianos en una

230

conversación; si tuviese el coraje de decir lo que es, lo que siente, lo que odia, lo que desea, sin tener que escudarse en un acertijo de palabras guardadas para más tarde; si tuviese la valentía de expresar sus desgracias como expresa la necesidad de tomarse un refresco, no hubiese tenido que refugiarse, ampararse, justificarse, tras la confesión secreta, desgarradora y falsa que es siempre un libro. Se ha perdido —¿Existió alguna vez?— la sinceridad de decir de voz a voz. Nos avergüenza expresar el recogimiento (o la tentación) que nos producen las cosas desconocidas. Por cobardía (en los sitios donde la ley auspicia la imbecilidad), y por temor al ridículo (en los sitios donde la tradición impone la estupidez) contemporizamos con lo intrascendente, y luego, secretamente, atemorizados, avergonzados, tratamos de remedar la traición: Escribimos el libro. Así la expresión (la manifestación) de la belleza ha quedado rezagada a las hojas y a las letras, a las horas muertas, a los instantes de tregua. El sentimiento de piedad, de dicha, de espanto, de anhelo, de rebeldía, se circunscriben a la redacción de un texto que puede publicarse o censurarse, que puede quemarse o venderse, catalogarse, clasificarse o postergarse. Y el hombre verdadero (aquel que aún posee remordimientos) se ve obligado a garrapatear miles de papeles para dejar testimonio de que no fue una sombra más que asfixió con suspiros, parloteos o sensaciones elementales su antigua inquietud y su sensibilidad. ¿Toda obra de arte es entonces la obra de un traidor renegado? ¿Y todo hombre que no deja el testimonio de una obra de arte es un traidor nato? ¿Toda obra de arte es entonces el desgarrado, hermoso invento con que trata de justificarse un cobarde? ¿Toda obra de arte es entonces el pago de una antigua deuda que sostiene el hombre con la verdad que no se atreve a asumir diariamente? La plenitud, el momento de inspiración, la llegada del poema, ¿qué son? Quizás las gastadas fanfarrias tras las cuales alguien temerosa, y ya temerariamente, quiere justificar su sencilla, espléndida, pero estereotipada, condición humana.

Los tiempos de Pericles,
las fiestas de Dionisos.

                    Los días
transcurriendo imperturbables.
                              Las horas divinas
y los minuciosos preparativos
para ver mañana las últimas 4 tragedias
del íntimo de Herodoto.
          Las lágrimas de Antígona entre los apagados cuchicheos de
                                                      [la tierra.
          Las caricias y las marcas de los muchachos desnudos en las
                                              [playas de Quíos.
                    Los olmos junto al río.
Los paseos por los venerables lugares
o la posibilidad de un delicioso, perturbador encuentro por los
                                              [caminos de Decelia.
          Todo, todo, ¿no es entonces más que un falso,
                              [resplandeciente invento
con el que los desconsolados de siempre
intentaron justificar su desconcierto?
          Todo, todo, ¿no es entonces más que el acogedor,
                                        [inexistente
sitio inventado siempre
por los que aborrecen el sitio existente?

    Los últimos bañistas abandonan la costa. La breve opulencia
del crespúsculo prestigia las erizadas alas de los pájaros ham-
brientos. El crujir de las hojas es ahora un sonido respetable.
Todos regresan. Las adelfas impregnan el tiempo. El último
resplandor del día juega entre los árboles y los brazos de los
sillones que alguien (alegremente) arrastrara hasta el mar.

    Es este el momento en que se recogen las cosas y la pulula-
ción del tiempo interrumpe el ritmo de la respiración. Es este el
momento en que si recostamos la cabeza a un costado del asiento el peso de la memoria y del desconsuelo nos convertirían en
aborrecibles sabios.

    Es este el momento en que la hoja amarilla que rueda hasta
nuestros pies se convierte en un claro presagio, en una decorosa
(tenebrosa) metáfora, en un sistema filosófico cuya desgarrado-

ra nitidez, si intentáramos interpretarla, aniquilaría toda la inútil y enrevesada verborrea de los filósofos que nos precedieron.

Es este el momento en que la huella de una pisada en la
arena, o el breve sendero luminoso que se pierde en el mar,
echan por tierra todos los libros escritos y por escribir.

Es este el momento de las confrontaciones.

El sobrecogedor, exclusivo momento en que a nosotros
vuelven, golpeándonos, las dos más implacables e ineludibles
interrogaciones:

Se va, ¿a qué destinatario?
Se vive, ¿para qué?

Se va

a una explanada candente
donde no puedes
regresar, ni
continuar, ni
marcharte, ni
detenerte
          un
instante.

Se vive

luchando desesperadamente
para que nos dejen entrar
en esa explanada.

Se va

a un pueblo
donde el chillido
de tachos y poleas
constituyen su único
ritmo.

Se vive

para atender esos tachos
y poleas.

                              Se va
a un sitio donde se nos afirma
que hay justicia, que hay clemencia y
verdad sobre la tierra.

                              Se vive
para huir aterrorizados de
ese sitio.

                              Se va
a una cola para el pan
donde resulta que lo que había
eran presillas y "¡ya se acabaron,
compañero!"...

                              Se vive
para hacer esa cola.

                              Se va
a una playa
donde las olas vomitan rítmicamente
a un adolescente ahogado.

                              Se vive
recordando esa playa.

                              Se va
a un mar macilento
donde una marmórea marmota murmura
miríadas de maltratos.

                              Se vive
navegando ese mar.

                              Se va
a una de esas dehesas del agro
(de donde no se regresa)
al borde de una represa
donde el magro y agrio congreso
de ogresas presas se alegra
y celebra el milagro y el logro
de inventar un negro ogro
de imponente piragua tiesa.

234

                                          Se vive
al borde de esa represa.

                              Mas se va
            finalmente al confín de todas las pifias
                al gran prostíbulo sumegido donde
                  aún farfulla un fonógrafo su
                      fofa filantropía y una
                        mefítica sifilítica
                         fétida, afónica y
                         antifotogénica
                            nos ofrece
                             piafando
                            la ofrenda
                             de su
                             furio-
                             sa fi-
                             so-
                             no-
                             mí-
                              a
                         Ae, ae.

                                          Alguien canta.
                         Ae, ae.

                                          ¿Alguien canta?
         ¿Y las vastas y serenas aguas fluyendo? ¿Y los parajes solita-
rios donde un pino incendiado anuncia el acompasado estruendo de la noche? ¿Y el paseo en calma por la despoblada costa
donde el mar consuela?... Jamás podré relatar esos estados de
quietud. Jamás podría relacionar pacíficamente esa belleza sin
traicionarme. Jamás podré enumerar los diferentes colores del
crepúsculo sin que en mis palabras no encuentre latiendo el desequilibrio de una angustia que llega quién sabe de dónde... ¿Y
el resplandor de la noche sobre la arena? ¿Y las luces intermitentes que pudieron haber sido fuegos lejanos y no señales de
vigilancia?... Pero, mira, tú también te elevarás un poco y oirás
el lamento de todos los que han sido aniquilados sólo por desear

lo que tú deseas, sólo por concebir lo que tú ya ni siquiera te atreves a mencionar. Ellos también desearon que el mar sólo trajese rumor de olas, y el viento el estruendo de las hojas... Te elevarás un tanto, óyeme bien, y oirás el perpetuo lamento de los que perecen siempre por habese permitido soñar, imaginar, inventar; ser libres... ¿Entonces? ¿Podré hablar del claro de luna y la barca fluyendo hacia parajes resplandecientes? ¿Podría adornar con hermosas, piadosas calumnias, lo que no es más que un círculo de gemidos deshaciéndonos?

## 17

zorzales planeaban
fornicando sobre el mar
y un ave (dicen que del paraíso pues traía puesta una «Manhattan») engulléndose los ojos se masturba con la mano de Dios. Dios, dijeron los totíses apuñaleando una bandera al son del coro de primos muertos que sin haber sido anunciados por el cojo prestidigitador de largas barbas (pero calvo) cayeron sobre el sitio. Gracias a la venta clandestina de las maderas del convento, Clara Mortera le reparte queso a las ratas del hueco —sus colas ya le producen espamos—. Ocho gorriones se arrullan a dentelladas entre las hojas que después de garabateadas hubieron de ser escondidas bajo el tejado (todo fue inútil). Maltheathus, el más codiciado de cuantos bugarrones fueron a La Concha, aceptó, finalmente, las ofertas de Coco Canijo, quien, al recibir la grande y negra obra, hirió con su fina voz de contralto el perfil de una dama enjaezada con collares de contrabando —todos dicen que se trataba de Marta Arjona—. En la palmera, el pingüino —alegría en el pecho acorazado de medallas, cejas inmensas— Mientras que en un témpano de hielo se balanceaba un quetzal.

¿Quiénes llegaban?
¿Quiénes rompían las puertas a patadas?
¿Cuántos colgaban desnudos en el um-
[bral?

Voces
inclasificables,

236

espasmos melancólicos,
tercas figuras ensortijadas
eyaculando en un solo delirio
me impidieron hacer el conteo.
                              Pero ellas
brotaban.
              ¡Y
                 A

                     L
                   O

                           C
                         R
                           E
                             O!


                    Brotaban. Sobre los ariscos ris-
cos, derriscos y derriscaderos, sobre las peñas, despeñados peñascos y despeñaderos empeñados en despeñarse; sobre las sor-
prendentes pendientes desprendidas —herrumbe y derrumbe—, y, ¡claro!, en un claro de un sitio ceniciento, calcinado y
asolado, desolado, sobrecogedor, soporífero y solo. O aquí,
donde una capa de huesos enriquecida y pulida por el constante
trotar atolondrado, arremetía en tumulto imponente y despam-
panante contra el poniente... Para los chicharrones más chéve-
res había sopa de chícharros; para los otros, sólo la piltrafa de
las nuevas pifias, infamias, fechas y fichas pestíferas junto con
otras fechorías compiladas en afiches donde se nos decía que eso
era la dicha. Hasta la esperanza de perecer prisioneros de una
opresión propia era cosa del pasado ya superado, desprestigiado
y minimizado por el ruido —Mamá Grande que bramaba— de
la nueva re-interpretación histórica y los autos de fe.
     Pero ellas brotaban.
     Había un basurero repleto de medallas. Un perro hechizado
(y autorizado) escarbaba en el brillo... Hábiles y parsimonio-

sas, gloriosas y condecoradas, las exputas rehabilitadas manejaban, patrióticas, las potentes computadoras que a un ademán de las exputas computaban la cantidad de parásitos y putas que precipitadamente serían precipitados al patíbulo.

Tal como estaba previsto, las luces se proyectaron, artificiales, y el extenso arenal —antiguo mar— centelleó. PARA AUMENTAR LAS POSIBILIDADES DEL CONSUMO DISMINUIR EL NUMERO DE CONSUMIDORES, decían las electropancartas, agitadas febrilmente por las hordas-reagrupadas.

Ellos, la pareja, caminaron hasta la infinita extensión de arena centelleante. Vieron los fósiles agitándose —nada podía dejar de moverse—, vieron al enemigo convertido en polvo. Y, como todos, escucharon los himnos gloriosos y contemplaron el ondeante mar de las nuevas banderas ondulantes. También hasta ella, Mamá Unica, ya enchunflada, sintonizada y ejecutiva, obstétrica y eléctrica, llegaron los estruendo de los himnos, mas, regulada y alerta, algo contradictorio creyó escuchar mientras sonaban los metales y las voces: La pareja seguía avanzando... Arrulladoras, las máquinas controladoras del receso obligatorio sobrevolaban la ciudad apurando los pasos de los últimos paseantes apresurados, seleccionados para el paseo. El cielo, cubierto de luminarias artificiales que exploraban, escrutaban, instigaban, hostigaban, denunciaban y anotaban, alumbrando y detectando —ellas brotando— descendió para ahorrai el consumo de los costosos protectores, construidos y sostenidos gracias al heroico y constante sacrificio de todas las generaciones —aun las que no habían nacido. También ellos, la pareja, bajaron. Se deslizaron en silencio por entre los escombros, previniendo, precavidos, un arma, un detector, un ojo avizor y revisor que podía recoger, captar, un simple parpadear, un imperceptible y comprometedor movimiento de labios, una palpitación imprevista y precipitada, un pestañear fuera del normal pestañeo que acompasadamente registraban las potentes registradoras regiamente manipuladas por las exputas consagradas. Cualquier detalle podía causar la fulminación. Ya en la costa de

El Antiguo Mar se sentaron. Unos pájaros —exactas copias de los para siempre extinguidos por los batallones constructivos— pasaron fulminativos. Ellos, los dos, apresurándose, se alejaban de la ciudad. LAS ALGAS COSMICAS NOS ALIMENTARAN. EL EXITO DE LOS EXPERIMENTOS ES ROTUNDO. NADIE MORIRA DE HAMBRE. EL PUEBLO BIEN ALIMENTADO ADOCTRINADO Y ORGANIZADO CONCIENCIADO Y DISCIPLINADO, MILITARIZADO SALUDA AL PRESENTE Y DETESTA AL PASADO, rezaba el comunicado que aullaban, unánimes y monótonas, las automáticas y monolíticas grabadoras concomitantes de alta tensión que operaban sin transición en el subconsciente de los durmientes, es decir, de todos los habitantes, menos en los dos que se alejaban y que ahora, decididos, atraviesan ya la explanada de aluminio exclusiva que perenne hiende el espacio para impedir la salida de quienes (como éstos) no están aún equitativamente dosificados, convencidos y ejemplarizados, es decir, *plenamente integrados*. Pero ellos cruzaron y, milagrosamente, llegan ya a la Región de los Murmullos Centelleantes, allí donde los himnos reconcomitantes y alarmantes suenan aterradores y conminantes. DE LLAMA SON LAS PAREDES. DE LLAMAS SON LAS CONSIGNAS DEL INTEGRADO. DE LLAMAS SERA EL CUERPO DEL TRAIDOR QUE OSE TRASPASAR Y MANCILLAR LA DIGNIDAD DE ESTE LUGAR. Pero ellos lo traspasaron. ¡HE AQUI LA PERDICION DEL QUE ESTE DOMINADO POR LA AMBICION!, decían las enormes letras colocadas sobre un cable de alta tensión. ¡ADVERTENCIA! Pero ellos continuaron. La Gran Madre, crispada y cromada, militar y peyorativa, enjoyada, dando un maullido abandona el sillón mullido e insulta a las computadoras aledañas que se restriegan sus metálicas legañas. Encabritada, amenaza; encabronada, ordena: ¡A LA CAZA DE LOS TRAIDORES! Es un preciso y precipitado precipitarse, eléctrica, su voz se multiplicó en el estruendo de los electrotaquígrafos. Todo el tráfico sideral se llenó de sollozos considerables. Pues las conscientes computadoras del subconsciente, captando la orden, la trabajaron, la revisaron y pulieron y, sin alterarla, en un sollozo la convirtieron. Con tal propósito, el sollozo llenó el depósito de furor de los durmientes; depósito que, por orden central, siempre se deja abierto para que aun en el sueño, se pueda practicar "la toma de conciencia activa" y borrar "las angustias represivas"... La madre, monumental y marcial, agria y agropecuaria, ataviada de urgencia, efervescente y prepotente, salió a El Estrado de las Reverencias. Aún no se había iniciado la persecución. Por lo que, neurótica y entronizada, ríspida y rimbombante, realmente embravecida y tajante, maniveló los instrumentos metálicos con un estruendo de aldabas carpenterianas. Tensa y tendenciosa, resonaron sus chillidos automatizados. La radio los convertía en hondos sollozos. Los depósitos de furia siguieron desbordándose —ellas brotando—. Un cohete-garfio, comprado al enemigo a precio de espanto, partió como un puñetazo rectamente encaminado, giró, se perdió entre las altas constelaciones, se precipitó... Desgaritadas las estrellas se estrellaron.

Tronaron los estruendos de un himno trotón: Era la mañana, configurada a una patada de la madre quien, nuevamente enchunflada, giraba ahora alrededor de sus espléndidos espejos plásticos intangibles e inconcebibles, donde se reflejaba hasta la mínima trayectoria de una hormiga de bronce —curioso artefacto mecánico que la madre dejaba suelta a la entrada de su habitación. La elegida acarició el curioso artefacto intransferible y contempló la esfera que la reflejaba enfurecida. *La tierra, esfera puntillante, la tierra, horror girante*, creyó, multicolor, oír decir a su alrededor; entonces, marcial y multitudinaria, marmórea y emulsionada, congestionada e irrompible, emitió nuevas órdenes irreversibles; convocó a una plenaria, y a planazos, plena, desplegaba ante el pleno sus planes... Mecánica y ecuménica, colosal y prosopopéyica, única y tronante, repartió el prospecto, y con sólo dos mazazos instaló la euforia en la masa. ¡AL CLAMOR, AL CLAMOR DEL HONOR. A DARME CAZA AL TRAIDOR. A LAVAR ESTE DESHONOR Y CUMPLIR EL LLAMADO DE NUESTRA GRAN MADRE

METALICO-AMOR! Así retumbaban las patrióticas llamadas y al son de ese clamor patrio la muchedumbre danzaba.

Enfurecidas se proyectaron por todas las regiones las legiones de héroes que antes de ser llamadas se presentaban, que antes de ser solicitadas ya estaban alistadas.

Ellos seguían alejándose y atravesaban ya el campo de minas diseminadas. La madre, planetaria y patricia, pataleó, patriarcal y patibularia, en la plataforma de los propósitos prominentes, amenazando con un cataclismo.

Las legiones partieron hacia todos los abismos.

Regresaban ya los pájaros rampantes, regresaban ya los buceadores exterminantes, regresaban ya las plataformas circulatorias y ambulantes comisionadas de proyectar hasta la más ligera circunvolución en la concatenación de la circulación de los infusorios y las holoturias. Crepitantes de furia hasta las llamas taponeadoras del futuro (las reinas de lo oscuro) regresaban.

Todos, compungidos, se inclinaron ante la aplanada antesala de los teleproyectores mayores. Ninguno trajo noticias de los traidores.

Fue la furia.

Férrea y resoluta, armada, alarmada y alambicada, ella, aferrada al fárrago de las fatídicas informaciones, ocre y parcial, inoxidable y lacrada, enjaezada con todos los andariveles rechinantes, terca y atornillada, autógena y autoritaria, pelada al rape, enfática y linfática —no concibiendo tal escape—, tomó el plano de los meridianos estratégicos, la esfera y el cuadrante, saltó hacia adelante, y ya ante el proyector popular, declamó atlética y ecléctica, hípica y épica, entre un bufido de pistones relampagueantes, su furia circular y multifacética... Era ya inútil simular. Inútil ya que los oficiosos oficiales y transformanoticias de oficio desplegasen su afamada eficiencia, afanándose en convertir las maldiciones en conmovidos lagrimones: Autónoma y napoleónica, ella, neumática y saltarina, desafinada, truculenta y trucidante, drástica y sarcástica, acústica y elástica, trajinaba trotona. Ríspida y rimbombante, a un *clin* de sus aldabas concomitantes, partió hacia la Desolación Norte La Legión

Triturante... Se estremecieron sus circuitos reconcomitantes, y hacia la Desolación Sur partió la Legión Achicharrante. Finalmente, ya en uniforme, a un trueno de sus torniquetes concatenantes, conminó con su informe en forma alarmante, a los que aún no se habían dedicado a la persecución incesante. Los oficiales artificiales tomaron notas del pronunciamiento eminente de su eminencia, y en un instante, con impaciencia y entereza, borrando toda traza de pereza, se encasquetaron la fulgurante coraza. Pero ella asaz contumaz gritó más y aviesa y traviesa, cocoquímica y cacofónica, condecorada, en la cumbre del cuqueo cloqueó corajuda y todo sucedió como su encasquetada y quisquillosa cabeza cuidadosa cubicó. Fue el despelote y el despellejamiento. Una ola de furia atomizada cubrió la ciudad previniendo que alguna alcantarilla antipatriótica pudiese dar cabida a los fugitivos. Las barreras termonucleares "peinaban" la tierra y el chasquido de cada chillido era cuidadosamente sometido, examinado y diluido. Asimismo, ante el sismo, ante las mismas miasmas ensimismadas abismadas en el abismo, fueron nuevamente re-envasadas, tamizadas y (ya inspeccionadas) lanzadas. En tanto, la madre, abrumada y brumosa, lóbrega y clériga, deforme y siempre de uniforme, en la última plataforma, vigilaba insomne lo insondable... Pero ellos atravesaron las zanjas y los guardapatrias, la oficiosidad de los fosos oficializados, los obuses en sus diversas fases, los impertérritos perros y las torres esterilizadoras, aterrantes. Ante la misma madre que militante y relampagueante contemplaba las explosiones, un cohete rayó el cielo, exploró siete galaxias y se deshizo en una llamarada de estridentes frustraciones. Ante ella que, tajante y alucinante, letal y fatal, sobre la plataforma monumental echaba centellas ya a punto de soltar el grito, un arma verde-furia embistió el infinito y lo redujo a aerolitos. Ante ella, tronante y al borde de un cataclismo, un puño de hierro taladrante pleno de energías descomunales derribó mil planetas que como una corta lluvia de fuegos artificiales cayeron sobre sus tetas y se esparcieron por el abismo, nublando las nebulosas... Sí, porque había perros. Los árboles ya habían sido liquidados, borrados no so-

242

lamente de las regiones y las fotografías sino también de la zona conservadora de la memoria —ese artefacto reaccionario—. Arboles, insectos, todo verdor o rumor natural. Pero por una resolución ministerial, aprobada en pleno por el consejo mundial y hasta por la ideología imperante en el campo enemigo, el perro (¡loado sea!) fue considerado con el símbolo inmortal de lo que en términos sociales se llamó "un buen estrangulador del sistema universal". El perro (¡loado sea!) tiene que ser el ejemplo que todos debemos imitar; el perro (¡alabado sea!) que siempre se inclina cuando se le patea, el perro (¡venerado sea!) que se le amarra una soga al cuello y feliz, atado, al paso del que lo conduce se pasea. El perro (¡glorificado sea!) que si se le lleva al árbol artificial para ser ahorcado, la cola, humilde menea. ¡El perro! ¡El perro! ¡El perro! SEAMOS CON EL, decían las grandes electro-pancartas interplanetarias opacando el brillo de las remotas constelaciones. ¡SEAMOS COMO EL!, decían las luminarias resplandecientes, las letras fluorescentes y perennes, sobre las cuales se recortaba, alegre y sumiso, optimista siempre la gigantesca figura del perro (¡Inmortalizado sea!). Ideal al que todos debemos aspirar. Meta final para todos los que confían en el gran amor de Mamá Trimotor:

1) Madre prenatal.
2) Madre artificial.
3) Madre fundamental.

El anteproyector de un campo de concentración convertido ahora en campo concentrado, desfiló tenso bajo los pies de los que se ahuyentaban. Pero no los descubrió. El miró la ciudad en llamas; ella, sus ojos llameantes... Pero he aquí que la madre, mecánica y ecuménica, es decir, copérnica y avérnica, térmica y epidérmica, manipula la palanca de El Incinerador de Esperanzas de Todo Tipo, y ya, dinámica y administrativa, azota, hosca y tosca, el vasto campo calcinado. Ellos, viendo la desolación hollando sus huellas mientras se ahuyentaban, oyeron también el aullido de la madre quien bambollera y bullanguera bolluna y boyuna, aunque épica y púdica —típica— pedía a gritos la captura sin dejar de aullar; entonces... *Pero, ¿y ese bramido?, ¿y ese* estruendo?, ¿esa horrible forma de narrar, ese ahogado y furioso traquetear, ese avanzar enfebrecido y reiterativo, esos gritos, esas aleaciones, esa manera tan horrible de contar, será lo que habrá, si acaso, de quedar?... Hasta ella, la sin par, altoparlante y pendenciera, llegó este parlamento exasperante. Entonces, Mamá Gangarrias, garantizadora de nuestra gravitación, única experta en grajos, primera carraspeadora, atragantada hizo gárgaras y su gorgoteo incandescente repercutió repelente. Tórrida y torrencial, procelosa y sinuosa, encapotada y diluviante, eliminaba explanadas, huecos, canales, fuertes y contrafuertes, borraba torres, morros y guijarros. Parametrizadora sin par, todo lo igualaba. Y, única gran cigüeña, a un movimiento de sus cigüeñales, aumentaba, por su acaso, el acoso en el cociente de la Alta Comisión Experta en Llantos y Sonrisas Ilegales. Así, oligárquica y oligofrénica, uniformada y centrípeta, cuadrada y lapidaria, autónoma y termodinámica, pero atónita y tonitronante, irrumpe en el Palacio de las Proyecciones, ve el girar de las naves fulminantes y ordena la destrucción de la mitad de la tierra, ordena también incendiar la luna y la extinción de ocho satélites artificiales creados con intenciones publicitarias en el Año de la Gran Armonía Interplanetaria... A un chasquido, los astros silbaron y se esfumaron. Entonces, atolondrada y telúrica, se asomó a las esferas atómicas y vio a la muchedumbre delirante que, en medio del fuego, la aclamaban y seguían persiguiendo a los traidores. Farragosa y colosal, cilíndrica y alambicada, culona y alucinante, pero hosca y mística, aunque gangosa y gangsteril, entró de nuvo, obesa y posesa —plena— en el aposento de Los Altos Castigos. Y ordenó... Mil garfas se movilizaron y trasmitieron la orden. Mil naves experimentales asolaron los vastos recintos siderales. Mil telegramas luminosos se proyectaron por el cielo artificialmente oxigenado:

## AUN NO LOS HEMOS ENCONTRADO

Por lo que, iridiscente y onmisciente, ya dominada por un oscuro terror, atorrante, abombada y bombástica, más experta en balística, se adentró en la Cámara de las Armas Estratégicas. Por un instante se quedó rígida, infinita y plenipotenciaria, luego rechinante e incandescente, aplastada y elíptica se para en el centro del cuadrante atómico, abrupta, toma la tabla controladora y opta, epiléptica pero optimista por reptar el romboide rascacielos del reto acústico. Allí, multifacética, ya que ecléctica y dogmática, pragmática y melodramática, escolástica y plástica, escucha rechoncha y ancha, entre convulsiones el estampido de sus detonaciones. Finalmente, ve los mismos telegramas que repiten las mismas comunicaciones:

## NO APARECEN

Boreal e hiperbórea, hipertrofiada e híbrida —ya que bárbada— reía. Mientras que, rumbera, se menaba, lloraba y ordenaba, ensamblaba en el aire los metales más costosos, y lépera, lerda y alerta manipulaba el controlador. Nuevas constelaciones fueron aniquiladas con un arma rechinante que ella, exuberante, inventó en un instante. Los perseguidores, sin detener las proporciones ni la productividad de la persecución, guardia en alto, aplaudieron el invento con gran aspaviento, reconociendo como un triunfo de la ciencia y de la imaginación tal descubrimiento. Nuevos gallardetes se imprimieron. Y aquel que no colaboró fue colgado. Y aquel que dudó fue estrangulado. Y aquel que se sonrió fue exterminado, y alguien que por un momento parpadeó fue electrocutado. Y alguien que pestañeó cuando se ejecutaba a los ajusticiados fue perdonado y solamente enviado a perpetuidad a un campo de trabajo forzado... Luego, a fin de finiquitar el fin de los difamadores e infames fugitivos, diáfana y farsante, fúlgida y fantasiosa, fungiendo como font font en fanfarria sin final, anuncia, frenética y desenfrenada, en breve resolución por ella misma firmada, que la cuota de chícharros será en unas tres partes cortada a fin de costear el costo de la construcción de una contadora-escrutadora-compiladora-de-contradicciones-menores. Automáticos, todos la donaron y aplaudieron. El flamante artefacto, construido en un segundo atómico, es decir, antes de comenzar el proyecto, desfiló por la ciudad en ruinas. Muchos de los donantes fueron exterminados mientras sus manos vitoreaban con palmadas la llegada de aquella furia recién inventada. Hasta la misma máquina, tan perfecta en su perfecto mecanismo, estuvo a punto de ser traicionada por una de sus bobinas mal sincronizadas... *¿Y esa música que aún a veces creo escuchar, haber escuchado? Olor a mar, rumor de mar, estruendo de mar, y, por encima de las aguas, ese sonido remoto, ese ritmo que de pronto produce el hechizo... Olor a tierra fresca y árboles que nunca he visto; un'pinar que presiento y sé que no existe. Tierra empapada, flores estallando. Una barca repleta de cintas y risas llegando hasta la tibia arena. Una canción que flota sin cesar... ¿Hacia dónde? ¿Hacia dónde?...* Asaltada por aquellos rumores, ella giratoria y contrasusurrante impartió nuevas órdenes. Un globo cargado de bacterias intestinales partió terso y asoló el anverso y reverso del universo. Una aguja electrizada salió recta hasta el no-fin y el rayo de la muerte se instaló en todos los infinitos confines... *Hacia una sensación de aguas que fluyen, hacia un latido de hojas húmedas, hacia cualquier sitio donde soñar no sea ya un crimen. Algo nos dice que debemos seguir, algo nos dice que no debemos darnos por vencidos, que después de la derrota comienza la verdadera batalla. Queremos por lo menos el recuerdo de un pasado que no pasó pero estaba ahí sucediendo con su posible suceder...* Furiosa y funeraria la madre volvió a oír otra vez aquel rumor, sin duda emitido por los prófugos traidores y, dando zarpazos, zarpa, blindada y antiblandengue, habladora y oblonga, investigando y extirpando. Finalmente, nada encontrado, ella, giratoria y perentoria, realmente seria y recalcitrante, decide hacer una vez más su gran aparición sensacional, y, otra vez, hablarle a la muchedumbre fiel. Así, ataviada para el caso, sale —torrente de aplausos— al Universal Cuadrante Circular... Regia y rugiente, blindada, atestada y testaruda, imantada, desarrollando *in mentis* el discurso conceptual, avanza marcial: En los ojos, el espejo bifocal; en la nariz, el aro comunal; en las manos, el cetro universal; en el ano, la plaqueta monacal; en el pubis, la malla moral; en el tórax, la banda transversal; en lós senos, la planchuela virginal; en el cuello, la argolla sin igual; en el pecho la coraza antinuclear; en el vientre, la pistola marsupial; en el índice, el gran anillo estatal; en la muñeca, la orden rural; en los brazos el escudo tridimensional; en el antebrazo, el gallardete patriarcal; en un hombro, el distintivo ecuatorial; en una oreja, la gran orden multinacional; en la otra, la medalla doctoral; en la espalda, el manto de general; en la frente, la estrella colosal; en las sienes, la gran orden municipal; en el cráneo, el casco de metal; más arriba, la gorra militar; sobre ella, la tiara superpapal; por encima, la corona sin rival; alrededor, un fulgor episcopal; a los lados, una marcha marcial; a sus pies, la alfombra descomunal; en el aire, el himno internacional... Así, omnisciente e iridiscente, en medio de las trompetas, a trompicones, turulata y tropical, arribó, tarareante, a la tribuna colosal. Ya allí, embobinada y envalentonada, siempre bolluna y bullanguera, bilonguera (aunque científica), espesa y específica, a empellones, peyorativa, desbordó el torrente de su onomatopeya... ¡Era ella! ¡Era ella! La brillante, la bella, aplaudida y contundente, térmica y epidérmica, fluorescente y estridente, embullada aunque abollada, hidráulica e hidrocefálica, descocada y descalabrada, girando y eyaculando en su propia pelambre, y tejiendo la urdimbre, ella, toda estambre, toda timbre, cual calandria en regia jaula de alambre,ᶦ descalabrada cantando... Resumiendo aquel gran texto estatal —cuarenta días con sus noches duró el discurso diluvial—: Se abolió La Ley de la Racionalización General y se implantó la de La Abstinencia Total. De modo que todos los alimentos *básicos* (los no básicos, por serlo, no existían) fueron suprimidos, para construir con el producto de esa abstinencia sin igual El Arma Ideal para capturar a aquella pareja infernal. Los súbditos más fieles de inmediato comenzaron a vomitar para quedar absolutamente purificados; los otros, por infieles, fueron eliminados por el delito de EL BASICO INGERIDO EN EL PASADO Y CONSERVADO. Así surgió la nueva pena capital de EL BASICO NO VOMITADO que todos aprobaron por unanimidad... *La Historia, un microbio macrobio.*

*La Historia, una lección lesionada. La Historia, una inmensa cantidad de palabras palabreadas...* Pero ella, en trance, intransigente, entrando y saliendo con cara de tranca, sin escuchar aquella ocasión unánime, sino, este último susurro dicho sin duda por los malvados fugitivos, intrincada, deja tronco el estruendo de esa ocasión, atenta solamente a la persecución. Aunque los fugitivos no aparecían, anuncia, aprueba y firma el acta de la ejecución. Así, túrgida y litúrgica, ortodoxa en sus excesos, los proclama occisos, ordenando al jefe de la bisección de defunciones que redacte el acta de defunción y defección de los traidores, pues aunque ellos estaban vivos, para la gloriosa nación habían sido expulsados de su corazón, y, por lo tanto, ya no vivían en el seno de su amor. Pero monolítica y monomaníatica, quisquillosa y alerta, testificando, llama tiestos a los testigos del texto y ella misma con su testa, testa el supuesto testamento, sobándose los (no, no tales) testículos. Redactado, inmediatamente fue "sometido" a la masa que exaltada y emocionada aplaudió frenética tal resolución. *La vida un presentimiento de algo que perdimos sin poseer; un ligero temblor, un precipitarse, un vertiginoso caer. ¿Siempre igual?...* ¡No era posible! ¡No era posible! Por encima del uniforme clamor de idolatría los oía, los oía. Eran ellos, los prófugos, que continuaban empecinados alejándose. Entonces ella, la suprema, la Gran Guía, declaró La Guerra Universal de los Mil Días. Todos los aparatos de locomoción, todas las precipitaciones y resoluciones, toda pasión y repulsión, se pusieron al servicio de la heroica persecución. Hasta los perros, reliquias finales, glorias de la patria, en quienes se depositó toda la confianza —verdaderas instituciones— tuvieron que salir despotricados... Desde lejos, ellos, la pareja, vieron aquel avanzar de ladridos y contemplaron el estruendoso trajinar y traquetear de la ciudad movilizada. Y hasta se preguntaron si sería por ellos tal ajetreo. Mientras tantos instrumentos, perforaban, taladraban, aniquilaban estallando, la mitad de la tierra se cubrió de una espesa y rancia penumbra en la cual ellos se refugiaron. Y aquella penumbra que avanzaba devolvió el sentido a gran parte de la masa esclavizada que, desorientada y perseguida, de pronto se interrogaba, y no hallándole sentido a aquella persecución, pero tampoco hallando posibilidades de salvación, se autodegollaba.

*Coro de esclavos degollándose:* En la rancia penumbra ladra un perro, se degüella un esclavo y transcurre tu vida oscura y violada.

Apesadumbrada y apocalíptica, radical y radioactiva, la madre, viendo que sus planes no culminaban en los gloriosos resultados planificados, se sumerge, emperifollada, en la folla de su enorme perifolla, meditando. Luego, enjoyada y goyesca, soltando yesca ante los autodegüellos, desgañitada y ñoña vestida de campaña, semejante a una cucaña en corpiño de vicuña lanzando coños y cerrando los puños se engurruña y gruñe, y como quien realiza una gran hazaña, marañera y ermitaña, se introduce huraña en la maraña de la gran tabla controladora y en todas las aledañas... Para engrosar el amplio número de terrores, una nave partió hasta el centro de la tierra. Allí se infló y estalló, derribando todas las capas interiores del deteriorado planeta. Enfebrecidos los mares subterráneos se esfumaron como informes fumarolas furiosas. Y una noche crepitante cubrió toda la tierra.

*Coro de altos dirigentes buscando refugio en medio del derrumbe:* Bajo la noche crepitante los flancos tantas veces flagelados de la tierra se derrumban.

Pero ellos (la pareja) siguieron corriendo. Vieron la tierra repartiendo exhalaciones abominables. Vieron el perro luminoso, la gran pancarta monumental, desintegrándose y esfumándose, cuando la madre pifiada y piafante, perentoria, pero aún emperifollada y perifrástica, todavía patrocinante, ministerial y minimizante, es decir aún mangoneadora y mongólica, ordenó, befada, la destrucción total, mas no la capitulación. Ellos, los fugitivos, también tercos, decidieron perecer, mas no comparecer... PERO AUN CUANDO TE REVIRES O ESTALLES, dijo entonces Robot Encargado de Desapasionar a los Apasionados —última arma para aniquilar a los inconformes—, AUN CUANDO PEREZCAS O TRIUNFES, AUN CUANDO

ACEPTES O RECHACES ¿NO SIENTES QUE UNA ESTAFA DESMESURADA ESTA CAYENDO SIEMPRE SOBRE NOSOTROS? ¡UNA ESTAFA ANTIGUA E INDESCIFRABLE! —retumbaba la voz de Robot Desengañador—. ¡MAS PERDURABLE QUE TODOS LOS CONSUELOS O TRIUNFOS! ¿ENTONCES QUE? ¿PARA QUE? —dijo la voz de alta frecuencia decepcionante—. ENTONCES, ¿PARA QUE SEGUIR PERSISTIENDO, ANHELANDO, LUCHANDO?... En tanto la madre, ahíta, más airosa, se agitaba, presintiendo cómo los inalcanzables se desolaban. Pero en ese instante los dedos de los fugitivos se rozaron. El extendió la mano y tomó la de ellla. Y los dos vieron que eso era bueno. Entonces la madre, frondosa y sulfúrica, vasta y tartamuda, viendo que los detectores aún no anunciaban la desaparición del objetivo, mandó a fulminar al desanimador de apasionados. Con un inmenso estertor desapareció Robot Desengañador. Ellos se detuvieron en medio de los escombros. Ella se sentó y vio el cuerpo hermoso y desgarrado de el que la acompañaba. El, desde arriba, la descubrió, mirándolo. Pero ninguna computadora, por hábil que hubiese sido confeccionada, pudo registrar aquella sensación, porque dentro de todo el universo era ya desconocida... El se inclinó y pasó sus manos por el pelo chamuscado de ella. Ella se incorporó y puso las suyas en el pecho de él... La madre, ignorada y airada, marmórea y marcial, aún altanera y altisonante, pateaba la alfombra de cristales, ordenando. El mundo seguía su increíble reventar. Pero esta vez ninguno de los dos se detuvo a contemplarlo. Ella comenzó a desnudarse. El se extremeció. Ella se acercó. El la cercó. Ella se dio. El cedió. El tendió su cuerpo —el de ella— sobre la tierra que se tambaleaba. Ella sintió su cuerpo —el de él— que sobre ella se acostaba. El la embistió. Y los dos se confundieron. En tanto la madre, férrea y aterrada, descolorida, bramaba. Pero ya para ellos todo no era más que un agitarse acompasado, un frenesí susurrante fuera del cual todo sonido se había borrado. Finalmente, él estalló dentro de ella. Y ella sintió aquel estallido. Y los dos marcharon hacia un completarse fundiéndose. La madre, desmoralizada y esmorecida, tartamuda y destartalada pero aún rechinante y recalcitrante, hizo un último gesto fulminante. Con la punta del cuadrante movió la palanca desintegrante. En un instante todo se desproyectó. Y se pensó —así se informaban las ondas radiantes— que el mundo al fin finalizaba. Pero ellas brotaban... Al principio, tanta había sido la dicha, ni ellos mismos las descubrieron. Pero brotaban. No eran resplandecientes ni considerables; no eran dignas todavía de adornar jarrones, arcadas o salones (cosas, por lo demás, ahora inexistentes). Aún no embriagaban. Pero brotaban... La madre, atomizada y atosigada, se esfumaba. Veía aquel brotar y fúlgida y furiosa, quiso aniquilarlo, pero el superpalacio y las computadoras, las palancas y hasta los más misteriosos recintos ministeriales fueron invadidos, cubiertos, por aquellas pululaciones que avanzaban. Ellos, aun amparados por la maldición de la persecución, volvieron a amarse. Esta vez se hablaron. Tu pecho es muro, dija ella. Suave es tu voz, dijo él. A una señal tuya yo me tiraré al suelo y me ofreceré, dijo ella. A una señal tuya me desgarraré el cuerpo y te alimentaré, dijo él. Si me entregas a la abominación, matas o traicionas, yo te tomaré en mis brazos y te apretaré contra mi corazón, dijo ella. Si por ti tengo que defender o rehacer la infamia, todo eso haré, dijo él. Y yo la sustentaré y la acrecentaré si tú me lo ordenas, dijo ella.

Coro de alimañas (riéndose a carcajadas y desapareciendo): ¡Así es el amor! ¡Así es el amor! Y no hay otro.

El se tendió sobre aquella alfombra (ya embriagadora) que se acrecentaba. Ella se inclinó, besó, tanteó, adoró todo aquel cuerpo resplandeciente. El la atrajo nuevamente. Otra vez estallaron y se mezclaron. Finalmente, abrazados, se durmieron... Reía, reía, diestra y siniestra, encrespada y escarpada, delirante y demoledora, tórrida y horrorosa, la madre, mientras se disolvía aún reía... Ellos se despertaron y comenzaron de nuevo los elogios. Me gusta tu cuerpo, dijo él. Que el tuyo me cubra siempre, dija ella... Así continuaron alabándose con palabras elementales. Porque elementales son las palabras que se necesitan para confirmar la dicha. Elementales no, innecesarias

—pensó él, y calló, contemplando—. Y por un instante, mientras el sueño culminaba, es decir, mientras soñaban que se escapaban, que la furia de Mamá Gigante burlaban, y que, finalmente, en un sitio donde irrumpían las flores se encontraban, pensaron —ya se despertaban— que hubiese sido justo que aquel sueño, de tanto soñarlo, hubiese cobrado realidad, eso pensaron mientras se desintegraban y difuminaban.

(Elementales, elementales… Ah, y contradictorias.)
Pero ellas brotaban.

<pre>
        ¡C
          L
           A
            R
             O

             Q
              U
               E

               S
                I!
</pre>

                              Las flores brotaban.

Ae, Ae,
        es él que otra vez silba en el portal.
Vamos a dar un paseo,
       amor,
vamos a dar un paseo.
Visitaremos la gran pared
donde, en letras de oro,
se inscrustan los nombres
de los héroes.

                         Ellos nos utilizaron.

Vamos a dar un paseo
       oh, amor,
vamos a dar un paseo.
Entraremos en las bibliotecas

donde en dorados volúmenes
se narra la historia de
los grandes jefes y los grandes
tiempos.

                  Todo es mentira.

Vamos a dar un paseo,
     oh, amor,
vamos a dar un paseo.
Visitaremos las tumbas colectivas
de los mártires.
En ataúdes irreconocibles se revuelven
los huesos.

     Allí estamos nosotros,
     oh, amor.

             Allí estamos nosotros.

        *Si viven del otro lado del río, tomaremos una*
*barca y admiraremos durante la travesía la nieve*
*brillante que se funde en seguida en nuestras ma-*
*nos. Ningún matiz de blanco es realmente blanco*
*bajo la nieve que hace aparecer grises las alas de*
*las cigüeñas. Hasta el infinito la campiña es un*
*cuenco de leche.*

        *Al atardecer las nubes se dispersan y en la no-*
*che pura se distingue un mágico, precioso decora-*
*do de jade.*[1]

Ae, ae,             O

               D
    es él, que otra vez silba en el portal.

          N
        A
      T
     O
   R
  B

1 Anónimo: *El espejo mágico.*

# CANTO TERCERO

Me levanto y sólo veo fulminaciones luminosas, chorros de luz chillona, grandes llamaradas cayendo, entrando, royendo, destruyendo, llamando para golpear, obligándome a incorporar, haciéndome ver así, fijo, desnudo, inútil, impotente y furioso, náufrago sobre las blanquísimas sábanas, en medio de la claridad. Mírate, mírate. Ahí, aquí, ante esta realidad que no es realidad, sino incoherencia que no se detiene, perpetua fijeza de la inconstancia... Me levanto, me levanto y no me levanto, sino que sigo aquí, mirando mi estricta extensión de soledad, mi cuerpo. Mirando esos tabiques que se disuelven, estas manos que reposan, como monstruos, sobre la tela blanca. Me levanto, no me levanto, me levanto no levantándome. Y el qué has hecho, y el qué estás haciendo, y el qué vas a hacer me flagelan al igual que estas fulminaciones que me impiden avanzar... Cómo, de qué manera, dejar aquí, donde sólo existe lo no precisado (lo que pudiera ser) la certeza de una perenne incertidumbre. ¿Cómo dejar aquí nuestros propósitos definitivos, nuestros deseos sin tiempo, nuestro anhelo de permanecer al menos en la memoria desgarrada de aquel que no conocemos y sin embargo nos sustentará? "Pobre gente, cuánto sufrieron, mira, aquí lo dice; alguien pudo decirlo, no sin dificultad ni problemas realmente siniestros, no sin haber dejado de entregar por ello toda su vida, y aún más"... Y el sol vuelve a repetir sus mismos fulgores: *Ríndete, entrégate, sucumbe sin decir nada, danza, danza, danza bajo mi resplandor. Escucha tan sólo el crujir de las criaturas que, gracias a mí, corren a refugiarse (y apenas si amanece) bajo la piedra, bajo la oscuridad y la humedad elementales; o se engarzan (¡ya se engarzan!) aturdidas, embotadas, realmente mecanizadas dentro de su furor, bajo mi luz... Escucha, escucha, mira cómo se retuercen, mira cómo se mezclan revolviéndose, mira cómo lívidas se transparentan hasta formar un solo marasmo; mira cómo se entregan a esa somnolienta y avasalladora repetición unánime de una fija pesadilla que es el trópico*... Hay que levantarse, hay que salir, hay que entregarse. Ven, todo cruje. Ven, todo es aquí tan tembloroso, tan claro, tan ineludible, tan desgarradoramente chillón y dominante... Ven, te llaman esas siluetas desoladas e inmediatas. Tanta estupidez y tanta tristeza. Tanto deseo y tanta impotencia... Levántate. Sábanas a la claridad; ventanas a la claridad; cuerpos desunidos a la claridad; cuerpos transparentando esa agonía de no ser sino la copia de algo que se derritió quién sabe cuándo. Y, sin embargo, el dolor es el mismo, la opresión de la luz sobre la piel la misma; la misma sensación de inútil arder, ahora, en este instante, siempre. Me levanto, me levanto —¿Me levanto?— Empujado por la luz camino ya. Ve, enjúgate ese rostro, cálzate ese cuerpo; instálate, acomódate, incorpórate, refúgiate... De una a otra pared, qué distancia. De uno a otro sillón, qué certeza de que no vamos a llegar. Levantar un brazo, estirar una mano, tomar el jabón, he aquí el más grandioso de los heroísmos. Piyamas, cuerpo anudado en trapos; vellos surgiendo como un bosque grotesco, como un sueño dentro de otro sueño en el que grandes dientes comienzan con raro ruido a roer por ambos extremos —en el centro nosotros—. Echa a andar, echa a andar como si cada paso decidiese el destino de un continente o un lejano planeta. Restriégate así los ojos. Echa a andar. Me levanto, me levanto. Con el primer cigarro se instala la lujuria, y entonces —ahora— ya no hay salvación. Me levanto y sigo tendido, mirándome, mirándome. Me levanto, me levanto. Desbrozando claridad avanzo; desintegrándome por tanta luz, estoy afuera. Vuelvo a fumar. La lengua, anegada por mil escozores, tratando de hallar quién sabe qué extraño consuelo, se agita dentro de su bóveda; la bóveda, de por sí insatisfecha, repliega sus paredes y oprime; esa sensación de opresión entre bóveda y lengua y humedad que cae destila un *ve y corre,* un *ve y busca,* un *ve y revienta por Dios, pero no ahorita, sino ahora, ya, nunca más tarde...* El humo sale, el humo vuelve a entrar y sale; el humo, dentro, configura un cuerpo que al querer aprisionarlo se disuelve; el humo, afuera, forma un rostro, unas piernas, un ademán insolente y magnífico que danza, *así,*

255

que mira de *esta* forma, que llama —¡con qué gestos!—, que
llama y salta. Uno avanza, y el humo (esa figura que anhelamos,
ese trazo que queda, ese reto) va avanzando un poco más arriba
de nuestros labios, casi dejándose penetrar por la nariz. *Sígue-
me*, el humo va diciendo. El humo vuelve a entrar. La lengua,
acosada, recamada ya de una sensación de deseo que ignora y
por lo tanto jamás podrá resolver, describe el giro desesperado.
La oscuridad se abre, la oscuridad se cierra; el humo, prisione-
ro, propone una batalla. El humo que sale ya de nuevo, luego
de haber contaminado (amotinado) todo el sitio, despliega los
guerreros. Surge el jefe. Viene en short. Prendo otro cigarro.
¡Vamos!... Y los grandes proyectos caen —pues hay humo. Y
los grandes propósitos se disuelven —pues hay lengua. Y los
grandes proyectos adquieren ya dimensiones de ridículas señoras "en estado dudoso de piedad" —pues hay sol... Homero se
derrumba ante un short ceñido. Ante un *mírame y ven, aquí
estoy, aquí estoy*... Oh, una temperatura verdaderamente con-
minatoria. Salgamos.

                              El mar
amarillo.

                              El mar
torpemente contorneando un arenal
anónimo —pues no hay historia.
    Vamos, pues, rumbo al mar.
Hay que hablar. Digamos: *Por aquí, creo,
hay menos piedras. ¿Trajiste el termo?
¿No olvidamos los fósforos?*... Pensemos,
recordando no se sabe qué libro
semileído entre el abrazante tumulto
de un ómnibus: *Por aquellos tiempos
una plaga azotó a la población
obrera.*

                    Arena cayendo sobre los cuerpos
extendidos.
Madre.
Padre.
Hijo.
        Arena cayendo.
Ramas, detrás el viento y
                el mar
ya no amarillo.
Tu rostro, tu joven rostro
aún, arena cayendo.
Tu cuerpo, tu sin duda estimable
cuerpo aún, arena cayendo.
Las delicadas manitas del que
todavía conserva el privilegio
del silencio —quizás de la ignorancia—,
sus ojos que nos miran,
la planta que nos protege,
las observaciones verdaderamente aprobatorias
y hasta envidiosas
de damas, padres y demás
        artefactos
domésticos.
                                        Arena cayendo.

        Instálate aquí, protégenos,
haz un muro con tu cuerpo
                        (dices).
Mira cómo se ha dormido
Mira cómo se despierta
Mira cómo nos mira
                        (dices).
¿Qué preparo para el almuerzo?
¿Dónde quieres que vayamos?
¿Qué hora es?
                                        Arena cayendo.

Hace unos instantes,

hace unas horas
(el bordado de la toalla,
la sombra de la planta
sin duda contribuyeron a esa
sensación),
sentí —creí sentir—
un inexplicable goce
casi doloroso de *estar*.
El viento, que no era muy fuerte,
las telas y el árbol
tomaron parte en esta
revelación.
Eres, sencillamente,
ese que yace sobre el suelo
y observa.
Eres, sencillamente,
algo que está ahí
y siente.
Guarécete contra el cuerpo
que más te desea,
ése ha de ser el que te tolere.
Piensa que es un privilegio
estar, sencillamente, estar,
así, bocarriba, al sol, padeciendo.
Usa ese aire que te golpea no con
violencia.
Toca una rama.
Reclínate aún más.
Cierra los ojos.

                                    Arena cayendo.

Pulsa ese goce natural,
ese minuto que no vas a recuperar
y es casi tuyo,
este silencio.
Mira que la via es sólo concesión y anhelo.
Mira, ahora estás tendido y respiras.

Mira que la vida es sólo estupor o renuncia.
Mira, ahora estás tendido y respiras.
Mira que la vida es sólo cuchicheo y traición.
Mira, ahora estás tendido y respiras.
Mira que la vida es sólo sed y resentimiento.
Mira, ahora estás tendido y respiras.
Mira que la vida es sólo amordazamiento y mansedumbre.
Mira, ahora estás tendido y respiras.
Mira que la vida es sólo extorsión y silencio.
Mira, ahora estás tendido y respiras.
Mira que la vida es sólo esclavitud y aplauso.
Mira, ahora estás tendido y respiras.
Mira que la vida es sólo fanatismo o cuchillo.
Mira, ahora estás tendido y respiras.
Mira que la vida es sólo riesgo o abstinencia.
Mira, ahora estás tendido y respiras.
Mira que la vida es sólo retractación o fuego.
Mira, ahora estás tendido y respiras.
Mira que la vida es sólo acatamiento o abismo.
Mira, ahora estás tendido y respiras.
Mira que la vida es sólo cacareo y tambor.
Mira, ahora estás tendido y respiras.
Mira que la vida es sólo convulsión y preicipitamiento.
Mira, ahora estás tendido y respiras.
Mira que la vida es sólo hipocresía y escozor.
Mira, ahora estás tendido y respiras.
Mira que la vida es sólo meneo y lamento.
Mira ahora estás tendido y respiras.
Mira que somos instrumentos de algo que no controlamos
     y nos vigila.
Mira que somos sólo un terror pasajero, una impotencia airada,
     una llama insaciable y efímera.
Mira, ahora estás tendido y respiras.
Mira, ahora respiras, mas no dentro
de un instante,

mas
no
mas no ya
mas,
     ya.

Díganme que no voy a ningún sitio,
sin duda alguna seguiré.
    En un tiempo —cómo la actual miseria
lo enaltece—
él conocía el secreto
que escondía cada tronco.

    En un tiempo —cómo la actual miseria
lo acrecienta—
él protegía la noche
con su solitaria devoción.
Hacia la tarde.
Cantaba solo sobre la yerba.
Se revolvía extasiado en el suelo.
Cada piedra, un símbolo.
Cada yerba, un mensaje.
Cada árbol, un castillo.
Cada mañana, una nueva canción
inventada al instante, como
ofrenda.

      Corre.
      Trépate.
      Refúgiate.
        Pero él sale del mar,

Viene hasta nosotros.
Se tiende ahí,
muy cerca.

Y
Homero queda
postergado. Recoge
su cayado y gira
quien sabe si a
la luna.

(Ella, ¿se ha dormido…?)

Domingo.
Domingo.

La sagrada familia va a partir.
Los coches a la entrada.
El castillo en la distancia,
otorgándole al paisaje
la clásica austeridad de un viejo
grabado.

Ya regresan.

El al frente.
El, lejano, abrazándolos a todos.
Instalándolos, disponiéndolos,
dispersándolos,
                finalmente,
borrándolos.
            Los pomos ("Colonia 1800", "Agua de la
Florida", y
hasta antiguas canecas)
yacen enterrados bajo la arboleda.
Aquel frasco de brillantina "Sol de Oro" fue una reina. Este,
largo y verde, a quien el fango quitó su transparencia, era el
príncipe.

Noche
noche
(cueva
arcada
zarzal)

¿qué me has dejado?
      Labios,

piernas,
muslos,
allí, también, sobre el short, polvo fino,
pequeños granitos,
reminiscencias
del salitre
                estratégicamente
instalándose.
Cabellos empapados.
                                        Llega el cadáver.
(Ella, ¿se ha dormido?...)
                        Arbol despuntado en capullos,
capullos que eran pájaros
pájaros naves
delirante bibijagüero que era un
                                        pozo.
(brocales regios),
barbacanas del castillo,
¿qué me han dejado?
Enterremos en el guaninal
nuestras ofrendas.
El aguacero hará relucir esos vidrios.
Las semillas que hicieron de monedas
seguramente habrán de germinar.
                        Pero mira, mira, hay allí un tractor
rompiendo la tierra
para sembrar,
                        ¿qué?
        Y
Homero
definitivamente se derrumba ante la inminencia de ese
                                        [adolescente
que otra vez hace la señal
y echa a andar despacio,
                        sabiendo que lo sigo
                                (ya no).

Toma por la parte más alta de la
playa. A distancia parece andar aún
más despacio y firme, como para que no
lo confundan por los otros. El cuerpo
bronceado y esbelto, el short blanco,
las piernas que inevitablemente avanzan
animan el paisaje.

(ya no).

Aquella gruesa mujer se vuelve y
lo mira. Este matrimonio asentado
sobre una toalla de importación
—son funcionarios— también se vuelve, cada uno por su parte, disimula-
damente, lo observan. Hay algo de
imprecisa crueldad en ese andar.
Algo que somete instando a adoración
o a destrucción.

(ya no).

Lo sé, lo sé. Y que todo esto es
ridículo también lo sé... Pero se
ha internado entre los pinos, donde
casi no hay nadie... En la arena la
huella de su pie desnudo es ya incon-
fundible. "Si buscas", dicen los árboles; "si buscas", dicen los árboles...
Y sueltan la carcajada. "Si buscas"...
Y vuelven a soltar la carcajada.

(Ahora mismo, ahora mismo)

Ensombrecen su cuerpo. Lo bañan,
lo tocan; lo acarician con un
círculo cambiante de luz que dirige el viento al agitar las ramas.
Ahora camina sobre las agujas secas
de los pinos, orgulloso, sabiendo que
lo sigo.

(Entonces, entonces).

Deja el pinar. Piel y short vuelven a resplandecer bajo la claridad del mediodía. Como descuidada-
mente, al azar, sin apuro marcha
ahora por el pedregal que es también una mezcla de arena, pedazos
de madera y conchas rotas lanzadas
por la marea. Por un momento se detiene, se propina una suerte de leve
palmada en un muslo, quizás, sencillamente, para aplastar un mosquito.
Sin volverse, sigue andando
                    (Ahora, ahora).

Camino despacio, sin querer
evidenciarme ni pasar inad-
vertido, natural, porque hay
que caminar porque hay que
seguir a ese que, su capricho, así lo ordena. Me detengo.

                         (Entonces).

El, ya en el manglar, se detiene sin volverse. Se inclina como observando algo que
está junto a sus pies. Sigue,
ahora sin hacer ninguna señal.

                         (Entonces).

Dentro del manglar todo está
húmedo y tibio. El suelo cede
a mis pies. Sobre su cabeza
planea un enjambre de mosquitos.
Se detiene junto al tronco de un
mangle inmenso, un árbol. Sigue.
Toma un pequeño trillo y llega
a otro sendero aún más estrecho

bordeado de yerbas. Otra vez sale
a la claridad. Me detengo.

(Entonces).

El también se detiene bajo el
resplandor. El, esa suerte de
irreverencia bajo la luz, ese
no hacer nada y someter. Esa
forma de plantarse en la claridad.

(Ahora, ahora).

Me siento al borde del sendero.

(Entonces).

Me tiro de espaldas en la
yerba.

(Ahora).

Ahí están los árboles dejando
traslucir a veces girones azules, cerrándose y proyectando
un tambaleante círculo de luz.
Las cigarras, hasta ahora silenciosas, se oyen claramente. Debe
haber hormigas entre la yerba, pensé, mirando el cielo que surgía
a girones entre los árboles… Coloqué las manos tras el cuello,
cerré los ojos. Pensé: El sigue
andando seguro de que lo sigo, ya
debe haber desaparecido. Mejor así.

(Ahora, ahora).

Pensé que era agradable estar otra
vez así, tendido, sintiendo solamente el sol bailar, revolotear
sobre uno. Pensé también en no
sé qué horcón con un hueco arriba
donde, según decían, dormía un mur-

ciélago. Pensé en no sé qué rincón donde batía una sensación de
luz. Pensé en no sé qué tipo de
tristeza, de resignación, de dicha,
de revelación; en una música bajo
otro árbol y la misma claridad.
En ningún sitio real.

               (Ahora, ahora).
Pensé que era realmente ridículo
haber llegado hasta allí siguiendo
a aquel muchacho. Pensé: ¿Por qué ha
de ser ridículo si lo deseas? Sentí
un ligero escozor en las piernas.
Pensé: Efectivamente, hay hormigas.
Pensé que seguramente yo las había
irritado. Pensé que a lo mejor
no eran hormigas, sino piedras, o la
misma yerba, o la arena… Pensé en
la techumbre de un árbol enorme a
la que se iba de cabeza a descansar… Extrañas y no desagradables
figuras danzaban; una cruzó lenta,
ensombreciéndome el rostro… Creo
que no dormí más de unos minutos.
La sensación de fastidio provo-
cada por el calor, las piedras,
la arena, o las hormigas me
despertaron. Pensé que era hora
de regresar, que ella seguramente
estaría esperándome. Abro los ojos.
Ahí está él, frente a mí, de pie,
observándome, ni entusiasmado ni
inquieto, con la remota serenidad
de un animal en su elemento natural, escrutando con cierta curio-
sidad, con cierta burla quizás, y,

266

por encima de todo, ese aire de
indiferencia, de seguridad.

(Entonces).

Creo que me quedé
dormido —digo bos-
tezando.

El no dice nada. Sigue
de pie, mirándome.

No, dice.

El no dice nada. Sigue
de pie, observándome.

Me incorporo y me
siento en el borde
del sendero. Tomo
un cigarro. Le ofrez-
co uno.

Prendo el cigarro. Dejo
escapar el humo... Debe
ser ya tarde —digo.

Por el sendero se escucha
como una suerte de estruendo.
Es un bañista con una radio
portátil. Viene, evidentemente,
hacia nosotros.

Conoces bien este
lugar —pregunto.

No dice nada.

El hombre de la radio está ya
junto a nosotros, con un cigarro entre los dedos. Le pide fósforos.

El no hace ningún
ademán

Le extiendo mi caja
de fósforos al visi-
tante.

Prende su cigarro. Se dirige otra
vez al muchacho. Le habla del calor,
del sol, de la gente que hay en la
playa, de su deseo de encontrar un
lugar tranquilo.

El no le responde.
Finalmente, el hombre se despide de
nosotros con una sonrisa de complicidad. Los dos nos quedamos mirándolo. Ya entre los mangles, se vuelve.
Otra vez sonríe.

¿Por qué no te fuiste
con él?, —digo.
con él —digo, señalando para
el hombre— tenía hasta un
radio.

¿Con quién?, —dice él

No entiendo —dice.

Así no te aburrirías.

No estoy aburrido.

Siéntate —digo.

El se sienta.

¿Van a estar muchos días
aquí?

Quince —dice—. Digo,
trece,
ya pasaron dos.

Debes ser buen estudiante.

Como los demás.

Si eres como los demás, ¿por qué
no te fuiste con el del radio? Te hubieses divertido.

No entiendo —dice.

Si no entiendes, ¿quieres decirme por qué me persigues?

Durante un rato hace
silencio. Luego: —Ahora
iba a bañarme a la otra
playa. Por acá hay otro
lugar. Si quiere podemos
ir— se pone de pie.

No —digo. Y otra vez pienso en
un árbol enorme. Y yo de cabeza
marchando hacia aquella
claridad, hacia aquel
follaje mullido y verde.

Nosotros tenemos
también
un radio igual que el su-
yo —dice él ahora.

¿Ah, si? —digo yo, cayendo del
árbol.

Sí. Costó caro. Mi madre
lo compró en bolsa ne-
gra.
No lo traje pues no tiene
baterías…

Claro.

Es raro que no hayas venido con
algún amigo —lo interrumpo.
¿No? Todo el mundo tiene amistades.
Si hubieses venido con alguien
ahora no te aburrirías.
¿Y qué haces entonces?

No tengo muchos.

No dice nada.

No me aburro, dice.

Las cigarras vuelven a silbar.

269

El sigue de pie
entre la vegetación que
apenas llega hasta sus
rodillas.

Pues yo me aburro bastante
digo… Y hasta la bebida que
traje se me está acabando.

Se tira bocarriba sobre la yerba. El sol baila en su rostro,
en el pecho, en el cuello; vuelve al mismo sitio. El ahora
toma una yerba y se la lleva
a los labios. Siempre como distante y a la vez seguro de sí
mismo.
El sol sigue bailando, sube,
desciende.

Yo permanezco
acuclillado,
contemplándo-
lo.

La sombra de sus pestañas baja
un poco más. Ha cerrado los
ojos.
La fina y larga yerba llega y
se retira de sus labios lentamente. Una de sus piernas, es-
tirándose toca el borde del
camino.
Las cigarras hacen silencio.

Prendo un cigarro.          El sol baña ahora todo su cuerpo.

Es tarde —digo—. Mi mujer debe estar preocupada— agrego, e inmediatamente me siento absolutamente ridículo.

El no responde, sigue masticando la yerba lentamente.

Oye —digo de pronto—, si no tienes nada que hacer búscate un amigo, dos, tres... de tu misma edad. Sal con ellos. Vete por ahí. Te van a sobrar. Te lo aseguro. Y tú lo sabes.

No responde. Sigue entretenido con la yerba. Las pestañas ensombreciéndole el rostro.

Me pongo de pie —Me voy— digo en voz alta. Y hasta esa frase me suena contraproducente, absolutamente estúpida.

De pronto, la frase toma la forma de una solterona depravada que haciendo horribles señas me remite al cuerpo tendido.

Me voy —digo ahora aún más alto.

Y la frase (la solterona depravada) suelta una carcajada y llama, haciendo señas con uno de sus dedos grasientos, a varias solteronas más y a una divorciada y a una viuda quienes al instante empiezan a chillar.

271

Les doy la espalda
a todos y echo a
andar.          En Guanabo hay bebida por la libre —dice él
                entonces.

Me vuelvo.

                Las espantosas mujeres
                se han marchado. Queda
                sólo el cuerpo del ado-
                lescente, tendido sobre
                la yerba.
            Se lo oí decir a mi madre —dice. Ella quiere
            que yo le compre una botella de vino seco.

Me quedo
de pie,
mirándolo.

                    Las solteronas y la gruesa
                    viuda se distinguen a lo le-
                    jos, haciendo horrorizados y
                    afectados gestos y huyendo a
                    grandes zancadas.
                        El sigue tendido. El sol baila
                                [ahora entre
                        la yerba que sostiene entre sus
                        [dedos. Algo,
                        una minúscula piedra, una hoja,
                                        [sin duda
                        deliberadamente colocada, se
                                    [destaca sobre
                        el vientre.
                    El negro y grueso vestido
                    de la viuda se enreda en un
                    tronco, se desgarra. La bruja
                    suelta un alarido y sigue co-
                    rriendo.

Mañana por la
mañana —le digo
a él—, espérame
aquí para ir a
Guanabo.                                    El no dice nada.
                        ¡Brujas, corran, corran!

Echo a andar por
el pinar.

                Las cigarras vuelven a silbar.
                                    (Ahora, ahora).

Qué risa.
Qué risa.
                        En
                        el
                    ACTO TERCERO
el espejo es cómplice de nuestro impudor.
                                    (Qué risa, qué risa).
Señor: La mesa está servida.
        En el acto tercero
los peces ciegos (ojos usurpados por la tiniebla, cabeza que se
impele como un torpedo) salen a la superficie
para no ver
para no ver.
En el acto tercero
        los peces ciegos,
        la luz cayendo sobre el balcón y el mar.
        Ella fisgoneando.
En el acto tercero
        Figuras que se afeitan, short, piel condicionada al sol,
        ¡homenajes!
        Y el verano engullendo la ambición trascendente.
En el acto tercero
        (Qué sol tan fastidioso, corramos los sillones)
        antes de llegar al mar el paisaje se resuelve en
        reverberaciones, la claridad devoró al bosque en-
                                    [cantando,

                                                273

las cigarras trajinan sobre el resplandor,
el resplandor configura una repitición sinuosa,
la repetición se acrecienta y repitiéndose repite
aún lo que no ha sido.
Detengámonos, aunque ya no es posible, aunque nunca
                                                    [es po-
sible. Mira que nada hay como aquella enredadera que
                                                    [por
no haber existido tanto amamos. Mira que estoy solo y
                                                    [pa-
dezco y sé que no hay nada... Pero no hay manera: Las
                                                    [fro-
taciones continúan cada vez más vertiginosas: ja
                        ja: La
comida se
        enfría.
Ja, ja: y la
                comida se
                        enfría.
En el acto tercero
        la mañana se abre como una maldición,
        la airada serpiente se arrastra en una constelación ab-
                                                    [surda.
        Los cisnes ya se han retorcido el cuello.
        Un short que se alza hace al fin arder la enramada, las
        vigas, el corredor de zinc, el guano. La casa entera
        en llamas.
En el acto tercero
        ya nada es azul.
        Las teclas interrumpieron su airado son
        bajo el inabarcable —inconfesable— gesto del mar.
        En la sagrada bóveda los vitrales resudan ironía o
                                                    [lujuria.
        En la explanada calcinante las promesas configuran im-
                                                    [poster-

gables patíbulos... Oh Dios, y moriré en este país chi-
                                                        [llón donde
la gente se da a entender a golpes de falo y con ademanes
desvergonzados.
El aguacero se posterga para el quinto día
mas la maldición de estar vivo (acidez de la croqueta,
camisa arremangada) adquiere un considerable en-
                                                        [canto...
Oh dios, y moriré padeciendo, anhelando esos ade-
                                                        [manes.
La piedad es ya esa forma exclusiva de contar el
                                                        [horror.
En el acto tercero.
En el acto tercero.
        Quién no sabe su papel.
        Quién puede detenerse.
        Quién abandona el recinto.
        Quién no presiente el desenlace y, sin embargo, sigue
                                                        [fijo
        en lo oscuro, contemplado,
        o en el espacio bañado de luz, representando.
En el acto tercero.
        Los instrumentos tocan o no tocan.
        La música, el tono, ya se sabe:
                        Oh, ven y abrázame, oh, ven y engú-
                                                        [lleme
                oh, ven y abofetéame. Oh,
        pronto, no sigas, no sigamos,
        pues todo lo que no es superficial es maldito y,
        claro está,
                        hay que costearlo con nuestra vida.
        Buenas tardes, luce usted encantadora con ese traje.
        (Ella no sabe)
        Perdone que utilice un lenguaje tan evidente: Me es
                                                        [imposible
        hablar.

Jesús, y esparciendo perfume (¿O eso fue mañana?)
En el acto tercero toda regla de juego es inadvertida.
La autenticidad se instala en los dominios tanto tiempo
[usur-
pados por el buen juicio.
El hecho de estar vivo plantea su ofensa fundamental
(tanto tiempo aguardando, tanto tiempo aguardando):
Oh, ven y empújame.
Oh, ven y coopera.
Oh, ven y liquídame.
Los peces se deshacen furiosos.
La arena sigue el giro
que trazaron sus
pies.

Cartas
Entrevistas
memorandums
condolidos pésames
reunión general
anteproyectos y
proyectos
leyes.

Gaviotas sobre el mar.

Y la arena modela al vacío
la huella que dejaron
sus pies.

Pronto.
Pronto.
Pronto llegará la noche
y tú estarás solo ante una realidad que te desprecia y tú
desprecias.
Pronto llegará la noche y tú serás un gesto
en un tiempo que te aborrece.
Pronto llegará la noche y tú serás tan sólo
un tumulto de interrogaciones no respondidas,

una serie de afirmaciones trágicas,
dolorosas, certeramente concebidas.
             Pronto llegará la noche y tú serás tan sólo
un conjunto de resabios,
un pensamiento incoherente,
una soledad que se agranda y no puede, sin embargo, expan-
                                              [dirse.
                   Pronto llegará la noche
                   y tú serás sólo
la secuencia del cigarro en lo oscuro
el estupor de estar vivo en un lugar que te abraza.
                   Pronto llegará la noche
                   y tú solo, a un costado de la pri-
                                   [sión marina,
percibiendo, si acaso, ese aire que te golpea y
te es ajeno,
el chillido de un pájaro, su ya absurdo revolotear,
la silueta de lo oscuro mezclándose en lo oscuro.
                   Pronto llegará la noche
y tú estarás solo,
        pensando,
pensando:

## ENTREMESES

El hombre
es un engendro deplorable
pues teniendo alma, tiene, no obstante
un horario de ocho horas
cosa que no tiene el discriminado
animal.

El hombre
es realmente un amasijo espantoso
pues viviendo sólo para ser libre
no puede siquiera dejar el sitio

277

que más aborrece, cosa que bien
puede hacer la bestia más
torpe.
El hombre
Es indiscutiblemente una calamidad diabólica
pues sabiéndose mortal, que ha de envejecer
que será pasto de gusanos y luego polvo
cosa que, dicen, ignoran todas las bestias,
tiene sin embargo que buscarse (y con
cuánto afán) día a día el sustento
como los demás animales
aunque con más
dificul-
tad.

El hombre
es realmente un producto del maquiavelismo
mayor, pues sabiendo que existe el infinito
es el único ser que se sabe
finito.

El hombre
es de todas las alimañas la más aborrecible,
pues convencido de que para todo
existe la irrevocable muerte,
mata.

El hombre
es de todas las calamidades la más lamentable,
pues habiendo inventado el amor se desen-
vuelve en el plano de la
hipocresía.

El hombre,
es de todos los bichos el más asqueroso,
pues produciendo las mismas escorias que

el resto de las demás bestias, aunque más
hediondas, construye bóvedas y tapiados
recintos para
guardarlas.

El hombre
es realmente algo que merece nuestro
más profundo estupor, pues sabiendo
que más allá de la muerte está
la muerte no cesa de pro-
mulgar resoluciones
que restringen su
efímera
vida.

El hombre es de todos los monstruos el que hay que tratar
con más recelo, pues aunque su inteligencia
no le sirve para superar su condición
monstruosa sí le ayuda a
perfeccionarla.

El hombre
es sin duda la más alarmante de todas las invenciones:
hecho para la meditación, no llega jamás a una
conclusión definitiva que lo salve. Hecho
para el placer, persigue y condena
todo aquello que pudiera
proporcionárselo.

El hombre
es realmente algo que merece
nuestro repudio más minucioso:
habiendo padecido todas
las calamidades
no hace sino
repetirse.

Pero
el hombre contemporáneo, el más viejo hasta ahora conocido,
es un engendro más abominable y lastimoso, pues percibiendo
los mismos deseos y las mismas sensaciones que el pagano
carga con los inhumanos andariveles
del cristianismo. Y del marxismo aun cuando le pese,
es decir, aun cuando no
crea en Dios ni haya
leído a Carlos
Marx.

Ah, el hombre,
algo dudoso y ridículo que merece
nuestra más desconfiada observación:
habiendo inventado a Dios, la filosofía,
y otros crímenes citables
se ve obligado a entrar en su cabaña
pues un mosquito ronronea ante su
nariz.

Pronto.
Pronto.
Pronto anocheció,
y los dos entraron en la habitación.
Pronto acostaron al hijo,
se desvistieron, apagaron la luz.
Pronto él cerró los ojos
y se fingió dormido.
Pronto ella colocó su cabeza entre las manos de
él
y lentamente las fue humedeciendo
(los dos siguieron ostentando una moderada respiración).
Pronto la cabaña fue un punto blanqueado por la noche.
Pronto las criaturas más imprecisas y persistentes poblaron el
tiempo.

280

Las pululaciones fueron creciendo.
gritos
aleteos
taimados deslizamientos
péndulos entrechocándose
saltos
pesado caer de cuerpos blandos
lamentos cavernosos
roer
cuchicheos
cosas que se destripan
golpes como de badajos sumergidos
desesperados giros
escalofriantes registros amorosos
agonía de algún ser indefinido —rana, ratón, paloma—
atrapado
por una ventosa que lo asfixia
algo que repta, algo que se posa, algo que tropieza y saltos,
gorgoteos, meneos, oscilaciones, frotaciones
Grapac
Grapac
Grapac
      O así:
    *La noche bella no deja dormir: Silba el grillo; el lagartijo*
*quinquea, y su coro le responde; aún se ve, entre las sombras,*
*que el monte es de cupey y de paguá, la palma corta empinada,*
*vuelan despacio en torno las animitas; entre los nidos estridentes*
*oigo la música de la selva, compuesta y suave, como de finísimos*
*violines; la música ondea, se enlaza y desata, abre el ala y se*
                                         *[posa,*
*tilila y se eleva, siempre sutil y mínima —es la miríada del son*
*fluido: ¿qué alas rozan las hojas? Qué danza de alma de*
*hojas.*[1]
    Ae, ae,

---

1 José Martí: *Diarios de Campaña.*

es él que otra vez silba en el portal

                                    O
                                  L
                                O
                              D
                            N
                          A
                        D
                      N
                    U
                  N
                I

282

# CANTO CUARTO

¿Quién va a comenzar el canto? ¿Un maricón confinado a perpetuidad en una granja agrícola por haber —oh maldición— observado con arrebato la despótica portañuela de un policía disfrazado de joven campesino? ¿Un ex-ministro reducido a cuatro muros y una memoria desolada? ¿Una marquesa expropiada? ¿Un recluta que con el filo de una hoja de caña se quedó tuerto y después fue condenado por negligencia? ¿Un ex-chulo con pretensiones filosóficas, convertido ahora en Presidente de un CDR? ¿Un matrimonio expatriado que, desde allá, añora y evoca el "oro de los días"?... Oh, pero, ¿quién va a comenzar el canto cuarto? ¿Un obrero asalariado que en los días de descanso debe duplicar la producción gratuitamente? ¿Un suicida frustrado gracias a la baja calidad de los barbitúricos de la época? ¿Una mofeta auroral y lírica condenada al ostracismo provinciano porque habiendo ganado un concurso literario, su libro, ay, no gustó a Rolando Rodríguez, el Torquemada de las *cubanis letris* actuales? ¿Un náufrago derivando para siempre hacia el abismo del Golf Estream sobre una goma de camión y dos tablas, huyendo inútilmente de este "paraíso", sabiendo que no va a llegar a ningún sitio y huyendo? ¿Una cuadrilla de poetas mudos? ¿Aquel que por haber mencionado alguna de las últimas infamias hubo de ser vilmente torturado y ahora carga con la tortura aún más cruel de haberse retractado?... Oh, pero, ¿quién va a comenzar el canto cuarto? ¿Un adolescente pelado al rape? ¿Un homosexual conducido al paredón de fusilamiento? ¿Diez millones de personas esclavizadas y amordazadas obligadas a aplaudir su esclavitud?... Ay, ay. Oigan esos gritos. Oigan esos gritos. Cálmense, cálmense... ¿Un bodeguero acusado de hurto al pueblo, pues en sus botas —declara— llevaba varios granos de fríjoles? ¿Un escritor confinado a lo oscuro luego de haber sido obligado a tragarse todas sus páginas y los excrementos de las mismas hasta su tercera generación?... Oh, pero, ¿quién va a comenzar el canto cuarto? ¿Un niño obligado a repetir "patria o muerte", "patria o muerte" aun antes de poder hablar? ¿Una ex-puta convertida en superintendente de un departamento ministerial? —oigan qué bien se expresa... ¿Una puta de la época que se entrega —y con cuánta urgencia— por la remota promesa de un par de medias? Oh, pero, ¿quién va a comenzar el canto cuarto? ¿Un combatiente condenado a treinta años de prisión o a muerte, pues comprendió, naturalmente, que había que seguir combatiendo? ¿Una marica airada? ¿Una cocinera amargada? ¿Un bollo clausurado y por lo tanto patriótico? ¿Un pintor inmortal amordazado? ¿Una anciana a la cual le han intervenido hasta la memoria ya que no la puede expresar en voz alta? ¿Un miembro del Ministerio del Interior con pesadillas freudianas? ¿Alguien que se doctora en Ciencias Políticas por haber subido el Pico Turquino veinticinco veces? ¿Una madre que ve de nuevo partir a su hijo hacia el campo de trabajo: pala, piocha, fango, Lenin? ¿Un dramaturgo silenciado al silencio más triste y abrir pozos de petróleo por un teniente machista de aberrante oportunismo y fisonomía que es naturalmente el presidente del Consejo Nacional de Cultura? Oh, ¿pero quién va a comenzar el canto cuarto? ¿Qué voz anónima y airada? ¿Qué latido reducido a piedra? ¿Qué gran pasión anegada en resoluciones? ¿Qué sentir desgarrado ahogado en himnos y afrentas? ¿Qué sentir incesante y alerta de un fogonazo fulminado?... Oigan. Oigan, oigan cómo chillan. Todos quieren hablar, todos quieren presentarse y gritar, todos quieren decir rápido su espanto y reventar. ¡Zape! ¡zape!, ¡vaya ruido!... Cálmense. No golpeen de esa forma... ¡Ay, déjame a mí, chico! ¡Déjame hablar, coño!... —Schist, no grite de esa forma, no diga malas palabras, señora, que la está oyendo el Comité... Alinéense, hagan fila, por Dios, uno a uno, se analizará su caso. No, no golpeen así... ¡Contra! Derrumban la puerta. Calma, calma. Por turno, por favor, por turno... ¡Señora, por Dios! —Ay, qué Dios ni que carajo... —¡Señora!... —Ay, déjenme, cojones. —¡Señora, por favor! —¡Ay, cojones! —¡Señora! Qué barbaridad, me rompen el cuchitril... —¡Ay, hijo, por Dios cabrón, déjame a mí, carajo!... Jesús, cómo golpean. —¡Ay, coño, ábranme! —Bien, da lo

mismo cualquiera: Empiece usted.
     Ay, ay coño. Al fin. Ay...
     Ay, porque mi tragedia sí es grande. Ay.
     Qué grande. Ay. Porque lo mío no tiene nombre. Ay.
¡Mire!
     Mire usted, esta vieja soy yo. Esta mujer que levanta la
                                                    [mano.
     Ay, esta mujer bejada y befada.
     Sí, befada. No sé si existirá la palabra befada, ay.
pero befada soy.
     Ay, yo, la befada. Befadísima, carajo. Ay,
     que no doy pie con bola. Porque lo mío sí es grande.
                                                    [Ay,
yo, dama católica. Yo, dama romana.
     Sí, hijo, romanísima.
     Yo, dama respetable de las Dominicas Francesas. Ay,
romana yo. Yo, de las tertulias dominicales, el café y el
paseo.
     Yo, dueña de encajes, no ta gruesa —porque estos po-
                                                    [tajes me
ha desfigurado, sabe—. Ay,
yo, dama grande, en medio de este naranjal, ay,
rodeada de maniguas. Ay, custodiada; custodiadísima,
                                                    [sí.
Yo, dama fina, finísima era. Ay, yo... Ay,
mírame, hijo, en este campo,
en medio de este sudor, de estas lonas, de esta peste. Oh
                                                    [qué peste.
Dios mío, yo en esta granja esperando que me llegue la
                                                    [salida
del país. Salida que no me llega, que a nadie le llega,
y mientras tanto tengo que desyerbar naranjales y
más naranjales, Ay,
yo dama recatadísima, ay.
Pero eso (las naranjas) no es lo peor; eso ahora lo tiene
                                                    [que

hacer todo el mundo. Pero acérquese, oiga, usted. Ay.
Oiga: Aquí sólo hay mujeres: putas todas.
¡Ay, putísimas, señor!
Putísima yo: Virgen Santísima. Ay,
en un principio no era así. ¡No!
En un principio, cuando llegué, yo ni caso les hacía.
Me daba mi lugar. Sí, mi lugar de gran señora, carajo.
                                                    [Ay,
pero es tan difícil darse su lugar en un lugar como este
                                                [lugar.

Qué lugar, Jesús. Ay, vaya lugar.
Oigan,
oigan,
oigan a esas mujeres hablar:
            ¿Y la vieja no moja?
            ¿Y la vieja no chupa?
            ¿Y la vieja no singa?

¡Ay!

            Y yo al principio, tapándome los oídos.
            Yo, la almohada contra la cabeza.
            Y allá arriba, ellas meneándose.

Dios mío, y yo incluso sacaba un libro —un breviario, Jesús,
y empezaba a leer. Ay,
pero, qué horror, ay.
Llega la noche.
El naranjal se ataborna de chillidos, berridos, relinchos
—sí, relinchos, pues ellos vienen a caballo— y qué palabrotas.
Llega la noche, ay… Y ellas, desde por la tarde ya están
emperifollándose, quitándose cosas, poniéndose cosas, em-
                                                    [badur-
nándose con coloretes,
meneándose y manejando, Jesús, indecencias. Ay,
            Y llega la noche. Los caballos que se despotri-
            can, los potricos que se encaballan, y sobre las
            bestias, los hombres que relinchan.

¡Ay!:
Guajiros, reclutas, mecánicos, tractoristas, obreros, guardias
de por aquí, toda esa crápula, toda esa basura, toda esa escoria,
ay llega.
Ay, y hay que verlos. Hay que ver las cosas que dicen y cómo
vienen. Cómo vienen de ágiles y nuevos, y briosos, los hijos
de las malasmadres, los bandoleros. Ay,
ahí están.

> Y yo en la litera, Dios mío.
> Tratando de leer el breviario.
> Clamando al cielo, pero oyendo sólo
> aquel estruendo bajo el naranjal. Ay,

y ellas, las putas:

> Todavía la viejuca puede encontrar algo —dicen
> Y la vieja, si quiere todavía puede chupar
> —dicen. Y hasta la vieja, así todo vieja,
> si buscara, si nada más que se asomara a la
> puerta, la ensartan —Ay, dicen.
> Y la doña, con que virotee un poquito el
> moño, ya está clavada.

   ¡Ay!
Y yo rezando mi breviario.
Y pensando en mis hijas, Dios mío, allá.
Y hasta en mis nietos. Pero ese escándalo, pero ese escándalo.
Y los hombres.
Y los caballos. Y los relinchos. Ay, y las putas, ay,
los chillidos de las putas.
   ¡Ay!
Y ahora llega el calor. Y los aguaceros, ay, y el fango, y este
sudor, y todo el día ese abejeo constante de las putas.
Ese constante trajín de macho de lengua en lengua —Jesús,
> amparanos.
Ay: de lengua en
   lengua:

> Y aquel otro, el trigueño, qué bueno, ¿Eh? Y
> ¿viste cómo venía? Que cortaba. Ay, que por

me abre.

Ay: Y matas y matas y más matas de naranjas, aquí, aquí, a mi
alrededor, esperando a que yo las desyerbe. Y las lenguas manipulando hombres jóvenes. Jesús, protégeme. Dónde he
caído.

    Y otra vez llega la noche.

          Y otra vez siento los corcoveos fuera del
              [barracón.

Y otra vez siento cómo se aparejan como bestias
contra las matas de naranja que yo desyerbé.

Ay, dámela, dámela —grita una.

Ay, corre, corre, que me derrito —dice la otra.

    ¡Ay!

Y qué calor.

Y esta litera de saco pardo.

Y este techo de fibrocemento tan bajo.

Y estos mosquitos, Jesús.

Y esta picazón.

    ¡Ay!

        Que se emperifolle, que se empapele, que se
        restaure la vieja.

        Ayer mismo había un guajiro buenísimo,
             [durísimo,
        que corría loco de mata en mata.

        Ya todo el mundo estaba acoplado, y el pobre
              [iba
        y venía, corriendo. Y el pobre, solo se vino,
        contra una mata.

    ¡Ay!

        Y si usted lo hubiera visto: relinchaba como un
        caballo.

        Y lo que tenía: un salchichón. Como un caballo.

        Y brioso, briosísimo.

    ¡Ay!

Dios mío, Dios mío, Señor, Señor mío, Santísimo Señor:

esto sí que es grande. Yo, mujer fina y respetable, con hijos en el exterior, y nietos. Yo, abuela. Ay: abuelita, oyendo ese escándalo, ese corre-corre, esa apretujazón, ese incesante trajín, conversación y meneo de las putas. Jesús, ya sin darme cuenta casi, como si tal cosa, digo *puta*. Ay, ampárame. Ave María Purísima, ampárame, pues ya estoy cogiendo el vocabulario de esas putas. Ay, y otra vez, como si tal cosa, dije *puta*.

Ay, Jesús, ampárame.

Pero,
mire usted,
mire usted
Llega la noche.
Estamos en junio.
Estamos en noviembre, estamos en septiembre.
Estamos aquí. Churre, botas, fango, tierra, calor,
comida pesada (carne rusa), ay, qué pesada. Ay. Y la salida
es algo tan remoto.

Y mis nietos son algo tan remoto.
Y Dios es algo tan remoto.

¿*Y la vieja no tiempla?*
¿*Y la vieja qué espera para ser*
*ensartada?*
¿*Y la vieja no ve que ahora puede coger*
*mango bajito?*
¡*Y qué mangos...!*

¡Ay!
Y eso sí que está cerca.

Pero mire
Pero mire
Hoy llenamos 20 000 bolsas de tierra.
Pero mire.
Pero mire:
Hoy llenamos 30 000 bolsas de tierra.
¡Ay!
Mayo.
Junio.

Agosto.

  El aire se llena de una brilladera horrososa, la yerba seca que pisamos cruje, chilla, forma bulla. Los troncos de las naranjas sueltan una resina espesa. La misma sombra de los árboles es un círculo fijo que estremece.

   Y Dios cada vez más lejos.

   Y este estallido en el aire

      —ahí mismo—.

Virgen.

Virgen.

   Y otra vez es de noche.

   Y estoy tapándome oídos, ojos, cuerpo

   empapado contra

el saco. 36 730 troncos de naranjas desyerbados hoy

       [por nosotras.

Ay: ya digo *nosotras*. Ay.

Ay.

  Y ahora, bajo esos troncos, ellas chillan. Jesús, qué chillidos. Qué resuellos. Jesús, qué resoplidos. Y qué palabrotas.

¡Ay!

   Oigan.

   Oigan.

    Y nadie ve esto.

    Y nadie es capaz de detener esto.

¡Ay!

   Oigan.

   Oigan.

Me tiro el camisón —o lo que me queda de camisón—.

Salgo.

   Qué escándalo.

   Corro, sujetándome el camisón.

   Huyo, al fin.

   Dejo este infierno. Corro.

¡Ay!

   De un árbol sale un hombre joven y desnudo

que me hace una seña. Ay, pero yo corro. Corro
huyendo.
                          Desde otro tronco alguien me llama. Pero yo
                                                      [sigo
                          corriendo; corro ya por estos yerbazales. Sigo,
                          sigo, jadeante, ahuyentándome de ese escándalo
                          —sujetándome siempre el camisón.
Virgen,
                          ahora atravieso las cortinas rompe-vientos.
                          Ahora oigo las voces de todas las putas que
                          bajo las matas, revolcándose, me llaman.
                          "Al fin, viejita, al fin vienes a mojar", chillan,
¡Ay!,
                          pero yo paso como una centella. Corro
                                          [abandonando
                          el campo. Salto terraplenes; piso pasturas y
                                                      [yerbas; ay,
                          resbalo, me hundo; me paro, siempre
                                      [sujetándome el camisón y
                          corro.
¡Ay!
                          ya llego. Ya llego al callejón grande. Hombres
                                                      [que pasan.
                          Hombres que me miran. Ay, qué mirar. Me
                                                      [miran. Hombres
                          jóvenes que se llevan una mano al bolsillo, o más
                                                              [al
                          centro, y me miran.
¡Ay!,
                          pero corro. Abandono el camino real y corro.
                                                      [Cruzo ya
                          por sobre el pedregal, corriendo. Qué vocerío.
                                                      [Qué manera de
                          resoplar. Ay, que nadie vea que me voy, que me
                                                      [largo; ay,
                          que dejo al fin este prostíbulo chillón. Ay,

                                                              291

[nietos; ay,
hijas; ay, Dios: mírenme corriendo, corro
[huyendo. Voy
hacia ustedes, sujetándome siempre el camisón.
Tome el camisón desgarrado,
huyo.

¡Ay!

ahí está el soldado. El rifle a un lado. Las piernas
abiertas. Mirándome correr y masturbándose; oyendo
[el
estruendo de todos los que se revuelcan en el monte.

¡Ay!,

me mira. Ahora sí me mira. Me ha descubierto,
[huyendo en
plena noche. Pero sigue masturbándose y mirándome.
[Las
piernas muy abiertas, el rifle lejos, en el suelo. Pero,
¿por qué no me detiene? ¿Por qué no me da el alto?
[¿Por
qué no me dispara? ¿Por qué sigue así, mirándome,
[mirán-
dome firme, metálico, reluciente y hosco, y frotándose?
[Ay,
y mirándome. Me detengo un momento, esperando a
[que me
detenga... Corro, corro, corro desesperada.

¡Ay!

llego ya a sus pies. Caigo jadeante. Desprendiéndome
[con
furia del camisón me arrodillo. Abrazos sus piernas.
[Comienzo
a besarlo y apretarlo.
AY,
Ay,
Ay,
Ya llego.

292

Aquí termina mi carrera.

He aquí, pues, una historia edificante. La vieja dama encopeta-
da que, gracias a la *R* encuentra (privilegios del sistema) su verdadera autenticidad. "Nunca es tarde si la dicha es buena, abuela", respondió el coro de mujeres erotizadas desde el naranjal.
Desde entonces, ella bailó y cantó, y se meneó... Ah, olvidé
decirles que era viuda y que nunca logró irse del país. Finalmente, "abrazó" el marxismo. Ahora es jefa de campo y trabaja en
los naranjales día y... noche.

Y mientras tanto:

*La contralto canta junto al órgano del coro,*
*Los hijos casados y los que no están casados todavía*
*vuelven a casa para la cena pascual.*
*El portero custodia el umbral,*
*El empedrador apisona la calle,*
*El converso hace su profesión de fe.*
*El Presidente se reúne en Consejo de Ministros.*
*La ciudad duerme.*
*El campo duerme también.*
*Los vivos duermen lo que han de dormir.*
*Y los muertos lo suyo.*
*El marido viejo duerme junto a su mujer.*
*El marido joven junto a la suya.*
*La flexión del cuerpo.*
*El abrazo de costado con costado, rechazando el ligero*
*cubre pies.*

1 Walt Whitman: *Canto a Mí Mismo.*

# HOJA DE CONTROL DE SERVICIO DEL OPERARIO
## JOSE RODRIGUEZ PIO

Estado civil: casado con tres hijos.

Estado físico: 23 años, carné de salud al día.

Resultado: negativo.

Actitud ante el TC: llega a su hora reglamentaria o antes.

Actitud ante el TV: va todos los domingos a la agricultura.

Actitud ante la DC: cumple con sus guardias.

Actitud ante el LPV: ha realizado todas las pruebas pertinentes.

Actitud ante el BOM: acude a todos los llamados.

Actitud ante el CDR: cumple con todas las tareas y guardias.

Actitud ante el SMO: cumplidos con honor.

Actitud ante la UJC: disciplinada y correcta.

Actitud en el CSO: correcta.

Actitud ante el PCC: acata todas sus orientaciones.

Actitud ante el EJT: asiste todas las citaciones.

Actitud ante el MININT: obediente.

Actitud ante la FMC: coopera con las compañeras.

Actitud ante las FAR: respetuosa.

Actitud ante la UPC: coopera con los compañeritos.

Actitud política: coopera en tono. Nadie le ha oído hablar mal del Partido.

Actitud social: no recibe visitas ni llamadas telefónicas de particulares ni de familiares no consanguíneos. Se acuesta a horas normales. Dona su sangre trimestralmente.

Actitud ante sus compañeros: los saluda a todos.

Actitud ante la Seguridad Social: Se pela corto, se viste correctamente, no se le ha visto jamás con elementos antisociales, ni predelincuentes.

Actitud ante la Seguridad Laboral: Carga con todos los enseres, avíos y herramientas necesarias para el mantenimiento de su equipo.

Actitud ante la Seguridad Estatal: positiva en todos los chequeos y prechequeos.

Amistades fuera del centro: Familiares consanguíneos de primer orden: esposa, hijos, parientes de la esposa (madre y abuela).

Actitud Colectiva: va a las fiestas patrias, funerales, mítines relámpagos y eventos deportivos.

Color de los ojos: pardos.

Color del pelo: castaño.

Señas particulares (interiores y exteriores): ninguna.

Estado síquico: el normal de acuerdo con el RRATTT (secreto).

Preparación técnica: la necesaria para el cumplimiento de su función.

Cultura General: Lee el *Granma* y los libros que El Círculo le orienta.

Incremento técnico: Sigue todos los cursillos orientados por el centro.

Actitud moral fuera y dentro del centro: correcta.

Vicios especiales: ninguno.

Vicios generales: fuma después del almuerzo.

Antecedentes familiares: padre y madre muertos.

Ideas religiosas y otras lacras: ninguna.

FESE (secreto): en blanco.

CACZTP (secreto): en blanco.

RRTXZW (secreto): en blanco.

Labor que realiza: Al entrar comprueba el estado general del equipo. Engrasa, revisa, ajusta, manipula, carga y descarga el equipo. Supervisa y mantiene durante su horario reglamentario el control del equipo. Despeja sus alrededores de materiales ajenos al equipo. Realiza el engrase del equipo. Comprueba las precisiones de las poleas y el voltaje; revisamiento del carburador y rectificación y supervisión de los relojes de la caldera. Acondicionamiento de los depósitos del equipo y supervisión y perenne chequeo de los lugares próximos al equipo. Abre y cierra los embalses, vigilando el correcto funcionamiento de la estera; supervisión de las ruedas de engranaje y su lubricación oportuna. Carga con las escaleras, amarres, burros, encerados, cubos, frazadas esterilizadoras y varillas de rectificaciones del equipo. Carga con las regaderas, escobas, esponjas, poleas de repuestos, sacauñas, válvulas y circuitos de alambres de alta tensión anexos al equipo. Antes del almuerzo realiza las rectificaciones del equipo, anotando en la agenda pertinente todas las verificaciones, dejando guantes, casco, punzones, uniformes, quitacostras y demás enseres de labor en la cabina del equipo. Entrando, vuelve a rectificar el equipo, reportándolo, colocándose de inmediato todos los enseres. La labor de la tarde ha de ser como la de la mañana, haciendo el reporte general del día sobre el equipo. Y esperando, junto al equipo, el relevo del equipo. Realiza el inventario de las piezas dañadas del equipo (vendas, correas, argollas, enchunfles, tirantes y sacaojos), dejando todos los enseres personales (uniforme, guantes, tolete, casco, capa y espejuelos antitérmicos, etc.) en la misma cabina del equipo. En caso de urgencias imprevistas: gravedad, muerte de un familiar, enfermedad repentina, ha de reportar desde el equipo, esperando junto al equipo su sustitución. En caso de muerte próxima y prevista, puede opinar sobre la selección del operario que a su juicio prestaría un mejor servicio junto al equipo. En caso de muerte repentina y no prevista, ha de ser sustituido por el operario que le precede en el control del equipo, hasta previa contratación de un nuevo operario. En cualquier caso de defunción, expulsión, retiro o cese de su función, todos los avíos del equipo deberán entregarse al control general de operarios, incluyendo lo enseres relativos a la vestimenta, caretas, espejuelos, ganchos, así como aquellos anexos a la vigilancia, mantenimiento y función del equipo. En caso de pérdida de la razón, mutilamiento, estado de somnolencia ante el equipo, debe impedírsele bajo estricta vigilancia su acceso al equipo.

Causas del suicidio: Desconocidas.

                              Oh Whitman, Oh Whitman,
cómo me provocas.

        Cómo has podido ser tan superficial,
optimista, cobarde y pasajero.
Cómo es que no supiste ver
el árbol rojo de la memoria,
acorazado de artefactos horripilantes,
mustio y eterno

                    hacia el futuro estallando, hacia el futuro
estallando.

                              Ah, Whitman, Ah Whitman,
Cómo es que no supiste ver la hipocresía
escondida tras el gesto de piedad.
Cómo fue que no pudiste percibir las desoladoras
interrogaciones que emite siempre el tiempo
(no para engrandecernos sino para hacernos ver nuestra
miseria, nuestra impotencia y nuestra angustia),
la inevitable estafa que supone estar vivo,
el peligro o la perenne burla que pesa ante nuestros
gestos más auténticos.
Cómo es que no pudiste percibir el vertiginoso vacío
que antecede y sucede a esa sombra que somos,
breve grito que apenas si podemos articular,
y nadie escucha.


                              Oh Whitman, Oh Whitman,
                                    —Vieja descarada—,
Cómo me provocas, cómo me provocas.
¿Es que no sentiste la indignación ante la miseria
la impotencia ante el crimen,
el envilecimiento ante la vileza,
        y esa oscura, persistente, fija estafa que vibra siempre
en el aire y cae, cae

                    y todos humillados, aceptando?
¿Es que no pudiste en ningún momento presentir esa fatigante

sensación de hastío, de repetición y ruido inútil
que precede, acompaña y continúa antes
y después de los momentos
más excitantes?

Oh Whitman, Oh Whitman,

¡Cómo me provocas!
¡Cómo me provocas!

¿Es que en ningún instante intuiste esta extraña maldición
que marca y pesa hasta en los gestos más comunes?

¿Es que en ningún momento pudiste ver que en la pasajera
entrega no hay más que una derrota,

que aquello que te excita y te estimula no es lo que
complace sino lo que secretamente te devora

y finalmente te lanza, escoria con escoria, en busca de
otra escoria momentánea?

Oh Whitman, Oh Whitman,

Yo opongo a tu poesía mis manos sudadas.
Yo opongo a tu poesía una muela cariada.
Yo opongo a tu poesía —oh tú, sensual, carnal— un verano
calcinando todo pensar coherente,
unos pies descalzos saltando en el asfalto.

Yo opongo a tu poesía,

tu barba pudriéndose, tu basta barba llenándose de gusanos
y alimañas,

tus huesos configurando una sarcástica y definitiva

carcajada.

Yo opongo a tu poesía, esos ojos extraños que me

vigilan.

Yo opongo a tu poesía —oh, tú, sensual, carnal—

el ruido de una olla raspada con furia en la
tarde.
—Yo te digo, te afirmo y te demuestro que ese ruido es
inmortal. Yo te aseguro que la gran humanidad es quien
produce ese ruido—.

Yo opongo a tu poesía ese desequilibrio

exclusivo y eterno

Entre lo que se posee y lo que se desea.
Yo opongo a tu poesía: hacia finales del siglo xx un millón de
adolescentes esclavizados en una plantación cañera.
Yo opongo a tu poesía la impertinencia de
un mosquito interrumpiendo el poema y las meditaciones.
Yo opongo a tu poesía el simple, estricto, y
fatigante hecho de estar vivo.
Yo opongo a tu poesía la inevitable certeza
de que luego de este hecho fatigante sólo resta una desintegra-
ción perpetua.
Yo opongo a tu poesía el gesto de aquella
mujer sexagenaria que dedicó toda su vida (son palabras
textuales) a la educación de su hijo "y mire usted, me salió
maricón y está ahora en un campo de trabajo forzado".
Yo opongo a tu poesía el airado, mudo e
inapelable
dolor de ese hijo.
Yo opongo a tu poesía un plato de croquetas
frías.
Yo opongo a tu poesía la insatisfacción de
todo encuentro y la conminación perenne de seguir buscando.
Yo opongo a tu poesía el rostro maquillado
de una vieja
marica en el cabaret de provincia.
Yo opongo a tu poesía el hecho de que
aunque te llenes la barriga, los ojos, y aún el culo,
qué vacío, qué vacío
después del aguacero
o
antes.
Yo opongo a tu poesía ese canto violado
y secreto,
esa airada, melancólica protesta que es todo hombre
verdadero.

Oh Whitman, Oh Whitman,
yo opongo a tu poesía los ojos del recién nacido

contemplándome.

Yo opongo a tu poesía esta carretera desolada que no va ni viene ni conduce a sitio alguno y que hay que cruzar.

Yo opongo a tu poesía la piel lechosa del bodeguero resudando olor a víveres y a semen.

Yo opongo a tu poesía un olor a cartuchos húmedos y un corredor de zinc.

Yo opongo a tu poesía una grabadora en cada urinario público (ausencia de agua en los privados).

Yo opongo a tu poesía una pancarta chillona.

Yo opongo a tu poesía la visión de un cangrejo en la arena.

Yo opongo a tu poesía la visión de todos esos cuerpos desnudos que aun cuando los poseyeras metódicamente sólo servirían para agrandar tu desesperación.

Yo opongo a tu poesía la certeza de que la vejez no anula los deseos, pero socava las posibilidades.

Yo opongo a tu poesía la profundidad de este poema infernal que es la vida.

Mira esas figuras que se encogen, que marchan como entumecidas por tanto sol y espantosa miseria. Mira esa piel áspera, esa sonrisa grotesca. Mira esa gente que no ve ya el mar sino como un charco difícil de saltar, como un muro, como los linderos de su barrera, de su aborrecible prisión. Mira esos cuerpos que se ofrecen a cambio de algo que los cubra aunque sea perentoriamente, mira esa sonrisa que se vende, esa amistad que traiciona. Me diréis que hay otras cosas, me hablaréis (si eres astuto) de un ritmo misterioso, de otra armonía... Ja, ja, qué bonito, qué bien se ve todo, qué agradecido el público, así, contemplando a distancia desde el afelpado palco, o comentando en la charla de sobremesa junto al pliego de hojas pulcras. Ah, qué bien supo la sinfonía escuchada entre rosas, dulcemente paladeada después del almuerzo. Ah, cuánto respeto hacia ese ritmo. Pero mira, ve, anda, explícales, diles qué hay detrás, qué imágenes, qué acontecimientos alimentaron esa armonía, cuántas figuras devoradas, una tras otra, a cambio de un sonido, cuántas figuras desechadas, a pesar de la complicidad —la necesidad— y el deseo a cambio de una armonía; cuánta soledad, renuncia, desesperación, furia, impotencia destiladas en las mañanas frías e insostenibles; cuántos propósitos rechazados, cuántos sacrificios acatados, cuánta crueldad, cuánta verdad, cuánto dolor, cuántos secretos y hasta familiares (íntimas) confesiones hubieron de ser (tuvieron que ser) cruelmente desvelados. Cuántas noches azules (o rosadas, o pardas) sacrificadas a lo insólito, a lo informe, a lo que puede no ser nada o ser un simple engendro; cuánta uniformidad (cuánta piedad, cuánta hipocresía) alterada, destruida en aras de lo confuso; a cuántos hubo que cortales un brazo, sacarles un ojo, envejecerlos, caricaturizarlos, ponerlos así, tal como son... Cuántas sagradas mentiras hubo que desvelar, cuántas prosaicas verdades hubo que retomar; cuántos ojos asombrados, cuántas peludas y fétidas bestias, cuántos animales de acorazadas estrías, cuánto informe y desgarrado amor, cuántas alimañas están ahí, amparando ese ritmo... Cuántas debilidades y nobles almas sacrificadas, cuánta renuncia, precipitamiento, locura y riesgo, egoísmo, pasión y peligro, para una simple cadencia. Cuánta aventura sin recompensa. Cuántos gestos y tanteos sobre la vasta intemperie. Cuánta desolación y cuánto espanto hubo que padecer, descubrir, desmitificar, asumir y burlar para luego volverlos a retomar y seguir trabajando. Cuántos sentimientos hubo que sobrevolar. A cuantas almas "caritativas o sencillas" hubo que poner indelicadamente en su sitio. De cuánta venganza, burla, impiedad, rigor e inconfesado amor hubimos de necesitar para finalmente culminar con el acertado, armonioso golpe orquestal... Y ya, después de haber mostrado todo eso, después de haber dicho lo que la forma, toma la sinfonía aún inédita. Ponla en las manos de esos señores (y señoras) que ahora paladean sus estribillos más sublimes. La harán pedazos. No será escuchada jamás.

Oh, Whitman, Oh, Whitman.

Y mientras tanto:

*La contralto canta junto al órgano del coro.* Canta, canta. Y una lombriz comienza a salir por entre sus nalgas (oh, cómo molestan estos parásitos). Mas, ¿qué puede hacer la contralto sino cantar? Pues he aquí que está ataviada para el caso. He aquí que está convenientemente emperifollada, no para rascarse una nalga, sino para cantar. Y el público, con los clásicos andariveles y rostros del domingo la contempla desde los asientos. El órgano suena y ella está en el escenario. Y canta, canta. Y la lombriz, la terrible lombriz, aprovechándose de la situación, husmea ya los bordes del ano, y sigue mordisqueando taimada, vorazmente, estimulada, a no dudarlo, por esa gruesa, brillante y caliente tela de pana rojo-vino que cubriendo tórridamente el trasero de la contralto desciende hasta el tablado... Y la contralto canta, canta (y la lombriz mordisquea empecinada los pliegues de su culo): Y el público, extasiado, recibe esas notas altísimas, cada vez más altas. Y la lombriz ahora asoma la mitad de su cilíndrico cuerpo al exterior, otea ya el montañoso paisaje... Oh, y cómo canta, cómo canta, cómo canta ante el numeroso público la contralto. Oiganla ustedes:

*Los hijos casados y los que no están casados vuelven a casa para la cena pascual.* —Jesús, y este año no nos dieron ni una libra extra de arroz— murmura la madre, y sigue: —Jesús, no pongan muy alto el radio que pueden pensar que estamos conspirando. Jesús, acuéstense temprano y en silencio que ya las Pascuas fueron abolidas y celebrarlas o mencionarlas conlleva implicaciones políticas.

*Dos amantes en la noche estrechamente abrazados.* Mientras dormían, la jefa de vigilancia (mujer cincuentona y naturalmente austera) llamó a la patrulla. ¡Son un par de maricones!, grita. Ya derrumban la puerta...

302

*Los anhelos del muchacho, su sofocación y embarazo al con-*
*tarme sus sueños...* Todo eso aparecerá en su expediente personal y en el mío.

*El labrador se para ante la cerca un domingo de ocio a con-*
*templar su campo de trigo y avena* arrasado por la ira del Primer
Ministro y Primer Secretario y Presidente, quien, tan polifacéti-
co, es también, desde luego, el Primer Ingeniero Agrónomo de
todo el país. —¿Y sabe usted para que lo arrasaron?— me dice
el campesino ya en el camino real—: para sembrarlo de fríjol
gandul, que también ya fue arrasado.

*La mano de mi amigo negligentemente cayendo en la espal-*
*da...* ¡Me llevó la cartera!

*El muchacho, acostado en la buhardilla no duerme y escucha*
*la lluvia musical,* y, entre ella, los pasos de la policía que finalmente dieron con él —fugado de un campo de trabajo forzado
—desertor del Ejército en lenguaje oficial—. El ve acercarse
esos cuerpos armados. Oye ese ruido. No hace el menor gesto
para correr o refugiarse —a dónde, para qué—. De pie dice:
*Aquí estoy.* Ve, intuye, más allá del resplandor, las figuras que
lo aguardan, la inminencia de un resplandor y un acoso (de una
maldición y una fatalidad de llanura cerrada y a la intemperie,
de estampido y fuego) que sería hasta ridículo tratar de eludir.
Y quisiera (aunque no lo hace, quizás por timidez) abrazar esos
cuerpos que arma en mano ya lo embisten.

Y mientras tanto:

*El presidente se reúne en consejo de ministros.*
*La ciudad duerme.*
*El campo duerme también.*
*El marido viejo duerme junto a su mujer.*
*El marido joven junto a la suya.*

> (Ja, ja, *el marido joven junto a la*
> *suya*).
> Oh Whitman, Oh
> [Whitman,

turbulento, carnal, sensual,

303

ven aquí,
ven aquí,
>Mira esta magnífica prisión en llamas.
Ven aquí,
Ven aquí.
>Arrancad los cerrojos de esta puerta.
Ven aquí,
Ven aquí.
>Arrancad la puerta con sus quicios.
Ven.
Ven.
>Abre si puedes los ojos, abre, abre,
>>¡ábrete más!
Y mira:

>Salgo a la calle sin otra ambición que respirar,
ando, camino, fijo siempre en este lugar.
El hecho de estar vivo como una ofensa natural
—en el infierno cada día es una cotización banal—.
Tomo un ómnibus repleto, avanzo, me arrastro
—en todas las paredes fotos de Castro, fotos de Castro—.
>Y el poema imaginado se diluye en pisotones.
La inspiración, una incoherente sarta de maldiciones.
Pasa la juventud, pasa un cuerpo abrumado que me aplasta.
Por el centro de la avenida, los carros de la nueva casta.
Alguien sin pedir perdón me arranca los botones,
otro, aún más osado, me desplaza a empellones.
Y yo —infeliz— que soñé con respirar,
yo, que tan sólo quería *ver pasar, ver pasar*,
paso ahora confundido también en el barullo,
soy también esa suerte de estúpido murmullo.
Paso ahora no siendo más que ese clamor ahogado,
paso de frente, de costado, clamando no ser destripado,
paso ahora entre pisotones y blasfemias magullado,
paso ahora, el libro en el bolsillo, triturado.
Paso ahora, del libro en la memoria nada, nada.

Paso ahora, la imagen de algo noble en llamarada.
    ¡Agua!, ¡agua!, claman las voces sin poder hablar.
¡Agua!, y al ministro prepotente ven pasar.
¡Agua, por Dios, trueno o rayo, mas con agua!
Pero sólo se oye el tronar inclemente de la guagua.
Bocas desdentadas, carteras que me acosan,
radios descomunales, axilas apestosas,
chillidos portátiles, cacareo banal e interminable.
—En la confusión, alguien que me apuñala con su sable—.
¿Qué dicen, de qué se habla, qué se comenta?
¿Qué secreta estupidez tanta estupidez alienta?
¿En qué diablos se piensa, cómo se razona?
¿Qué sacra maldición todo pensar desmorona?
¿Quién analiza, quién sobre esto medita?
¿Cuál es la palabra que la dignidad resucita?
Voces gritonas reducen toda sensación de espanto
A la parodia de algún vulgar canto.
Voces gritonas reducen toda sensación de acoso
al deseo de en el mismo horror hallar reposo.
Voces gritonas reducen toda ilusión de grandeza
a la urgencia de hallar un refresco de fresa.
Voces gritonas reducen toda ilusión de dicha
a la esperanza de no estar en la más negra ficha.
Voces gritonas reducen toda sensación de sensación
a evitar dentro de esta prisión la otra prisión.
Voces gritonas llegan y embotan toda intención.
Voces gritonas nublan alma, verso, razón.
Voces gritonas: que profusión, qué profusión.
—y de nuevo alguien me propina un empellón—
Desciendo, ardiendo, ni llegar a ninguna parte.
Domingos, sábados, miércoles, lunes, jueves, martes:
a ninguna parte, a ninguna parte, todo me lo va diciendo.
Mas como hay que descender, yo también desciendo.
Arrastro éste, mi sudor airado por la acera,
arrastro ésta, mi desteñida sensación de espera.
Tras la ventana enrejada alguien hace una mueca o una carcajada

(naturalismo horrible, literatura pasada,
tradición que por banal queda arraigada).
Tras el mostrador una mujer hombruna y airada:
"Se acabó el refresco. Hoy no hay nada".
Casas con ventanas apuntaladas,
asfalto donde a falta de imaginación sobran pisadas.
Casas bajo un ciego resplandor que no culmina
ni en fuego devorador ni en sombra fina.
De un tambor aburridísima sordina.
De un adolescente, el cuerpo que rechina.
Mira esos rostros que te observan en cada esquina.
Mira esa marica, cara, andar, todo letrina.
El hombre semeja el instrumento de su oficio:
pronto será algún banco o algún quicio.
Corre por Dios antes de que se acabe el precipicio,
corre antes de que el correr sea ya un vicio.
corre antes de que el muro sea tan alto que no puedas
                                        [estrellarte,
corre antes que el terror de tan espeso impida ahogarte.
Mira la ofensa de esa cara parapetada,
mira el rostro de esa vieja de falda arremangada,
mira las manos, mira los ojos, mira esa piel chamuscada,
mira cómo se escabullen: nada y nada.
Y de esa nada está nuestra Isla configurada.
Toda humillación pasada en el presente proyectada,
en el futuro, y más allá, ya situada.
Todo acoso en el presente maniobrando en el futuro
                                        [aguardando,
en el pasado pasando, en la memoria quedando.
Y de ese acoso nuestra Isla se ha ido configurando.
Camisa, sudor, pelo alborotado,
¿qué mano blanda marcha a tu costado?,
¿qué querido cuerpo llevas a tu lado?,
¿qué pensamiento por dulce e inspirado
al tuyo va dejando sosegado?
Sí, parodiemos pues la vieja aria,

ya que la infamia, disfrazada de maestras voluntarias,
retoma sus dimensiones legendarias
Al final el salvador empuña el fuete,
y el drama, aunque terrible concluye en un sainete.
Tiene que ser así: se desarrolla en un retrete.
Repetición, repetición de un airado vozarrón.
Vozarrón, vozarrón de un bujarrón entre asesino y santurrón.
Repetición, repetición del mismo gesto ramplón.
Repetición, repetición de una remota interjección.
Repetición, repetición de una repetición de una repetición
que en el origen se repetía por equivocación
—¿quién sabe cual era la información?...

Ya. No sigas esa inútil persecución.
¡Mira! ¡Acaban de sacar refresco de limón!
Ven, ven, oye ese chillón discurso
que toda nuestra tradición encierra.
Haz como ellos, acude a su recurso:
mira la tierra.
Si hablan de "el malo" di: hijo de perra.
Si de "el bueno": contigo vuelvo a la Sierra.
Por Dios, parodia alguna canción de guerra.
Repetición, repetición, aquí, allá.
Repetición, repetición: ja, ja.
Repetición, repetición, repetición:
                  Gran Solución.
     El cuerpo se arrastra a la puerta cerrada.
Puerta que es angustia final, lisa tallada,
inminente intersticio entre el buscar vencido,
Paso al sometimiento conocido.
Llave que se introduce, pie que avanza,
Claridad configurando extraña danza.
Cuerpo en el balcón siempre aguardando.
Estupor de estar aquí y allá quedado.
Pasos, ruido de voces, *buenas tardes.*
Todo bajo mi piel y arriba arde.

Piernas que se estiran, voz comenta
Las minucias del día que revienta.
Fingida sensación de estar "en casa"
(Palabras entresacadas de la brasa).
Vuelvo, ya ves, estoy contigo.
Qué calor ha hecho hoy, me siento y digo.
Privilegio de estar aquí muriendo
Y a la vez tu muerte ir padeciendo.
Y con tu muerte mi muerte ir agrandando.
Y ambas muertes, tú y yo, del sol hablando.
      La mesa está servida.
Pescado al horno, salsa mayonesa,
Ají cambiado por dos potes de fresa.
Corto mi alma, ensarto el último bocado al tenedor.
Mastico. ¿Debo decir: *Qué buen sabor*?
      Mas pasemos ya a la sala
(A este momento, ¿qué lo iguala?)
El hijo duerme en su habitación.
Mujer y esposo inician la sacra reunión.
Y así, hablando de no sé qué ruido afuera
o qué inútil y común problema,
él piensa, piensa y enumera
alguno de los insólitos


## PRIVILEGIOS DEL SISTEMA

Escribir un libro sobre el corte de caña y ganarse el Premio Nacional de Poesía.

Escribir un libro de poesías y ser enviado a cortar caña durante cinco años.

Morir completamente amordazados exaltando la "libertad" que gozamos.

La imbecilidad, el machismo y el terror con métodos de razonamiento y de acción; la hipocresía como lenguaje oficial y amistoso.

Los campos de concentración exclusivos para homosexuales.

El trabajo forzado, los fusilamientos, la tortura, el gangsterismo, el robo, la invasión y el chantaje con fines patrióticos.

La democracia popular en la que nadie puede criticar, quejarse, irse, ni elegir.

Un único propietario, el mismo sueldo, los productos más escasos y más caros.

La substitución de las clases por los *niveles*.

La bolsa negra manejada por el Primer Ministro.

La pena de muerte para los adolescentes.

El veneno político como primer producto de exportación. La metralleta como primer producto de importación. La retractación perenne como ley fundamental. La *mea culpa* como letanía, la exuberancia de himnos como contrapartida a la ausencia de agua, comida y libertad.

Las relaciones sexuales consideradas como actos políticos con graves consecuencias.

La abundancia de cabello como contrarrevolución.

El uso oficial de los verbos *parametrizar* y *depurar* con el fin de implantar el terror intelectual y acabar con toda actividad artística verdadera.

Los festivales de canciones sin cantantes.

Los congresos de escritores sin escritores.

La escuela al campo.

La universidad, los automóviles, la vivienda, las playas y los viajes sólo para esbirros sutiles.

La grabadora entre tetas, colchonetas, urinarios, teléfonos, paredes arbustos, y demás "sitios estratégicos".

El niño como campo de experimentación policial.

La historia, la literatura, las artes plásticas, la música, la danza, etc., reducidas a una subsección de un departamento del Ministerio del Interior.

Los campos de tamarindo talados para sembrar tamarindos.

La traición a nosotros mismos como único modo de sobrevivencia.

La hoja en blanco como asunto conflictivo.
La hoja escrita como cargo delictivo.
El policía como enemigo y el amigo como posible policía.
La legislación feudal, la producción esclavista, el comercio
capitalista, y la retórica comunista.
Hasta la sal racionada.

$\qquad\qquad\qquad$ Ah, ¿pero te has acordado
de la joven suicida
apoyando su estupor en el marco de la ventana
que no da a sitio alguno
$\quad$ o flotando sobre un río de provincias
cual nueva Ofelia que nadie conocerá,
$\quad$ que no aparecerá siquiera en el último acto
de una obra mediocre
$\quad$ escrita por marica pueblerina?
$\qquad\qquad\qquad$ ¿Te has acordado de ese rostro en la
ventana mirando hacia dónde?
$\qquad\qquad\qquad$ ¿Te has acordado de esa palidez y ese
$\qquad\qquad\qquad$ gesto,
de esa ofensa, de una virginidad ofrendada? —¿A quién?
$\quad$ Privilegios del Sistema: *El suicidio
como realización.*
$\qquad\qquad\qquad$ Y
la horrible bestia se vuelve,
acorazada te mira, cruel y doliente te toma,
te lleva, te eleva, te lanza, te deja caer allí,
aquí, donde no puedes marcharte, donde ya estás,
contemplándote:
$\quad$ Privilegios del sistema: *El, Yo*:
$\qquad\qquad\qquad$ Al llegar, él estaba esperando en el si-
$\qquad\qquad\qquad$ tio acordado. Tenis, camisa, short blan-
$\qquad\qquad\qquad$ co, y (también igual que yo), una jaba
$\qquad\qquad\qquad$ con botellas vacías.

Espero que haya
bebida, digo a
modo de saludo.

El sigue ahí, parado, con indiferencia
y seguridad, como si no esperara nada,
convencido de cualquier cosa que se le
antojase llegaría... Además, poco le mo-
lestaría que no llegase. Tiene también,
seguramente para multiplicar sus acciones gratuitas, una especie de vara seca
con la que ahora golpea la yerba... Tira
la vara y echa a andar, sin decir nada.
La yerba, la arena y los pinos
parecen como sobrecogidos bajo la
claridad y el ruido de las cigarras.

Supongo que tu ma-
dre te habrá dado
permiso, digo, con el
propósito de ofen-
derlo.

El no dice nada.
Dejamos el sendero. Alejándonos
del pinar seguimos caminando por
un costado de la playa.

Oye —le diré—, ¿estás
seguro de que por aquí
se llega hasta Guanabo?

No dijo nada. Se vuelve, ágil,
serio. Me mira. Y sigue andando.

El suelo está ahora repleto de semillas
y agujas de pinos. Una botella vacía parece absorber y rechazar toda la claridad
de la hora.

Creo que es mejor
coger la avenida,
propongo.

La botella vacía suelta una carcajada brillante.

Sin hablar sigo cami-
nando detrás de él.

311

Llegamos ya junto a una larga
hilera de tiendas de campañas
hechas con lona azul.

                El se detiene. Las al-
                quilan durante la temporada,
                —dice— ahora ya están vacías.

Me acerco.
        El viento levanta pequeños
        remolinos de arena que se di-
        suelven sobre las lonas.
Vamos a llegar
tarde, digo.

                El deposita la jaba en el
                suelo, se lleva las manos a la
                cintura. Parece ensimismado
                en la contemplación de sus
Vamos a llegar                pies.
tarde, dije.

      Las cigarras se apoderan de nuevo de todo el sitio.
Vamos a llegar
tarde, diré.

           El sol repercute sobre las lonas azules.
               El echa a andar.

Conoces bien este
lugar digo.

                El no dice nada.
¿Te gusta leer?      Se vuelve. Me mira entre
                sorprendido y curioso.

        Oyendo la letanía de las cigarras
        comprendo lo fuera de lugar que es-
        tá mi pregunta.

                Sí, dice. A veces leo, pero
                no tanto como usted.

A tu madre le
gustará que leas;
y que hagas depor-
te, claro.

                    Sí, dice. Las dos cosas son
            buenas. Me gusta la natación y
                    el juego de pelota.

Imbécil —me di-
go. —Es natural,⁻respondo.

                          ¿Y a usted no le gusta?
Sí, también.

            Atravesamos el puente, sobre el que unos mu-
chachos lanzan piedras al agua con insólito em-
peño.

                    Estamós llegando, dice él.
           Sin hablar tomamos la carretera
reverberante. Cruzamos las prime-
ras calles del pueblo. Un grupo de
jóvenes con sus indumentarias de
verano pasa mirándonos casi fami-
liarmente.

Vete con ellos, pienso
y lo digo, aunque muy
bajo.

                      ¿Qué? —pregunta él.
No, nada —digo.

            Frente al establecimiento hay una muchedumbre.
Intentando localizar a la última persona de este barullo, los observo: Huesos, barrigas, tetas gigantes-
cas, calvas o pelos erizados, dientes fríos o ausentes, narices chatas o largas, caras coloradas o verdes. Algo que sobra, algo que falta. Y toda esa incoherencia en traje de baño... Comprendo por qué
hacen silencio cuando él llega.

Ojala no tengamos
que esperar aquí el
día entero, comento.

Siéntese si quiere. Yo le
aviso cuando nos llegue el turno

No le respondo.
Observo la mirada
entre irónica y cóm-
plice que nos depara
un señor grueso in-
volucrado dentro de
un inmenso y florea-
do short... Me siento
en la acera.

Junto al contén se desliza una corriente
de agua sucia. Es esa agua típíca —albañal
lavabo o fregadero— que corre por las calles
de todos los pueblos.
Cuídeme aquí, dice él, y me entrega su jaba.
Corre hacia otro gran tumulto conglomerado en la
esquina. Se abre paso. Está aquí, riéndose, con dos
barquillos de helado en las manos. Tome, dice, y
me extiende uno.

¡Qué horror!, pienso. Y
lo digo, no muy alto.                    ¿Qué?, dice él.
No, nada, respondo.

Y el viejo del estruendoso short me
mira sonriendo ahora descaradamente.

Tiro el barquillo
en la corriente.

El, sin decir nada, ni mirarme, tira también el
suyo. El helado se derrite al instante. Los
barquillos flotan sobre el agua sucia.

Estoy bajo el resplandor, en medio de la multitud, con una jaba llena de botellas en la mano. ¿Qué hago aquí con todas estas botellas? Mejor será que se las rompa en la cabeza a ese viejo impertinente. Levanto la jaba. La expresión del viejo es ahora insólita.

Venga, me dice el muchacho, tomándome un brazo, he conseguido un lugar entre los primeros en la cola. Nos toca ya comprar. Regresamos. Los muchachos del puente siguen ensimismados en sus disparos. Nos internamos en el pinar.

Es mediodía en punto o más, digo.

El no dice nada. Seguimos caminando en silencio.

Tal vez él espere que yo elogie su habilidad en volar turnos en las colas. "Qué bárbaro", "un bravo"... O algo por el estilo. Por menores esfuerzos estará acostumbrado a recibir esos tributos gloriosos...

Las cigarras silban como desfallecidas, como si el mismo calor, la misma claridad anegara sus estruendos.

El se detiene ahora frente a la misma tienda de campaña. Me mira.

Los dos estamos sudando.

Vamos a entrar, dice.

Dentro de la tienda de campaña el
[ca-

315

lor es aún más sofocante, la claridad
forma un resplandor amarillento que las
ramas de los árboles hacen oscilar.

El deja la jaba con las botellas de bebida y se sienta en
un extremo, en el suelo; la cabeza recostada a la pared de lona.

Aquí dentro hace
todavía más calor
—digo.

El no dice nada. Lentamente
se quita
un zapato.

Aquí hace mucho
más calor, digo en
voz alta, ponién-
dome de pie.

El, sin decir nada, se sacude
la arena de
un zapato; se quita también la
media y la sacude.

El paisaje de afuera, visto a través de
la lona, parece incendiado. Un mar en llamas cubre la costa abrasada.

Voy a salir antes
que me achicharre
—digo. Mejor
hubiésemos veni-
do en el auto.

Yo todavía no sé manejar,
[responde
ahora. Mi madre no ha querido
[que aprenda.

Es fácil, digo.

Ella dice que es peligroso.

Ella te cuida mucho.

No responde. Estira las pier-
[nas sobre la

arena. Recuesta la cabeza en la
[lona.

Ella te quiere
mucho.

No dice nada. Su rostro
[parece
ensombrecerse

Yo, aquí, en el otro
extremo, me agacho
sobre la arena. Pren-
do un cigarro. Oye,
digo ahora en voz al-
ta: ¿Por qué estamos
aquí? ¿Qué quieres?

No dice nada. Una de sus
[manos escarba
con negligencia en la arena.

Fumo.

A veces la gente deja cosas
[tiradas
—dice ahora—. Carteras, anillos.
[Cuando
termina la temporada se en-
[cuentran.

Bañado en sudor
me pongo de pie.

El comienza lentamente a po-
[nerse el
zapato. Ya, también de pie, se
[vuelve de
frente. Me mira. Se sacude la are-
[na del

short.

Salgo.

Las cigarras me reciben con su estridente algarabía.

Espero fuera.

El sale, despacio, todavía sa-
[cudiéndose el short

Echo a anchar.

El, detrás, silba.
Las cigarras disminuyen su algarabía.

Cuando aprenda a manejar
—dijo—,
vamos a ver quien corre más.

¿Por qué crees
que volveremos
a vernos?

No responde. Sigue silbando.
Atravesamos el pinar. Estamos ya
frente a la arboleda de las almendras.

Oye, le digo,
deteniéndome,
mejor será que
no sigamos
juntos. Quédate
aquí y espera
hasta que yo haya
llegado.

Como usted quiera, dice él. Y veo en sus
ojos, en sus labios, en todo su cuerpo algo de
burla triunfal. Me entrega sus botellas llenas
de bebida. No bebo —dice.

Llévaselas a tu
madre, ¿No te
encargó unas bo-
tellas de vino?        No.

De todos modos
llévaselas, ¿si no,
qué le vas a decir?

Hago lo que quiero, dice.

318

Llévaselas,
le digo.            Como usted quiera, dice.
Echo  a  andar.
Salgo  a  la  claridad.
Me detengo.                 El viene silbando, caminando despa-
                            cio y mirando hacia el suelo. Ha tomado
                            otra vez la vara que había tirado en
                            el sendero. Sin abrir los labios pare-
                            ce como si sonriera.

Oyeme,  le  digo,
no me vuelvas a decir
*usted*.  No  soy  tu
abuelo.                 Como *usted* quiera, me dice sonriendo.
Sigo caminando.
Me detengo.             El también se ha detenido.
Voy hasta él.
Lo miro.                El también me mira.
Oyeme,  le  digo,
mañana  por  la  no-
che,  en  el  mismo  lu-
gar. Tarde.
                                 El no dice nada.
Todo el resplandor del día está ahora sobre su rostro.
Hay puentes

            absolutamente planos, apenas señalados por ba-
randillas mínimas, acero en el vacío suspendido, moles relucientes, balanceantes, altas que, sin duda, de algún modo, testi-
monian al "avance de la civilización". Hay puentes de complicada (enjaulada) arquitectura, hilos que se levantan, cúpulas que
culminan en un entretejido de metales, cakes de cumpleaños,
enredaderas alimentadas con hierro forjado, raíles que en el vacío sostienen y mecen una inmensa nave; puentes que remedan
largos sarcófagos escoltados por cirios monumentales; puentes
de cadenas grises que ondulan... Hay puentes que son arañas
enfurecidas, flechas vertiginosas; los hay empalizados con ma-

dera y soga, configurando carreteras medievales; los hay de tan nuevos inadvertidos, de modo que nunca se sabe cuándo realmente estamos sobre ellos o si están sobre el río o bajo sus aguas; los hay que ondulan inflados como globos en medio de un verde infinito; los hay también infinitos y serpenteantes —en sucesivo encadenamiento— señalados a veces por lámparas cautivas. Los hay todo de hierro negro, como un tren bocarriba; los hay también entretejidos de huecos, galerías y pendientes y anexos —que no se sabe ya dónde hay que cruzar o saltar. Los hay no para pasar sino para estacionarse o retroceder. Puentes que chirrían entre tablones que se desprenden; puentes suicidas que descienden; puentes ebrios que se arquean, quizás también asqueados por el torrente de agua sucia que incesantemente fluye bajo sus arcos. Puentes que se balancean sin llegar a zambullirse. Puentes que cumplen penosamente su misión legendaria. Puentes que se abren, puentes que se cierran, puentes que se sumergen, puentes que se levantan, puentes que se trasladan, puentes que ruedan o se enrollan, puentes sonoros y enormes como sopranos, que aprisionan una y otra montaña, puentes cantores, puentes risueños, puentes de ásperos flancos que florecen cuando llueve; puentes bajo los cuales nunca ha pasado un río; puentes porque sí, porque les dio la gana de ser puentes; puentes de paja y fango, puentes de un solo bejuco, puentes pueblerinos, puentes citadinos, puentes interestatales, puentes cosmopolitas, puentes existencialistas, puentes romanos y puentes realistas, puentes cinematográficos, puentes filosóficos, puentes policiales, puentes infamantes, puentes infantiles, puentes lúbricos, puentes dominicales, puentes comerciales, puentes líricos, puentes góticos, puentes afeminados como una pérgola y puentes patricios como un escudo, puentes medievales, puentes para exiliados y puentes para turistas, puentes surrealistas y puentes imperialistas, puentes brumosos y puentes esquizofrénicos, puentes ministeriales, puentes municipales, puentes para balletómanos y puentes aéreos, puentes para el "flete" y puentes para la pesca, puentes estructuralistas y puentes aldeanos, puentes seniles y puentes burlescos, puentes góti-

cos y puentes agnósticos, puentes picarescos y puentes trági-
cos... Oh, ¿pero qué puente prefiere usted? ¿Aquel exaltado
por una poetisa en perennes llamas uterinas? ¿Este que se en-
caja? ¿Ese que se yergue? ¿El de más allá que centellea?... ¡Escoja su puente! ¡Cómprese un puente! ¡Pase por un puente!
¡Mire un puente! ¡Deténgase en un puente! ¡Acaricie un puente!
 ¡Tírese desde un puente!
      Mira esas venas que se bifurcan,
mira esa alcohólica mueca,
mira esas manos.
     Y las palabras triunfales
     Y las palabras triunfales,
cantas ahora.
 Mira esos ojos. Mira ese cuerpo que ante ti gira,
clamando.
 Ja, ja: Ella piensa que te has vuelto loco,
o lo contrario.
Da igual.
 Ja, ja: Sale precipitada...
        Dos coches fúnebres
        Dos coches fúnebres
opuestamente partiendo en la
tarde.
    (Llevan botellas, trapos,
    estandartes garabateados,
    creo que hasta un niño y
    otros artefactos.)
        Dos coches fúnebres
        Dos coches fúnebres
hacia terrores tan vastos
que quién sabe cuándo habrán de encontrarse.
        Dos coches fúnebres
        Dos coches fúnebres
opuestamente partiendo.
Seguros de encontrarse.
    No iré.

No iré.

Dos.<br>Dos.

En fin,
supone ella que correr es bueno para la desesperación, y corre.
Supone que regresar es inevitable, y ya regresa.
Supone que vio no sé qué conflagración de colores, sexos y
    buques conducidos hacia exuberantes faunas marinas, y los
                                                    [ve.
Supone el mar que oscurece, y se vuelve violeta.
Supone el tiempo que un día más ha transcurrido, y emite no
    sé qué extraña respiración.
Supone la noche que es la noche, y se puebla de mosquitos.
Suponen los dos que los mosquitos los fustigan, y se acuestan.
Suponen que hay que cerrar los ojos, que hay que tenderse. Y
    ya están tendidos.
Supone él que un ruido, un ritmo, un movimiento (silbidos, pa-
    sos) un cuerpo, una maldición lo llaman. Y escucha.
Supone ella que desciende, que desciende, que desciende. Y
    cae.
Supone él que él supone que supone lo que ella sobre él supo-
    niendo está que supone. Y lo supone.
Para liberarse de tantas suposiciones
supone él que no está solo,
que nadie lo acosa, que muchos lo esperan.

        Y allá va.

Ah, supone él que a pesar de todo, o por lo
mismo, aún existe, que habita un sitio donde
el horror y el misterio hallan también,
como el agua y el fuego,
su lugar de expansión
y pueden adquirir sonoridad y forma.

    Supone él que aún puede expresar
lo que se le antoja o pugna,
que aún puede trasmitir su venganza, su
desesperación,

su verdad.
               que alguien recogerá sus palabras,
que nadie lo persigue,
               que no es aún un instrumento y un
número,
una ficha y un enemigo,
un proyecto, una sentencia,
una contradicción vigilada.
       Ah, supone él que a pesar de todo (o por lo mis-
mo), aún es.
               Y compone.


## MONSTRUO

En aquella ciudad también había un monstruo.

Era una combinación de arterias que supuraban, de tráqueas que oscilaban como émbolos furiosos, de pelos encabritados y bastos, de cavernas ululantes y de inmensas garfas que comunicaban directamente con las orejas siniestras —De manera que todo el mundo elogiaba en voz alta la belleza del monstruo.

Imposible de mencionar serían las odas compuestas por todos los poetas de renombre (los demás no pudieron ser antologados) en homenaje al delicado perfume que exhalaba su ano; o mejor, sus anos, pues un solo intestino no hubiese dado abasto. Tal era su capacidad de absorción y engullimiento... Qué decir de los incontables sonetos inspirados en su boca. Boca que dividida en varios compartimentos, guardaba en uno de ellos los vómitos que el monstruo, en sus momentos de mejor orgía, repelía; y en ese estanque quedaban depositados, sufriendo una suerte de cocido al natural, caldo de cultivo aún más delicioso al paladar monstruoso... En cuanto a sus ojos, siempre rojizos y repletos de legañas, los versos que inspiraron no se podrán ni someramente enumerar. De su cuerpo, hecho a la medida de varios hipopótamos deformes, de sobra decir que fue la fuente de creación perenne tanto para las más frágiles damas como para los efebos más viriles. Héroes, estudiantes, obreros, soldados, ministros y profesores supieron extasiarse ante tal continencia. A Mirta Aguirre pertenece estós villancicos que, de entre millones, el azar puso en mis manos:

> *Alto como el Turquino,*
> *radiante como el sol matutino,*
> *Su voz no es voz, sino trino,*
> *Su paso no es paso, sino camino.*

Sin duda, en aquella ciudad todo el mundo amaba al monstruo.

Al él cantar —así le decían a los estragos que producía su garganta— ¿qué multitud, congregada devotamente, no aplaudía? Al defecar, qué inmensa cola para aspirar (de lejos) el monumental vaho monstruoso.

Pero un día ocurrió algo extraño.

Alguien comenzó a hablar contra el monstruo. Todos, naturalmente, pensaron que se trataba de un loco, y esperaban (pedían) de un momento a otro su exterminio. El que hablaba pronunciaba un discurso ofensivo que comenzaba más o menos de esta forma: "En aquella ciudad también había un monstruo. Era una combinación de arterias que supuraban, de tráqueas que oscilaban como émbolos furiosos"... Y seguía arremetiendo, solitario y violento, heroico... Algunas mujeres, desde lejos, se detuvieron a escuchar. Los hombres, siempre más civilizados, se refugiaron tras las puertas. Pero él seguía vociferando contra el monstruo: "sus ojos siempre rojizos y repletos de legañas"... En fin, como nadie lo asesinaba todos comenzaron a escucharlo; luego, a respetarlo. Por último, lo admiraban y parafraseaban sus discursos contra el monstruo.

Ya cuando su poder era tal que había logrado abolir al monstruo y ocupar su lugar, todos pudimos comprobar —y no cesaba de hablar contra el monstruo— que se trataba del monstruo.

324

## CANTO QUINTO

Leyendo
    (por truculencias del azar) a Cintio Vitier
     en su beato folletín sobre la poesía cubana. Qué triste
—y qué irritante— es todo. Este señor no antologa a los poetas
por los méritos que, como tales, reflejen en sus obras, sino, por
las limitaciones, la mojigatería, la cobardía, el conformismo, la
paciencia, el renunciamiento a la vida, el sufrimiento o los
prejuicios que padecieron, aceptaron, asumieron o no pudieron
superar y ahora nos los hacen padecer —la resignada calma con
que supieron tolerar o callar las infamias que su tiempo les de-
paró. De este modo, el monje Cintio quita y pone, entrona y
destrona, guiado por un extraño sentido crítico en el que la
santurronería (renuncia, penitencia, abstinencia, pudibundez,
hipocresía, y otros remilgos de convento) someten a la inteligencia, la imaginación, el talento y a la sensibilidad... No es
raro, pues que una *mentalidad* de este tipo haya encontrado su
sitio (y de qué manera) en la actual dictadura cubana. Catolicismo ramplón y comunismo (fanatismo y dogmatismo) son términos equivalentes en lo que podría llamarse *una particular ética
de la hipocresía*. No exponen la vida a la realidad sino a una
teoría de la realidad. Ambos se rigen no por la experimentación,
sino por la adoración del dogma. La vida no cuenta. Cuenta la
obediencia, los preceptos, y, naturalmente, las jerarquías. Un
beato obediente (Cristo cada vez más lejano) tiene que aceptar y
apoyar cualquier humillación impuesta a su vida, ya que precisamente su religión no es más que una cadena de limitaciones e
imposiciones antinaturales. El comunista militante (Marx casi
prohibido) debe de antemano renunciar a toda autenticidad, a
toda vitalidad, y obedecer, incondicionalmente, las orientaciones que "bajan" del partido... *Bajar*, esa es la palabra. Indiscutiblemente "La Divinidad" (Dios o el dictador vitalicio) está muy
alta. La libertad (creación, amor, rebeldía, renovación, vida) es
ajena a ambas teorías (y prácticas), o más que ajenas, ambas
teorías (y prácticas) son enemigas irreconciliables de la libertad

(vida). El catolicismo se vanagloria (gloria vana) de haber sobrevivido a cuatro sistemas sociales, esclavismo, feudalismo, capitalismo, y, ahora, comunismo. Cuando pudo empleó todo el terror ciego que implica el poder en manos del dogma para implantar su hegemonía. Ahora, que los instrumentos de la fe (fuego, persecución y metralla) han pasado al campo de sus enemigos materialistas, emplea medios más hipócritas, más ladinos, más débiles, para sobrevivir. De una religión que a fin de sobrevivir pacta con los que la niegan y la combaten, la ridiculizan y persiguen, se puede esperar cualquier monstruosidad. El comunismo ha comenzado por donde la Iglesia termina. En un principio, no teniendo el poder, desarrolla una "sutil, delicada y amplia" labor humanista. Es la época de la *"preconquista"*. Época en que se ensalzan las grandes ideas, y hasta las obras de arte, época de "holgura filosófica" y comprensión hacia los débiles, o los pobres, o los condenados de la tierra.

Ah, cómo se respeta entonces al héroe víctima del enemigo; cómo se respetan (se justifican, incluso) las debilidades, los defectos, de los futuros prosélitos —los futuros esclavos que, por esos mismos defectos que los instigaron a la rebeldía y a la lucha serán luego los más terriblemente sometidos, pues entonces entrarán en la categoría de traidores—. Una vez en el poder, el comunismo tiende a ser menos tolerante que cualquier sistema anterior. No puede ser de otro modo. Regido y sostenido por una supuesta "verdad ecuménica", no admite ninguna teoría (y mucho menos una *práctica*) diferente a la que propaga y lo "justifica". Sus remiendos, sus defectos, sus monstruosidades son tales que cualquiera (si le concediese la menor oportunidad) podría poner al desnudo el cuerpo deforme que tales parches (uno robado aquí, otro más allá) tratan inútilmente de camuflagear. El comunismo es, sin duda, una suerte de catolicismo, con la diferencia que entre las ofertas de éste, paraíso o infierno, el comunismo sólo cuenta con el infierno, y al enemigo, aunque se retracte, nunca se le perdona. Ese infierno resulta además más pavoroso y aburrido, pues siendo más estricto le arrebata también a sus víctimas la esperanza (aquel consuelo remoto) de trascenderlo. Sus dioses, aunque más terrenales (engordan rápidamente) no son por ello menos inhumanos. Desde luego, hay que adorarlos diariamente, ratificar y repetir de memoria sus oraciones, bulas y excomulgaciones que proliferan en forma alarmante; padecer sus iras y sus cambiantes caprichos, imitar sus fisonomías, sus rasgos, gestos y voces. Todo con gran optimismo, sencillez y fe. En este aspecto es indudable que nuestra religión (la comunista, naturalmente) es más fetichista y fanática. Pero ambas, en fin, y esto es lo que debe tenerse siempre presente (para poder sobrevivir, es decir: evadirlas) niegan la realidad o toman de la misma aquello que les sirve para continuar el juego. El hombre que acogiéndose a una de estas doctrinas pretenda desarrollarse como tal, está perdido, pues para ambas el hombre es una oveja o un enemigo. La vida, en las dos, es sometimiento. Naturalmente, una vez en el poder, el comunismo se desenmascara, y, al igual que el catolicismo, *despliega su medioevo*, y con más brillantez —es decir, *negrura*— y eficacia, que para algo ha habido, caramba, una revolución técnica... El comunismo, al parecer, es una doctrina más popular. Los rateros y los frustrados son más numerosos que los reyes, príncipes, marqueses, terratenientes, potentados, etc. (Lo cual no quiere decir, perdón, que sean más despreciables)... Lo que más me sorprende es que en esta época de "grandes cambios", venenos y autoflagelaciones, barbadas putonas izquierdistas que desde París inventan o apoyan revoluciones (que no son más que unánimes prisiones para forzados) quedándose siempre con el *copyright*; lo que más me sorprende, repito, es que aún todos los países no sean comunistas. Hecho que se debe, sin duda, a una torpeza o a una negligencia de los gobiernos imperantes. Pues en verdad os digo, voraces y ventrudos dictatorzuelos, que se trata de EL NEGOCIO DEL SIGLO: El mandatario que es vitalicio, se convierte (otra vez) en dueño y señor de toda vida y hacienda, modifica el pasado, dispone el presente y planifica a su capricho el futuro, además, como "progresista" se llena de gloria, lo cual le otorga la "penosa" tarea de premiar los himnos compuestos en su nombre, disponer sus estatuas, acuñar monedas con su esfinge e inundar al mundo con sus fotografías, además, naturalmente de aceptar el "Premio Lenin de la Paz" y sostener entrevistas con Barbara Walter... La experiencia vale mucho. El "desarrollo", la "dialéctica" son cosas indiscutibles: El comunismo pone en práctica (agudizándolas) las características (es decir, las más connotadas barbaries) de los sistemas anteriores. Tomemos, por ejemplo, la *plusvalía*, manoseada piedra angular de los monjes marxistas. Pues bien: en el nuevo sistema, el comunismo, el obrero trabaja más que en cualquier otro, recibe menos, se le trata peor, y lo que finalmente puede adquirir ha de pagarlo más caro (ocho o diez veces por encima de su costo de producción y del precio anterior) siendo el producto de más baja calidad. Sin embargo, ya no hay capitalistas que le roben el fruto de su esfuerzo. ¿Qué ha sido pues, señor, de la plusvalía? Mencionarla es ya un acto subversivo... En realidad, vuelvo a repetirlo, no sería honesto negar que la técnica avanza que la "Historia marcha": Antes se le entregaba al estado el diezmo; la nueva clase (economista, al fin) ha comprendido que es mucho más práctico, rentable y hasta "revolucionario", abolir los impuestos, contribuciones, etc., y convertir al hombre en una suerte de letra de cambio *ad infinitus*. ¡Nada de diezmos! El estado es ahora el único usufructuario —ningún intermediario— y el súbdito, siervo, esclavo, obrero o camarada (llámesele como se quiera) puesto que no se pertenece, puesto que no existe como ente legal y humano, debe obedecer, naturalmente, al estado. El estado como artefacto monumental lo es todo. No se trata ya pues de huelgas ni protestas, ya que la lucha de contrarios (esa condición tan elemental para la preservación y continuidad de la vida) ha sido abolida judicialmente, y cualquier tipo de insinuación será detectada y castigada con la pericia y la crueldad que son atributos de toda gran maquinaria... Por lo demás, no habiendo ya clases, sino, de un lado, el estado plenipotenciario y omnipresente, y del otro, el bloque monolítico de la masa esclava, ¿ante quién se va a protestar? El ser humano (si es que ya no es ridículo llamarlo así) bajo el nuevo sistema ha de renunciar a todas sus inquietudes trascendentes, de lo contrario, lo aniquila el sistema, o se aniquila él mismo —lo aniquila el sistema—... Aspiremos, pues, a que dentro de un año nos otorguen el permiso sindical para comprar una olla de presión o dos sillas que, lógicamente, habrá que pagárselas al estado a sobreprecio, es decir con lo que hubiera sido nuestra plusvalía agregando además lo que podría llamarse *un monto socialista*. Ahora la bolsa negra es también un asunto estatal. Economistas, economistas... Levantémonos temprano, aplaudamos, inclinémonos, sospechemos del que no haga estas genuflexiones y denunciémoslo inmediatamente (a lo mejor lo hace para *probarnos*), manejemos un lenguaje simple y repetido, si es posible, monosílabos risueños (¡Sí! ¡Sí! ¡Ea! ¡Ea! ¡Viva! ¡Hurra!). Más allá, todo es muy oscuro, confuso y peligroso y nadie vendrá a rescatarnos, al contrario, traficarán con nuestra esclavitud y con nuestros cadáveres... Y en cualquier momento "el Dios" nos puede conceder la gracia de abolirnos... Como se habrá podido observar, ambas doctrinas son monstruosas. Ahí radica su atracción, el éxito que ahora, la segunda, parece recoger. El hombre, en su miseria ancestral, en su debilidad patética y congénita, no puede tolerar su libertad. Cuando, por una pereza de la maldad, la disfruta, se llena de angustias existenciales, de culpas, de complejos, de resentimientos para consigo mismo y hasta para con sus semejantes, quiere inmolarse, corre desesperada y lastimosamente en busca de alguien que le pegue una argolla al cuello y le conceda el honor de darle un puntapié en el culo... Tocado por una suerte de majadería trágica, a la vez que por un recuerdo de la manada, no cesa de buscar el objeto de su sometimiento y sumisión. Dios, Carlos Marx, Mao y hasta algún subderivado tropical: Un dictador vitalicio... Escoja usted. Le recomiendo, si quiere "ajustarse" a la época, el comunismo. Su fuerza, a no dudarlo, es avasalladora. Cuenta por derecho propio —además de los ultrajados y explotados por sistemas opuestos—, con los débiles, los frustrados, los ignorantes, los resentidos, los reprimidos y los impotentes, los ingenuos y los jorobados, los niños bien aburridos de que papá los mantenga, los demagogos que hacen carrera política y hasta artística negociando con el oportunismo político, las grandes casas editoriales del mundo occidental y del oriental (ni los presos ni los cadáveres compran libros), los traficantes de la palabra y la esperanza, y, naturalmente, con los malvados de oficio y las grandes damas nobles a las que la menopausia o el exceso (entiéndase fuego uterino) las ha provisto de un espíritu inmolatorio... Es decir, cuenta con casi todo el género humano. Así, pues, aplauda y agáchese. *¡Hágase también usted un hombre nuevo!*... Sin embargo, entre esa hendiduras que deja el terror o la historia (hendiduras que cada día son más estrechas), suelen guarecerse, alimentados por la soledad y el fuego, los siempre escasos, los raros —los aguafiestas— que han tenido la terquedad de no acogerse a ninguna bendición. Ellos, tan antiguos, tan viejos, tan nuevos, tan pocos, tan inevitables e indestructibles, justifican y enaltecen a esos millones y millones de pobres bestias mansas, anónimas, mudas y enjaezadas que ya (otra vez) se inclinan, se postran, ante "El Redentor". Amén.

Ah,
pero se ha puesto usted a pensar
           (lo cual es improbable)
qué extraño engendro
legarían al mundo estas dos
doctrinas
      unidas
           (lo cual es probable).
  Se ha puesto usted a pensar
           (lo cual es muy difícil)
cómo será la vida
guiada por esas dos
religiones
       confabuladas
           (lo cual no es, qué va,
improbable).
         ¿Se ha puesto usted?

                    ¿Se ha puesto usted?
                        ¿Se ha puesto usted a?
Unidas.
                             El sol,
        dices
y tu mano parece acariciar
flores invisibles.
                             El sol,
        dices
y tu mano al tender los pañales
parece hundirse en un jardín
donde aún hay un árbol y suena
una música
                    (oh, a dónde; oh, a dónde)
                             El sol
        dices
y te veo trazar gestos
en homenaje al tiempo

                             El sol,
        dices
y tu mano se curva
acariciando el lomo de
no sé qué sufridas y transparentes
bestias
                             El sol,
        dices
y te vas envuelta en su resplandor
y tu mano parece señalar
hacia un lugar donde
aún hay jazmines
                    (oh, a dónde; oh, a dónde)
                        .  El sol,
        dices
y todo el amor del mundo
se concentra en esa palabra
en tanto que tus ojos

quieren mirar agradecidos

(pero hacia dónde, pero hacia dónde).
Hoy
no iremos al mar
porque el mar es la memoria
de algo sagrado
que no podemos descifrar
y nos golpea.

Hoy
no iremos al mar
porque el mar es una extensión ondulante
una canción a la eternidad
que no sería justo interrumpir con nuestro pasajero
repetido grito.

Hoy
no iremos al mar
porque el mar es anhelo y congregación de deseos
que no podré realizar.

Hoy
no iremos al mar
porque ver esas aguas abiertas
(hacia el cielo fluyendo, hacia el cielo fluyendo)
despertaría de nuevo nuestro ancestral instinto
de cruzarlas
   y eso no puede ser.

Hoy
no iremos al mar
porque el mar configura avenidas torres palacios y
catedrales iluminadas
espectros del aire jardines y ciudades
que no veremos nunca
que ya para nosotros no existen.

Hoy
no iremos al mar
porque es intolerable

la visión de tanta vida y grandeza llegando
hasta nuestros pies encadenados.
                                        Hoy
no iremos al mar
pues su opulencia es una ofensa a nuestros ojos
que sólo han de ver campos de tierra para escarbar
y ciudades sometidas al deterioro y la
consigna.
                                        Hoy
no iremos al mar
porque en el mar hay siempre un adolescente
que exhibe la inminencia de estar vivo
y eso ya no lo podemos tolerar.
                                        Hoy
no iremos al mar
porque ver el mar es reconocernos.
                                Vamos, pues, rumbo al mar.
Los muchachos
en un gesto de inútil rebeldía
tratan de ubicarse en un tiempo (en otro tiempo) que ya no les
pertenece.
Se ajustan telas desteñidas,
se dejan largas y subversivas melenas,
caminan expresando una vitalidad y un orgullo de
                                [tragamundos.
Las muchachas
(consecuencia de la incomunicación)
resultan ser copias de las comedias norteamericanas
de los años 50.
      Míralos a ellos ahora moverse.
Cómo desgarradoramente quieren existir.
Largas patillas, barbas incipientes, pelos clandestinamente
conservados
                        (escondidos ya bajo un gorro).
      Míralos cómo desesperados tratan de ubicarse.
Ya no existen.

Sobre esos gestos espléndidos,
esas elasticidades y esos ademanes,
sobre esos cuerpos y esas risas,
sobre esa desesperada demostración de vida,
    alguien vigila.
 Por mucho que alardeen, por mucho que *sí, acere, mi socio,*
*tremenda jeba, cómo no, la fiesta.*
 Por mucho que se exhiban y traten de imponerse
y se ajusten más las trusas
       y se paseen fanfarroneando
intentando burlarse de todo
oponiendo a mis ojos y a la época esos gestos de tragamundos,
ya no existen.
    El tiempo, el mundo, la época, se los ha
tragado.
      Qué oscura claridad
     Qué ramplona unanimidad
     Qué horrible sensación
     aquí, allá, alrededor
      de horror.

 Y
el mar detrás
en carcajadas expandiéndose.
 El mar
         huyendo.
El mar como una autenticidad dentro de un sueño
como una realidad que de tan real se vuelve irreal.
 El mar
    como una repercusión que ya se aleja
como un vasto escenario vacío —aguardiendo—
ante un público que lleva mil (dos mil) años
aguardando
        momentáneamente
        momentáneamente.

                    Agu
                       ar
                          dan
                             do
y a guardias viendo

                              Momentáneamente.
Oyelo bien:

                              MOMENTANEAMENTE.
                                   No iré.
                                   No iré.

Picasso: *Mujer sentada.*
Cojones: Mujer sentada.

                                   No iré.
                                   No iré.

    Mujer
te voy a regalar un astrolabio
una sonda y un aneroide
    todos los instrumentos de mediciones y rectificciones y
comprobaciones
    Pondré ante tus ojos mi inscripción de nacimiento
y mis agraviados sentimientos
    Voy a abrirme ante ti como una carpeta repleta de datos
minuciosamente computados
    Voy a entregarte incluso todos los recuerdos olvidados
grupo sanguíneo enfermedades y erupciones padecidas y por
padecer
    alegrías
color de los ojos del tatarabuelo
    fracturas
peso y porcentaje de inteligencia
    color del hígado a los seis meses de nacido
estudios realizados largo de las pestañas libros leídos y
pisotones recibidos
    imágenes que iluminaron la primera masturbación
signo zodiacal
    amor al agua

placer al quemar una tatagua
rencor y goces familiares
oscura maldición
      Todo eso y más te voy a entregar
alma       forma de cantar bajo la ducha          cartas mal
                                                  [redactadas
      sentido del horror y de la
nada.
            Al final
después de todos los análisis rectificaciones y ajustes
comprobaciones y elucubraciones verás que ninguna
                                          [conclusión
puedes hacer
que todas son posibles
que no sabes nada

                                        Ah mujer
            pobre mujer
                  en el grito no dado
                  en el gesto inconcluso
                  en la forma de ordenar
                  sobre la mesa los cubiertos
                  en tus ojos cerrados-abiertos
                                        Ah mujer
            pobre mujer
                  en la ceremonia de las telas
                  crujientes
                  en el paso más leve
                  en la forma de decir sin decir
                  lo que sientes
                                        Ah mujer
            pobre mujer
                  en el vientre que crece
                  en el vientre que crece
                  en la tarde que estalla

                    (y tú quieta aguardando)
                    en la noche que llega
                    (y tú quieta aguardando).
                            Más
            ¿Qué hace nuestro
                            pueblo?
La horrible marmota saca un fleje gigante y penetra
                        —¡Ay qué cosquillas!
Los tentáculos llegan ya a tu garganta y prosiguen su metódica
inspección, ya muy dentro te extirpan de un golpe todas las
vísceras y demás atributos
tan necesarios.
                            Mas
                    ¿Qué hace nuestro
                            pueblo?
No iré.
No iré.
                    Botas
            guantes
                    sombrero de
            yarey
                    camisa azul
            pantalón
                    caqui: éstos son
los oscuros ropajes del esclavo
                    Otra vez en el umbral
                    Otra vez en el umbral
            Botas
                    guantes
y el tiempo como un cacarear desgarrado
y los camiones bramando
y cada vez más distante
y cada vez más distante
                    aquella sensación de aguas nocturnas
hacia mi corazón entrando
de mi corazón partiendo


                                                    337

                    (toda la tierra inundando)
          Pantalón
                    sombrero
          cláxones que no se detienen
                    camión repleto
          yo arriba
                    entre un estruendo que ya de tan anti-
          guo se hace nuevo
                    entre el meneo y el sujétate que nos
          caemos
                    todas esas sandeces repitiendo
          (riéndome ya)
y cada vez más distante
y cada vez más distante
                    aquella intuición de rebeldía
          aquel canto
hacia mi corazón entrando
dentro del pecho estallando.
                              Llegamos
Siempre llegamos
(jamás salimos)
          Antes del alba un hierro con furor golpeado
          te advierte el sitio donde estás plantado.
          Hay que levantarse, correr y —urgente—.
          Ser uno más entre esta horrible gente.
              Ya están aquí todas las carretas.
          Ya subimos ya no soy sino el montón
          (Jamón, jamón de nalgas, jamón de tetas)
          Ahora sí qué lejana aquella sensación,
          Aquella sensación de aguas muy quietas,
          En mi corazón creciendo, en mi corazón.
                                        Seguimos.
          El paisaje monótono se encoje (aún no
                                        [amanece).
          Como una visión —visión desoladora—
          Un palmar en acoso se estremece

Y siento entre sus pencas que algo implora
Por aquella infancia que la memoria mece
Entre ese batir al que también le llegará su hora.
En tanto no pensando ya en vida o en reposo.
Mocha en mano acometemos el verdor inmi-
                                        [nente.
¿Ayer? ¿Hoy? Todo pasado aquí si es bo-
                                        [chornoso
¿Es y ha de ser siempre presente?

No iré.                                                        No iré.
No iré.                                                        No iré.

                        Más,
                                ¿qué hace nuestro
                pueblo?
                        Ah,
nuestro pueblo
                querido pueblo
        Se chancea del propio chillido
        que chato el mismo chorrea.
        Engrasa la tranca, se arrastra babeante,
        la mira gimiendo, recula y revienta.
                        Ah,
nuestro pueblo
                querido pueblo
        se enjaeza y aprieta la cincha
        y él mismo se pincha, se pincha.
                        Ah,
nuestro pueblo
                querido pueblo
se chupa la picha y se agacha,
se achurra y se achica, y luego
chusmón, chambón y trotón
                se marcha chocheando.
                        (Momentáneamente, momentáneamente.)
                        Ah,
nuestro pueblo

qué risa, qué risa,
aplaude la resolución que lo pisa
y al amo (qué panza, qué panza)
que ordena no sé qué matanza.
Y así (qué risa, qué risa)
revienta bailando una danza
que lo estupidiza.
(Momentáneamente, momentáneamente)
Momentáneamente:

Humo que aterra

| | |
|---|---|
| Cuerpos que pasan | Muslos piernas |
| Cuerpos bronceados | Ombligos nalgas firmes |
| Que giran enlazados | Espaldas cinturas |
| Cuerpos ardientes | Prominencias |
| Cuerpos tendidos | Donde el sol restalla |
| Cuerpos levantándose | Manos tersas |
| Piel que invade | Donde el sol restalla |
| Brazo que se alza | Voces que cimbran |
| Cabeza que emerge | Nada faltando |

Humo que aterra
¿Irás?
¿No irás?
*La madre y el hijo*
*están solos en una estación de veraneo.*[1] La madre, frente al hijo,
realiza en su honor, en honor al hijo, una tarea doméstica. El
hijo silba, e, instintivamente, quiere eliminar a la madre. La
madre, dejando de tejer, levanta las agujas que el hijo ve alzarse
y clavárseles en su pecho, su pecho de hijo. La madre, aguja
levantada, sonríe al hijo. El hijo ve esa boca desmesurada dentro de la cual parece desarrollarse una tormenta. Una ráfaga lo
atrae, lo arrastra. El hijo entra en las cavernosas fauces de la

1 Véase, William Reich: *La función del orgasmo.*

340

madre. Ella vuelve a clavar la aguja en el tejido que resplandece
a la luz de la tarde. El hijo, aferrándose a las muelas careadas,
trata de huir del laberinto pestífero. Pero el torbellino es incontrolable; resbala. La caverna es cada vez más oscura, el sitio
muy blando. El hijo va rodando en medio de esa melaza de
olores y supuraciones intolerables. Se desliza, se desliza hacia el
inmenso y negro túnel, hacia la gruta que configura la garganta.
Se pierde, se asfixia, y sigue, sigue resbalando... La madre vuelve a levantar la aguja y sonríe, sin abrir la boca. El hijo (sintién-
dose allá adentro), inconscientemente airado, silbando y radiante, quiere vengarse de la madre. ¿Qué si no ese objetivo, esa
intuición, lo hace *hijo*? Me mira: Ya ha seleccionado el instrumento.

Pero

No iré<br/>No iré.

Pero
    Ayer
fue el día de San Juan
y tú detrás de los árboles,
escondido
    viste a los muchachos desnudos
lanzarse al agua
    flotar bocarriba
y otra vez lanzarse.
                Ayer
fue el día de San Juan
y tú,
escondido,
    oíste el estruendo de los hombres
bañándose en el río,
    viste la espuma provocada
por sus cuerpos
    escuchaste sus risas
observaste sus juegos.

Atónito escudriñaste sus figuras
relucientes.

Viste sus saltos.

                                        Ayer
fue el día de San Juan
y tú corriste solo por el monte,
te revolcaste en la yerba,
regresaste al oscurecer (tías,
abuelos, madres, te aguardaban),
llevaste los terneros al corral,
te sentaste con los demás a la mesa.
Solo quedaste en la sala
                             bajo el quinqué
                  ¿Irás?
                  ¿No
                  irás?
           *El marido y la mujer*
*han entrado en la habitación.*[1] Ambos azotados por los silbidos... Para negar el cuerpo que se instala, arremetamos contra
el tiempo, la política, la época siempre espantosa, piensa él... Si
llegara, si ahora llegara ese que nunca ha existido, si ahora descendiera y llegara, y todo esto, de pronto, no fuera más que un
sueño, piensa ella... Para negar el cuerpo que se instala, mírala a
ella: Mujer con pañales lavados de su niño de meses, piensa él...
Y todo no fuera más que una pesadilla que recordarías a veces,
algo que se puede contar, pero que nadie podría tolerar, piensa
ella... Mujer inundada de blancos pañales que alza hacia el cielo, piensa él... Duérmete, duérmete, corriendo, porque quizás
(porque seguro) despiertes en otro mundo. El tuyo..., piensa
ella, fingiendo que no oye cuando él llega, que no siente esos
silbidos afuera, que el resplandor no llega hasta la cabaña... Ah,
si pudiéramos finalmente aniquilarnos con tanto amor, piensa él
(y ya se acuesta a su lado). Si con un gesto conjuráramos aquella
claridad y esos silbidos y esta pieza oscura por nuestros cuerpos

---

1 Véase, Constantín Fedin: *Un verano extraordinario.*

que ahora se rehúyen padecida. Si para entendernos bastara mostrar ese llanto que el resplandor del día convierte en sudor, frustrado ademán o sueño. Si por credenciales bastase ese gesto, y este caer dentro de tus ojos cerrados que me observan. Si supieras qué horrible batalla, qué caballeros tan audaces, qué tradición tan desamparada y qué fuegos conminándome... Si tanto mar golpeando nuestra indignación de no poder remontarlo, tanto tambor y oscuro colorido, tantos gestos procaces, tanta bulla, confusión, recíproco engaño y minuciosa insolencia, temor y complicidad, ofensa y complicidad, bastasen, como debería ser, para otorgarnos la mutua comprensión o la plena estupidez... Ah, si yo te dijera, si yo te dijera eso que no sé qué cosa es y no puedo decir. (Se acerca, sin tocarla la abraza)... No iré, no iré, le promete, sin abrir los labios.

Otra vez, sin tocarse, se abrazan.

Dos coches fúnebres.
Dos coches fúnebres.

En
tanto
la noche se abre hacia vastedades que se agrandan. Ya no ubicadas en tiempo alguno las aguas se explayan, no contaminadas por leyendas, maldiciones u ofrendas, plenamente gloriosas, deshumanizadas y solitarias. La oscuridad entra en los dominios de la oscuridad. Una cósmica sensación de espacio abierto, de estupor pleno, desciende... Si estiras una mano, qué nueva certeza desoladora, qué gran miedo. Noche bajando a los recintos desamparados. Cuerpos que se desplazan, movimientos que reclaman, bestias y promontorios que dormitan, olores dispersándose, ofrecimientos, rechazos (nada quedando, nada calmándote). La oscuridad va recibiendo más oscuridad hasta formar un vacío denso y unánime. Mar y noche se funden en una furiosa comunión. Algo más espantoso que el tiempo (pues además de ser tiempo adquiere sus símbolos más sombríos) cae... Tiniebla, principio, sonoro ritmo, todo confirma una armonía despiadada de la que el hombre está excluido y no siendo

noche padece desde afuera la noche que desciende; la noche que instala su inminente sensación de noche y abre sus flancos al oleaje tumultuoso. —Ah, ya no eres el inusitado de las olas, ya sabes—. En la cabaña los cristales crujen como acongojados. Las lámparas, los pobres objetos domésticos, qué pueden hacer contra la noche. Más bien, son centinelas intermitentes que la señalan, agrandándola. El desamparo, que es la misma noche, sigue creciendo. Para hacerse más cruel, para que se le escuche mejor, la noche toma la voz del frío: *Pronto no serás y todas mis sombras te habrán sido inútiles para configurar un terror que las aclare o al menos te iguale a ellas...* El estupor es ahora esa suerte de tiniebla sonora, pues noche y resonancia serán siempre, en tanto que pronto ya tú no estarás. Ridículas todas las inquietudes y preferencias, bifurcaciones de la memoria y amenazas, ridículos todos los riesgos y temores: La noche es ya una llanura sucediéndose en el alto, invisible, horizonte. El mar descorre sus cortinas a la noche. Ella entra en esas plataformas líquidas, absorbe ondulaciones, superficies, resuellos y abismos. ¿Qué hay en el tiempo? ¿Qué resuena fuera de la habitación que modestamente cruje? ¿Cuántas veces vas, vienes, regresas? Nada. Y la misma noche descendiendo, proyectándote, lanzándote... Ahora te has puesto de pie. La noche va minando todos los objetos de tu seguridad, puertas, palabras, sillones, libros, botellas. Tus dominios se disuelven. Todo emana un secreto temblor. Todo anuncia un peligro secreto. Todo es ahora una vigilia desesperada, una búsqueda donde el mismo —imposible— encuentro multiplicaría las insatisfacciones. Toda intención es ya frustración... ¿Irás? ¿No irás?... En tanto, va llegando una inaudita fragancia de diluvio. La noche es ahora un latido plenamente instalado. La sensación de tiempo, al ser tocada por ese latido, se hace más opresiva. Piedras mínimas, insectos de corazas resplandecientes, yerbas flotantes o ese golpe de una hoja de zinc semidesprendida de algún techo: *Opresión, opresión*. La certeza de muerte al ser desvelada por la noche, incita a una rebeldía mayor que es un intento de burlar (vencer) la noche. Ella, en su punto más despiadado extiende su tiniebla fun-

damental. El cuerpo anegado, contaminado de noche, se deba-
te. Las cosas, más sabias que el hombre, o menos ofendidas y
agónicas, recogen su sombra y se la entregan a la noche. El ser
común y los más intuitivos, la mujer, el niño, las aves, cierran
los ojos y se abrigan; obedientes configuran su propia noche
que es una ofrenda a la gran noche. Sacrificándose, sometiéndo-
se (salvándose) la alimentan. Ellos ruegan; ellos saben al menos
que no tienen más que ese pequeño arco que forma la mano o el
ala sobre los ojos cerrados. Y ruegan. El bosque (el ancestral
bosque) emana un penetrante y lejano chillido. Tú, de pie en la
habitación, ¿aún crees que tienes la noche?, ¿aún crees que tienes el mar?, ¿aún crees que son ellos los que te llaman, los que
te tienden una neblina espesa para que, ocultándote, vayas hasta
ellos, y, al fin, al encontrarlos, seas tú? Noche y mar. El y ella.
Extensión y misterio, ritmo y frescura, plenitud y abismo, con-
firmando al fin el cuerpo fundamental de tus deseos. Lo que
podría satisfacerte o vencerte... Pero la noche celebra sus orgías
con el mar, y a ti no te invita. El mar rinde sus opulencias a esa
tiniebla que desciende. La noche sale triunfante porque es la
que visita. Al otro día, el mar, momentáneamente calmado, comienza otra vez el recuento. Ellos se entienden... Tú estás apar-
te, a un costado, bajo la piedra. No te han llamado, no cuentan
contigo; no te conocen. No interesas. Miserable y temeroso,
anónimo y desubicado —envejeciendo—, eres, otra vez, lo que
no dices.

*El Proyecto de Reforma*
*del Artículo 25*
*de La Ley Fundamental*
*que establece la pena de muerte*
*en casos especiales*
*para mayores de*
*16*
*años*
*ha tenido una aprobación*
*virtualmente*
*unánime*

*en todas las asambleas*
*celebradas*

> *a*
> *lo*
> *largo*
> *de*
> *todo*
> *el*
> *país*

*Radio Reloj Nacional, martes 25 de*
*septiembre de 1969. Exactamente: 1 y 47*
*minutos ante meridiano. Hora de verano.*

Salgo.

Contra la noche

esa luna
fría y gigantesca
rodando entre
palmeras

Contra la noche

. esa luna
ramplona y redonda
entre palmeras
atisbando

Contra la noche

esa luna
vieja y glacial
enorme y descascarada
entre palmeras
resbalando

Una luna

convencional
e inminente sacada de
un cuadro de
Rousseau

Una luna

de cara

                    inclinada y
                    amarga
                              Una luna
                 de nariz
              respingona y
                 molesta
                              Una luna
                 de cejas
              tupidas y boca
                 agria
                              Una luna
                 de cara
              doliente, lacónica
                 y amarilla
                              Una luna
                 desencajada
              y recriminatoria con
              rostro de mujer meno-
              páusica enemiga de todo
                 gesto vital
Echo a andar.
                              Una luna
                 frígida
              antigua y avergonzada
              bejada mancillada escupida
                 triturada inflamada y
              lloriqueante con rostro
                 de mujer fatal
                              Una luna
                 con manchas
              ramplona y global digna
              de ser tomada por sus inmensas
                 orejas y precipitada
                 de un puntapié
                              Una luna
                 Matronal

                    enardecida y pendenciera
                    digna de ser ignorada cual
                    mujer mala
                                        Una luna
                        tiesa
                    con el rostro
                resquebrajado y contraído
                    de campesina terca
            que luego de haber tostado
                    café salió al
                        sereno
                                        Una luna
                    Bolluna y
                        amarilla
                                        Una luna
                        lunática
                                        Una luna
                        Luna.
Antes de llegar al pinar
lo distingo bajo los árboles.
En lo oscuro su camisa blanca
parece flotar.
                            Una luna
                    de rostro granulento
                        y airado
Las cigarras han disminuido
su estruendo. Parecen más bien
acompañar a un millar de otros
insectos, haciéndoles de fondo.
                            Una luna
                    de cara ensangrentada y
                    cavernosa como mujer en
                        menstruación
                            difícil
Me acerco.
                        Una luna

de cara
como mujer que ejecuta
una mala digestión todos
los días
Llego. —¿Hace mucho que estás
esperando?
Una luna
ojerosa vasta y condenatoria
como mujer que ya no encuentra
[hombres
y utiliza pedazos de madera, frutas
largas algo sólido y
doloroso
El no dice nada. Echa a andar.
Dobla, tomando un trillo dentro
del pinar.
Una luna
de ojos como cuentas
borrosas y pestañas
lamentables
Sigue marchando delante, seguro
de que lo sigo, produciendo ese ruido
de cuerpo que avanza entre plantas.

Una luna burlona y
redonda

Salimos ya a la costa pedregosa,
bañada por la claridad.
Una luna
alcahueta y sonriente
mofletuda y tragicómica
digna de una
opereta.
Siguiendo un estrecho sendero
nos internamos en el manglar.

Una luna
anacrónica con aires
de gran puta
ofuscada
               Ya en medio del manglar llegamos
        a un claro poblado sólo por troncos
        secos. A través de ellos se ve
        el mar.
                       Una luna
                  de cara desencajada
                  que refleja las aberraciones
                  sufridas por hombre
                       malo
               Salimos al otro lado del manglar.
   Una luna
matronal y papuda
  cual puta retirada
  que ahora es jefa
     de vigilancia
               El marcha ahora más rápido aunque
        con la misma seguridad. Oigo su
                  [respiración.
        *Estoy aquí para que me sigan*, parece
                            [decir
        su silueta.
                            Una
                       luna inmensa y
                       fatídica
               Llegamos hasta donde comienza el pro-
        montorio de las rocas. Aunque estamos lejos
        del pinar aún se oyen las cigarras. El se vuel-
        ve. Su rostro, a causa seguramente de la ropa
        blanca y de la noche, es ahora más oscuro.
        Nos miramos. Todo en él exhala una sensa-
        ción de varonil firmeza, de seguridad y orgu-
        llo revestidos de indiferencia. Comienza a su-

bir el promontorio. Yo me quedo de pie,
abajo. El, en ningún momento, se vuelve.
Comienzo a escalar de la misma forma. Levanto la cabeza.


Una luna
radiante helada y familiar
la misma luna que me observó
de niño y que ahora me
reconoce


Me detengo. El sigue subiendo firme y
despacio. Yo bajo la vista hasta mis zapatos
que se hunden en el musgo. El mar suena allá
abajo, deshaciéndose. El olor a salitre se hace
más fuerte. Sigo ascendiendo. Veo la suela de
sus zapatos, sus piernas que se apoyan ágiles
y saltan terminando la ascensión. Lo sigo.
Llego arriba.


Una luna
abultada amarilla y
plena


El está en el otro extremo. La camisa abierta, ligeramente inflada por el viento. El lugar es una roca ero-
sionada que forma, aquí arriba, una especie de explanada. Allá abajo, el mar lanza a veces un ramalazo de
espumas que llega hasta nosotros convertido sólo en
una sensación de salitre y frescura. Descubro que por
el otro extremo, debido al desnivel del terreno, se hubiera podido llegar sin tener que escalar ni un metro.
Busco un lugar menos húmedo y me quedo en él a

cuclillas. Así estuve no sé qué tiempo. Me pongo de
pie. El está ahí, esperando; sabiendo que iré.

—No había necesidad de subir —digo—. Por el
otro lado...

El entonces —ahora, dentro de un momento— se
vuelve, simplemente se vuelve. Me mira. La inminencia de su rostro, de toda su juventud plantada ante mí,
mirándome serio y enardecido... Y sonríe. Me lanzo
sobre él, aprisionándolo, abrazándolo. Deja de sonreír. Siento cómo vibra junto a mí. En un instante lo
despojo de sus ropas, tiro también las mías. Bajo hasta
sus pies, beso sus rodillas, aprieto todo su cuerpo que
se estremece. Desnudos y abrazados rodamos por el
suelo. Beso su pelo, su cuello, su espalda. Me fundo
con su cuerpo que emite una convulsión silenciosa.
Todos mis miedos, todos mis deseos se unen a los
suyos. Así, mientras somos los dos uno solo, levanto
mi cabeza sobre su espalda. Veo su cuello resplandeciente, sus cabellos iluminados. Alzo más los ojos y la
veo a ella. La veo a ella, allá arriba.


Una luna
fija y distante mirándome
—haciéndome ver— y todo ello con
una mueca adolorida espantada y
avergonzada: completamente
maternal


Rápido salgo de su cuerpo. Salto al centro de la
explanada. Lo contemplo, por primera vez se muestra
confundido. Comencé a reírme a carcajadas. Camino a
su alrededor, riéndome. Me planto ante él y lo abofe-
teo. —¿Qué te habías creído?, le digo. Y vuelvo a golpearlo. —¿Crees que desde el principio no me di cuenta lo que eras? ¿Crees que todo esto lo he hecho por-

que sentía algo hacia ti como seguramente habrán sentido otros, como estarás acostumbrado a que ocurra? —Y vuelvo a reírme a carcajadas. —Te conozco —le digo—. Sólo te interesa burlarte, entretenerte, que te divierta el que a ti se te antoja. Ah, pero con el que no te cae en gracia, qué hombría, qué castidad, seguramente lo denuncias por corruptor a la policía, ¿no?... Es divertido: siempre ante ellos serás el niño casto que, además, coopera. Puedes hacerte incluso de una buena reputación, sobre todo denunciando a tipos como yo. Esos son tus preferidos. Ja, ja, dime —y le volví a gritar—, ¿a cuántos has entregado ya porque te aburrían, o porque de pronto te sentiste muy varonil, o porque ese es tu oficio? ¿Dime? ¿Ese es tu oficio, verdad?

—No sé que está diciendo —dice.

—Sí lo sabes. Lo sabes perfectamente. Lo sabes todo. Y eres tan miserable como todos.

—No sé qué estás diciendo.

—Pues cállate y óyeme, porque si no sabes nada lo vas a saber todo ahora mismo. Oyeme, atiéndeme: me das lástima. ¿No sabes entonces, qué horror te espera? ¿No sabes que ni siquiera podrás decir ese horror? ¿No sabes que nunca podrás ser tú mismo, sino una máscara, una vergüenza, una piedra de burla y escándalo y de venganza para los otros, y de incesante humillación para ti? Nada más que para sobrevivir tendrás que traicionar y negar precisamente lo que te justifica y eres. Oyeme, óyeme: Vivirás siempre como suplicando, pidiéndole perdón a todo el mundo por un crimen que no has cometido, que no existe. A lo más que podrás aspirar es a que te olviden; tal vez a que te toleren, si finges. Pero ellos, aunque te adaptes, aunque renuncies, te mirarán siempre con desconfianza, se reirán de ti; ¡y cuídate, porque ante la menor muestra de autenticidad te eliminarán! ¿Me entiendes?

Serás siempre la válvula de escape de cualquier época
—de todas—. No sé si me entiendes, pero, óyeme:
serás la vergüenza de todos. Y todos te utilizarán para
justificar sus fracasos y descargar su cólera. No pienses que vas a encontrar un amigo. Encontrarás, sí, muchos que te chantajearán, otros que te difamarán; todos, naturalmente, te utilizarán. Pero lo que es una
verdadera amistad, una verdadera complicidad, con
eso no sueñes. Tu propia madre cuando se entere,
pues se enterará —no lo dudes—, vivirá siempre avergonzada, temerosa, te mirará también con desconfianza, se volverá gris y amarga. Preferirá finalmente que
no hubieses nacido... Y todo será culpa tuya. Ja ja...
—Y vuelvo a contemplarlo y a golpearlo— Y tú no
podrás hacer nada, sólo revirarte contra ti mismo, ne-
garte, destruirte. Imagínate ya viejo, seguramente en
un campo de trabajo, lleno de deseos cada vez más
difíciles de satisfacer... Ja, ja. Y tú no tienes la culpa de
nada. Tú eres puro, tan noble, tan espantoso... Pero
ellos, ¡qué morales!, te mirarán con vergüenza, y si
intentas mostrarte, descubrirte, te aniquilarán (aun
cuando ellos mismo te hayan utilizado) así, de una patada... El gobierno te dejará caminar por algunas calles, te perdonará la vida, si la zafra fue buena, si no
hubo una gran sequía. Vivirás siempre provisional-
mente, dependiendo de ésta o aquella ley que contra ti
son incesantemente promulgadas. ¿Crees que vas a
poder seguir estudiando? No pienses que dentro de las
pocas posibilidades que aquí existen podrás elegir alguna. Para ti sólo hay celdas y campos de trabajo donde te encontrarás con gente como tú, pero mucho peores; y tendrás, además, que ser como ellos. ¡Óyeme!,
—y volví a sacudirlo—, no creas que te estoy diciendo
toda la verdad; esto es sólo una parte de ella; toda, ni
siquiera yo mismo podría decírtela... Pero, ¿por qué
tenías que escogerme a mí; precisamente a mí habien-

354

do tantos por ahí que estarán dispuestos a humillarse, a hacer lo que tú les ordenes y dejarte además confiado, seguro, hasta orgulloso?... Pero, oye, hay más, hay más. Está la expresión de tu madre el primer día de visita a la cárcel, y los rostros y comentarios de tus supuestos amigos cuando "se enteren"... ¡Ridículo! ¡Ridículo! Haciendo esos gestos, esos ademanes. Tus amigos serán los primeros en «probar» tu hombría y después delatarte o hacer el comentario en el lugar y momento oportunos. ¡Ja! Y por encima de todo eso vas a estar solo, y vas a necesitar más que nadie de una compañía, de una verdadera amistad... ¡Qué bien, qué bien, con tu camisa abierta! ¡Ja! ¡Ja! Mira cómo me río. Y la madre tejiendo. Infeliz. Mira cómo me río... Ya sabes lo que eres. Si lo ocultas dejas de ser, si lo muestras, te aniquilan... No sé si me habrás entendido —le repito acercándome y mirándolo despacio—. De todos modos ya lo entenderás... Valdría más —digo alejándome— destruirse uno mismo sin darles tiempo a que ellos tengan el placer de hacerlo... Comienzo a vestirme; termino y me acerco otra vez a él, que sigue de pie, desnudo. —Oyeme —le digo—, no vuelvas a hablarme, ni intentes nada conmigo. Lárgate, busca cualquier otro. Déjame en paz. Si no has entendido nada, entiende por lo menos esto: Me das pena, más de la que podría sentir por mí mismo. Como comprenderás, nada se puede hacer con alguien que inspire tal sentimiento. Nada se puede hacer con uno mismo... —Le doy la espalda. Sin darme cuenta que podía salir por el otro extremo, comencé a bajar por el mismo sitio por el que habíamos subido.

Y otra vez crucé el pinar y atravesé el
sendero entre los mangles
Y escuché la fría letanía de las cigarras

Y seguí
Y un coche estalló en la noche
Y tomé la avenida de los almendros
Y llegué a la avenida de las adelfas
Y me paré sobre la arena del mar
Y las ranas cantoras culminaron el diabólico idilio
    de El Profesor y Margarita
Y una gran señal se vio en el cielo
Y me quité algunos guizasos del pantalón
Y todas las articulaciones y huesos de Giordano Bruno
    fueron minuciosamente magullados por el Santo Oficio
Y tomé el sendero de losetas que comunica las cabañas
Y miré y he aquí un caballo amarillo
Y las cigarras volvieron a escucharse
Y se le hacía tarde al conejo
Y la Caperucita Roja pudo finalmente seducir al lobo
Y en el bosque de Andrzejewski cantó la oropéndola
Y la bestia que vi era semejante a un leopardo
Y Stalin abolió con un enarcamiento de su bigote a
15 millones de seres humanos y al resto les concedió
    el honor de la esclavitud
Y cayó una bomba atómica
Y otra
Y todo en nombre del progreso de las ciudades
Y la caravana de los niños erotizados se perdió en el
    abismo de arena
Y tomé el estrecho sendero que iba directamente a mi
    cabaña:
Y la Reina Isabel la Catatónica se colocó la sagrada
    diadema
Y los cuerpos torturados, esqueléticos, envueltos
    en trapos verdes, de rodillas y portando cirios,
    ardieron
Y las cigarras dejaron de escucharse
Y la cabeza del que había llegado en carreta rodó
    ensangrentada entre un trueno de aplausos

356

Y la fila de los que aguardaban se perdía tras la
civilizada urbe
Y se le hacía tarde al conejo
Y Virginia se enfrentó al fin a las aguas del Támesis
Y Hitler levantó el brazo
Y sentí que me picaba el cuello
Y nuestra airada y tropical mofeta, a un rebuzno, suprimió el
uso de la palabra, del estómago, del desodorante, del papel,
del transporte, del sexo, del mar de la cólera y de la
esperanza
Y comencé a subir las escaleras de la cabaña
Y el Gran Faraón, por aburrimiento o capricho estranguló a su
eunuco preferido que lo miraba, lo miraba
Y subí al portal
Y vi como un mar de vidrio mezclado con fuego
Y el conejo corría, corría, corría, cada vez más
presuroso, rumbo a la fiesta
Y ya en el portal, al levantar la cabeza la vi a ella,
la luna, borrosa y flotando, indiferente, simplemente
mineral. No me reconoce. Nunca me ha reconocido
No sabe que existo
Y empujé la puerta
Y vi salir de la boca del dragón y de la boca de la
bestia tres demonios infernales
Y el barco repleto de negros con sus correspondientes
argollas se hundió en el centro del mar
Y Luisito dijo: *El estado soy yo, ¡zazzz!*
Y nuestro reyezuelo ya con inmensas chamarretas
chilló: *La revolución soy yo, ¡¡jiiiii!*
Y el segundo ángel derramó su copa sobre el mar
Y me quité los calzoncillos
Y sin prender la luz me acosté
Y un tal Jesús se enredó en una retórica que a cada
momento lo contradecía
Y la abadesa histérica pudo al fin sacarse la bala
de cañón que se le había metido en el útero

Y me cubrí con las sábanas
Y el impasible avión amarillo se alzó en el aire
Y otra vez él hizo el gesto
Y toda isla huyó y los montes no fueron hallados
Y ella comenzó su trajín discreto, doliente y desesperado
Y yo recordando no sé que anuncio de pastillas
*Valdas* (en balde) vi mi vida fría y varada, tendida
    y pudriéndose, me acerqué y le di un puntapié
Y otra vez él sonrió
Y ella colocó, otra vez, su cabeza entre mis manos
Y la ciudad grande fue partida en tres partes, y las
    ciudades de las naciones cayeron
Y los helados dedos de la aurora se posaron sobre
    la mano destapada de Caterine Mansfield.
Y me reí
Y sentí sus lágrimas rodar lentamente hasta mí
Y me reí
Y Dafnis bailó y cantó para Cloe
Y me reí
Y por última vez lo vi de pie, desnudo e inmóvil
Y me reí
Y el conejo volaba
Y viendo flotar tenuemente, tenuemente el mosquitero
    comencé a componer


## LA FUGA DE LA AVELLANEDA

*(Obra ligera en un acto)*

Y me dormí.


## CANTO SEXTO

—¿Es un salchicha? —pregunta la señora.
—No. es un salchicha —responde la señora.

—Ah. ¿No es un salchicha? —pregunta la señora.

—No. Es un salchicha —responde la señora.

Y la mañana instala todas sus claridades. El aire, absolutamente transparente, vibra como una sinfonía. El tiempo, que es de primavera efímera, y por lo tanto gloriosa, comienza a ser esencialmente tiempo, y como tal se impone, se hace notar. La luz se ha apoderado de todas las esquinas. Formando verdaderas piruetas salta por las ventanas; retorciéndose cual bailarina india se alarga en los pasillos; con una infinitad de tintineos, también cual bailarina (egipcia), entra, gran humanista, en las casas de huéspedes, y no se escatima ya con las ventanas, claraboyas, rejas, pañuelos y calzoncillos tendidos. Repartiéndose en innumerables saltos —danza, danza, danza— se esparce ya por las avenidas, sube, desciende, cual si bailara la suiza. Infatigable, trepa árboles, hojas, pájaros, calvicies y monumentos patrios. Deportiva, ilumina un pedazo de papel que un remolino impulsa. Clásica, cae sobre los geranios de la Quina Avenida. Libidinosa, baña los cabellos de los adolescentes, los lomos de las guaguas y los pantalones ceñidos. Politizada, se bifurca en ramalazos centelleantes contra las latas relucientes de los Alfa-Romeo. Oh, las casas son blancas; las calles y los gestos, blancos; los ómnibus y las aceras, y las uñas de todo el mundo, blancas. El muro y el mar son también blancos. ¿Y los techos?... El cielo exhibe también su matiz de blanco; las nubes pasan raudas y altísimas, muy emperifolladas de blanco. Las pizerías son blancas. Blancos los bancos, las bocas, las vacas y hasta las becadas. ¿Y los techos?... Los gorriones blancos, se desgañitan en el aire impecablemente blanco; saltan, se agrandan, ¡Dios! ¡Dios!, sobre los flamboyanes blancos. Se desgalillan, se desgañitan, sin cesar revoloteando sobre catafalcos y emblemas, sobre las guirnaldas y las adelfas, giraldillas y torres del Ministerio de Comunicaciones... Y todas esas plumas, y todo ese corre-corre y todos esos sitios donde se posa el trino-pataleante (que también es blanco) son blancos. ¡Jesús!, pero se han posado ahora sobre los techos que aún no tienen color... Tedevoro sale de su cueva. Aunque los relojes marcan las cinco de la tarde son las diez de la mañana. Las losetas abren sus desteñidas rajaduras para recibir ese sol tibio. Una cucaracha marcha apresurada, paraguas en mano, huyendo de un pisotón y esquivando un charco de agua. Aquel que puede saca un trapo vistoso. El otro se emparcha, se tiñe, se pinta, una costura aquí, otra allá, así, así. Tedevoro sale, las pestañas resolviéndose en un girar infinito, los ojos revolviéndose dentro de sus enormes cloacas. Manos, pelos, cejas y nariz todo en atención, radar viviente, buscando. ¡Ah, y los techos aún sin color!... Alebrestándose cruza ya la Calle 23. Mano en el bolsillo, nuca giratoria, pañuelo, cabellera y dedos al desgaire, tiritante y a la vez lavado en sudor; en pose de gran dama y a la vez meneando sus nalguitas. ¡Jesús!, aquí la calle. Un grupo de pepillos se acerca, inminenciando sus gentiles varonilidades. Pantalones fidelísimos a la figura. Voces, ademanes, trotar contundentes. Tedevoro, sagaz, resolviéndose en pasitos breves, medusa a la deriva, loto al viento, enloquecido papelito de estaño rodando por las colinas del Parque Lenin, se resuelve en saltos que se impulsan sobre ellos mismos. ¡Ya están aquí! ¡Ya están aquí! Ya, acuciosa, echa a andar sus ojos. Ya cruzan. Ya se cruzan con ella, ya llegan, pechos desbordándose, piernas empujando claridades, cintura, rostros plenos. Tedevoro, mirando siempre el objeto de su anhelo, aún jamás aprisionado más nunca abandonado, infinitamente perseguido, emite un taconeo discreto; los ve partir. Trote, trote, trote, qué manera de trotar —ay, cómo trotan—. Y la tierra, golosa, deja que ellos la pisen. Y la claridad, matronal, los baña. Ay, ¿y quién no los mira? Tedevoro, ardiendo, mas siempre sabia, emite su primer gran pensamiento del día: "Los pepillos cuando están entre ellos se vuelven hombres y para exaltar su hombría la cogen con la pobre loca. Dejadlos"... Y sigue carbonizándose, pero a la vez sonriente, con cierto aire de indiferencia, con infinita persistencia, mas sin perder la compostura, la prestancia, la figura —eso, sobre todo—. Llega a la parada de Copelia. Aún es tan temprano que fuera de un grupo de mujeres con jabas no hay más seres humanos en el sitio —si es que a una mujer con jaba se le puede llamar ser humano—. Tedevoro husmea, alza el cuello, se sienta y salta, reuniendo sus dos pies emite una suerte de vuelta unánime. Faro, alumbra; foco, busca; serpiente tachonada de anillos lúbricos, de cicatrices propinadas por hombre malo, alza el cuello y se arrastra. Aprovechando que las mujeres-jabas se han congregado en torno a no se sabe qué cacareo, Tedevoro, parado en punta, lanza un *jeté* de cisne en ascuas, no grandioso, más sí profesional. Las mujeres-jabas blasfeman dentro de su cacareo. Tedevoro, ligeramente fatigado se recuesta a la columna que sostiene la *P* de la parada y mira a lo largo de toda la Calle 23 como aguardando un ómnibus que no acaba de pasar. Allá, en el luminoso horizonte, algo se mueve, crece, se acerca. Ya están aquí. Dos figuras. Dos aceres batosos, batahola al viento, manoteo viril, y ese ritmo, y ese ritmo. Componiéndose, Tedevoro repasa ya mentalmente el caudal de su jerga populista: *ea, socio; choca, acere; vea, compa...* Ay, ya llegaron... Dios mío, me miran. ¡Jesús!, uno se ha llevado como quien no quiere la cosa, como inconscientemente, como al azar, una mano a la región donde dormita el opulento lestrigón (pues opulento ha de ser por las dimensiones de la morada en que habita). ¡Qué es aquello! Tedevoro emana ancestrales humores. Miles de arañas comienzan a emerger, de puntilla le brotan. El cielo de la boca produce un aguacero que azota la lengua; la lengua, cráter en erupción de contorsión belicosa, quiere saltar; los dientes se mueven deslavazados, las nalgas, enloquecidas giran con secretos y apretados chillidos, el pelo se levanta, la nariz se abre; los dedos de los pies provocan lagos chapultepecos; piernas y rodillas parten; manos y voz forman un nudo remoto e incontrolable. Sólo los ojos, obedeciendo órdenes superiores, siguen fijos... Pero he aquí que dos mulatas-culos se aproximan. Pero he aquí que los culos, culos al fin, independientes además, al ver los grandes batosos, se vuelven aún más culos; qué culos, culos que se desplazan, produciendo un estrépito en verdad rarísimo, suerte de chapoteo cular, rir, rir, rir, cosa que trisca, cosa que muele, de negras más bien son los culos; es decir, son culos negros, ya que como culos no pueden ser complementos, sino *sujetos.* Culos que siguen, culos que pasan, culos que se contonean, culos que marchan. Que marchan, sí, pero han dejado ya su sebo y su incienso, su larga estela de culo. El reto cular se ha planteado. Y tras el reto, tras los culos, se van los grandes batosos que, al igual que los culos ante ellos (los batosos) se volvieron más culo, ellos (los batosos) ante tales culos, ahora son más batosos. ¡Culos!, ¡culos!, ¡culos!... Los dientes quedan fijos. Los empastes se apresuran a cubrir sus huecos. La marea de la saliva desciende; la mano en el bolsillo toca simplemente un pedazo de metal, la llave. ¿Seguirlos? ¿Con aquellos culos? ¿Compararse ella, medirse, él, Tedevoro, la divina, semejante a Cloe y al cervatillo, medir sus armas él, que sabía hacer aquellos giros, con dos culos negros? Allá los batosos. Allá ellos si querían ponerle luto a sus exquisitas regiones. Para él ya han muerto. Ligero aire de viuda prematura; aunque, rotunda, se negó a participar en semejante velorio. Y, quizás para reconfortarse un poco o para remedar su orgullo ofendido, y porque recordaba, además, aquel gesto divino configurado sin duda en su honor, Tedevoro emitió su segundo y gran pensamiento de la mañana: "Muchos hombres piropean a las mujeres y se exhiben con ellas, pero tiemblan con las locas". Qué profundidad.... ¡Ay, y los techos se me olvidan!... La voz se sumerge en disquisiciones sexuales de alto vuelo. Navega. Ha publicado un libro de sabios proverbios. PROVERBIOS DE TEDEVORO, introducción y notas de Angel Augier: "Con independencia del talento narrativo y de"... Dios mío: Allá, al otro lado de la acera, ¿quién riega las flores de Copelia? Agil espalda, pelo rubio que cae sobre los hombros, piernas abiertas: Un dios, sin duda. Manguera en mano, el adolescente, en mono azul —en mono azul, Jesús— baña todo el jardín de la informe heladería. El agua, transformada en una suerte de arcoiris multicolor, cae sobre las plantas. Las plantas, saturadas y anhelantes, se inclinan ante las piernas del dios. ¿No es pues esa una visión maravillosa, aún más maravillosa porque es real, de Peter Pan, uno de sus héroes preferidos? El, Peter Pan, cuando él, Tedevoro, era una niña (tierna, tierna) lo había protegido, la había acompañado salvado, —al igual que

Supermán, y Aquamán. ¡Jesús!, y Tarzán, Dios mío: y los Halcones Negros, todos lo habían conducido, la habían salvado, oh, con cuánto ardor, entereza y valentía, de todo peligro grande (trueno, temblor, monstruo, guerra o estampido, bestias furiosas, Pedro el Malo, Agata, la bruja), tomándole en sus brazos, transportándole por sobre ramas y cascadas. Y ya Tarzán lo deposita con un rugido de pasión en la mullida cueva—... Corrió, corrió, hábil, desenvuelto, seguro. Llega. Ya está detrás del delicioso. Astuta, saca un cigarro. —Por favor... ¿tiene un fósforo? El interceptado se vuelve. Un anciano. Nada menos que todo un hombre mayor. Un jardinero común, un esperpento, un viejo, no rubio, sino canoso, no atlético, sino sencillamente, flaco. El viejo en su común mono azul miró aquella figura desencajada —ansiosa de ser encajada— que tenía ante sí. Su mano, enjaulada por un millón de arterias azules, revolvió todos los bolsillos del mono. —Los he dejado en el carro —dijo. Y se fue hacia donde estaba una especie de tanque con dos ruedas. Tedevoro, absolutamente irreal, miraba al viejo, no menos irreal, revolver aquel cilindro lleno de escobas y trastos. Más allá, bajo el arco de Radiocentro, convertido ahora, por obra y gracia de un cartel chillón en *Cine Yara*, ¿quién era aquel que de perfil miraba, y con qué varonil aplomo, la cartelera? Qué arrogancia en el porte, qué destellos. —¡Ya la hallé!, —sonó una voz detrás de Tedevoro. —Sí, dijo él. —Y, sin volverse, partió, rauda y despotricándose, llavero en mano, agitándolo, pie casi volando por la calle enchapapotada, haciendo verdaderos equilibrios por entre los *Alfas* que, politizados, a toda costa querían descuartizarla. Y, por lo mismo, no lo lograron. El viejo, con la mano extendida, observaba aquellas mortales peripecias; finalmente, guardóse la caja de fósforos en el mono y tomó su manguera... Mas, ¿qué importa la vida, decía la desatracada, qué importa el riesgo, y aun el perecimiento, si del otro lado estaba su dios, su redentor? Peregrinante, mística, saltarina, toda temblores se aproximó hasta la divinidad... Efectivamente, se trataba de un niño exquisito. Híbrida conjugación de nieve y palmar. Era ese raro producto que a veces el trópico nos suele ofrecer. Materia que pasando por todas las razas, sectas, clases, proteínas, soles, vicisitudes, invasiones y recovecos ancestrales, absorbe lo mejor de cada uno de esos ingredientes hasta culminar en espiga musical, en consistencia y ritmo irrebatibles, todo solidez aérea y pelusa tierna, cuello, cabellera, hombros, piernas... ¿De dónde salió, que no lo conocía? Y qué manera de pararse, y qué manera de ostentar sus sagrados atributos, y qué manera de mirar —como si quisiera violarlo— el cartel del cine. LA HIJA DEL PARTIDO, anunciaba en letras rojas. ¡Jesús!, qué manera de estar así, plantado, sencillamente *estando*, en sí mismo abstraído, repleto de sí mismo, saturado de sí, desbordándose en él; ajeno a ese sol que no había podido chamuscar su piel, ni achicharrarle el pelo, ni anonimizarle los ojos, ni desfigurarle el cuerpo. ¿Poseería un microclima especial? ¿Algún mayimbe de altura, ministro o más, habría construido un paraíso experimental para el Dios, sabrá Dios bajo qué justificaciones patrióticas?... Parecía estar siempre entre cristales. Abría las piernas y el mundo se agachaba. ¡Jesús!, ¡Jesús!, y allá afuera, Tedevoro, todo sudor y latidos, todo labios murmurantes, intentaba aproximarse al bastión. ¿Y si se trataba de un agente secreto? ¿De un experto cazalocas? ¿De un policía común? Había que ver con qué detenimiento miraba el cartel: LA HIJA DEL PARTIDO... Ay, ¿y si era uno de esos ángeles perversos que el sistema emana e instruye a fin de recaudar pájaras incautas? Precaución, precaución, hija. Por si acaso, situóse en la otra columna, a distancia, y desde allí atisbó. Qué imponencia, qué indiferencia, qué continencia... Parecía como si en lugar de la acera descolorida, deteriorada y polvorienta de Radiocentro, digo, *Yara*, se hallase frente al mar Egeo. Ay, qué hacer... Y nadie había a su alrededor. Nadie ahora importunaba como tantas veces había ocurrido en situaciones parecidas. ¿No sería que todos lo conocían, sabían de quién se trataba —teniente, a lo mejor—, y sólo ella, incauta, ingenua, boba, no se había olido el carné del Minint? Ah, pero he aquí que el semidiós abre aún más las piernas, se vuelve, y parece someter, humillar, al mismo aire. Ya no es Peter Pan, es Supermán, es Tarzán refinado, es uno y todos, más que la Santísima Trinidad y los Siete Halcones, y el Príncipe Valiente. Helo ahí que no mira a nadie, que está impasible, arrellanado en el tiempo, ambas manos en los bolsillos, observándose a sí mismo, diciendo: *aquí estoy, aquí estoy, venid y adoradme...* Otro paso, otro pasito cauto. Ya está a su lado. Oh, ya dirige los ojos hacia sus amenas y vastas dimensiones. El, impávido, él, lejano, recibiendo el homenaje. Oh, hay que hablar rápido, de lo que sea. Qué importa qué. Pero la lengua, engarrotada, apenas si puede obedecer el supremo mandato; los labios, supurantes, configuran una mueca, por la garganta seca la nuez sube y baja rechinando... ¡Luisito, Luisito! —una voz, más que una voz, un gorjeo de pájara triunfante— Y he aquí nada menos que a Tiki (loca de argolla), apellidada "la loca hippie", bolso, pulso, gorras, diferentes chapitas, latas, tintineos, pulover brillante —¡Luisito! ¡Luisito!— Y el dios abre su boca divina, muestra sus divinos dientes; prepotente sonríe como cautivado y se marcha (oh, destino, destino) con la Tiki... Ahora sí que Tedevoro no puede más. Luego de haber visto aquello (y nada menos que con la Tiki, ladrona, flaca, barcina, de ojos acuosos y en perpetuo gimoteo, de huesos agresivos, nada menos que esa, arrebatárselo), ¿qué puede detenerla? Pero la cosa es aún más tétrica: El Dios aguardaba a la loca horrible, el Dios partió con la loca horrible; ay, la loca horrible ya tiene al Dios dentro de su cubil; ay, la loca horrible sienta al Dios; ay, ahora la loca horrible, de rodillas, adora al Dios... ¡No! No, no podía adentrarse en tales cavilaciones, perdería el poco juicio que aún le quedaba y que mucha falta le hacía para el desquite. Pues ahora sí tenía que lanzarse, no ya sólo por una conminación material (que grande era), sino, moral. Ahora sí tenía que buscar como fuese el objeto de su sometimiento, de su final redención, de su anhelo perenne, de su insatisfacción jamás saciada ni calmada, aquello que hasta ahora nunca, a pesar de tanto julepe y tráfico, había podido acariciar. Dios mío, y el mediodía descargó sobre la loca toda su claridad. Los gorriones huyeron; el asfalto reverberó. El cielo se hizo aún más blanco. Los árboles como que se engarfiaron. Oh y el cuerpo de Tedevoro, el cuerpo de él devorándose, encabritándose, partió a escape... *Hija, debes tener un poco más de astucia*, creyó oír que le decía su Santa Patrona y Angel Guardián. *Hija, si alguien se te presenta, ataca inmediatamente.* Y Tedevoro configuró su tercer pensamiento del día: "En el flete lo que importa es labia y astucia y no presencia ni figura". Ya como una centella atravesó la cola para el helado pasando revista: Viejas, mujeres vacunas, hombres horribles. A esa hora del mediodía qué pepillo íbase a rebajar haciendo una cola para helado. ¿Qué bella figura a esta hora del día osaría salir a las calles? Aquellos que antes había visto eran sencillamente la obra de un milagro. Trabajo le iba a costar ahora tropezarse con algo, no igual —¡jamás!— sino, al menos, remotamente semejante. Sin mucha ilusión entró en el urinario de Copelia. Allí aguardó durante horas. Finalmente un empleado (horrible ser gordo y uniformado) entró escupiendo y comenzó a maniobrar bayetas, a descargar tazas y hacer otros trabajos por el estilo. Si es cierto, como dicen, que en este baño han puesto una pantalla —se dijo Tedevoro—, acabo de filmar una superproducción. Y salió. Más de un millón de almas lo aplaudían. Las cortinas se abrían y cerraba infinitamente. ¡Que salga otra vez! ¡Que salga otra vez!, gritaba el mundo. Y ella, ramo de rosas enormes, se inclinaba de nuevo ante aquel mar de adolescentes. La película había sido un éxito... Otra vez estaba en la parada de Copelia, bajo las raquíticas uvas caletas. Jabao-Guaposo había parqueado, carenado, allí. Allí estaba, bajo la barra de acero que anunciaba las distintas rutas de guagua. Cierto que era muy serio el acere; nadie, en el vasto mundo de la pajarería, podía mancillar —con argumentos sólidos— la hombría de aquel social. Virgen mía, y qué bien andaba. Camisa, naturalmente, abierta, cara de tragamundo; ay, qué cuerpo. Y patillas que ensanchándose, le llegaban casi hasta el cuello sin dejar de tocar los labios. Qué cara. Dios, ¿y si él (la devoratriz) fuera la elegida del lobo? ¿Si ella, pequeña gacela herida (Asela, le decían) fuese la seleccionada para escalar la muralla? Pues muralla era aquello. Tedevoro acercóse. Ahora sí que no podía perder ni un segundo. Tantas cosas se confabulan siempre contra una pobre loca en son de flete. Jabao-Guaposo parecía ronronear; volvía y se recostaba a la barra de hierro que al recibir el contacto de aquel cuerpo vibraba. Llega una guagua. Una ruta 10 repleta. Estruendos, golpes, chillidos, boconeo de chófer, tetas sudorosas, niños y otras cosas que enfrían y nos hacen comprender el horror del mundo. ¡Ay, y Jabao-Guaposo impasible bajo el poste! Tedevoro extrae del bolsillo la reluciente cadenita con las llaves. Maquinalmente la parada se vuelve a llenar. Otra ruta 10 también repleta impide que la loca realice el abordaje a boca de jarro. Jabao, impasible. Hábil, Tedevoro pronuncia en voz alta y mirando hacia Jabao-Guaposo su cuarta y última sentencia del día: "La guagua que uno espera es siempre la que no llega". Y mira para el rostro de Jabao. Nada, ni una fibra, ni una piedra del regio muro han podido ser conmovidos por el regio proverbio. Quien calla otorga, piensa, sin embargo, Tedevoro y se acerca más a la muralla. Picos, palas, una escala de mano, espiochas y hasta una garlopa —por cierto inútil y no muy afilada—. Ya se amarra la cintura. ¡Allá! vááá!... Ay, otra ruta 10. El tropel impide que Tedevoro inicie la ascensión. Recogiendo de nuevo los enseres se aproxima, mira estremecido el gran muro. ¿Y qué hace Gran Muro? Gran Muro se vuelve hacia Tedevoro e, imponente en su lejanía, rotundidad y altura, le certifica, ya de frente, su virilidad de muro... ¡Sogas, sogas, espiochas! ¡Arriba!... Ay, otra 10. Y esta vez totalmente vacía. Todos los aficionados a la ruta 10 habían tenido ya la oportunidad de satisfacerse, de modo que este chófer ni siquiera se molesta en abrir la puerta de su artefacto. Pero he aquí que Jabao —Delicioso, extiende su maderable brazo, hace una ligera y viril señal, y el guagüero, con frenazo digno de auriga romano, frena. Y el centurión, el atleta, el imponente liberto, sube al carro. Ah, qué es esto, piensa Tedevoro, si dejó pasar tres rutas 10 y ahora coge la cuarta es porque estaba esperando que tú le hablaras, loca bruta. Se ha cansado de esperar por tu ataque, torpísima. Siempre te sucede lo mismo, vaca esclerótica, es que no te das cuenta de que ellos son así: Jamás manifiestan directamente sus deseos, aunque por dentro estén ardiendo, y todo lo hacen como con desprecio, como "quien no quiere la cosa". Pero vamos, no hay tiempo que perder. Un instante, un segundo, un momento de vacilación y se esfuma tu furor luminoso (como se esfumó el de Eduardo Eras). En la vacilación está el fracaso, ha afirmado siempre Reinaldo Gozaydale, regia en una época... Y, sin mayores trámites, Tedevoro embiste el carro rodante, y salta (en el preciso momento en que el chófer cerraba la puerta), recibiendo su certero golpe en el trasero y emitiendo un chillido como de cucaña ofendida. El típico chófer gruñe típicamente. Con andares de pitonisa confusa, remedando a Enrique Moliner, Tedevoro arriba al asiento donde se arrellana Jabao-Genial. Chófer-típico embiste la guagua que suelta una suerte de cabriteo o salto, argumento que Tedevoro aprovecha para caer al lado de Jabao-Exquisito. Paradas vienen, paradas llegan, paradas pasan. ¡Ay, cuántas paradas!... Y el chófer no se detiene —el muy típico—. A veces se oye, por parte de los que parados en las paradas aguardan, una maldición típica. Leyland, la Celestina, brama alegremente, y con sus saltos típicos ayuda a Tedevoro a acercarse más al típico-delicioso. Socarronamente, Leyland, la Celestina, emite un calor aún más hornífero, una suerte de vapor y olor típicos que hacen que el Delicioso-Jabao-Típico se desabroche plenamente la camisa... Ay, el típico chófer embiste, pisa aún más su artefacto típico que se contonea, se menea, se sacude, todo juntándolo, todo revolviéndolo, todo amansándolo y confundiéndolo, calentándolo. Ay, todo lo propicia. ¿Y qué puede el Angel de la Prudencia ante aquellos muslos tan cercanos, ante aquella varonil mano caída, posada, parqueada inerte, situada como anunciando, precisamente sobre la sacra región donde ambos muslos típicos se juntan? Alzando más el cuello, Tedevoro mira ese cuello, esa nariz, esas cejas; desciende: ¡Jesús!, qué manos, qué manos tan abultadas y grandes... ¡Cuidado, mujer!, chilla el ángel. Tedevoro: Ay, sí, por Dios... Y se contiene por unos instantes. Pero la Celestina comienza a emitir sus exhalaciones vaporosas, gasolina, rincón húmedo, calor, olor. Y no abre sus puertas. Se balancea, matronal; cubierta de calcomanías, brilla; llena de motas, bombillitas de colores, guirnaldas y pancartas, extrañamente enjoyada, coopera, coopera, con la loca. *¡Amiga, amiga, ataca!* Y vuelve a contonearse. Y emite otra vez ese vapor caliente, y brama desatracada. Mas, ¿qué hace Jabao-Delicioso? Mano cuidada y amplia, uñas ovaladas y batosas, juveniles (Señor, ¿sería el mismo que enloqueció a la Ballagas?): todo depositado en el umbral, mira, no ha dejado de mirar, por la ventanilla. Tedevoro también observa a través de la ventanilla. Quizás allá afuera un acontecimiento sin par esté ocurriendo, y ese puede ser el motivo de una conversación con el exquisito, conversación que tendrá naturalmente como fin y principio (*Alfa y Omega*, diría la Aleja), aun cuando se trate de un accidente múltiple, carenar en aquella región donde culminan todos los sueños del pájaro... Pero he aquí que allá afuera no hay más que casas típicas que la tarde típica desola aún más. Cruzan la ciudad, dejan la ciudad, atraviesan el puente. Leyland, a sus anchas, da rienda suelta a sus maniobras celestinescas. Ahora los gorriones están sobre un árbol raquítico. Una vaca los mira. ¿Qué espera el bobo? Y el otro, ¿qué mira?, ¿qué hace observando por la ventanilla, así, como si las Siete Maravillas del Mundo desfilaran por aquel costado? ¿Y por qué el guagüero no se detiene en ningún sitio? Sagaz, Tedevoro supone: es un complot, es un complot para seducirme; quizás para violarme... Y contempla otra vez aquellas manos abultadas, allí, allí, sobre el abultado umbral; mano que es sin duda una señal, una conminación, mano repleta, mano llena, mano verdaderamente *mano*, aún no tocada por ningún signo de vejez o miseria; mano inflada, aún no marcada por el manoseo o el manipuleo, las tétricas venas y el estropicio que todo oficio ruin impone; mano que se desborda como mano; mano que: brillante, tierna, tensa y tersa en su juventud, arrastra. Tedevoro alza otra vez los ojos implorantes. Allí está aquel rostro, rostro de Halcón delicioso, rostro de Aggar dulcísimo, rostro puro de Peter Pan, rostro de paje, de príncipe, de Supermán extasiado. Y otra vez la mirada desciende al sitio de su apetencia. Y Tarzán, con una leve oscilación (rostro siempre mirando para afuera) mueve su mano, sus dedos abultados, sobre el gran promontorio, sobre el tesoro. ¡Jesús!, he aquí al guerrero, de pie bajo la carpa. Leve, distraídamente, el Cheo-magnífico se ausculta su magnífica fortuna. Y qué fortuna. Tal es así Señor, que su mano grandiosa no puede cubrir los vastos dominios de la hacienda. Tedevoro se agita, parpadea. Sus ojos van de uno a otro polo. Tornose roja, amarilla, secósele la lengua, huyole el habla. Y contempla, sumisa y adorante, como enceguecida por el resplandor que emite la Divinidad, el rostro de la misma que, abstraídamente, en otro mundo, independiente de lo que abajo se opera, mira el paisaje: una secuencia de piedras y un campo de tiro... Y vuelve otra vez Tedevoro hacia el sitio donde ya no reposa la *hidalguía; hidalguía* que, ante los ojos de la desesperación, la abstinencia y la imaginación, se agranda cada vez más... Escarba, baja la vista. Sometida, extiende una mano. Cheo-de-marfil sigue observando el paisaje. Mas, ¿no ha encogido una rodilla? Penitente, Tedevoro regresa, a duras penas, la mano a su sitio original. Leyland, la Celestina, aúlla, conmina emitiendo gratuitos baches que juntan a los dos cuerpos, canta baladas lúbricas y esparce un fuerte incienso mezcla de gasolina, urinario y semen, Jabao-Exquisito retira otra vez la pierna, alza su mano de oro y muestra, ya despojado de su yelmo, la cabeza del guerrero en toda su pujanza y bravura. ¡Jesús!, que no es para juegos. Tedevoro se inclina. Oh, el yelmo vuelve a caer sobre la cabeza del soldado. Celestina atruena el asfalto. Bramando resuelve a los deseosos. ¡Virgen!, el guerrero se destapa otra vez de su coraza. Y qué impasible el rostro de Jabao-Rotundo, mirando por la ventanilla... De ese rojo color que la aurora esparce por los aires volviéronse las mejillas de la devoratriz; mira para el gran muro que, profesionalmente, mira hacia afuera y, mimosa, la infatigable, deposita al fin la mano sobre la amplia gentileza juvenil que al instante responde con un soberbio bote de lanza. —Y qué impasible el rostro, mirando por la ventanilla... Jesús, qué combate se avecinaba... Os dije, hablando de esa grandiosa matrona esmaltada, llamada Leyland que por sus venas o tubos corría toda la sangre real de la nobleza inglesa, heredera y propulsora de todos los avatares y aventuras de su ciclo bretón; era por lo tanto una deliciosa y sabia celestina, que en varias ocasiones propició la dicha a una de las parcas, que fue cuna de amores interprovinciales y exitosos, tanto para la Gran Parca como para la Parquilla, que hasta el mismísimo Coco Salas ocultando su desfigura en la oscuridad maniobró con éxito, que en muchas ocasiones ofreció su trasero recinto para las delirantes maniobras de Tomasito La Goyesca, y que, en un caso de verdadera urgencia supo abrir sus puertas a la citada y facilitar así su escape, quien huyó, acompañada por Delfín Prats y Reinaldo Arenas, alias La Tétrica Mofeta, las cuales, prudentes, se refugiaron en la unión de escritores, clamando por asilo a Nicolás Guillotina quien, aterrada, y no queriendo comprometerse, se hospitalizó en el "Cira García", pretextando un edema pulmonar... Oh, cuántos toques secretos, cuántos tanteos, cuántos palpares, cuántos labios atrevidos, cuántos místicos frotamientos, cuántos ensortijamientos, cuántas exhalaciones vitales no ha amparado, facilitado y apadrinado esta regia señora, íntima (me dicen) de The Queen Elizabeth (¿O son la misma persona? Eso sólo lo sabe Vicente Echerri)... ¿Cuántos movimientos estratégicos, secretas miradas, encabritamientos y hasta insólitos entollamientos, no guarda en su alambicado cerebro de metal y gasolina rusa esta suerte de lujuria rodante contra la cual ya se estipulan códigos y resoluciones ("Aquel que en un ómnibus mirare", "Aquel que en un ómnibus tocare"...)?... Pues bien, a pesar de lo predicho, o, sin duda en contra de su voluntad, o por sostener la tradición lo que a Tedevoro respecta, ahora, se ha detenido. Así, de un solo golpe, cuando la loca ya se adentraba en las puertas del paraíso, Leyland, la Celestina, se ha varado. No da un paso más. ¡Ya! Se ha vuelto una simple, polvorienta, ingenua y destartalada guagua. Chófer típico abre ambas puertas y se pone de pie. Los viajeros (casi inexistentes) han llegado a las playas de Marianao. El viaje ha terminado. La bruja, estacionada, admite que se le palanquee y se le abran las puertas. Chófer típico habla ahora con Batoso-Contundente, quien es, desde luego, su socio: Eh, acere, te toca cogerla a ti ahora, ¿no? Y hace una señal hacia la excelestina, ignorando absolutamente a Tedevoro. Jabao-Inolvidable se pone de pie, toma gorro, corbata, reloj y demás andariveles típicos de chófer típico, y ya con ellos enjaezados no es más que un guagüero típico que impaciente espera a que Tedevoro abandone el vehículo. La loca (en llamas) salta de la guagua. Para vengarse le da una patada a la carrocería. Chófer-típico, exjabagenial, gruñe típicamente, y habla, sabrá el Diablo de qué, con el otro ex-chófer típico. Loca es loca y camina como loca por el empedrado parqueo. La guagua, que ya realiza sus maniobras de reculamiento, enfoca a la loca —foco enfocado—. Ay, pasa tan rasante que si no se aparta no hubiese quedado más que un reguero de plumas. ¡Maricón!, grita, naturalmente, chófer-típico, es decir, Exjabaguaposo... Los gorriones se han refugiado en los almendros de la playa. El sol broncea los erectos pararrayos de La Concha. Loca camina bajo los pinos, y como está triste inmediatamente se hace de noche. Tenebroso paso, meditación con las manos recogidas tras las nalgas: retiro a un cautiverio oscuro, un convento quizás; heroína en la selva —cura a los negros leprosos—, enfermera, mártir consagrada (y virgen, Dios mío) o mejor, autora genial y huraña. Miles de fotógrafos la rondan, miles de pelegrinantes quieren acercársele, besarle una mano, verla, llevarse una centésima de uno de sus cabellos, mas ella sigue, ajena al mundo banal, escribiendo tras un muro hermético. O mejor, pegarse candela —guardaba una botellita de gasolina blanca— en el centro de la Plaza de la Revolución, gritando: *Patria, Patria...* ¡Nada de eso, nada de eso, chica! Después de haber visto lo que ha visto, ahora sí que no puede haber tregua ni renuncia. Y de pronto, ¡Dios mío!, he aquí que a un costado del cielo surge la rueda luminosa de la Estrella Giratoria. Está frente al Coney Island. Y qué risas aquellas; y qué luces, y qué figuras en la distancia parpadeando. "Allí encontrarás tu querencia"... Recordó a Rulfo. Y entró. Ya está en el campo de batalla; ya pasa revista a los guerreros que, lanza en ristre, ejecutan armoniosas marchas en homenaje a todo el que tuviere ojos para ver y corazón para estremecerse... En verdad os digo, pájaras venerables, que ese adolescente de Arroyo Naranjo, nada tiene que envidiarle al Apolo de Baldeverde. «Seguidores de Camilo y el Che», ostentando brazaletes rojos. Lisas y crudas telas verdes, donde un accidente señala la inminente reliquia. Cuerpos bronceados, cuerpos envueltos en telas azules. Marineros de la Flota Pesquera. Reclutas, becados, columnistas y delincuentes. Todos rebosantes y apresurados, todos, cual mancebos medievales, arma enhiesta, tratando de exprimir, de aprovechar, de derrochar, sin perder un solo instante, las tres o cuatro horas de pase oficial. Oh, cómo no seguir a esos reclutas cuyas encabritadas masculinidades se insinúan —y de qué forma—bajo el kaki militar. Oh, y aquel que, pese a la armadura con que la época lo ha enjaezado, se desborda y aún halla bríos para trotar. Ay, y éste, de las calzas grises y el arma monumental. Qué ejército. Y todos ansiosos de embestir. Todos dispuestos a propinar soberbias estocadas. A la guerra. A la guerra. Quien no se arriesga no triunfa. Ardiendo se introdujo Tedevoro en la jungla. Un grupo de cadetes pasan junto a ella, todos mostrando bajo el uniforme color pradera su ganado inquieto; una cuadrilla de becados del INDER (nadadores, ciclistas, judocas y peloteros) cruzan también con sus uniformes color tierra mostrando los frutos que ya germinan. Campestre, Tedevoro se lanzó a la barahúnda. Pero... ¡Jesús! qué eran aquellos marineros portando anguilas regias. Pepillos y más pepillos, señalando, indolentes, el sitio donde se guarece el regio botín. Ay, quiso hacerse nadadora, cazadora submarina, pesista, trapecista, aviadora, y disolverse así, palparlos así, sentirlos así, desintegrarse así en aquel desfile de jóvenes condenados —precisamente por ser jóvenes— y briosos —ya que jóvenes—, abrazarse a aquellas figuras aparejadas, enyugadas, envueltas en latas, chapas, gorras, botas, insignias, trapos y monogramas con que el sistema los obligaba a que se cubrieran, y erotizados además, no sólo por el espesor de aquellas telas rústicas, sino por todas las resoluciones moralistas, puritanas y mojigatas que al volverse condenatorias a cualquier instinto sexual, despertaban —y con cuánta urgencia— el deseo de realizarlos. Pues el odio a este infierno es tal, querida, que basta que el sistema prohíba algo para que hasta aquellos que antes aborrecían hacerlo lo hagan corriendo... ¡Ay, la selva fluye! Los cuerpos precipitados y brillantes, fluyen; las estocadas ya parecen inminentes; los guerreros, seguros de su prestancia y fuerza, no tienen pudor al señalar sus armas. Y lo hacen así, de esa forma pública y secreta, desenfadada y a la vez discreta, inminente, ineludible, cómplice e indiferente, casi religiosa con que ellos sólo saben hacerlo... Y Tedevoro, brincando por dentro (y por fuera) contempla atónito las escaramuzas, aquellas viriles jactancias, aquel ademán numeroso que siempre carena, culmina, muere en la curva populosa. Así, pues, rodeada de nobles aceros y piernas magnánimes, ¿cómo no iba a perder razón, tino y voz? Desembridada, gira a la bartola; no sabiendo qué hacer, a quién de una vez mirar, elegir, y, con un delicioso pestañeo, digno de compararse con el que, según Luis Rogelio Nogueras, lanzaba por lo bajo Antón Arrufat en el Gato Tuerto, cautivar. Su cuerpo, cual ventosa girante, se encoge y crece, sus ojos configuran remolinos; pelo y corazón, ya sin compostura, se erizan. Desarmada, sudorosa, cloqueante, hela ahí, tartamudo o muda, babosa, ante tal derroche de galantería, cortesanía y gentilezas bujarroniles. Dios mío, citaré, entre miles citables, a los Niños de la Flor que, camisas abiertas, muestran la brillantez de un vientre, la opulencia de un ombligo y el cada vez más tupido sendero que desciende hasta la región donde los mismos Nibelungos hubiesen quedado sorprendidos... Aquí están también los soberbios muchachos de Los Pinos, los afamados bujarrones de Bauta, las pandillas erotizadas de Arroyo Arenas, el sin par Gorialdo, el infatigable Manteathus, de inmedible lanza, que logró amortecer, por cinco minutos (verdadero récord) el fuego rectal de Pepe Canijo, la descocada del Marazul; ahí está Sergio, también llamado Mayito, de tendencias gansteriles epilépticas y líricas y andar de leopardo, quien durante dos años mantuvo el Bujarronato de el Vedado, y el Niño Azul, de las óptimas regiones. Veréis también a un Hércules y a un Alejandro, dos Patroclos y varios Aquiles, hombres todos de insondables dimensiones que conminaron a las Salas a escribir un ciclo de libros que ostentan los nombres de dichas divinidades: Libro de Juan, Libro de Tato, Libro de Cheo, Libro de Senel Paz, Libro de David, Libro de Abraham, Libro de Pedrito... Oh, y allá, el objetivo de los sueños más juveniles, el Tedevoro, cuando aún sus escozores no tenían nombre y todo era un estupor cercano a la muerte: Aggar (Lazarito el de Luyanó) el que ella, Tedevoro, secretamente siempre había aguardado. Cuántas veces (errada) le había adjudicado aquel título al joven dependiente de la bodega, al mensajero de la farmacia, y hasta al balompista fugaz visto, siempre desde lejos, tras el alambrado de la Ciudad Deportiva, y que luego, según informes de primera mano brindados por el mismísimo Darío Mala, resultó ser un caballero cubierto... Pero ahora, se decía, sí era él. Y hasta le guiñaba un ojo. Vio también a los Halcones y a Peter Pan, todos en el mismo sitio, y ya no pudo más y girando en la música del órgano, oscilando aún más que Carrusel, fue tras ellos... Oh siglo cruel, ¿qué sucedía? ¿Qué maldición era la suya? ¿Qué era lo que siempre ocurría con ella, la trágica, la fatídica, la infatigable, jamás saciada, fichada y nunca satisfecha, foco fotografiado, fisgoneando y jamás fogonado, fogón furioso sin leña, desesperada, y hasta hoy, ¡Señor!, hasta ahora mismo, jamás ensartada? Habló, pues, con un recluta que gruñó y escupió. Miró con mirada de hábil vampiresa a un negro gigantesco que refunfuñó y hasta cerró los puños. Le pidió fuego a un joven marino que dijo: *¡No hay fósforos!* Y se engrifó. Danzó ante tres mil "camilitos" que erotizándose entre ellos mismos y justificándose con la danza de la loca, se marcharon, toqueteándose y muy juntos para su cuartel, los pequeños héroes... Le ofreció un cigarro a un acere de Arroyo Naranjo que lo tomó y ni gracias le dio. Ay, ¿y aquella cosa imponente que exhibía su altiva figura, y mirando la estrella giratoria se autopropinaba manoseos lúbricos? ¿A qué aquellos escozores y señales, si cuando la loca le habló (le "propuso"), él la amenazó de muerte y tuvo, la infelice que partir a escape? Satírica, no obstante, en otro rincón del iluminado recinto, quiso compartir, a causa de un congolés, un chiste con un columnista, mas éste la miró como ofendido, le pidió al instante una peseta y, corriendo, colóse en la cola del helado donde más de una docena de sus colegas lo aguardaban... Qué risa, a costa de ella, La Benefactora. Como una exhalación husmeó, olisqueó, bojeó; fue de artefacto en artefacto, de cola en cola, de portañuela en portañuela, descubriendo, comprendiendo, viendo, que ya casi todos aquellos tesoros estaban descubiertos, tenían ya sus dueños. Y qué dueños. Piratas que exhibían pulóveres extranjeros, etnógrafos con gruesos maletines y peter de chocolate, locas oficiales (Peña, Saúl Martínez, Armando Suárez del Pullar, Eduardo Peras, La Pornopop...) envueltas en nailon, funcionarios, dirigentes muy serios, locas de argollas, locas comunes, locas tapadas, alguna que otra regia, locas pepillas, locas boxeadoras, locas policías, todas ya acopladas, —algunas múltiplemente—. Y comprendió, sí, que sólo ella nada había aún acaparado. Oh, todo estaba ya como acordado. Todos los guerreros tenían ya su pareja ("tío", "padrino", "primo", "socio", "hermano", así le llamaban). ¡Jesús! y ella sin su Aquiles; ¡Jesús!, y ella aún buscando a Aggar. Allá, bajo una pérgola, La Condesa (esa loca espantosa, ostentosa e intrigante) departía con siete marineros... Allá entre bancos de granitos y la estatua de José Martí, La Gran Parca era asediada por más de cincuenta caballeros. Jesús, y ahí mismo, ante sus ojos, la horrible Tomasito La Goyesca cargaba con seis batosos contundentes que ya mostraban, y con qué seriedad, sus fogosas virilidades y encañonaban las nalgas de Tomasito La Goyesca que volaba... Corría, corría, ay, Tedevoro corría en aras de un dios medieval, de un paje dieciochesco, de un siervo ruso, de un apátrida, de un etíope, de un mongol, de algo contundente y armado. Así, persiguiendo una lanza, en un paraje se tropezó con Hirán, la Reina de las Arañas, quien hacía la selección de los invitados a una fiesta que comenzaría esa misma noche —para no terminar nunca— en una mansión mayimbal, empotrada, naturalmente, en las Alturas del Nuevo Vedado. Esta loca de atar, y, por lo tanto, de argolla (otrora de singular talento) hacía subir a una tarima a cada uno de los aspirantes a asistir a la fiesta mayimbal quienes formaban una larga fila. El adolescente, ya en el pedestal, era cazado por la loca, que sopesaba, palpaba, olisqueaba, abría bocas y portañuelas, miraba dientes y testículos, medía figura, falo, orejas y pestañas, sopesaba nalgas y textura del pelo, miraba detenidamente barbilla y cuello, hombros, dedos, grosor de labios, cintura, espalda y largo de piernas, hasta que, terminado el cómputo, hacía un análisis del mismo, y si el veredicto era favorable (cosa no fácil) colocaba al agraciado en otra fila, luego de haber admirado con discurso brillante, que será grato recordar mientras el cielo gire, la bizarría de aquel caballero, las nobles ondulaciones de sus escollos triunfales... ¡No podía, no, soportar Tedevoro tal humillación!: Aquella loca con cara de conejo en acoso, de majá en llamas, con aire de mendiga, con fachada de demente, con fachada, sí, de serpiente y andares de cucaña y saltos de rana inquieta y de incesante abrir y cerrar de brazos cual náufrago en trance, tenía toda una cola de adolescentes a su selección; y ella, la devoradora, compiladora oficial de bibliografías activas y pasivas, dominadora de búlgaro y otras lenguas muertas, íntima de Leopoldo Avila, de María Las Tallo y hasta de Guillén el Malo, oh, ella, con casa solar y sueldo, nada hallaba... Toda ano (anonadada) siguió andando. ¿Era que el destino, Dios mismo, la había señalado para algo realmente grandioso? ¿Tendría, pues, que inmolarse?... Otra vez la botellita de gasolina blanca acudió a su memoria. Ay, ¿sería, pues, su sino precipitarse, sin mayores trámites, bajo uno de aquellos carros locos o contra las bronceadas corazas del Avión del Amor? Qué ironía... Pero antes ¿por qué no hablarle al pecoso regio que abre y cierra las puertas de El Candado? Y allá va... ¡Si no tiene ticket, salga!, le grita el niño de fuego. Y con tal tono que mejor era ni presentar armas. Y otra vez, melancónica, miró las altas aristas de El Avión del Amor. "Ven, estréllate; ven, estréllate", le gritaban las muy putas... Pero antes ¿por qué no brindarle conversación y cigarros al exquisito que abre y cierra las cadenas de los Botes de Agua? Ay. ¡Es para menores de quince años!, dijo el malvado. Y la loca se deshace en remilgos vanos y miradas lánguidas que, no obstante, no sonsacaron ni un monosílabo, ni un gesto prometedor. Ahora, para mayor ofensa, ante ella pasa Miguel Barniz esparciendo tulipanes y del brazo de un pugilista, el cual, descaradamente, pellizcaba aquel vasto cuerpo de la cantante operática quien con resonancias glúteas prometía una bicicleta... Y más allá, Erick, calvo, bizco, cargaba con seis rotundos delincuentes, y más acá, La Gozaidale, también de mirar estrábico, politizada, había enredado a un pre-recluta y a tres "seguidores de Camilo y el Che" y ya entre sandeces avileñas los maniataba... No podía, no podía más Tedevoro. Ah, pero he aquí que allá un letrero lo salva de cometer una locura: CABALLEROS, reza el anuncio, pues anuncio, tabla de salvación, esperanza y premonición era aquello para quienes, como ella, locas descartadas y desatadas, no querían darse por derrotadas. Y hacia allí corre, segura de su redención. Al entrar al urinario una atmósfera de humo, sudor y orina antigua la golpea tan duramente, la embriaga de tal modo, que por unos instantes pierde pie, se eleva, no ve claramente lo que está ocurriendo en el histórico recinto. Recinto donde los jóvenes varoniles y fornidos, dominicalmente ataviados, liberándose por unos instantes de sus ardorosas novias, suelen acudir para regodearse mientras orinan (o simulan que orinan) en la contemplación recíproca de sus erguidas virilidades sin duda exaltadas por la devoción que han sabido tributarles las damas que, reemperifollándose, impacientes, pero no conscientes, aguardan por largo rato allá afuera... Pero volvamos otra vez a Tedevoro quien ya se ha situado en el candente urinario del Coney Island, y ve —ve claramente— lo que allí está ocurriendo. Armaduras descorridas, cinturones desabrochados, piernas erguidas, armas en unánime atención. Y Mahoma, la astuta, oficiando arrodillada en el centro del sacro lugar. Qué era eso, ¡Virgen santa! Aquella loca gorda y vieja, pelo y dientes ausentes, papada monumental, tenía a su diestra y siniestra, a su anverso y reverso, a su alcance (al alcance de su lengua) los más exquisitos ejemplares que descripción alguna pudiera ofrecer. Y todos descorazados, lanza en ristre, la agredían con sus arrebatadas bravuras. Por unos instantes, Tedevoro quedó petrificada mirando como un joven de noble porte desenvainaba y embestía a aquella suerte de bola piafante que emitía resoplidos colosales —a veces triunfales— sin cesar de recibir homenajes por todas sus grutas. Ay, qué descarga de fusilería... Así, como al soplo de los templados vientos meridionales que aspiran del mar tibio su hálito, se derriten las nieves y los hielos de los torrentes, así, ante aquellos heroicos bramidos, ante aquella tormenta que se desataba, ante aquellos troncos que oscilaban zumbantes, ante aquellas armas que pulidas, experimentadas y diestras iban y venían, Tedevoro quemó todo su temor y, sin más, lanzóse hacia la barahúnda, ansioso de batalla... Eh, pero he aquí que el malvado Mahoma, astuto como viejo, ambicioso como vieja, cruel como viejovieja, al ver la figura de la voratriz irrumpir en su terreno (ya tan bien cultivado) llénase de ira, y dándole órdenes a la Tétrica Mofeta, que hacía de secretaria de ceremonia, la toma contra la Infeliz Tedevoro. —¡Nadie más que yo —brama su papada— podrá disfrutar de estas gloriosas lanzas!, ¿me oíste?—. Pero Tedevoro no oye más que una suerte de chasquido sonoro, no ve más que montañas rosadas, no atiende más que a aquellas piernas viriles que izan en lo alto sus estandartes gloriosos y flameantes. Mas los valerosos guerreros guiados por Mahoma, y por esa secreta y fundamental ley del flete que consiste en despreciar a todo aquel que no aborde en forma superficial, a la ligera, sin urgencia, y como por juego —pues para un bujarrón fletado no puede haber cosa más desalentadora, y hasta ofensiva, que saberse tabla de salvación de una loca anhelosa; eso basta para que su ardor decaiga aumentando, sin embargo, sus malas intenciones— retiran armas. ¡Jesús!, Tedevoro corría de una a otra coraza, de un abultado yelmo que ya se cerraba a un arco que aunque tenso volvía a su carcaj. Ay, ese acto de súplica erótica enfureció aún más a todo el personal bujarronil. Y como si aquello fuera poco, Mahoma, la astuta, imitada en todos sus gestos y palabras por la Tétrica Mofeta que, como siempre hacía de Celestina, habló de esta forma (su voz repetida y amplificada por la Tétrica): —Pero, ¿qué se ha creído esta pájara? ¿Qué descaro es ese? ¿Se cree que está en un burdel? ¡Aquí todos somos hombres! —... Ay, y al escuchar todos aquellos bujarrones natos, todos aquellos jóvenes erotizados, la palabra *hombre*, algo muy dentro se les engrifó, despertó, y al instante una inmensa capa de dignidad, de moralidad, de machismo, de "hombría" los envolvió. *Mamá, papá, nené. Oh, abuelita, abuelita* ... Y los botones se cerraron, y los cíperes corrieron hacia arriba, y las camisas se abrocharon "correctamente", y los cinturones se ajustaron. ¡Había que ver a aquellos hombres!... Ay, y como si aquello fuera poco, la voz de Mahoma, magníficamente amplificada por la Tétrica, resonó otra vez, y dijo: —¡A matar a esa loca! ¿O es que aquí no hay hombres?— Jesús, *¡no hay hombres!* Qué osadía. ¿Cómo pretendía?... ¿Qué insinuaba? Claro que todos eran machos. Y no digo yo una loca, mil locas si fuese necesario matarían a fin de poner bien alto sus hombrías. Y los labios se apretaron, y los puños se empuñaron, y ya los exquisitos no sacaban espadas regias, sino, navajas comunes, antiguas sevillanas, alambres y hasta algún cuchillo de mesa bien afilado. Qué hombres, qué hombres aquellos. Había que verlos avanzar. Había que verlos ya (qué hombres), Jesús, cercando unánimemente a Tedevoro. ¡¿Quién es aquí el maricón? ¿A ver, dónde está ese que se atrevió a rascabucharme?!... Ay, mamita, ahora sí que la loca está en apuros, pues un bujarrón es un ser que razona, pero un bugahombre es una cosa que golpea. Brillaban los metales. Mahoma, cual nueva Calpurnia, extendiendo el manto cuyo extremo fue ágilmente tomado por la Tétrica Mofeta, imponía inapelable la orden de muerte. Oh, infelice, ya sobre ti se precipita la horda sanguinaria. Ay, todos los pepillos hacia ti se encaminan, ya van al fin a taladrarte. Después de todo, el verbo, la acción, para ellos es casi la misma, taladrar, penetrar, introducir; el placer casi igual; para muchos, mayor —algunos ya eyaculan—. Así que, oh fatal, puedes darte por poseída... Ya te apuntalan, ya finalmente vas a ser traspasada. Tedevoro ve el brillo de las armas, comprende que no tiene escapatorias, siente ya en su cuello el frío furor del cuchillo. Se aparta, se esquiva, desesperada recula, nerviosa trata de levitar. La turba la rodea estrechamente. Certeramente la embisten. Ay, loca... Mas, aunque aún no sé cómo explicarlo, en el mismo momento en que iba a ser degollada, un gran estruendo oyó, un temblor de tierra sintió que desbordaba las letrinas, vio el techo abrirse, y una suerte de melopea cantarina escuchó desde lo alto. Tedevoro alzó implorante sus ojos. Allá arriba, en el mismo cielo estrellado, bajo una diadema de algodón de farmacia y entre inciensos de alcohol salicílico vio surgir la desfigura del Dr. Cornelius Cortés (más conocida por la nieta del Conquistador de México) a quien toda una vida de abstinencia, miseria estricta, planificación hasta para la hora y medida del defecamiento, comidas de treinta días en el congelador y sin sal, peregrinaciones pías a la Cinemateca para ver siempre *El Acorazado Potemkin*, sueños (vigilias) sobre una tabla sin colchoneta, cautiverio impasible y, en fin, renunciamiento (amparado por su horrorosa figura, justo es consignarlo) a toda ambición vital (es decir, falal) le otorgaron el mérito de otrora ser canonizada como Santa Marica, a solicitud e instancias presentadas ante el mismísimo Santo Padre, de Miguel Barniz, Lázaro, Juan Pérez de la Riva, Jorge Calderón, Coco Salas, Pepe Canejo y un millón de locas comunes que apagaron el clamor de las disidentes... Ay, y Santa Marica bajaba ahora de la bóveda celeste donde habitaba junto a la misma Galaciela... La loca de abajo, en trance de muerte, vio al fin claramente aquellos rasgos espeluznantes pero amables, vio aquellos dientes fríos y caballunos sonriéndoles, vio aquellas grenchas grises, escasas y alambradas, vio aquella cara niquelada y huesuda, vio aquel cuello como de garza melancólica, vio aquellos largos y flacos brazos gesticular como aspas de un molino, vio aquellas manos aleteantes, contempló aquella suerte de garabato pestífero y venoso que era aquel cuerpo inclinándose, y aquellos ojos como de vaca en parto doloroso dirigidos hacia él, hacia la devoratriz... ¡Era ella! ¡Era ella! No cabía duda; era la santa que venía en su socorro. Descendía, descendía un poco más (alas le sobraban) y ya exclamaba con aquella vocecita de anciana estreñida: —"Tedevoro, Tedevoro, toma estos tickets para "El Cochinito", verás cómo no sólo dejan de agredirte, sino que comenzarán a adorarte"...— Y sus inmensos dientes, ahora sacros, lanzaban destellos píos... Cayó la lluvia de tickets para el restaurán "El Cochinito". Y fue el milagro del valle. Ante el Maná que finalmente caía del cielo, todos se hermanaron, todos se agacharon prestos para recoger los cartoncitos, todos, inclinándose ante la loca regia (así llamaban a Tedevoro ahora) pedían más, más. Y Santa Marica, conmovida ante su primer milagro, dejó por un instante de ser tacaña y lanzó de nuevo sobre Tedevoro una lluvia de tickets, ahora para "El Conejito". Y otra para "La Torre". Qué triunfo, qué triunfo. Había que ver cómo crecían aquellas lanzas dentro de sus armaduras, cómo brillaban aquellos sables, cómo oscilaban ya encabritadas las regias gentilezas juveniles, cómo todos ecuménicamente querían, pues, medir sus lanzas ante la delegada de la Divinidad Marical. Hasta Mahoma, la astuta, hubo de deponer sus armas, frente a tanta destreza y pujanza; en tanto que la Tétrica Mofeta, verdaderamente desconcertada, aterrorizada, se escondía detrás de la voluminosa figura de Mahoma... Ambas pájaras, a distancia, contritas, arrepentidas y suplicantes, se dispusieron a observar respetuosas las pericias de aquella batalla en la cual Tedevoro oficiaba no sólo de Marfisa, sino también de Bradamante. Era ella la reina, la princesa, la guerrera, la cautiva, pues todo hombre, todo joven, todo caballero investido de noble figura y espada al viento, hacia ella se abalanzaba dispuesto a ser el primero en rescatarla y montarla sobre aquellas suertes de cabalgaduras lisas y oscilantes... Oh, ¿qué jinete escoger, sobre cuál de aquellas lanzas enjorquetarse?... Santa Marica se elevaba ya sonriente, dejando una estela alcohol y algodón de farmacia. Tedevoro se vio otra vez entre el rugido de los jóvenes y el trueno de los cinturones desabrochándose, bañada por el resplandor de las armas ya desenvainadas. Todos querían tomarla, cargarla, cogerla, todos querían ya, sin mayores trámites, allí mismo violarla, raptarla y transportarla ansiosos, heroicos y violentos hasta el pinar cercano... Oh, pero no. Ahora le tocaba a ella escoger.

Medrosa y regia, la loca giraba dentro de aquel mar que la embestía. Qué va: un bujarrón de Los Pinos. Qué va: cómo iba a ir ella, la agraciada por la Divinidad, con un marinero común. Un negro: qué horror. Ni siquiera éste, qué acere es. No no. Había que seguir seleccionando. Y salió (afuera ya sonaban los clarines) seguida por el ardiente cortejo. Ya en la puerta del urinario, todos la elevaron, y sobre sus oscilantes prominencias la transportaron, meciéndola. Así, remontada, llevada al retortero, alta, vio, finalmente, lo que tanto había anhelado. Allá, en medio de la noche, su gran noche, estaban sus verdaderos amantes... Auspiciando reverencias, seguida ahora por un estruendo de atabales marcha sobre una hacanea, las relucientes bridas de la jaca en su mano fina. Cabalga, cabalga, cuerpo erguido, cabellera y pechos al viento, trote ligero y a la vez marcial. Detrás, pajes, mensajeros, obispos y embajadores, guerreros, duquesitos y delfines... Virgen, Virgen, qué bulla aquella. Qué de himnos en su honor. Qué manera de florecer la pasión en los cuerpos. Miró para la Estrella Giratoria y la vio ahora ocupada por Marvila, la mujer maravilla, quien rodeaba con sus potentes brazos los hombros de Pepita la mujer de Lorenzo; en el asiento de más abajo Porky se entregaba a delirantes caricias con El Pato Donald. En el otro, los tres patitos danzaban hábiles sobre las tres piernas de Popeye, el marino. Pluto poseía a Pedro el Malo que saltaba de gozo y ladraba. El ratón Mikey bailaba con Tobi; lo que Anita la huerfanita y la pequeña Lulú hacían me lo callo no vaya a ser cosa que llegue a oídos de la Vicentina Antuña... Más allá, bajo el artefacto centelleante de la Montaña Rusa, Aggar aguardaba a Tedevoro. Pero, ¿y esos que se adelantaban prestos a raptarla, no eran pues los jóvenes, fornidos y ágiles Halcones? ¿Y ese que por el cielo llegaba rápido, también para llévarsela, acaso no era Supermán? ¿Y este que ruge violento y brillante entre los pinos, Dios, y cómo viene, no es Tarzán? ¿Y aquel que del mar emerge cual nuevo Paris para partir con ella, no es Aquemán?... ¡Dios, Dios!: Sintió que era tiernamente tomada por detrás. Sintió que la alzaban por los aires, que cuerpos viriles la elevaban. Se iba, abrasada y abrazada; bien protegida por aquellas figuras de sus sueños que tantas veces, furtivamente, la habían visitado a instancias de ella, la desesperada, y que ahora, al fin, llegaban, reales, dispuestos a llevársela. Partía, partía. La gran loca partía... Allá abajo, todo un hervidero de bujarrones clamaban llamándola con signos procaces. Mas ella partía. Allá los exquisitos adolescentes de Arroyo Arenas y Arroyo Naranjo, los batosos de Guanabacoa, los esbeltos niños de la Flota Pesquera, los novatos delincuentes de Los Pinos observaban aquel cuerpo extraordinario, el cuerpo de Tedevoro, y no pudiendo más eyaculaban a la noche. Oh, aquellas detonaciones, aquellos "disparos" que en su honor se realizaban, aquellas salvas gloriosas que pasaban muy cerca de su cuerpo en las alturas, bañándolo a veces... Mas ella partía. La Gran Loca, La Loca Regia, rodeada por su séquito amoroso, partía. Elevándose sintió aquellos cuerpos duros y divinos que cruzaban sus lanzas bajo ella, formando así una suerte de bajel jamás soñado. Ah, ¿y por qué no tocarlos? ¿Y por qué no finalmente acariciarlos? ¿Es que alguien podría resistirse ante uno de los Halcones que enhiesto y ensimismado la contemplaba? ¿Ante Tarzán que era un prodigio? ¿O ante el mismo Super Ratón que cercano revoloteaba? ¿A Peter Pan tierno que le sonreía? ¡Jesús! Qué era aquello. La gloria, la gloria. Y era suya. Fue a abarcarla. Estiró una mano, y sintió que sus dedos crujían. Fue a levantar los ojos, y algo se rasgó; quiso mover un pie para palpar una de aquellas macizas pedrerías anheladas, y sólo oyó un ruido seco de cartón. Aturdida fue a tocar el miembro regio de uno de los Halcones, mas no logró sino quebrarse. Quiso mover nalgas, piernas, cintura, tetas inexistentes, bailar, navegar, saltar de uno a otro de aquellos divinos trampolines, y sólo pudo comprobar borrosamente que se curvaba crujiendo, que se alisaba, se estrechaba endureciéndose. Oh, quiso en un gesto final inclinarse ante las piernas de Supermán que sobre ella partían paralelas e irrefutables, y entonces se vio absolutamente plano, acorazada de letras y figuras muertas. Ahora, que de nuevo la levantaban, que otra vez la transportaban —más alto, más alto— quiso reír, trinar, mas sólo logro desgarrarse...

Cuando los bujarrones, instigados por Mahoma y la Tétrica Mofeta, tiraron al mar el cuerpo acribillado a navajazos de José Martínez Mattos (alias, Tedevoro) lo que cayó al agua fue una hoja de historietas que navegó brevemente, se balanceó, se curvó, y, vertical, descendió hasta el fondo donde quedó varada entre dos erizos de mar, también erectos. Ya que los relojes daban las diez de la noche, amanecía. El efímero rosado del tiempo cayó sobre el pinar desteñido, sobre los aparatos del Coney Island reducidos desde hacía mucho tiempo a escombros inutilizables, sobre los exbares, exrestaurantes, excafés y exsitios de diversión y vida ya clausurados para siempre. Y sobre los techos de la absurda ciudad... ¡Rosado! ¡Rosado! Ese era, a pesar de todo, el color de los techos.

¿Seguir?
¿No seguir?

He aquí el dilema.

¿Cómo, pues, soportar la vejación perenne que impone el hecho de estar vivo y la seguridad de que pronto no lo estaremos? ¿Cómo, pues, soportar la cola de la croqueta, la ofensa de envejecer, los discursos del premier, las interrogaciones (las burlas) incontestables que nos lanza siempre el tiempo, el hambre obligatoria y exaltada en ripios "gloriosos", el calor del trópico, el horror del trópico, los ademanes irrevocables de los adolescentes, la soledad sin subterfugios ni consuelos, la humillación del tirano, la repetida traición de nuestros amigos, la asamblea semanal, la comida sin sal, la camisa sucia, la guagua repleta, la pila sin agua, las películas búlgaras, la pérdida de casi todos nuestros odios y pasiones, la vida reducida a una sola dimensión en el estupor, la persecución sexual, el ostracismo sin apelaciones, la expropiación de nuestros sueños más minúsculos, la represión más bárbara ante la forma de vestir y peinarse, la implantación de un crimen fijo, de una estafa fija sobre la cual hay que entonar loas infinitas? ¿Cómo, pues, soportar los zapatos plásticos, la *Internacional*, la pérdida del pelo y de la dignidad, la agonía metódica y doméstica (mañana, mediodía, tarde, noche), las jornadas interminables en el campo, la inminente, desoladora certeza de estar preso, la impotencia ante esta certeza, los programas de televisión, cine y radio, la misa retórica paladeada, repetida, reproducida en murales, consignas, vallas, titulares, altoparlantes, grabadoras?... Nuestra ineludible, clara, condición de esclavo; el hecho de haber nacido en el cacareo cerrado de una isla, el pavoroso desamparo de una isla, la prisión-prisión-prisión que es una isla... ¡Oh, la lectura del *Granma*! Los visitantes oficiales, la demagogia del que dobla los micrófonos, las promesas de un futuro "no para hoy ni para mañana", la venganza en lugar de la razón, el odio y la pasión en vez de la inteligencia y del amor; nuestra propia mueca descomunal, nuestra descomunal incredulidad y sinrazón de estar; el color del domingo, el color del verano, el color de los cuerpos que se encorvan; la cobardía y el oportunismo de nuestros defensores, la vileza de nuestros enemigos, la traición de nuestros amigos; el fin de toda civilización —de toda autenticidad—, de toda individualidad, de toda grandeza (fin que se abate ya sobre el mundo), la muerte del hombre como tal y de todas las sagradas, inspiradas, nobles vanidades... ¡Ah, el chillido de la presidenta del C D R! La falta de desodorante, las sillas de tijera, las películas "progresistas" hechas por productores capitalistas, la conversión de cineastas y maricones millonarios al comunismo, la peste a grajo, la tarde y el sudor de las manos, la taza del inodoro que no descarga y las últimas declaraciones de Sartre —siempre hace unas últimas declaraciones esa descarada—, las cartas de la madre y los bolígrafos argelinos, y aún, ante la certeza de que ya no hay escapatorias, máscara en mano, en la danza que se prolongará hasta nuestro reventamiento y quizás más allá... ¿Cómo, pues, soportar tanto escarnio, tanto estupor, tanto ruido, tanta miseria impresa o expresa, tanto meneo, tanto cacareo, tantas figuras inexistentes que chillan, tanta tristeza e impotencia, furia y dolor, cuando basta el leve precipitarse de este metal en mi cuerpo, la dulce cuerda o el disparo en la nuca?... ¿Seguir? ¿No seguir? He aquí el dilema... ¿Qué,

pues, sino el estímulo de esa airada, divina, persistente sed de
venganza, de desquite, de cuentas a rendir, de no partir sin antes decir, dejar, estampar en la eternidad, o donde sea, la verdad
sobre la porción de horror que hemos padecido y padecemos,
nos hace resistir, soportar, fingir, y no mandar a la mierda de
una patada descomunal tanta fatiga, envilecimiento y locura?...
Morir —¿jamás soñar?—. Morir —¿tal vez quedar?—. Tal vez,
antes de partir, estampar definitivamente eso que no nos permiten jamás decir y somos: Nuestro unánime, intransferible grito.
Morir... ¿Tal vez quedar?
                    ¡Rápido!
                    ¡Rápido!
                                        El mar va pasando, el bosque va
                                                    [pasando,
el tiempo va pasando. Las aguas parten, la casa de piedra
(abandonada) que en la distancia ves ya se acerca, parte;
sólo la claridad, esa horrible claridad, a ambos lados y
arriba, al frente y abajo, está ahí, está ahí.
                    Oh, rápido,
                            Rápido,
                                    compone tu dolor aunque sea tarde.
                                                    [Compone
tu dolor antes de que sea aún más tarde. Di, señala, grita,
canta tu padecer.
                            Pero,
¿te has acordado de las codornices,
frías bajo la luna, auténticas y grises,
revoloteando asustadas en la noche donde tú
cabalgando subes la sabana en busca de un
bastidor que el camión dejó en el camino
real?
                    —Sí, ya ves que me acordado. ¿Y qué?
                                        Ah, pero,
¿te has acordado del laurel desbordándose
frente a la casa, y bajo él, un hombre
con aro y noche propia al parecer jugando?

¿Te has acordado de ese árbol?
¿Ves ese hombre?
—Sí, ya ves que me he acordado. ¿Y qué?
¡Oh, rápido!
¡Rápido!
Se me acaba el tiempo, se me acaba el
tiempo. Déjenme tranquilo, no me vengan ahora con esas
sandeces.
No trates ahora de conmoverme.
No me vengas con esas
a mí
a mí
¿a mí?

Sorpresivo y convencional
el cielo se oscurece,
y el aguacero, la llegada del aguacero,
sin dar tregua para guarecernos, se nos viene encima.
Arrastra las hojas sobre el asfalto que rezuma un vapor
humeante. Golpea nuestros cuerpos, el aire, la toalla que nos protege. Cuando llegamos al portal de la cabaña estamos completamente empapados... Sin quitarme la trusa, sin secarme,
miro por entre las persianas el mar y el pinar y todos los árboles
confundidos, mezclados en ese baño de agua violenta, de grandiosa niebla, en esa suerte de granizada atronadora que golpean
los techos de zinc, tamborilea sobre las hojas y se desparrama
ya por las calles, doblegando yerbas y árboles.
El aguacero, el aguacero.
El estruendo del aguacero, la inenarrable sensación de inquietud, de desesperación, de anhelo, de dicha y desdicha, soledad y añoranza, furia y deseos, visiones y sueños de lejanías.
Las inenarrables transfiguraciones que trae el aguacero. Plenitud y desolación, diversificaciones, canción y transmigración,
anhelo —mandato— de integrarse y desintegrarse. Partir, regresar, transgredir cielos y paisajes, difuminándonos... El inenarrable prodigio. *Soy el santo en oración en la terraza, así como
las mansas bestias pastan hacia el mar de Palestina...*

El aguacero.

El aguacero.

La fragancia del aguacero.

La violencia del aguacero.

El tumulto del aguacero.

En días como estos en que uno siente estallar el tiempo no sólo en la tierra, sino, en nosotros mismos, mi ama, la Señora Doña María de la Concepción del Manzano y Jústiz, Marquesa de Prado Ameno, suele engalanarme, sustituyendo el cañamazo por el holán de hilo, poniéndome zapatos y sombrero, cordón de oro, chaquetilla sin cuello, morreón de terciopelo, galones, argollitas de oro a la francesa, plumaje rojo y alfiler de diamante... Así me adorna junto con la mansión, para la llegada de los distinguidos visitantes y las lluvias. Negro y brillante, espero de pie, siempre cerca de ella, a que disponga de mí. Me llame, me mire, así como ella sólo me mira, y me acaricie, o, de pronto, me propine un gaznatón que haga, como siempre, saltarme la sangre de la nariz y me la aplaste aún más. Espero por sus gritos (encierro o azotes) o por la dulce voz que me permitirá estar a su lado toda la tarde, oyendo a los señores. Y llega el aguacero, llega la humedad y todos esos resoplidos dulces y perfumados de la tierra. Oigo ese *chas chas*, y me pregunto (aún la señora no me llama) qué ha sido de mi tiempo, por qué no tengo yo tiempo. Miro el jardín —que yo he plantado y cuido— estático bajo la tormenta. Pienso en mi madre que se privó y a la que esta agua le debe refrescar los huesos. Pienso en todos los trámites de mi vida: Un gran garabato, montañas de bagazo por mí apilado, el olor de una hojita de geranio que me desfiguró el rostro. Ratas. Yo corriendo tras un farol... Caen las lágrimas (aún ella no me llama) como si el cielo se hubiese puesto a llorar por mí. Cae la alegría del cielo, cae el llanto del cielo, cae el agua, las luces y los fuegos del cielo sobre la risa de los que pronto habré de servir. Después de todo menos mal que estoy aquí, bajo techo, atendiéndolos a ellos, y no allá en el Molino, empapado y alimentando el fuego. Señor, y ahora hasta me llega este irresistible deseo de practicar el mágico oficio que sólo ellos (y de ellos los mejores) pueden realizar. Pero, a pesar de eso y de que no hay tiempo ni para tirarse unas horas sobre la barbacoa, aquí está esa sensación incontrolable de querer decir. Se burla de mí; arremete, y si no la llevo a cabo me hace sentir aún más infeliz que si estuviera en el cepo. Me domina este deseo de querer decir que Tú me has otorgado y que a la vez no me permites usar... Pero después que ellos terminan las lecturas y les lleno las copas, me quedo detrás de las puertas y copio, como puedo, trozos que no se me han ido de la memoria, y lo que se me ha ido lo invento. Y termino por no poder controlarme. Sigo hablando, sigo pensando *ya está aquí, ya llega junto con el aguacero, ya coge forma, ya encuentro lo que busco; unos momentos más y ya soy...* Pero lo que llega ahora es su voz, su voz alta, ofensiva y odiada y a la vez íntima, familiar y querida, ordenando candelabros por todo el salón y llamándome ya para mostrarse... Como buen monifático hago la reverencia. Ellos ríen. Ella agita más sus finas manos, aplaudiendo. Y los magníficos candelabros parpadean, pues aún sigue lloviendo.

                  El agua

El agua

                  El agua

                            entrando por las rendijas del barracón arrastra el polvo convirtiéndolo en un fanguero flotante que corre bajo las literas, arrasa pedazos de periódicos *Granma*, pañuelos, guantes de trabajo, toallas, mochilas, gallardetes, botas, porrones, carteles y banderas; el agua inunda ya los calderos, las cacerolas y sartenes; corriendo sobre el guano se cuela a chorros por los huecos del techo; provocando un tumulto rojizo empapa colchonetas, mosquiteros, sacos, maletas y cajones, pone en trajín las cucarachas, alacranes, lagartijas, ratas, hurones, arañas y ratones, y otros pequeños monstruos no por domésticos menos infernales. Compañeros inseparables... El agua restalla sobre el pedregal que rodea el barracón, sobre las latas vacías de carne rusa, sobre el cañaveral en lanza y las espaldas encorvadas de los macheteros que aún no han recibido la orden de retirada... Me apresuro a salvar la comida (protegiéndola con latones y yaguas), y ganarme la aprobación de los hombres que hoy vendrán más hambrientos que de costumbre, que es mucho decir. Empapados, ellos, ni se cambiarán de ropa sucia, inmediatamente correrán hasta la cocina a exigir su ración, a pedir un poquito más de caldo de arroz, a insultarme o a relajearme mientras promisoriamente se soban los testículos frente al caldero tras el cual oficio. Los más astutos (o los más comilones) insinúan una visita nocturna cuando yo esté solo para ayudarme a fregar, con tal de que les llene el cucharón de potaje. Lleno el cucharón, disimuladamente, gratuitamente: Sé que de todos modos van a venir... Mirando el aguacero —aún ellos no han llegado—, no a través de ventanales que no existen, sino de las estrechas rendijas que dejan las junturas de los cujes y las yaguas. Marica, ahora eres esclavo ni siquiera conlleva meditaciones pomposas tras ventanales aherrojados o vitrales bizantinos, sí apresuramientos e invenciones sin cuento para que el chorro de agua no caiga sobre el caldero o los sacos de azúcar —por ello te podrían hasta fusilar—. Mirando, digo, la indetenible corriente de agua sucia, oyendo, recordando (oyendo siempre) sus monótonas, fijas y estridentes conversaciones de *nalga y culo, de culo y nalga, de la nalga al culo, de dame el culo, de te cogí el culo...* Me pregunto, oyendo a pesar del aguacero el incesante golpear de machetes y guámparas, me pregunto, qué esperan ellos, por qué viven ellos, por qué aceptan ellos, por qué no se sublevan de una vez, por qué, de una vez, no se matan unos a los otros, por qué, de una vez, no me matan, ya... Al mediodía —el sol restallando sobre las mochas, como este aguacero sobre el cañaveral— a esa hora en que los demás roncan brevemente, amenazados por el inminente silbido del "¡De pie!", después de haber yo fregado todos los latones, salgo. Recojo sacos, hamacas podridas, yaguas, trapos, periódicos viejos y otros escombros suaves; coloco todo esto cerca de la guardarraya, entre las cañas. Allí iremos por la noche. Algunos se niegan, claro, pero luego terminan proponiendo, llamando. Esos son los más peligrosos; pueden llegar hasta a enamorarse, con lo cual se creen ya dueños exclusivos con derecho a desvalijarnos y hasta asesinarnos… Mas, no van tan lejos. Muchas veces, estando con ellos, he suspendido de pronto la simulada conversación y el tanteo. Mátame, mátame, les he pedido suplicando. Loca, te has vuelto loco, me dijo uno y salió huyendo. Pero la mayoría, el resto, confunde esta petición con otro rito de la lujuria. *Mátame, mátame…* Y el aguacero restalla sobre el techo, y ellos, encorvados bajo el aguacero, hacen restallar el campo. El agua corre por las ropas empapadas, calándoles lo que bien conozco. Qué estruendo, qué frío, qué horrible frío; qué modo de llover. Hoy serán más los que vengan a la cocina por la noche. *Oh, mátame, mátame…* Y el aguacero salpicándome el rostro, y yo que no me aparto, y sonrío… A veces, cuando ya he lavado todos los platos y cacharros y voy a descargar el fregadero —qué torrente de agua sucia, Dios mío—, en lo profundo sumerjo las manos buscando el tapón que he de levantar, entonces, instintivamente, tanteo el fondo, las aguas sucias, buscando, queriendo encontrar, el anillo dejado allí para que yo lo encuentre. El anillo de un príncipe que luego, esta misma noche, vendrá a rescatarme. Llegará y esa joya será la contraseña. Y nos iremos para siempre, los dos. Pues, qué, ¿acaso eso no puede ser verdad? ¿Acaso este calor, este frío, esta suciedad, estas llamas, estas cucarachas, esta esclavitud sin alteración ni rumbo de la que hay que decir además que es maravillosa, tiene que ser, debe ser, ha de ser más real que la existencia de ese príncipe que esta misma noche vendrá a raptarme?… Y entro en las meditaciones (la comida se enfría, ellos no llegan, llueve): O este es el infierno y sólo existe el infierno y entonces la vida no tiene ningún sentido, lo cual no es posible, o la vida es otra cosa, como debe ser, y entonces esto es lo falso, el sueño, la pesadilla transitoria que se borrará para siempre, desaparecerá, en cuanto encuentre el anillo que me habrá de transportar a la realidad… *Mátame, mátame ahora mismo. Aquí en la oscuridad. No tienen por qué saber que has sido tú. Puedo, si quieres, dejar un recado, una nota, cualquier cosa, diciendo que…* Pero nadie me escucha o interpretan mal mi súplica. Y al sumergir las manos en el agua sucia tropiezo con la espumadera de servir el arroz —¡Ay! ¡La espumadera nueva que tanto buscamos y que por no encontrarla nos vimos obligado a servir con un pedazo de yagua! —...*Mátame, mátame*. Y el agua restallando sobre mi nariz tiznada. *Mátame, mátame*, y el agua arrastrando las cacerolas, enloqueciendo las palmas y los hombres que siguen cortando obligatoriamente. Ahora trasladar las cañas hasta el central será un doble martirio; tendrán que duplicar las jornadas (ya duplicadas), no se podrá dormir, viviremos en el fango junto a las alimañas que todo esto conlleva; mosquitos, jejenes, moscas. Dejo la rendija, corro hasta el fregadero para demostrarme que estoy equivocado, que no es cierto, que no puede ser, que no es este un aguacero cualquiera, que esta blancura, esta violencia del cielo anuncian la llegada del príncipe. Y hundo mis manos en el agua sucia. *Mátame, mátame*. Saco el viejo cuchillo de picar el hielo, que, por cierto, aquí nunca se utiliza. Vuelvo hasta la rendija. Pienso que el aguacero habrá inutilizado todos los trapos y yaguas que había juntado cerca de la guardarraya. Esta noche habrá que revolcarse entre las hojas afiladas de las mismas cañas, que tanto fastidian, o de lo contrario correr el riesgo (qué más da) y hacerlo aquí, sobre los sacos de azúcar. Total, para algo estamos haciendo diez millones de toneladas... Sí, aquí mismo gritaré esta noche *mátame, mátame*. Quién sabe si el cambio de lugar los inspira. Allá los veo, enfurecidos y mecanizados, macheteando obligatoriamente —¿los oyes?— bajo el aguacero.

  El aguacero

se borra

  desciende

cesa.

  El paisaje cambia de escenografía con la rapidez de un Teatro electrónico.

  Una infinita gama de pequeños ruidos se instalan.

Escampó.

  *Ultimo día:* Ella mira las aguas violetas del crepúsculo. Ella ama el crepúsculo. Ella camina por entre el manglar. Lo sigue. Se deslizan ya por el promontorio. Cretinos.

—¿Quién dijo eso?
   Y terminaré pacíficamente autodegollándome, pues en
   Campechuela,
debatiéndome entre las retretas dominicales —buscando
   siempre el retrete— y la certeza ya anodina de que me voy
   pudriendo pudriendo en el intrascendente infierno de un
   pueblo intrascendente.
                       —¡Yo lo dije!
   *Ultimo día:* El llega y se extiende desnudo. Ella llega,
   lo mira y retrocede espantada. Qué risa, qué risa.
                    —¿Quién dijo eso?
   Y más allá
          el mar frío e inabarcable,
el nuevo desprecio,
la otra infamia
señalándonos, excluyéndonos.
           ¡Quién pudiera llegar, quién pudiera
llegar!
   Quién pudiera llegar a ese sitio
helado y distante,
lejos de las órdenes ruidosas y apremiantes,
de las cacareadas promesas
y de la fija condena,
olvidado mas no perseguido,
hambriento mas no aplaudiendo.
              —¡Yo lo dije!
   Rápido
   Rápido
        antes de que sea demasiado
tarde
y no puedes ni siquiera formular
(secretamente)
esos deseos.
Y no puedas llegar a ningún tipo de conclusiones.
   Pero,
      ¿qué te creías?

¿Que iba a exaltar con radiantes endecasílabos
la Historia que nos ofende con promesas y
repetidas patadas?
                              Pero,
                                        ¿qué te creías?
¿Que me iba a convertir en el mártir o el héroe
                              tan apreciado por las señoritas (o
                                                            [señoritos)
en perpétua furia vaginal (o rectal) y por
los vendedores de afiches?
                              Y usted, señor burgués,
que para mantener sus principios reaccionarios
milita ahora en el Partido Comunista, ¿pensó también
que todo se iba a resolver con un pingazo?, Ah,
vieja marmota, ah
vieja marxista (qué espanto)
a quien seguramente le gusta que le acaricien los cojones.
¿Te gusta o no te gusta?
¡Vamos, viejo, hable!
Dígame: ¿Le gusta o no le gusta que le acaricien los cojones?
¡Vamos, hable!
                              ¡Rápido!
                              ¡Rápido!
        Oh, pero,
se me agota el tiempo,
me roban el tiempo, me quitan el tiempo,
me despluman el tiempo, me despedazan el
tiempo, me usurpan el tiempo, se me va
el tiempo se me
                              vaaaaaaaaaaaaaaaaaaaaaaaaaaaaaaaaaaaaaaaaa
y aún no he orinado en la esquina, y
aún no he abofeteado a esa estatua (mira qué
cabeza más grande le han puesto) y aún
no he abarcado todo el infierno del mundo.
Rápido
Rápido

                              Mira. Ah, mira
                              cómo te has convertido en un
                              ser
                              politizado
girando enajenado
                              alrededor del tema común
                              el gran tema
                              el único tema posible
                              ya.
Rápido
Rápido

Rápido
Rápido

    *Coro de personajes (saliendo del papel)*: Mira cómo se
nos acerca ronroneando, mira cómo crees dispersarnos, reunir-
nos, hacernos correr o llorar a un movimiento de sus dedos (por
cierto, cómo mecanógrafo es pésimo), mira con qué confianza,
con qué pasión, se nos acerca. Piensa: *Los tengo aquí, en un
puño, conozco sus anhelos secretos, sus debilidades, sus escasos
momentos de consuelo, sus terrores. De ellos todo lo sé, pues soy
yo quien los ha inventado y les doy vida describiéndolos...* Mira
cómo, goloso, se aproxima, mira cómo, confiado, entra en la
jaula. *Los hago padecer y estremecerse*, piensa; *los alimento*,
piensa. *Están en mis puños; los tengo controlados, aquí, aquí*,
piensa... Mira cómo nos toca, nos sitúa; míralo adjudicarnos el
futuro, míralo, condenándonos... Infeliz. No sabe que somos
nosotros quienes lo llamamos, quienes, inevitablemente lo
atraemos... Infeliz. El no sabe (¿será posible?) que somos nosotros quienes le imponemos nuestras pasiones, nuestras desgracias, lo obligamos a cantar nuestra miseria, quienes lo atraemos
y lo encerramos y le decimos: *Di, di. Di esto y eso, y estotro.* O:
*Yo no dije lo que antes dije.* O: *Hoy no queremos hablar.* O:
*Llévanos otra vez a aquel sitio.* O: *¡No me pongas esas sandalias
que me aprietan!...* Y lo obligamos a volver atrás, otra vez,
hasta enloquecer... Infeliz. Mira con qué resignada furia co-

mienza otra vez, y otra vez, emborronando miles de cuartillas,
que, por cierto no se las roba ahora al abuelo, sino al mismísimo
Nicolás Guillén... Mira cómo se afana, mira cómo apasionada-
mente intenta controlarnos, mira cómo se tira de los ojos, mira
como habla con la tarde, mira cómo se le olvidó acentuar aquel
*cómo* (no se lo digas, para fastidiarlo). Míralo trajinar nervioso,
descender, gritar. Pobre diablo. El perecerá y nosotros perma-
neceremos. Enloquecerá y nosotros continuaremos. Dentro de
muy poco habrá desaparecido y nosotros seguiremos. Con el
tiempo ni siquiera se sabrá qué tuvo que ver con nosotros,
quién fue... Ah, y lo que es más ridículo y patético, piensa que
nos tiene en sus manos. Oyelo hablar. Verdaderamente nos ha
tomado en serio. Cree que le obedecemos. Oyelo hablar en lo
oscuro. Se acerca manoteando, se ha sentado ya frente a nosotros. Shissst. Ya pone sus dedos sobre el teclado. Oye:

                              Llegado
del trabajo obligatorio
bañados y entalcados los cojones
puesto el calzoncillo blanco
sentado ya en el sillón de la sala
una limonada en el vaso
un libro en las rodillas
he aquí el resumen la conclusión
el
desastre:

                                        La vida está pasando.

    Aunque tú la ignores
aunque no la percibas

                        eso que huye
eso que se pierde
entre voces que ordenan
eso que no regresa

                        es la vida que está pasando.

    Aunque no podamos verla
aunque no podamos ya ni siquiera
padecerla

Sin enterarnos de su llegada
en el estruendo que finaliza
en el proyecto que nos excluye
en la última llamada del cartero
en la infamia del déspota
más antigua que un eclipse

                                        la vida está pasando.

¡Ultima hora!
¡Ultima hora!
        En las tardes inútiles
dedicadas a la recogida
de frutos menores
que no disfrutaremos

                                        la vida está pasando.

¡Ultima hora!
¡Ultima hora!
        En el sonido de la guagua
repleta, en ese exclusivo
sonido desconocido también
por los griegos armoniosos

                                        la vida está pasando.

En el revoloteo de los
mosquitos sobre (y dentro)
del destartalado barracón
y la llamada de la campana
a la cola del sirope

                                        la vida está pasando.

Por sobre tu rostro ante el
espejo rasurado trabajosa e
imperfectamente con una cu-
chilla mellada

                                        la vida está pasando.

Por sobre la verde explanada
o el césped o la inútil memoria
y el polvo de las esquinas
y el resplandor y el calor

y el sudor que recomienza y
esta sensación que sube que
sube (ah, no sigas, calma, calma) mirando el rostro
y por sobre las caricaturescas
dolientes y lejanas figuras
deformadas bajo el mar.
        Ah y la locura
¿Te has olvidado de la locura?
¿Y la traición y el miedo y
la mezquindad y el desamparo y
la delación?

                              la vida está pasando.

        Por sobre la vida
la vida
pasando.
        Rápido
        Rápido
pues llegará un momento
en que estarás demasiado
envilecido para poder di-
ferenciar el espanto de
la tradición cotidiana.

                              Y la vida pasando.

        Rápido
        Rápido
pues llegará un momento
en que a nadie le interesará
tu muerte pues todos estarán
muertos.

                              Y la vida pasando.

        Pronto estarás
demasiado cautivo
demasiado embrutecido
demasiado aniquilado
para que puedas comprender

tu aniquilamiento.

      Y eso que marcha de espaldas
    a nosotros
     eso que ignoras
      eso que a veces en la madrugada sorprende
    como una remota fanfarria
   eso que a distancia
  pudimos una vez observar
 es la vida que está
pasando.

      Sí,

          ellos

dirán (lávate la cara): *¡Mira quien osa criticarnos! ¡Míralo! ¡El no tiene derecho! ¿Con qué moral? ¿Con qué
principios? ¿Qué dignidad y méritos cuenta para enjui-
ciarnos?* (Sécate la cara)

        Yo

Diré (límpiate bien las orejas): *Soy quien mejor puede
enjuiciarlos, porque lo he visto todo, he participado en
todo* (ahora la otra oreja), *lo he sufrido todo, lo he observado todo y nada he descubierto en ustedes que no
sea el timo y la destrucción bajo la justificación del progreso y la igualdad.* (Pásate el alcohol boricado por el
rostro). *Yo soy el más puro porque nunca me ha interesado esa palabra. Estoy fuera de toda "generosa",
"amorosa", oportuna, cobarde justificación. No tengo
escapatorias, ni ningún tipo de principios, por lo tanto
puedo darme el lujo de pisarle un callo.*

   —¿Me permite?
   —¡Ayyyyyy!

        Vaya, se me fue la mano... Digo, el pie.
        (Talco, talco, talco para el ombligo, talco
        para el vientre, talco para las nalgas y
        los testículos, talco para el querido,
        querido, querido cuerpo).
        —¿Me permite otra vez?

—¡Ayyyyyyyyyy!...
Vaya, se me fue la pata... Digo, el pie.
      Inter
          mi
              ten
                  cias
de las luces
que te vigilan.
Olor a tierra fresca
Aguas que se alejan fluyendo.

                                    La noche.

¿Y acá? ¿qué hay acá?
El hijo y la madre.
El insolente y la anciana.
El infeliz y la vieja.
El idiota y el monstruo.
        Aguas abiertas partiendo
Y en el portal, frente
al mar invisible, en la
otra cabaña, el otro, yo,
haciéndose su apología
ridícula, mirándose las
manos, imaginando, escu-
chando, sintiendo.
        Aguas abiertas despidiéndose.
—Querida, trae los vasos, las botellas y siéntate aquí.
Y cuando estés lejos
(pues tuyo es el reino
del chantaje) ¿Añorarás
esta Isla, este mar, el
vuelo de la gaviota, el
brillo y el olor de los
cuerpos en la tarde?
—Querida, ve a ver si queda hielo en el refrigerador.
Y cuando estés lejos
(difícil, difícil)

¿te pasearás solitario y
añorarás este sitio donde
te paseaste solitario?
   Cuando esté lejos
(muy difícil, muy difícil)
¿También aborrecerás el lugar
en que te encuentres y sentirás
nostalgia del sitio en que
ahora te encuentras y aborreces?
Cuando estés lejos ¿Pensarás
que fueron hermosas algunas tardes
a pesar de todo o por lo mismo
y hasta que hubo momentos en que
pudiste respirar?
      Cuando estés lejos
      Cuando estés lejos
(cosa que por otra parte no lograrás)
¿Añorarás el calor que ahora
te sofoca y revienta? ¿Añorarás
las vulgaridades, el lenguaje brutal,
los gestos obscenos, las miradas
demasiado evidentes?
      Cuando estés lejos
      Cuando estés lejos
(¡Ya te dije que nunca! ¡¿Me oíste?!)
¿Pensarás en la brisa agresiva
a veces fresca? ¿Pensarás en
las tardes en que caminabas por
la avenida de las adelfas?
¿Pensarás en el tiempo en que
aún te sentías con orgullo, con
derecho y coraje para blasfemar
y despreciar?
      Cuando estés lejos
(nunca, nunca),
dilo de una vez, piénsalo de una

vez ¿Estarás también como hoy
persiguiendo un tiempo que desde
luego te será imposible recuperar
como imposible es recuperar la infancia o aquel gesto (cual, cual)
nunca configurado? ¿Añorarás estas
aguas violetas o aquella (esa) breve visión y el paseo bajo el pinar?
Pues son las imágenes las que permanecen, no los estados de ánimo.
Ni siquiera el clima y ni las ofensas.
     Cuando estés lejos el horror
que ahora padeces habrá desaparecido
de tu memoria. Recordarás sólo un
hombre paseando entre la fragancia
de un pinar irrecuperable.

                      (Nunca, nunca).
     Cuando estés lejos, dilo de una
vez: ¿Querrás regresar?
—Ah, trae también los cigarros.
          No. No querré.
               ¿No querré?
                     ¡No!
—Nada... ¿Había? Menos mal. Gracias. Ahora no hace tanto
calor. ¿O sí?
          Pero
¿Qué puede decir él? Mírenlo.
¿No le da vergüenza? ¡Hipócrita!
Cobarde...
—Encenderé otro cigarro. El humo espanta los mosquitos.
Cómo hay...
          ¡Todo,
todo! El lo puede decir todo.
El no tendrá reparos en nada.
No escatimará verdades.
Deslumbrará. Nos irritará:

¿No ves que es un infeliz?
—Qué va, no respetan ni el humo...
                    Aquí
nos volvemos animales o enloque-
cemos, pero yo no quiero convertirme en un animal. Tampoco quiero enloquecer. ¿Qué hago entonces? ¿Dónde me meto entonces? ¿Ante quién
protesto, corro o clamo entonces?
                              ¿Qué

                                        hago?
      ¿Cago?

                                                        Madre mía.
nuestras voces acatarradas sonando siempre en el umbral ajeno.
Nosotros, siempre, los que no tuvimos casa ni recuerdos
propios donde caernos muertos.

Nosotros siempre, los extraños, los visitantes, los
agregados, alojados gracias a la implacable benevolencia de los
parientes en el cuarto que da al servicio, donde hay un sapo.

Nosotros, asfixia de dos, en las paredes ajenas.

Nosotros, añadidos, respetando la falta de respeto de los
demás, muriendo la muerte de los demás, sin derecho ni tiempo
para la nuestra.

Asfixia de dos.

Yo pintando las ventanas de una casa ajena; tú trajinando en
una cocina que no te ha de pertenecer nunca, tosiendo un humo
ajeno, riéndole la gracia al sobrino que es hijo de la dueña, tu
hermana.

Nuestras voces acatarradas

                    en el umbral,
                    en el umbral.

En el umbral del odio.

En el umbral del abandono y la furia.

En el umbral del que ni siquiera tiene una desgracia propia
de la cual lamentarse.

Madre mía.

Madre mía.
Nuestras voces fañosas retumbando en el umbral.
En el umbral de la miseria.
En el umbral del envilecimiento.
En el umbral de la mezquindad.
En el umbral de la intolerable piedad.
   Y esa gallina que cacarea ante nosotros, ese perro que nos
ladra, ese niño que nos enardece con sus chillidos. Ninguno de
esos animales nos pertenece. No podemos espantarlos.
   En el umbral
   En el umbral
En el umbral del terror y del frío, del sol y del viento,
nuestras voces acatarradas retumbando.
Nuestras inútiles y ofendidas voces suplicando,
buscando albergue, en el umbral,
   en el umbral
de las miserias. Nuestras voces.
   Y ese árbol que alguien tala ante nuestra vista inmóvil,
esa última sombra que nos acogía y ahora alguien derrumba ante
nosotros inmóviles. Ese árbol que cae y no podemos salvar porque
está en el patio ajeno, el de ellos, el que barremos todos
los días. Ese árbol que cae, ese árbol que
cae.
   Nuestras voces acatarradas.
   Nuestras voces resentidas pero suplicantes.
   Nuestro odio sin límite escondiéndose.
En el umbral
En el umbral
   En el umbral de la piedad familiar, de "la piadosa tía", de "la
piadosa prima",
   nuestro odio recogiéndose.
   Nosotros tratando de ser invisibles, de no molestar al señor,
al amable dueño, al tío generoso. Nosotros tratando de no
ocupar un espacio que a alguien, a ellos, podría ocurrírseles, tal
vez, ocupar.
   Nosotros de pie contra las paredes de las casas ajenas las que

habitamos sin siquiera poder darnos el lujo de aborrecer.
 Nuestras voces.
 Nuestras acatarradas voces sonando discretamente
en el umbral.

       Madre purísima
      Madre amantísima
      Madre castísima
  Vengo a ti no porque seas la madre purísima (madre
             [purísima),
no porque seas la madre amantísima (madre amantísima),
no porque seas la madre castísima (madre castísima),
sino
porque tú no me hablarás,
tú nada me dirás,
tú nada me aconsejarás
ni me reprocharás.

      Madre purísima (inexistente):
  Traigo encima todas las calamidades del sistema.
Y no sé realmente qué hacer.
  No sé cómo regresar,
  ni cómo quedarme,
  ni cómo largarme,
  ni para qué seguir,
  ni cómo terminar.

     Ultimamente he tenido que oír
tantas sandeces (discursos, conferencias, juicios muy serios),
he tenido que entregar mi vida en nombre de tantas promesas,
he tenido que fingir tanto,
he tenido que oír y aceptar —exaltar— tantas cosas monstruosas
y absurdas,
   que te dormirías al instante
si intentase explicarte una sola —caerías como una piedra al
instante.

    Madre amantísima
     (inexistente)
    atiéndeme:

                    Realmente no tengo
                              [escapatorias.
    Y no pienses que he dejado de levantarme todos los días
bien temprano ni que he dejado de ser obediente y cobarde.
    Pero no traigo encima condecoraciones ni medallas, ni
órdenes ni sentencias, ni guillotinas de uso doméstico, ni
amenazas fulminantes, ni consignas oportunas, ni entusiasmos
terroristas, ni manuales de economía política, ni siquiera el
periódico *Granma*.
    Traigo (y eso a veces)
un montón de estupores que pudieron ser hermosos y que ya
no son más que blasfemias garabateadas en la transferencia de
una guagua que no llegó a su destino, o murmuradas para
adentro mientras alguien acecha y simulo que converso.
                                        Al anochecer
                    un tambor
                    que alguien improvisa
                    golpeando el fondo de
                    un taburete
                    indica que ya estamos de vuelta
                              al barracón
                    (nuestro eterno regreso).
                                        Ahora empieza la rumba.
                    Todos los cuerpos
                    sudados maltratados por
                    la sed la abstinencia
                    y el sol
                                        se retuercen y cantan.
                    Cantan
                    Cantan
                              olvidando
                    (tratando de olvidar)
                    que el almuerzo fue puré de chícharros
                    que la comida fue puré de chícharros
                    Cantan
                    Cantan

                              olvidando
              (tratando de olvidar)
              que estamos aquí sentenciados
              cumpliendo la infame tradición
              de esta tierra vejada y chillona.
                                   Madre amantísima
acostado
en este catre chirriante donde un grillo que no puedo localizar,
cómodamente instalado, vocifera (criatura que se sabe
identificar con el medio, criatura inmortal), oigo esos cantos,
repito esos cantos, miro ese baile frenético, padezco ese
estruendo de tambores. Estoy ya entre ellos disolviéndome.
También meneándome.

                                        Madre castísima
                                        Madre purísima
                                   Madre amantísima
Que me acojan tus brazos fuertes de campesina
              (porque estoy ya hasta la coronilla).
Que me reciba tu mirada desconfiada de campesina
              (porque ando sudoroso y maloliente)
Que me cubra tu inmenso corazón solitario de campesina
              (porque me están llamando ya).
Tú sabes demasiado para hablar.
              (Tú me arreglarás la cama
              te ocuparás de mi ropa
              a veces me pedirás dinero
              para comprar los mandados).
Tú sabes demasiado para aborrecer.
              (Tú discurrirás el arreglo de una ventana
              fabricarás desodorante con acido-bórico
              te ocuparás de que las toallas no se
              empercudan).
Tú sabes demasiado para aceptar.
              (Tú no me pedirás el cuerpo
              no me pedirás el alma
              Tú me amarás a distancia).

Ah
>madre purísima,
digo, amantísima,
amantísima madre:
>>¿Acudes?
>>¿Estás ahí?
>>¿Me oyes?
>>¿Puedes?
—Querida, vamos para la cama.
>>(¿Puedes?)
>>Pero la horrible
duplicada bestia, te mantiene suspendido sin dejar de
balancearte; por un lado te acuna, por el otro te muerde. Ya en
el aire te muestra las variadas grutas de su garganta custodiadas
por pequeños y piadosos monstruos de erizados dientes, te
impulsa, te eleva sobre el mar (el mar de leyendas imposibles),
te deposita en una explanada sin tiempo, en una derrota fija.
Entonces te suelta, te mira; llorando se aleja.

>>>Allí serán tus funerales.

>Entramos.
>—*Querida, ¿estás ahí?*[1]
Es la hora de la síntesis. El momento de empuñarla con la
tradición. La hora de tomar el cuerpo que desesperado se nos
ofrece. De aceptar el cuerpo que obediente nos acepta. La hora
de ejecutar las inutilidades ruidosas, el antiguo crimen gracias al
cual estamos aquí, cometiéndolo.
>—¿Querida? ¿Estás ahí?
>(La atraigo hacia mí)
>Es la hora que nos protege y compromete. La esperada hora
del pago y las reconciliaciones. Respiraciones entrelazadas,
gritos (a discreción, por favor).
>—Querida, ¿estás ahí? ¿Eres tú eso que blando (qué blando)
cede? ¿Eres tú eso que blanco (qué blanco) se repliega,
extiende, aprieta, extrae? ¿Querida? ¿Eres tú eso?

1  José Manuel Poveda, *Crepúsculos deformes.*

*Pero la mujer parece asustada de las interrogaciones y me*
*abraza. Mi pobre loco, mi pobre niño, dice. No sabe que mi mal*
*consiste en ser excesivamente un hombre.*[1] Y cedo, cedo y
penetro.

Ella abre el abismo que nos une y me abraza. Ella me
Ella me otorga el terror y nos revolcamos.

Abre su insondable desconsuelo dedicado a mí (qué odio,
qué furia, qué inevitable amor).

Abrazados nos diluimos. Lejanos, qué lejanos,
sollozando.

*Ah henos por fin aquí todos reunidos, tan prudentes,*
*haciendo lo que nuestros padres hubiesen aprobado, henos aquí,*
*al fin todos, circunspectos, cantando en coro, como niños buenos*
*a los que una persona mayor vigila mientras forman la ronda*
*gentilmente dándose una manita triste y húmeda.*[2]

Aquí<br>Aquí

Aquí
siempre,

escuchando ese grito,
su grito,
nuestro grito,

mi grito.

Rápido
Rápido
Mira una vez más y vámonos.
Mírenme, mírenme una vez más
y váyanse.

Dos coches fúnebres.<br>Dos coches fúnebres.

(¿Opuestamente partiendo?)

Quizás
Los suicidas sean

1 José Manuel Poveda, *Crepúsculos deformes.*
2 Nathalie Sarraute, *Tropismos.*

posibles imágenes de una autenticidad
perdida,
                    dioses desterrados
a la mañana del estruendo y la bazofia.
                    Poetas persiguiendo una metáfora
en una fábrica de dulces de guayaba.
                    Unica fiera que por orgullo burla al
cazador sin huir.
                    Contrapartida del cobarde monólogo
con que tanta miseria se justifica y
acepta.
                    Los suicidas son
el único árbol misterioso
que queda sobre la tierra: florecen siempre
y en cualquier estación.
                    Pero
no te abrumes.
No aproveches la circunstancia para entonar otra oda.
No te hagas ilusiones.
No vayas, por Dios, a enorgullecerte (bien te conozco):
Los suicidas se suicidan porque son suicidas.
                    Pero
al tomar el auto
                    ¿escuchas aún el grito?
            Al
abrir la llave
del auto,
            ¿le has echado agua al radiador?
            Al
acelerar,
            ¿cerró ella bien la puerta?
            Al
cruzar triturando
cangrejos,
                    ¿y si realmente él te amaba?
            Al

dejar el pinar,

       ¿escuchas aún los gritos?

    Al
entrar
en la radiante
avenida
de las adelfas,

    ¿está llorando ella? ¿ "Te sientes bien"? —¿Le pre-
                   [guntas?

    Al
tomar la
avasalladora
ruta,

    ¿se oyen aún los aullidos de la madre que se
inclina?


## MANEJE CON CUIDADO EVITE ACCIDENTES

¡Ultimo bodrio!
¡Ultimo bodrio!
    Una sola claridad y mil hastíos
    Un solo resplandor y mil chillidos
    Un solo camino y mil consignas.
        (Isla, todo lo que te justifica es ya
innombrable).
        Y entonces
apareció de nuevo el ángel.
Esta vez severamente vestido de civil
(bajo la guayabera, cómo ignorar el bulto
que formaba su pistola). No parecía dispuesto
a entablar ningún tipo de diálogo.
    Venía a pedirme cuentas. Venía patriótico.
    Y yo le dije:
Es tan horrible *ser* que a veces (remotamente)
te envidio.

Está uno condenado a sentir, a ver, a interpretar
—a no disfrutar sino a narrar—,
no puede uno jamás olvidar
y como si eso fuera poco, se ve uno obligado
a contarles a todos nuestro terror
y a padecer el terror de todos, más
el de ustedes.
                    No te aborrezco ya.
             Tus visitas son parte de mi trabajo.
       Tus visitas son la esencia de mi trabajo.
             Toma —y le entregué todos los papeles—.
                                              [Aquí
está el fruto que tú has inspirado. Cumple con
                              tu función de ángel.

       Pero algún día yo habré de ser tú
y tú habrás de ser yo y yo habré de ser más
cruel que tú porque antes fui yo y entonces
seré tú y tendré el espanto de haber sido yo
más el remordimiento de habiendo sido yo ser
ahora tú... ¿Te has puesto a pensar qué será de ti
cuando caigas en poder de ese yo que habré de
ser tú mas que también será aquel que yo fui?
                         Y el ángel me reconoció espantado.
Y desapareció.
                    ¿O fui yo el que desapareció
y es por eso que no veo al ángel? ¿Qué cree
usted? ¿Cuál de los dos ha desaparecido? ¿Cuál
de los dos aún existe —¿Cuál es el ángel? ¿Quién
soy yo?— ¿Acaso los dos por sitios distintos?
¿Acaso él y yo en una sola figura? ¿O acaso yo
sólo existo? Y entonces ¿Qué
puedo hacer?
                    Diga, ¿qué opina usted del caso?
                    Dígame, ¿eh?
                    Va a decir algo, ¿eh?
                    Habla, ¿eh?

                                              413

Dijo algo ya, ¿eh?
No quiere comprometerse,

¿Eeeeeeeehh?

¡Ultima hora!
¡Ultima hora!
Los muertos no rumian furias.
No rezuman sudor y semen.
No sueltan chispas como vastas termoeléctricas
sumergidas
(entre los huesos no existe la posibilidad del corto-
circuito).
No discuten, ni se alegran, ni se entusiasman, ni se
entristecen los muertos.
No usan trusas avasalladoras ni te hacen una señal
cómplice e ineludible.
No se broncean al sol.
No se instalan con las piernas abiertas en el centro
del poema.
No son temibles.
Pero mira,
espera,
aguarda un instante,
óyeme, vámonos al campo vestidos de obreros de avanzada (de
pastores llamaríamos mucho la atención a estas alturas),
simulemos que somos ellos, simulemos, como tantos, que
somos iguales a los demás... Por la madrugada saldremos
furtivamente al bosque. Allí te estaré esperando. Y cada noche,
con nuestro encuentro, los derrotaremos.
(Pero no responde
no regresa. Por lo demás, nunca dijo claramente qué quería).
Rápido
Rápido
Ya el ciempiés reluciente penetra en los blancos
recintos. Ya, taimado, el alacrán introduce su oscura furia
en la cuenca de sus ojos.
La araña de andar giratorio contempla extasiada las altas

columnas. El grillo ocupa el orificio definitivo.
    Una mosca

                        sacrifica a los espacios vacíos
el triunfal frotamiento de sus patas.
    De ellos es el reino de la eternidad.
                              Oh, aguárdenme
Oh aguárdenme.
        Hacia ustedes voy.
        Hacia ustedes quiero ir.
        Hacia ustedes y no a otros
        puedo entregarme ya
            dignamente
            dignamente.
                         Oh aguárdenme.

    Rápido, rápido. Ya la horrible ciudad —la nuestra— nos muestra su grotesco perfil. Ya se cierne sobre el mar su silueta horrorosa, ya blanquea bajo el cielo, ya se distingue en el aire, ya contamina nuestra vista. Rápido, rápido, no esperes más. Ciudad que vista de lejos parece que aún existe, ciudad que es una prisión candente; ciudad que vista de lejos parece que sus casas fueran casas, sus edificios, edificios, sus calles, calles; ciudad que es un recinto envenenado donde la palabra se custodia, el sueño se vigila, los pasos se siguen, y los himnos malditos resuenan perennemente. Ciudad que vista de lejos parece que aún existe, ciudad que por dentro es un inmenso sarcófago. Bien cerrado, bien cerrado... Ciudad que vista de lejos parece que aún posee árboles, una avenida donde a veces es grato respirar, ciudad que es una garganta rugiente, una contaminación tétrica, un veneno estricto, una esquina sórdida y supervisada, un foco descomunal alumbrándonos... ¿Te sientes bien? ¿Quieres un cigarro? (¿Aún estás a mi lado?) ¿Te permitirá el aire encender el fósforo?... Ah, no llegues, no llegues. Ya está sonando la bárbara fanfarria, ya la escuchas, ya la estás tu mismo parodiando. Ultimo bodrio, último bodrio: Vamos a hacer una rueda con gestos suplicantes y mudos, y, como si cantáramos la farandola, pero con los labios bien apretados, caminar hasta

aquel puente y allí detenernos un rato. Luego, regresar. Nada
más. Rápido, rápido. Ya hay que disminuir, ya hay que disminuir la velocidad. Ya hay que ir observando las reglas del tráfico. Aquí las erizadas aristas y las banderas flameantes. Aquí la
claridad desintegrándonos. Rápido, rápido. No llegues, no llegues, porque llegar es entregarse. Rápido, rápido, porque llegar
es de una vez renunciar. Rápido, rápido, porque regresar es
encarcelarse, porque regresar es repetirse, renunciar, humillarse, claudicar. Porque regresar es morir la muerte del obediente,
la inútil, vergonzosa muerte del cobarde. No llegues, no llegues, porque llegar es derrotarse. Y el gran cartel aguardándonos: ¡HASTA LA VICTORIA SIEMPRE! ¿De quién es la victoria? ¿De qué victoria se habla? ¿Qué quiere decir *victoria*? La
boca oscura abriéndose. Entramos ya en el crematorio. Vamos
pasando el túnel que comunica con el unánime crematorio.
¿Quién cantará a esos huesos que se asfixian? ¿Quién recogerá
la furia muda de esos golpes contra el muro niquelado? ¿A
quién sobre todo poder contarle mi espanto, mi culpa, mis justificaciones, mi amor? ¿Quién, si yo llegara a hacerlo, podrá
creerme? ¿Quién, si me creyese, podrá ayudarme?... Mira, mira. Y la algazara final de las voces —nuestras voces— llega hasta
nosotros... Un poco más allá, oh ventura, ¿y prevalecerá el testimonio de nuestra muerte? ¿Será legible?... Pero, oye, pero,
oye: ¿Te has acordado del hijo que te mira? ¿Has pensado en él?
Veo que casi nunca lo nombras, que raramente lo mencionas en
tus blasfemias. Veo sus brazos en los brazos de ella, extendidos
hacia ti. Veo su mirada, bajo la mirada de ella, dirigida hacia ti.
¿Te has acordado de esa criatura que te observa? —Veo sus
grandes ojos mirándote. Te has acordado de esa nueva maldición que tú te has encargado de esparcir? ¿Crees realmente que
existe? ¿O eres tan egoísta que sólo piensas que tú existes? ¿Te
has acordado alguna vez de alguien que no sea tú mismo? Tú, y
los que te ayudan a padecer... Sí, como ves, me he acordado,
me estoy acordando. ¿Y qué?... ¡Rápido! ¡Rápido! No más
sandeces. No más miserias ni sensiblerías, no más trampas. No
más cobardías... Dentro de diez minutos, dentro de ocho mi-

nutos, dentro de cinco minutos, y serás otra vez el esclavo, y serás, otra vez, el oscuro miserable que se inclina. Aumento la velocidad. Rápido, rápido, que ya estamos llegando; dentro de un instante entraremos en la casa... Por un tiempo, enero, febrero, marzo quizás, los soles no serán tan brutales; podremos salir de vez en cuando al balcón; podremos, tal vez, algunas veces, por la tarde, si alguien se queda con el niño, ir a un cine, ver una película mil veces vista ya. Pero, oye, pero, oye: Será sólo una breve tregua. Volverán las jornadas interminables en el campo, el instante en que todo lo darías por un vaso de agua, las insoportables humillaciones, los odiosos discursos que duran todo un día y luego se repiten, se repiten —¡Oh, rápido, rápido!— hasta que tú mismo los puedas repetir de memoria... Envejecerás, y todos los sueños, y todas las aspiraciones, y todas las esperanzas (todos los esfuerzos) de ser algo y no esto que somos se irán borrando, olvidando, desechando ante la urgencia de conseguir una cajetilla de cigarros o la tarde libre de un domingo para dormir... Rápido, rápido. Con el tiempo nadie en tu honor será procaz, insolente, cándido, delicioso. A nadie podrás someter, destruir. Pronto todo será una vergüenza de la memoria y hasta de la imaginación. ¡Rápido, rápido! No llegues, no llegues, porque regresar es ser también ellos mismos... Salimos a la claridad. Aumentó la velocidad. Dentro de cuatro minutos. Dentro de tres minutos... ¿Qué prohibieron hoy? ¿Qué racionaron hoy? ¿Cómo debemos comportarnos hoy? ¿Qué nuevo instinto vital condenaron hoy? ¿Qué señal quizás sincera temeroso eludiste hoy? ¿A cuál ansiado y dulce cuerpo renunciaste hoy? ¿Qué ilusión, qué posible amor destruiste hoy?... Salimos a la claridad, aumentó la velocidad. ¿Qué poema sacrificaste hoy? ¿Qué danza bailas hoy? ¿Qué ofensa inmensa como el tiempo callas o, mejor dicho, aplaudes hoy? Pero, oye, pero, oye: Salimos a la claridad del mediodía. Aumentó la velocidad. ¿Qué descomunal impotencia amordaza tu vital rebeldía? ¿Qué puedes hacer para no ser uno más en el cacareo, la limosna y la traición? ¿Qué puedes hacer ya?... Salimos a la claridad, aumentó la velocidad —Ah, qué difícil fue llegar, partir—. Allá vamos… El chillar se esfuma. Los descomunales alaridos de la madre desaparecen. Aún tengo tiempo de volverme para mirar el asiento vacío, a mi lado. Allá voy yo solo —como siempre— en el auto. Hasta última hora la fantasía y el ritmo… Héctor, Héctor, me digo precipitándome. Desatado, furioso y estallado, como el mar.


La Habana, 1966-1974.

Primera versión (desaparecida) La Habana, 1966-1969.
Segunda versión (desaparecida) La Habana, 1969-1971.
Tercera versión (la actual) La Habana, 1971-1974.
Compilación, revisión y mecanografía de la tercera versión, New York, 1980-1982.

# NOTAS

"La existencia de los jóvenes esposos era muy feliz cuando llegó a Lacedemonia un joven extranjero muy hermoso". Homero, *Ilíada*.

"El ateje de copa alta", "el dagame que da la flor más fina", "el jubabán de fronda leve", "el almásigo de piel de seda", "la quiebrahacha de tronco estirado y abierto en racimos recios", "la yagruma que estanca la sangre", "la jagua de hoja ancha", "la palma corta y empinada", "el grueso júcaro", "la preñada güira". José Martí, *Diario de Montecristi a Dos Ríos*.

"Los castos árboles y la quimera/tal como son y nunca de otro modo". Eliseo Diego, *El oscuro esplendor*.

"El campanilleo dominical del heladero". José Lezama Lima, *Poesías completas*.

"Los zapaticos de rosa", título de un poema de José Martí.

"La pesca en el mar", título de un poema de Gertrudis Gómez de Avellaneda. "Perla del mar estrella de Occidente", la Avellaneda, soneto *Al partir*.

"Torrente prodigioso". José María Heredia, *Niágara*.

"Un largo sueño de glorias engolfadas y perdidas/en la profunda noche de los tiempos". José María Heredia, *En el Teocalli de Cholula*.

"La amada de perfil". Enrique Lihn, *Poesía de paso*.

"Y tú eres tan cruel que me abandonas", letra de un popular danzón cubano cantado por Barbarito Díez.

"Voces y voces, escucha corazón". Rilke, *Elegías al Duino*.


TC: Trabajo en el centro.
TV: Trabajo voluntario.
DC: Defensa Civil.
LPV: Listos para vencer. Ahora, INDER: Instituto Nacional de Deporte y Recreación.
BOM: Batallón Militar de Combate.
CDR: Comité de Defensa de la Revolución.
SMO: Servicio Militar Obligatorio.
UJC: Unión de Jóvenes Comunistas.
CSO: Círculo Social Obrero.

PCC: Partido Comunista de Cuba.
EJT: Ejército Juvenil del Trabajo.
MININT: Ministerio del Interior.
FMC: Federación de Mujeres Cubanas.
FAR: Fuerzas Armadas Revolucionarias.
UPC: Unión de Pioneros Cubanos.

"Soy el santo en oración en la terraza así como las mansas bestias pastan hacia el mar de Palestina". Rimbaud, *Iluminaciones*.

Para "Las miradas lamentables de Antón Arrufat", léase *El Caimán Barbudo*, 1967, artículo publicado por Luis R. Nogueras contra Antón Arrufat y Virgilio Piñera.

"Querida, ¿estás ahí?". José Manuel Poveda, *Crepúsculos deformes*.

Los originales de esta novela (tercera versión), escritos en La Habana durante la década del setenta se encuentran en la biblioteca de la Universidad de Princenton, New Jersey, junto con los originales de *El Central, El Palacio de las Blanquísimas Mofetas*, etc.

Por último quiero dejar constancia de mi agradecimiento a la John Simon Guggenheim Memorial Fundation por la ayuda prestada a fin de que pudiera disfrutar del tiempo necesario para compilar, revisar y mecanografiar varias veces esta novela.

# INDICE

Esta
primera edición
de
OTRA VEZ EL MAR
libro escrito por tres veces
en La Habana
entre 1966 y 1969, entre 1969 y 1971,
y entre 1971 y 1974,
y compilado y revisado
en Nueva York
entre 1980 y 1982
compuesta con Garamond 10 sobre 11 puntos
se terminó de imprimir en los talleres de
Gráficas CAMO, Teodoro Llorente, 14. Barcelona
en noviembre de 1982

BARCINONE
IDUS NOV.
MCMLXXXII